U0164079

軒亭文存

羅敬之⊙著

自　序

　　余出生膠東農家，長於離亂，求學過程多艱。小學畢業後，無力升學，農忙則助田事，農閒復讀小六，如是者三載。抗戰勝利，家庭兩遭無告，田舍畜糧一空，遂於一九四七年新正，遠走異鄉，以為人農漁維命。後遇煙臺聯合中學南遷，隨輾轉於湘西橋頭鎮，絃歌四月，復遷澎湖，戎旅六年。陽明山中國文化學院新創，考讀中文系，及畢業，年將不惑。歷任該校助教以至教育部核定之正教授。曾以副教授身分，赴香港珠海大學研究所隨名史學家羅香林先生遊，畢業時年已半百，鬢鬚皆二毛矣。

　　本編為余二十餘年來之部分研究，與其他專著及以唐代傳奇及清人《聊齋》的散篇論述，則各有所屬，不相關連。計分三類：曰〈論述類篇〉、〈紀念類篇〉、〈雜文類篇〉等，凡收文四十三篇，集錄之以備忘。另有八篇或因篇幅過長，或需尚待補充修正，未及刊列，僅錄於本編之後，聊供參考。

　　余於整理舊文之際，承張仁青博士再三敦促，謂「文章集中保管，不易散失，亦易查閱，速為刊行，亦裨用之者」云。亦承許錟輝博士、賴明德博士暨萬卷樓股份有限公司總經理梁錦興先生，鼎力支持，於此一併深致謝意。

羅敬之

中華民國九十三年十二月六日於臺北軒亭居廬

目　次

論述類篇

儒家思想的流變

　　中國傳統文化，自儒家思想誕生，才正式燦爛輝煌。我們一般所說的傳統文化，是自堯、舜、禹、湯、文、武、周公，聖聖相傳，自孔子而發揚光大。所以儒家思想就代表了傳統文化。孔子是生在「世衰道微，邪說暴行有作，臣弒其君者有之，子弒其父者有之」（《孟子·滕文公》下）的一個時代。這樣一個時代，大思想家如孔子者，焉能坐視淪胥？然而孔子救世的主張，非為守舊也非玄學，而是在於人事和道德的，這人事與道德，他尤其注重實踐的一面；只有在人事與道德的範圍內去實踐，才能體現出「仁」來。我們又怎知他是注重人生的實踐的一面呢？《論語》中他言行的記錄，俯拾即是；但用他簡單的幾句話，就可以反襯出他的這種主張來。如《論語》「子不語怪、力、亂、神」（〈述而〉）；「不知生，焉知死？」「未能事人，焉能事鬼？」（〈先進〉）由此可知，孔子考察的範圍，是止限於人生實踐方面的。孔子探討的既是為人之道，他所主張的當然也是為人之道，所以他曾對他的弟子曾參說：「參也，吾道一以貫之。」（〈里仁〉）這「一以貫之」之道，就是孔子的獨創思想，也是儒家學說的核心；它是修己治人的基本原理，也是實踐道德的最高準則，這準則也就是所謂的「忠恕」二字。《論語》說：「夫子之道，忠恕而已矣。」（〈里仁〉）「忠恕」是夫子的一貫之道，實際上也就是一個「仁」字。「仁」──幾千年來，它滋潤著中華民族的生命，也美化了中

華民族的思想；它深入廣大人民的思想，也與廣大人民的生命同時蕃息成長。但是爲甚麼它畢竟曾一再的跌仆顛躓，甚至也曾一蹶不振呢？

我們要瞭解以儒家爲中心的傳統文化，除了要把握文化的核心以外，還必須要瞭解儒家思想發展的過程。這個發展的過程儘管歷代迭經變化，但經過琢磨和錘鍊的結果，儒家思想仍然挺立不搖。因此我們要想瞭解儒家思想主流，我們的態度尚不止是一般人的態度，我們所站的立場所講的話，必須要表示一個信念，這不止是一個客觀的指出可以看出一個肯定，而是以宗教性的信念來講，也不止是一個客觀的學術來講。因爲若是如此，眞理是站不住的。要談儒家思想，又必須注意的一個生命的立根。中國儒家所代表的文化生命，爲何在中國長期發展的歷史裡，而到民國以來，竟喪失其作用？幾十年來，中國一般知識分子，可以說都認爲中國文化生命已經過時，所以它長期曲曲折折的發展和演變，直至大陸變色，才被判爲極刑。當然這些摧殘文化生命的劊子手也不止限於今天大陸上的統治者，而是自從五四運動高喊打倒孔家店的口號以後，一些中國知識分子也要負起助紂爲虐的責任。所以今天的大陸，會一下子被馬列所取代，而變成一個魔道世界，說來既非偶然，也不是止限於某一個單純的問題。

我們要看儒家思想的流變過程，就像看長江必須上溯它的源頭，而不止是僅看到黃浦江一帶；上溯長江的源頭，則對這條大動脈有那些渡口，有那些彎曲，才能看得清清楚楚；否則便不能瞭解長江整個的源流。因此我們看儒家思想的這條大動脈也必須追溯到兩千五百年前。這樣這條生命的發展，也才能貫通起來，也才能瞭解它。

所謂儒家思想已經過時，則並非其思想本相如此，而是人心的取捨有別；然「人性之善也，猶水之就下也；人無有不善，水無有不下」；且「乃若其情，則可以爲善矣」（《孟子‧告子》上）。既然如此，則何竟有人棄善不爲呢？照《孟子》的說法，人心之所以有不善，是由於人心陷溺於物欲，爲外物所蒙蔽的緣故。因此，儒家思想既應運而生，應世而立，是體大思精且放諸四海而皆準的，至於人心的取與不取，於道體的本身固有影響，但非絕對；問題還是人心的取向是否正確。《孟子》曾以「吾身不能居仁由義，謂之自棄；舍正路而不由，哀哉。」（〈離婁〉上）可見可哀的還是選擇者的本身。若以一個文化生命比喻作一個人的生命來看，孟母三遷的故事也正顯示出後天環境的重要性。儒家思想產自亂世，其後不是兵戎爭伐，就是異端充斥，聖人大道，不能驤首排闥，就是其所在各懷私意，故「禮經三百，威儀三千，及周之衰，諸侯將踰法度，惡其害己，皆滅其籍」（《漢書‧藝文志》」；且「孔子行年五十有一而不聞道，乃南之沛見老聃」「《莊子‧天運》）；而又「佛遣三弟子，教化震旦，儒童菩薩，彼稱孔丘。」（《清淨法行經》）這樣的環境，對於儒家思想的運行，其影響之大，自不待言。

孟、荀二聖對於人性善惡的立論雖有不同，但對於後天師法與學習的環境都曾予重視：並都認爲人是一種道德的人生，即是儒家的道德人生。倘若人生道德不寄予儒家，就註定了儒家思想要接受異端宰割破壞的命運。

從歷史上來看，儒家思想大致可分以下幾個階段：

一

　　從先秦時期發展到漢朝大帝國的建立，也可以說從孔夫子到董仲舒，是儒家思想表現使命的一個階段。

　　春秋戰國時期，百家爭鳴，百花齊放，是中國文化最燦爛的一個時期，而儒家思想也該是這個時期的寵兒。雖然這時期的儒、道、墨、名、法諸家，向被列舉並稱，但儒家始終站在領袖的地位，這不因它誕生比較早，也的確有它作領袖的因素。譬如春秋戰國時期，墨家學說也極盛一時，幾有與儒家分庭抗禮之勢，天下咸以儒、墨並稱。然墨家精髓是出自於儒家的；換句話說，當時如果沒有儒家在先，墨學是否能相因而生尚是問題。至於清靜無為的道家，只談玄虛的人生問題，對當時社會不能產生積極的意義，也沒有受到當時社會普遍的重視；名家只談名實，立意雖佳，理論重於實際，而其後來的幾個代表人物，也都變成了詭辯家，對當時社會也沒有多大積極的貢獻；法家在秦的統一上，的確有過不少功勞，但也止限於對秦的統一而言；況且其後出的代表大家韓非，則師出荀卿，後來從荀卿所習的禮，提倡其所謂的「法」。他又把儒、道二家思想冶為一爐，融合而鑄成了他的「法術」。所以就那個時代來說，儒道墨名法諸家，除儒、墨、法三大家對社會還有過實際的貢獻外（雖然後二家嘗師法儒家），餘則乏善可陳。因而歸根究柢，也只有儒家為一枝獨秀了。

　　下迄秦漢，儒家思想屢受異端所制，生命開始「彎曲」。這種彎曲，首當其衝的要推秦的愚民政策，以及其焚書坑儒。秦皇因不准人民講詩習書，甚至還把藏書者定之以罪，所以儒

家思想的推展遭受很大影響。及至項羽西進，阿房宮大量藏書付之一炬，這對於漢的統一後在社會倫理及學術思想方面的無所憑依是可想見的。秦漢之際而經過楚漢的長期戰爭，天下百姓亟欲休養生息，因此迫高祖入關，約法三章，廢秦苛法，大得人心；但清靜無爲也乘虛而入。所以在惠帝之時，君臣皆主清靜無爲。蓋黃老思想所以易爲這個時代所接受的原因，是前述秦代苛法及久經兵燹的人心，需要這種「清靜無爲」及「不爭」的撫慰，況且黃老之說又能直指久困於顛躓疲憊的人心靈的要求。漢武皇帝及秦皇，又都曾經幻想並實驗過長生不老的仙藥；而立足點爲「如何救濟社會」的儒家思想，不可能改變爲「如何控制某些個人的生死」問題，自然社會人心，較易傾向於《黃》《老》。武帝雖極崇儒，又詔罷黜百家，但當時思想界還是向《黃》《老》邁進不已。

《陰陽五行》之說，也是當代思想界一股狂流。漢人善將這種迷信學說，運用到日常生活中去。這種學說的魔力之大，範圍之廣，遠及朝鮮、日本，且深受其影響。當代大儒如董仲舒、劉向之流，都是其忠實信徒。直至現代，有些人多少還受到這種思想的支配。如今之所謂六壬、擇日、占星、遁甲，及以徵人事之得失，測禍福之休咎等，即是這種思想的遺傳。

雖然，當秦燔之際，許多學者尚能愛書如命，盡其所能而保存古籍，如北平侯張蒼於漢開國後獻《左氏春秋》，即是一例。及高祖登基，又詔求天下遺書，武帝時更置五經博士，崇儒術、罷百家，設大學聘名師，竭力於文教的發展。所以就漢代思想來說，固然《黃》《老》充斥，但就學術而言，儒家並未盡失天下。許多大學問家，都能把自己一生事業，用在「古書整理」和「古經訓詁」上面去。如董仲舒雖惑於《陰陽五

行》，卻也是儒家的代表。迄東漢末鄭玄出，更綜合了今古文家法，獨創一家之言。可見兩漢四百年間，儒家雖遭不幸，畢竟還有它可觀的成就。

二

儒家思想不能直線發展，而要經過許多「彎曲」，即是道家的興起。

自漢末「黨錮」之禍起，兵連禍結，百姓轉死溝壑，又網羅高懸，賢者紛相隱遁，故如管寧之隱居遼東，諸葛亮的躬耕南陽等是。因致三國以迄南北朝，因為社會黑暗，政治腐敗，經學又支離破碎，而思想界復受兩漢風氣的影響，《老莊》思想又頗為風靡，所謂「清談」，就代表了這個時代的學術及思想風氣。晉時「竹林七賢」的結伴縱酒為樂，消磨其無聊人生，最能說明這個時代的人心趨向。人生原如朝露，不論貧富貴賤，最後既免不了一死，那麼擺脫禮教而及時行樂，正是《老莊》消極的人生指向。且百姓對於生死問題得不到合理解決，而又不能忍受心靈上的長期痛苦，於是宗教信仰又開啟了他們唯一出路。漢末張陵所創的「五斗米教」，正是適合這種社會的需要，因而道教風氣亦大盛。不過鄭玄與王肅的經學，總算還維繫了儒家生命的一線生機。

三

南北朝、隋、唐佛教的興起，則使儒家思想轉入另一個新的彎曲。

佛教來自印度。關於它傳入我國的時期，是在後漢明帝之時（西元58～75）。永平八年（西元65）秋，朝廷遣使赴印度得佛書及沙門，是爲佛法傳入中國之始。魏晉南北朝時期，社會上雖易《黃老》而信《老莊》，但也是消化佛教的一個時期，及至隋、唐，佛教才勃然盛行，當時思想界可以說完全受著佛學的支配。隋唐以前雖然在消化佛教，但正偏重於佛學的翻譯與理解，而隋唐卻完全把它加以融化，變成了傳統文化的一部分，甚至把佛學變成徹底的中國化，佛學就等於是中國文化。當時佛教的組織和體系，經過隋唐諸大師的孜孜矻矻，儼然全備。且李唐以其系出《老子》，道教也同時風行。因致兩教互爭天下，各不相讓。儒家思想經此一擊，著實立足益艱。尙幸唐初《五經正義》，中唐韓愈的〈原性論〉及李翱的〈復性書〉，不啻給儒家生命注下一劑強心針；尤以《五經正義》，對儒家生命復活的貢獻至大。因此這些經籍的出現，不止是復甦了儒家生命，而且還下開宋明時代的新儒學。

<h2 style="text-align:center">四</h2>

　　像是一個久別故鄉的浪子，千里迢迢，好不容易回到家來，則又遭逢著流離的命運。

　　自北宋開始，儒家思想經過許多彎曲後，像是回到家來，這一回轉，也有七百多年的歷史。兩宋時期，是以理學爲著，明代則以心性爲名，不論理學心學，都把儒家學說視爲聖學。宋以朱熹集大成，明以陽明爲主流。朱子並以《孟子》的人倫五教，作爲白鹿洞書院的學規；王陽明也曾說：「古之教者，教以人倫……」這就是以儒家的人倫學爲經，以世界道德說爲

緯，故自儒學誕生而中途經過那麼多曲折以後，直到宋明時期，才又恢復其傳統地位。可是不幸，迨明朝亡國，則是中華民族發展中一個最不幸的挫折。以兩漢而言，《黃老》及《陰陽五行》是儒家思想發展中的有力的對手；以隋唐言，則佛教喧賓奪主，是儒家發展中的洶湧的逆流。詎料方得休養生息而趨發榮滋長，竟遭明亡的厄運；這一創傷，是文化發展中的最大彎曲。因此儒家思想不得不在一個病態中延續下去。

明亡於西元十七世紀，這時正是西方開近代文明而學術思想蒸蒸日上的時代，此後三百年間，中西方的學術發展大不相同；而我們所講的「現代化」，正是西方三個世紀以前的事。在這三百年間因為西方的學術思想是蒸蒸日上，而我們在步步下降，所以各方面皆受到挫折，可以說全部是一種病態。清代乾、嘉年間的考據之學，在某一方面說，雖有其貢獻，但它不是文化生命的自然發展，而是在病態中所產生的一種病態現象。其結果，乃使中國以前文化中的智慧喪失，沒有生命力，更沒有思想的動力。所以滿清三百年不論從那一方面來講，都不精彩；唯有一點精彩的，似乎就是那部中國文學名著《紅樓夢》和納蘭性德的詞了。這樣子說來雖然不夠嚴肅，事實上則確實如此。總之，中國的學術傳統思想、政治及藝術等各方面，在清代均告喪失，也所以發展到民國以來，中國人幾乎到了不會用思想也不知思想為何物的地步了。沒有正常思想及正當理路，即不能說是有思想。無論那一種學問，都有一個傳統；假若到了一個時代我們連甚麼都不懂時，民族的文化生命自然就要萎靡消失。

中國在先秦時期，是百家爭鳴，諸子紛紛立言勸世，所論容或不同，但各有其思想理路。魏晉有玄學，南北朝、隋唐有

佛學，宋明有理學，也都顯示其有思想有理路；惟有清一代因無思想無理路，致使文化精神喪失，國人內心空虛，馬克斯主義就這樣的乘隙而入。當時一般知識分子，為其邪說所誤，皆以馬克斯思想來衡量一切問題，不旋踵而竟神州陸沉，說來也實非偶然。

明朝亡國，西方正開近代文明，而中國這時也出了幾位偉大人物。如顧亭林、王船山、黃梨洲等人，我們通常稱之為明末三大儒。還有一位朱舜水先生於明亡後跑到日本去傳道，在那裡發生很大的影響。但「三大儒」卻在異族統治下，思想方面得不到伸展，黃梨洲所著的《明夷待訪錄》，即不為當代所重視。他們心情的沉痛與苦悶，不問可知。

中國文化經滿清三百年的摧殘蹂躪，又是一大彎曲；而這次彎曲比歷史上任何一次遭逢都要慘重。

民國初建，　國父有鑑於此，乃提倡恢復固有道德，其云：「有道德始成國家，有道德始成世界」。並創《知難行易》學說，以從事國人的心理建設。無奈軍閥割據，全國難望統一；及至統一，日本軍閥又挾其狂風暴雨之勢而來，除臺灣早於甲午戰後（西元1895）已被其佔領並加奴化，大陸國土亦到處腥風血雨，文化的立根不固又遭震撼搖盪，這歷史性的浩劫直至民國三十八年的大陸沉淪，才遽被判為死刑；這次遭逢可以說是空前絕後。

民國五十五年，　國父一百零一歲誕辰時，　先總統明令復興中華文化；這次提倡復興，固然是對大陸的毀滅文化而籲國人急起救拯，亦是亟欲國人認識傳統文化進而發揚光大。一言以蔽之，復興固有文化，也就是充實道德的內心，進而發揮這道德的人心，以向歷史負責，並開創民族光明的未來。但

《孟子》中〈孺子之歌〉，嘗有「水的清濁，以濯纓、濯足，在乎自擇」（見〈離婁〉上）；且曾明言：「家必自毀而後人毀之；國必自伐而後人伐之」（同上）。則榮辱的選擇，在乎人心的自覺；倘若確認我們目前所擁的確與我們的文化所賜有關，那麼我們選擇的方向已夠明確。且觀數千年來，每值時勢蜩螗，國家板蕩之際，傳統文化愈能光輝發越，抖擻其戰鬥精神，擺脫其險惡遭遇，歷久彌新。因而益信，際此馬列之蠱惑腐蝕，不啻螳螂之當車軼，蚍蜉之撼大樹，多見其不自量耳。唯這次劫運，空前絕後，若能及時扭轉，則我中華民族必能永享無疆之休。

——原文發表於《孔孟月刊》二十四卷六期，民國七十五年二月。

《論語》《詩》教
與《書》教

一、前言

孔子祖述堯舜，憲章文武，其設教授徒，誨人不倦，樂而忘憂，並以有教無類的襟懷，開吾國平民教育的先河。所以有唐《子西文存》以「天不生仲尼，萬古如長夜」，而共尊為萬世師表。孔子教人，主以文、行、忠、信。[1]其所謂「文」，為《詩》、《書》六藝之文。蓋孔子以前，六藝是學校的普通教材，即〈禮〉、〈樂〉、〈射〉、〈御〉、〈書〉、〈數〉。自其刪述六經，始以六經為教材，而納六藝於六經之中。所以孔子曰：「六藝治於一也，禮以節人，樂以發和，書以道事，詩以達意，易以神化，春秋以道義。」[2]是以《詩》、《書》、《禮》、《樂》、《易》、《春秋》六經，即是所謂「文」的內容；但「夫子之施教也，先以詩書」。[3]所以就《論語》中所引或據而述之的《詩》《書》之教，歸納而論列之如次。

二、孔子刪《詩》及其《詩》教

從西周武王至東周靈王的五百餘年間（約當西元前1126～

545）的詩歌作品，自古享有文學盛名，爲我國不朽的典籍之一。自孔子刪《詩》，更取絃歌不輟。《史記‧孔子世家》云：「古者《詩》三千餘篇，及孔子去其重，取可施於禮義，上采契后稷，中述殷周之盛，至幽、厲之缺，始於袵席；故曰〈關雎〉之亂，以爲風始。三百五篇，孔子皆絃歌之，以求合韶武雅頌之音，禮樂自此可得而述。」以是後世論及刪《詩》，雖然多從史公之意，然《漢書‧藝文志‧詩類序》，以「古有采詩之官，王者所以觀風俗，知得失，自考正也」。意謂當時采詩之官，將其所采之詩加以整理刪正後，大約有三百餘篇；故刪《詩》者，乃爲當時太史，而非孔子也。後來孔穎達對孔子刪《詩》之說，也持異議。他立論的根據，是以《左傳‧襄公》二十九年之記吳季札觀周樂的事。孔穎達《疏》曰：「此爲季札歌詩，風有十五國，其名皆與詩同，惟其次第異耳，則仲尼以前篇目先具，其所刪削，蓋亦無多。記傳引《詩》，亡逸者甚少，知本先不多也。《史記‧孔子世家》云：『古者詩三千餘篇，孔子去其重，取三百五篇』，蓋馬遷之謬耳。」顯然不同意司馬遷認爲孔子刪《詩》之說。蓋孔穎達之意，以季札在魯觀樂，所見之《詩》已與今本略同，惟次第不同而已；又在孔子以前，《詩》目大致已備，孔子所刪殊爲不多；而書傳所引之詩，亡逸者少，足證孔子刪《詩》不應十去其九。所以認爲史公刪《詩》之說不足採信。按：孔子生於周靈王二十一年（西元前551），吳季札聘魯觀周樂，時在周景王元年（西元前544）；自靈王二十一年至景王元年，歷時八年，孔子實則七歲。故季札觀樂時，詩目與今略同，而所見〈國風〉之次第與今《毛詩》則異，因此證之孔穎達以《詩》三百篇非爲孔子所刪訂者，當足可信。然《論語‧子罕》篇

云：「子曰：『吾自衛返魯，然後樂正，雅頌各得其所』。」
此所謂「雅頌各得其所」，則證明孔子對《詩》確曾下過一番
整理工夫。蓋孔子周遊列國，於魯哀公十一年（西元前484），
自衛返魯，年已六十八歲。其傷道之不行，遂從事於《詩》的
整理，使其篇章各歸於其所當歸，各皆至合情理。孔子正
《詩》，僅指「雅」、「頌」而言，而季札觀樂，亦僅曰「為之
歌頌」，未言嘗有〈周〉、〈魯〉、〈商〉三頌之部分；但因
〈周頌〉早出，故當時所歌者自為〈周頌〉。孔子既加刪訂，重
為編次，〈魯〉、〈商〉二頌乃加編入，與〈周頌〉並列為
三，故稱「各得其所」。然除〈雅〉〈頌〉而外，孔子對於其他
篇章是否也也加刪訂，意者《詩》三百篇縱非孔子所決，亦必
間有斟酌。歐陽修云：「刪《詩》云者，非止全篇刪去，或篇
刪其章，或章刪其句，句刪其字。又樂詩非徒存辭，乃用於樂
章，其音律之不協者去棄之，即協者尚多，亦採取三百篇，合
於絃歌之用者，編為全集。」其說當屬得宜。

　　孔子所以引詩為教，有其必由之因。朱熹《詩經傳序》
云：「詩者，人心之感物而形於言之餘也；心之所感有邪正，
故言之所形有是非。惟聖人在上，則其所感者無不正，而其言
皆足以為教。其或感之雜，而所發不能無可擇者。則上之人，
必思所以自反，而固有以勸懲之，是亦所以為教也。昔周盛
時，上自郊廟朝廷，而下達於鄉黨閭巷，其言粹然無不出於正
者，聖人固已協之聲律，而用之鄉人，用之邦國，以化成天
下。……是則詩之所以為教者然也。」此殆為孔子所以借《詩》
為教之註腳。

　　《詩》教之於孔子，要重修、齊、治、平諸事。《論語》
曰：

子謂伯魚曰：「汝爲〈周南〉、〈召南〉矣乎？人而不爲
〈周南〉、〈召南〉，其猶正牆面而立也與？」（〈陽貨〉篇）

按：〈周南〉、〈召南〉，爲〈國風〉之始。《論語正義》
曰：「〈二南〉皆言夫婦之道，爲王化之始。故君子反身，必
先修諸己，而後可行於寡妻，至於兄弟，以御家邦。」此言君
子修德之階。蓋「正牆面」者，意爲前路不通，非學〈二
南〉，無以出處。故〈二南〉正是君子進路之初階。

鯉趨而過庭。子曰：「學《詩》乎？」對曰：「未也。」
「不學《詩》，無以言。」鯉退而學《詩》（〈季氏篇〉）。此處所
謂「言」，乃指學《詩》方能「事理通達，心氣平和」（《集
註》）；不學《詩》，其言則難雅馴，且不能順理成章。但是也
要精通深入，明辨其微，方能言之有物。蓋孔子之時，列國環
伺，諸侯力征，服宦者常需與邦國折衝樽俎，欲求動人之聽
聞，語言之素養必不能缺。另如誓師、祭祀、褒賞等辭，亦需
語言訓練有素，方能辭令暢達，文質兼優。孔子認爲語言訓練
之最好教材就是《詩經》，而訓練之時機最好莫過於幼年。

子曰：「小子：何莫學夫《詩》？《詩》，可以興，可以
觀，可以群，可以怨；邇之事父，遠之事君；多識於鳥獸
草木之名。」（〈陽貨〉篇）

此處之「《詩》可以興」，與〈泰伯〉篇所謂「興於《詩》」者
義同，皆指詩之感人最深，最可鼓舞人之志意。《集註》謂
「興」，可以感發志意；「觀」，可以考見得失；「群」，是和而
不流；「怨」，是怨而不怒。蓋《詩》本乎性情，發於吟詠，

感人最易,故能興起好善去惡之心。所謂興、觀、群、怨四者,皆指精神修養而言。

> 《詩》云:「戰戰兢兢,如臨深淵,如履薄冰。」(〈泰伯〉篇)
> 深則厲,淺則揭。(〈憲問〉篇)

按:前詩出〈小雅·小旻〉篇,後詩出〈邶風·匏有苦葉〉篇。前者言凡事恐懼戒慎,爲人必不疏怠;後者言君子相時而動,凡事適可而止,以合中道。厲本作濿,和衣渡水。揭,是撩衣渡水。此爲隱者引以譏孔子不識深淺時宜。因而兩詩皆爲修養要義。

> 誠不以富,亦祇以異。(〈顏淵〉篇)

詩出〈小雅·我行其野〉篇,意謂責人忠厚。蓋人喜新厭舊,見異思遷,必不足稱。故《論語正義》注引鄭曰:「言此行誠不可以致富,適足以爲異耳。取此詩之異義以非之。」按:《論語》原文,是子張問崇德辨惑,孔子借《詩》喻之,深寓責人忠厚之意。

以上所舉,率爲修身之要;以下二詩,則言齊家之道:

> 子曰:「〈關雎〉樂而不淫,哀而不傷。」(〈八佾〉篇)
> 子曰:「師摯之始,〈關雎〉之亂,洋洋乎盈耳哉!」(〈泰伯〉篇)

按：〈關雎〉詩篇，〈詩序〉謂詠后妃之德，樂得淑女以配君子。朱熹謂宮人之詠太姒。然詩中無一語涉及宮闈。故後人或謂爲詠初婚之詩。蓋〈關雎〉與〈二南〉諸什，內容所及，當屬修身齊家諸事，爲「三綱之首，王教之端」。以君子之道，造端於夫婦，有夫婦然後有父子，有父子然後有君臣，正所以如此。

孔子授徒三千，期期以爲政治之用，故子游宰武城，「子之武城，聞絃歌之聲，夫子莞爾而笑。」（〈陽貨〉篇）冉雍爲人寬宏簡重，有人君之度，於是「子曰：『雍也可使南面。』」（〈雍也〉篇）「季康子問：『仲由可使從政也與？』子曰：『由也果，於從政乎何有？』曰：『賜也可使從政也與？』曰：『賜也達，於從政乎何有？』曰：『求也可使從政也與？』曰：『求也藝，於從政乎何有？』」（〈雍也〉篇）因此在孔子看來，君子大凡有「能」，皆可以從政。故上述諸子，孔子認爲都是從政之良才。但是，《論語》曰：

> 子曰：「誦詩三首，授之以政，不達；使於四方，不能專對；雖多，亦奚以爲？」（〈子路〉篇）

孔子此言，謂人誦詩貴在專精，如此方能治理國政。《毛詩序》云：「先王以是經夫婦，成孝敬，厚人倫，美教化，移風俗，長詩之理，可通政事，故宜達也。使於四方，能專對者，謂得詩溫柔敦厚之教，則能應對賓客也。」按：《詩》是本乎人情，該乎物理：故能深入《詩》者，即可出而用世，進而措諸行政之宜。至於講信修睦，樽俎折衝，《詩》之功效尤著。故如秦穆公之賦〈六月〉，而重耳下拜；[4]范宣子之賦〈黍苗〉，

而稽武子稽首。[5]辭義互見，和平溫厚，既高貴而藝術，為語言中之極品。故孔子曰：「不學《詩》，無以言。」

不論修齊治平，皆需正道由之，而這道一思即得。下引《論語》中這首〈逸詩〉，即予人一種「道不遠人」之暗示：

> 唐棣之華，偏其反而，豈不爾思？室是遠爾。（〈子罕〉篇）

按：唐棣，陸機《草木疏》謂為奧李，亦曰郁李。郁李屬薔薇科，落葉灌木，高四五尺，春月先葉開花，花小，五瓣，色淡紅，花後結實，為核果，形小而圓，熟時呈紫赤色，味甘酸。李時珍《本草綱目》曰：「郁，《山海經》作栯，馥郁也，花實並香，故以名之」。因知唐棣為一種可人的花木。唐棣之華既在翩然搖動，似有所感，如多情佳人；人若有情，豈能無思？如謂「相隔遠耳」，則是「未之思也」，否則「何遠之有」？因此孔子引此詩以喻仁道不遠，問題是在人曾否去尋思而已。〈述而〉篇孔子嘗曰：「仁遠乎哉？我欲仁，斯仁至矣。」亦同此義。

縱然身修家齊，而又善對四方，尚需切磋琢磨，精益求精，庶免而有躊躇滿志之病。故《論語》又曰：

> 子夏問曰：「巧笑倩兮，美目盼兮，素以為絢兮，何謂也？」子曰：「繪事後素。」曰：「禮後乎？」子曰：「起予者商也，始可與言詩矣。」（〈八佾〉篇）

按：「巧笑」、「美目」二語，取〈衛風・碩人〉。此以倩盼之

美質而引出「繪事後素」，顯見詩之妙用。子夏既聞「繪素」其語，因而推想到禮；因禮是必先有忠信而後成之，正如「絢」之必先以「素」為質而成文采之理相同。故孔子言子夏對其志意實有所啓發，即表示聖人亦不自覺其學為已足也。

> 《詩》云：「如切如磋，如琢如磨」。……子曰：「賜也，始可與言詩矣。告諸往而知來者。」(〈學而〉篇)

此《詩》取為精進之義。切磋琢磨句，見〈衛風‧淇澳〉。《爾雅‧釋器》：「骨謂之切，象謂之琢，石謂之磨。」切磋琢磨，期以成寶器，寶者貴也。蓋凡器物愈是切磋琢磨，愈是寶貴。又〈釋訓〉曰：「如切如磋，道學也；如琢如磨，自修也。」《荀子‧大略》：「人之於文學也，猶玉之於琢磨也。詩曰：『如切如磋，如琢如磨』，謂學問也。」因知此處所引詩，旨在砥礪品學，精益求精，無所休止。故朱註：「不切則磋無所施，不琢則磨無所措」；蓋必待「既琢之而復磨之，治之已精，而益求精也」。前述兩詩，孔子皆言「始可與言詩」，則表示欲言詩者，尚必具備相當之智慧及學問而後可。

> 不忮不求，何用不臧？(〈子罕〉篇)

此詩取〈衛風‧雄雉〉篇，義取日新月異。《毛傳》：「忮，害也。臧，善也。」《說文》：「忮，恨也。」蓋有所恨嫉忌害叫做「忮」，有所歆羨貪慕叫做「求」。人若能不忮不求，則何為而不善呢？子路常誦此二語，以為可以終身行之，但孔子以「是道也，何足以臧」，則希望子路能再邁越一步。故「不

忮不求」二語，在此實爲子路進德修業「激而進之」（《集解》
謝氏曰）的階梯。

　　《論語》詩教，有形文字要如上述；然於此已可窺孔門對
《詩》之重視及《詩》在孔門教育中所產生的效果。由於《詩》
的效果顯著，其對人生諸實際問題無往而不利，故孔子最後對
《詩》似在歸結而又似作總評之曰：

　　《詩》三百，一言以蔽之，思無邪。（〈爲政〉篇）

按：「思無邪，誠。」（《朱註》引程子語）而「誠者，物之始
終，不誠無物」；「唯天下至誠爲能化」，既此，則「可以與
天地參矣。」（分見《中庸》第二十五、二十三、二十二各章）
孔子立教之宗旨，殆亦如此。

　　《論語》中引述《詩經》有形文字既如上述，但就孔子的
倫理思想而言，雖然其書中未有明引詩句而顯然卻受《詩經》
某些經文的影響，試就管窺所得，引列如下：

(一)忠君

　　肅肅宵征，夙夜在公。（〈召南‧小星〉）
　　伯也執殳，爲王前驅。（〈衛風‧伯兮〉）
　　王于出征，以佐天子。（〈小雅‧皇皇者華〉）
　　執訊獲醜，薄言還歸；赫赫南仲，玁狁於夷。（〈小雅‧
　　出車〉）
　　玁狁孔熾，我是用急；王於出征，以匡萬國。（〈小雅‧
　　六月〉）

夙夜匪懈，以事一人。（〈大雅‧烝民〉）

以上諸詩，都表現出一個「忠」字。而《論語‧八佾》：「臣事君以忠。」〈顏淵〉：「行之以忠。」〈憲問〉：「忠焉，能無悔乎？」又「子路問事君。子曰：『勿欺也，而犯之。』」〈衛靈公〉：「言忠信，行篤敬，雖蠻貊之邦行矣；言不忠信，行不篤敬，雖州里行乎哉？」顯然受《詩經》啓發及影響。

(二)孝親

害澣害否，歸寧父母。（〈周南‧葛覃〉）

棘心夭夭，母氏劬勞。（〈邶風‧凱風〉）

有子七人，莫慰母心。（同上）

畏我父母；仲可懷也，父母之言，亦可畏也。（〈鄭風‧將仲子〉）

「陟彼岵兮，瞻望父兮」，「陟彼屺兮，瞻望母兮。」（〈魏風‧陟岵〉）

不能蓺稷黍，父母何怙。」、「不能蓺稻粱，父母何嘗。」（〈唐風‧鴇羽〉）

王事靡盬，憂我父母。（〈小雅‧南陔〉）

哀哀父母，生我劬勞。……父兮生我，母兮鞠我、拊我、畜我、長我、育我、顧我、復我、出入腹我；欲報之德，昊天罔極。（〈小雅‧蓼莪〉）

為酒為醴，烝畀祖妣。（〈周頌‧豐年〉）

上述諸詩，皆言孝思。而《論語・學而》曰：「其爲人也孝弟，而好犯上者鮮矣。……孝弟也者，其爲人之本與？」又：「子曰：『弟子入則孝，出則弟。』」〈爲政〉：「子游問孝。子曰：『今之孝者，是爲能養；……不敬，何以別乎？』」又：「子夏問孝。子曰：『色難』。」又：「孟懿子問孝。子曰：『無違』。」又：「孟武伯問孝。子曰：『父母唯其疾之憂』。」〈里仁〉：「父母在，不遠遊；遊必有方。」又：「父母之年，不可不知也；一則以喜，一則以憂。」又：「事父母幾諫；見志不從，又敬不違，勞而不怨」。〈先進〉：「孝哉閔子騫，人不閒於其父母昆弟之言。」

　　父母在世，固當行孝，而父母歿世，亦當孝行不輟。故〈學而〉篇曰：「父在觀其志，父歿觀其行，三年無改於父之道，可謂孝矣。」〈爲政〉篇曰：「生，事之以禮；死，葬之以禮，祭之以禮。」〈泰伯〉篇曰：「禹，吾無閒然矣！菲飲食，而致孝乎鬼神。」〈陽貨〉篇曰：「子生三年，然後免於父母之懷。夫三年之喪，天下之通喪也。予也，有三年之愛於其父母乎？」

　　以上所列，其思想、義理，要爲源自《詩經》。

(三)仁愛

　　在孔子以前文獻中，「仁」字難得一見。就《詩經》三百五篇中，僅有兩個「仁」字。一見於〈鄭風・叔于田〉：「洵美且仁」，一見於〈齊風・盧令〉：「其人美且仁」。但此二詩皆寫獵者；獵者心懷「仁愛」，難能服人。不過在孔子以前，仁爲德目之一，因此詩中之「仁」應爲群德中之一德，而非所謂人類行爲中的最高道德標準。

《詩經》中仁字雖極少見，而其「仁」又非最高道德標準，但詩句中富有仁愛之意者則爲不少。略如：

樂只君子，福履綏之。（祝福之意）（〈周南·葛覃〉）

未見君子，憂心忡忡；亦既見止，亦既覯止，我心則降。（〈召南·草蟲〉）

蔽芾甘棠，勿翦勿伐，召伯所茇。（〈召南·甘棠〉）

穀則異室，則死同穴，謂予不信，有如皦日。（〈王風·大車〉）

凡民有喪，匍匐救之。（〈邶風·式微〉）

爰及矜人，哀此眾寡。（〈小雅·鴻雁〉）

民之無辜，並及臣僕，哀我人斯，於何從祿。（〈小雅·正月〉）

監觀四方，求民之莫。（〈大雅·皇矣〉）

凡此類例，不勝枚舉。而仁爲孔子的中心思想，故《論語》中發揮更多。略如〈述而〉篇曰：「夫人者，己欲立而立人，己欲達而達人」；〈學而〉：「子曰：『道千乘之國，……節用而愛人，使民以時』。」又：「子曰：『泛愛眾，而親仁』」；〈憲問〉：「子曰：『修己以安人。……修己以安百姓』」；〈公冶長〉：「子曰：『老者安之，朋友信之，少者懷之。』」

總之，孔子仁愛思想，是由個人之內而外，近而遠；必待「己立」、「己達」，然後「立人」而「達人」，以臻「內聖外王」之道。這種思想的修養，雖不必完全襲自《詩經》，但必也因《詩》而更加充實。

三、孔子序《書》及其《書》教

　　《書》者，上起唐、虞，下迄秦穆，約記一千五百餘年間的典章制度，為我國最早的一部史書。漢興，伏生著《尚書大傳》，遂名曰《尚書》。[6]自宋季以還，以《書》為五經之一，亦為十三經之一，學者遂多稱為《書經》。

　　孔子設壇授徒，即將這部古代藏諸王官之重要文獻，編作歷史教材。《史記‧孔子世家》云：「孔子序《書》傳，上紀唐虞之際，下至秦穆，編次其事。」《漢書‧藝文志‧尚書類敘》亦云：「《書》之所起遠矣，至孔子纂焉。上斷於堯，下訖於秦，凡百篇，而為之序，言其作意。」孔子編書，或引據書中某言而加斟酌發揮，或櫽括闡述其意而推陳出新，要為其學說立論之根據。然則孔子何以取《書經》為教？蓋除《論語‧述而》所謂「詩書執禮皆雅言」而外，《史記‧太史公自序》曰：「書記先王之事，故長於政……書以道事。」蔡沈《書經集傳》亦云：「二帝三王，治天下之大經大法，皆載此書。……有志於二帝三王之道，不可不求其心；求心之要，舍是書何以哉？」故孔子編次其事，並據而為教，即是在求三代聖人治平的心法。

　　《書經》原為百篇，自燔秦火，亡數十篇，遺者二十有九。今《論語》所采有關語文，或為簡括之辭，或為逸篇之作，不似《論語》引《詩》的明確了然；然就所述與《今文尚書》二十九篇探討比對，猶可窺其脈絡關聯。以下就《論語》所言與《書》相關經文依其篇名序列之：

子曰：「巧言、令色，鮮矣仁。」（〈學而〉篇）

按：〈虞書・皋陶謨〉曰：「何畏乎？巧言令色，孔壬。」又〈周書・冏命〉：「無以巧言令色。」巧言令色，據《皇疏》引王肅曰：「巧言無實，令色無質。」《論語》引包氏曰：「巧言，好其言語；令色，善其顏色。」兩書所言義同。孔壬，大凶惡之人，應是巧言令色的典型。

　　子曰：「道千乘之國，敬事而信，節用而愛人，使民以
　　時。」（〈學而〉篇）

按：〈虞書・堯典〉曰：「乃命羲和，欽若昊天，曆象日月星辰，敬授人時。」蓋「使民以時」，乃取「敬授人時」相對義。以役民既選農閒之時，而農忙時節亦必須加以「敬授」；否則，農民不是勞而無獲，便是獲而不豐，結果等於「使民非時」，皆為農民之失。因此，兩書語義實相關聯。

　　或謂孔子曰：「子奚不為政？」子曰：「《書》云：『孝
　　乎！惟孝友於兄弟』。」（〈為政〉篇）

按：「《書》云」句，出〈周書・君陳〉篇。以君臣有令德，事親孝，事上恭，惟其孝友於家，是亦能施政於邦國也。朱熹《集註》：「孔子引《書》言如此，是亦為政矣。何必居位乃為為政乎？」所言與《書》義同。

　　子謂子產：「有君子之道四焉。……其養民也惠……。」

（〈公治長〉篇）

按：〈虞書·舜典〉：「帝曰：『棄，黎民阻饑，汝后稷，播時百穀』。」又：〈大禹謨〉：「禹曰：『於！帝念哉！德惟善政，政在養民』。」因此「養民也惠」語意，與《書》兩文無別。

> 子貢曰：「如有博施於民，而能濟眾，何如？可謂仁乎？」
> 子曰：「何事於仁，必也聖乎？堯舜其猶病諸？」（〈雍也〉篇）

按：〈皋陶謨〉：「皋陶曰：『都！在知人，在安民』。禹曰：『吁！咸若是，惟帝其難之』」。蓋「博施」、「濟眾」，亦即是「安民」；而「病」與「難」，亦復同義，皆謂天子亦難其能也。

> 子曰：「巍巍乎！舜、禹之有天下也，而不與焉。」（〈泰伯〉篇）

按：〈舜典〉：「帝曰：『格汝舜，詢事考言，乃言底可績，三載；汝陟帝位。』舜讓於德，弗嗣。」蓋「舜讓於德，弗嗣」，或為舜謙遜己德之不足，而讓於有德之人，故不嗣位。〈泰伯〉「舜禹有天下而不與」實據此意。

> 子曰：「大哉，堯之為君也！巍巍乎，唯天為大，唯堯則之！蕩蕩乎，民無能名焉！巍巍乎，其有成功也，煥乎其

有文章。」（〈泰伯〉篇）

按：〈堯典〉：「曰若稽古帝堯，曰放勳。欽、明、文、思、安安，允恭克讓，光被四表，格於上下。克明俊德，以親九族；九族既睦，平章百姓；百姓昭明，協和萬邦。黎民於變時雍。」蓋孔子之言，在盛贊唐堯的君道，以致揭出當時全國百姓都歌功頌德到不可言喻的境地。其實〈堯典〉自「放勳」以下各句，亦皆頌揚堯德。蓋《書經》中敘帝王之德，莫有盛於堯，而贊堯之德，亦莫有備於此者也。

舜有臣五人而天下治。武王曰：「予有亂臣十人。」孔子曰：「才難！不其然乎？唐虞之際，於斯為盛，有婦人焉，九人而已。三分天下有其二，以服事殷、周之德，其可謂至德也已矣。」（〈泰伯〉篇）

按：舜臣五人，即：禹、稷、契、皋陶、伯益，見於〈堯典〉。〈周書・泰誓〉中曰：「受（紂）有億兆夷人，離心離德；予有亂臣十人，同心同德。」亂臣十人為：周公旦、召公奭、太公望、畢公、榮公、大顛、閎夭、散宜生、南宮适，其一為父母。父母蓋邑姜也，武王妃。九人治外，邑姜治內。故孔子曰：「有婦人焉，九人而已。」九人分見〈周書・大誥〉、〈康誥〉、〈酒誥〉、〈召誥〉、〈洛誥〉等篇。〈泰伯〉此文，亦殆為孔子以簡括之辭而稱虞舜、武王之盛德也。

子曰：「禹，吾無間然矣！菲飲食，而致孝乎鬼神；惡衣服，而致美乎黻冕；卑宮室，而盡力乎溝洫，禹，吾無間

然矣。」（〈泰伯〉篇）

按：孔子此在贊歎夏禹君德，認爲絕無可非議。但其所言，當時必有所本；惟考〈大禹謨〉已無事跡可尋，諒已亡佚。然「克勤於邦，克儉於家」句，尚略可近似。

　　子夏曰：「……舜有天下，選於眾，舉皋陶，不仁者遠矣；湯有天下，選於眾，舉伊尹，不仁者遠矣。」（〈泰伯〉篇）

按：「舜有天下」四句，疑與〈舜典〉：「帝曰：『皋陶！蠻夷猾夏，寇賊姦宄，汝作士，五刑有服，五服三就；五流有宅，五宅三居；惟明克允。』」以及與〈大禹謨〉：「任賢無貳，去邪無疑」，義相彷彿。另《論語‧顏淵》：「子曰：『舉直錯諸枉，能使枉者直』」，及〈子路〉篇：「子曰：『舉爾所知；爾所不知，人其舍諸』」諸義，亦類前文。此皆在闡述「選賢與能」之義。

　　南宮适問於孔子曰：「……禹稷躬耕而有天下。孔子不答。」（〈憲問〉篇）

按：此與〈堯典〉、〈皋陶謨〉，及〈周書‧呂刑〉諸篇，間相關聯。如〈堯典〉：「帝曰：『棄！黎民阻飢，汝后稷，播時百穀』」；〈皋陶謨〉：「禹曰：『……稷播奏庶艱食、鮮食，懋遷有無化居。烝民乃粒，萬邦作乂』」；〈呂刑〉：「禹平水土，主名山川；稷降播種，農殖嘉穀」；〈憲問〉之

意幾可與《書》全同。

> 子張問曰：「《書》云：『高宗諒陰，三年不言，何謂
> 也？』子曰：『何必高宗？古之人皆然。君薨，百官總己
> 以聽於冢宰，三年』。」（〈憲問〉篇）

按：此出〈商書‧說命上〉、及〈周書‧無逸〉篇。〈說命〉
上：「王宅憂，亮陰三祀。既免喪，其惟弗言。……天子惟君
萬邦，百官承式。王言惟作命；不言，臣下罔攸稟令」；〈無
逸〉：「其在高宗時，舊勞於外，爰暨小人。作其即位，乃或
亮陰，三年不言；其惟不言，言乃雍。不敢荒寧，嘉靖殷邦，
至於小大，無時或怨。」孔子乃在闡述「三年不言」的疑問。

> 子曰：「無爲而治者，其舜也與！夫何爲哉？恭己正南面
> 而已矣！」（〈衛靈公〉篇）

按：舜無爲而治，當指虞舜以德化民之效，無爲便是有爲。是
孔子稱舜的一統合觀念，非指《書》中某固定之文。據〈舜
典〉，如「稽古帝舜，曰重華。協於帝，濬哲文明，溫恭允
塞，玄德升聞，乃命以位」。又如：「慎徽五典，五典克從。
納於百揆，百揆時敘。賓於四門，四門穆穆。納於大麓，烈風
雷雨、弗迷。」凡此皆足「無爲而治」而「恭己正南面」之
辭。

> 堯曰：「咨，爾舜！天之曆數在爾躬，允執其中，四海困
> 窮，天祿永終。」舜亦以命禹。曰：「予小子履，敢用玄

牡，敢昭告於皇皇后帝。有罪不敢赦，帝臣不蔽，簡在帝心。朕躬有罪，無以萬方；萬方有罪，罪在朕躬。」周有大賚，善人是富。「雖有周親，不如仁人。百姓有過，在予一人」。謹權衡，審法度，修廢官，四方之行政焉；興滅國，繼絕世，舉逸民，天下之民歸心焉。敏則有功；功則説。（〈堯曰〉篇）

按：此在歷述堯、舜、禹、湯、文、武之治績。統論王道，總不外乎寬、信、敏、公。考〈堯曰〉一文，其語意散見《書經》有關篇章，並非如〈堯曰〉即在〈堯典〉。蓋此文作意，乃在統諸先聖之德，綜覈而歸納之。故如「允執厥中」、「四海困窮，天祿永終」，見於〈大禹謨〉。「予小子履，……罪在爾躬」文，朱熹以此為引〈商書‧湯誥〉之辭。《墨子‧兼愛》引作湯說，〈周語〉引作〈湯誓〉，然〈湯誓〉無是語。然就「堯曰」所記湯伐桀之誓詞綜觀之，似亦與〈湯誓〉篇意近；尤如〈湯誓〉曰：「夏氏有罪，予畏上帝，不敢不正。……爾不從誓言，予則拏戮汝，罔有攸赦！」實為〈堯曰〉篇所謂夏桀「有罪不敢赦」所標榜。至於「周有大賚，善人是富」，則見〈周書‧多方〉：「爾乃自時洛邑，尚永力畋爾田，天惟畀矜爾。我有周惟其大介賚爾，迪簡在王庭，尚爾事，有服在大僚。」兩相印證，當較近似。而〈堯曰〉篇謂武王所云：「雖有周親（指紂至親），不如仁人；百姓有過，在予一人」諸句，則見於〈周書‧泰誓〉中篇。因此，〈堯曰〉篇所記諸事，均可見於《書經》中也。

以上所舉，要為《論語》引《書》而略有文字可徵者；至於跡象近似而又意融義貫者，則又指不勝屈。略舉如下：

(一)修身

> 帝曰:「夔!命汝典樂,教胄子。直而溫,寬而栗,剛而
> 無虐,簡而無傲。詩言志,歌永言,聲依永,律和聲。八
> 音克諧,無相奪倫。」(〈舜典〉)

按:上文所謂直、寬、剛、簡等偏失行為,矯正之方,莫善於
樂。而《論語》樂教,略如〈陽貨〉篇曰:「子之武城,聞絃
歌之聲,夫子莞爾而笑。」這表示子游武城的治績,由衰而
盛。〈先進〉:「子曰:『由之瑟,奚為於丘之門。』」〈八
佾〉:「子曰:『人而不仁,如樂何?』」皆謂音樂可陶冶情
性,美化人生。而「直」與「剛」二義,可能導致孔子所言的
「六言六蔽」。如〈陽貨〉篇云:「……好『直』不好學,其蔽
也絞;……好『剛』不好學,其蔽也狂」,正是如此。

> 帝曰:「惟爾賢,汝惟不矜,天下莫與汝爭能;汝惟不
> 伐,天下莫與汝爭功。」(〈大禹謨〉)

按:不矜、不伐,似與〈顏淵〉篇曰:「願無伐善,無施勞」
義近。而下列諸文,都似可為孔子所據而闡述人生哲學的基
礎:

> 惟德動天,無遠弗屆,滿招損,謙受益。(〈大禹謨〉)
> 寬而栗,柔而立,愿而恭,亂而敬,擾而毅,直而溫,簡
> 而廉,剛而塞,彊而義。(〈皋陶謨〉)

德日新，萬邦爲懷；志自滿，九族乃離。(〈商書‧仲虺之誥〉)

天作孽，猶可違；自作孽，不可逭。(〈商書‧太甲〉中)

若升高，必自下；若陟遐，必自邇。(〈商書‧太甲〉下)

慮善以動，惟動厥時。……無啓寵納侮，無恥過作非。(〈商書‧說命〉中)

(二)孝弟

肇牽車牛，遠服賈，用孝養厥父母。(〈周書‧大誥〉)

元惡大憝，矧惟不孝不友，子弗祇服厥父事，大傷其孝心；於父不能字厥子，乃疾厥子。於弟弗念天顯，乃弗克恭厥兄，兄亦不念鞠子哀，大不友於弟。(〈周書‧康誥〉)

追孝於前文人。(〈周書‧文侯之命〉)

以上所舉，殆爲孔子據而闡述人倫的基礎。而〈康誥〉之言，尤爲父慈子孝、兄友弟恭的人倫榜樣。另如：「立愛惟親，立敬惟長，始於家邦，終於四海」(〈商書‧伊訓〉)，正是《論語‧顏淵》「四海之內皆兄弟也」的先導。

(三)中道

人心惟危，道心惟微，惟精惟一，允執厥中。(〈大禹謨〉)

按：中庸之道，爲孔門傳授之心法。《論語》中如〈雍也〉篇
曰：「中庸之爲德也，其至矣乎！民鮮久矣！」又〈子路〉篇
云：「子曰：『不得中行而與之，必也狂狷乎！狂者進取，狷
者有所不爲也』。」蓋孔子本欲得中道之人而教之，既不可
得，則寧取狂狷之士。狂者，有大志的人；狷者，有氣節的
人。狂者進取，時或超乎中庸；狷者有所不爲，時或不及中
庸，皆非中庸之屬。孔子遂以其各具之志節，激勵裁抑，以求
合乎中道。可見孔子對中庸之說的重視；而此思想正是由堯授
舜的「允執厥中」而來。

㈣德懷

> 百姓不親，五品不遜，汝作司徒，敬敷五教，在寬。
> (〈舜典〉)
> 臨下以簡，御眾以寬，罪弗及嗣，賞延後世；宥過無大，
> 刑故無小；罪疑惟輕，功疑惟重。與其殺不辜，寧失不
> 經。好生之德，洽于民心。(〈大禹謨〉)
> 懋昭大德，建中于民，以義制事，以禮治心。垂裕後昆。
> (〈商書‧湯誥〉)
> 汝無侮老成人，無弱孤有幼。(〈商書‧盤庚〉上)
> 如保赤子。(〈周書‧康誥〉)

　　蓋二帝三王，皆以德治天下，故《書》中此類思想不勝枚
舉。孔子引而爲教，《論語》所言正多。略如〈爲政〉篇曰：
「道之以政，齊之以刑，民免而無恥；道之以德，齊之以禮，
有恥且格」。〈公冶長〉：「老者安之，朋友信之，少者懷

之」。〈季氏〉：「不患寡而患不均，不患貧而患不安」等，均顯示其思想淵源有自。因此《書經》對《論語》的影響是顯而易見的。

四、結論

　　《詩》、《書》二經，是我國最早的兩部文史名著，舉凡修、齊、治、平之道，無不包括其中，歷久彌新，為國之環寶。自經孔子刪修編訂，其篇章句子雖或未能盡合於古，然既「各得其所」，必也愈加燦爛光輝，而為孔子學術思想立論的大本。尤其是孔子據此，不僅將其精義闡述殆盡，而特能發揚光大；竊以當時若無夫子的整理闡述，二經或已無聞久矣！而我民族文化也必將另具一番面目矣。《詩》《書》固因孔子而成其不朽，而孔子亦因《詩》、《書》而成其大，以致數千年來，凡思我正統文化，無不宗仰孔子，所以孟子稱其為「聖之時」（〈萬章〉下），又一再表示：「自生民以來，未有盛於孔子」，「乃所願，則學孔子」也。（〈公孫丑〉上）因此歷代以來，每值時勢蜩螗，民族文化益能光華發越，固有賴於《詩》、《書》之啟迪孔子，亦因孔子之能立為體大思精、博厚高明，放之四海而皆準，質諸百世以俟聖人而不惑的聖教故也。

　　——原文發表於《木鐸》雜誌第十一期，民國七十六年二月。

⋯附註⋯

1 見《論語·述而》篇。

2 見《史記·滑稽列傳》。

3 見《大戴禮·權衛將軍文子》篇。

4 按:〈六月〉,《詩·小雅》篇名。乃讚美尹吉甫佐周宣王北伐之詩。
《詩》云:「戎車既安,如輊如軒。四牡既佶,既佶既閑。薄伐玁狁,
至于大原。文武吉甫,萬邦爲憲」(六章錄一)。秦穆公賦此詩,乃喻
晉公子重耳還晉,必能佐天子,一如吉甫之佐宣王也(事見《左傳》
僖公二十三、四年傳)。

5 〈黍苗〉,《詩·小雅》篇名。此美召伯來諸侯,如陰雨之長黍稷也。
《詩》云:「芃芃黍苗,陰雨膏之;悠悠南行,召伯勞之。」(五章錄
一)。范宣子時爲晉政,魯季武子至晉拜謝晉兵伐齊,宣子乃賦此詩,
藉爲讚美武子前來晉國,亦如陰雨之長黍稷也。武子聞詩,再拜稽
首,亦賦〈六月〉詩,而以晉侯之比吉甫出征,以正王國也(事見
《左傳》襄公十九年)。

6 按:自伏生《尚書大傳》出,如董仲舒《春秋繁露》,司馬遷《史記》
等書,遂稱《書》爲《尚書》。

《史記》導讀

司馬遷《史記》，凡百三十篇，五十二萬六千五百字；上起黃帝，下迄獲麟，共記二千六百三十六年史事。成十二本紀、十表、八書、三十世家、七十列傳。

一、《史記》一名的變遷

《史記》一名凡有四變。首曰《太史公書》、次曰《太史公》、三曰《太史公記》、四曰《太史公傳》，最後名曰《史記》。

《史記》一名，在司馬遷《史記》問世以前，是史書的通稱。最早可見於亦稱《逸周書》的《周書》，是汲人於晉武帝太康二年（西元281）得之於魏安釐王墓中，亦稱《汲冢周書》。加序一篇，共計七十一篇，在卷八第六十一篇，題曰《史記解》，《漢書·藝文志注》為《周史記》，意謂周代歷史。《呂氏春秋·察傳篇》記載一段子夏經衛國到晉國去，發生這麼一段插曲：

> 子夏之晉過衛，有讀《史記》者，曰：「晉師三豕涉河。」子夏曰：「非也，是己亥也。夫己與三相近，豕與亥相似。至於晉而問之，則曰：「晉師己亥涉河也。」

這裡所說的《史記》是指晉國歷史。

另外，在司馬遷以前稱歷史爲《史記》的還有，如：

㈠周太史伯陽讀《史記》，曰：「周亡矣。」（〈周本紀〉）

㈡是以孔子……西觀周室，論《史記》舊聞，興於《魯史》而次《春秋》。（〈十二諸侯年表序〉）

㈢魯君子左丘明，……因孔子《史記》，具論其語，成《左氏春秋》。（同上）

㈣秦既得意，燒天下詩書，諸侯《史記》尤甚。（〈六國年表序〉）

㈤余觀《史記》，考行事。（〈天官書〉）

㈥孔子讀《史記》，至楚復陳。（〈陳杞世家〉）

㈦孔子讀《史記》，至文公。（〈晉世家〉）

㈧乃（孔子）因《史記》、作《春秋》。（〈孔子世家〉）

㈨自獲麟以來，四百有餘歲，而諸侯相兼，《史記》放絕。（〈太史公自序〉、記其父談之言）

㈩紬《史記》石室金匱之書。（同上）

以上《史記》之稱，皆指各國史官記事之書，非史書的專稱。

《史記》在定名之前，亦各有其由來：

㈠《太史公書》

1.卒述陶唐以來，至於麟止，……凡百三十篇，五十二萬六千五百字，爲《太史公書》。（〈太史公自序〉）

2. 上疏求諸子及《太史公書》。（《漢書·東平思王傳》）

3. 其（後傳）略論曰：「若《左氏》、《國語》、《世本》、《戰國策》、《楚漢春秋》、《太史公書》。」（《後漢書·班彪傳》）

4. 後受詔，刪《太史公書》十餘萬言。（《後漢書·楊終傳》）

以上四例，乃《史記》首先被稱爲《太史公書》者。

㈡《太史公》

1. 桓譚《新論》以爲，太史公造書，書成，示東方朔。朔爲平定，因署其下。太史公者，皆朔所加之者也。（《史記·孝武本紀索隱》）

2. 桓譚云：「遷所著書成，以示東方朔，朔皆署曰：『太史公。』」（〈太史公自序索隱〉）

3. 《太史公》百三十篇。（《漢書·藝文志》）

4. 馮商所述《太史公》七篇。（同上）

5. 劉殷有七子，五子各授一經。一子授《太史公》。（《晉書·孝友傳》）

以上五例，乃《史記》之第二種稱謂。

㈢《太史公記》

1. 惲母，司馬遷女也。惲始讀外祖《太史公記》，頗爲

《春秋》。（《漢書‧楊惲傳》）

2.《太史公記》凡百三十篇，五十餘萬言。（荀悅《漢紀》卷十四）

3.按《漢書》及《太史公記》皆云：「齊人少翁，武帝以為文成將軍。」（葛洪《抱朴子》第二〈論仙〉）

㈣《太史公傳》

竊好《太史公傳》，太史公之傳曰：「三王不同龜，四夷各異卜，然各以決吉凶。」略窺其要，故作〈龜策列傳〉。（褚少孫補《史記‧龜策列傳》）

以上或稱《太史公書》，或稱《太史公》，或稱《太史公記》，或稱《太史公傳》，則書、記、傳皆可通假。《廣雅‧釋言》：「書，記也。」又《後漢書‧獨行陳重傳》：「前後十餘通記。」注：「記，書也。」《經學歷史‧經學流傳時代》云：「孔子所定謂之經，弟子所詮釋謂之傳，或謂之記。」因之，《太史公記》，即《太史公書》，《太史公傳》，亦《太史公記》也。

二、《史記》的正名

王叔岷教授《史記名稱探源》，謂論及《太史公書》稱《史記》之始，以梁玉繩《史記志疑》謂始於班叔皮父子，最可徵信。《史記志疑》云：

史公作書，不名《史記》；《史記》之名，當起叔皮父
子。觀《漢書‧五行志》及《後漢書‧班彪傳》可見。蓋
取古史記之名，以名遷之書，尊之也。

王氏《史記名稱探源》將《史記志疑》列出以下三類：㈠
確引司馬遷書，㈡似引司馬遷書佚文，㈢似引《國語》而實引
司馬遷書者。

這三項資料，皆出於《漢書‧五行志》，但在《史記》中
則分出於〈紀〉、〈表〉、〈世家〉。如第一種「確引司馬遷書
者」，《史記‧秦始皇本紀》：「秦始皇八年，河魚大上」；
《史記‧六國年表》：「秦孝公二十一年，有馬生人」；又
《史記‧魏世家》：「魏襄王二十三年，魏有女子，化爲丈夫」
等，出處都明言《史記》。至於第二種及第三種的「似引司馬
遷佚文」及「似引《國語》而實引司馬遷書」者，出處皆言
《史記》，而無篇名。如《史記》：「秦武王三年，渭水赤者三
日。昭王三十四年，渭水又赤三日。」此文不見於今〈秦本
紀〉，但《水經‧渭水注》曾引《史記‧秦本紀》云：「秦武
王三年，渭水赤三日。秦昭王三十四年，渭水又大赤三日。」
另〈秦始皇本紀附秦本紀〉亦云：「悼武王立三年，渭水赤三
日。」又《史記》：「秦始皇二十六年，有大人，長五丈，足
履六尺，皆夷狄服。凡十二人，見於臨洮。」今本《史記‧秦
始皇本紀》二十六年，無長人見於臨洮之文，而《史記‧秦始
皇本紀索隱》則有：「按二十六年，有長人見於臨洮」；而
《水經四‧河水注》，也有「大人來見臨洮，身長五丈，足六
尺，李斯書也」。文出〈李斯列傳〉也未可知，惟今本無此
文。

　　另如《史記》：「晉惠公時童謠曰：恭太子更葬矣，後十四年晉亦不昌。昌乃在兄。」文見〈晉世家〉；然錢大昕《考異》認是《國語》之文。考《國語·晉語三》文與此不類，且所載國人之誦，與此童謠大異，無疑此謠是出自《史記》而非《國語》。

　　又《史記》：「魯定公五年，季桓子穿井，得土缶，中若羊。」見於〈孔子世家〉。錢大昕《考異》以爲《國語》之文。《國語·魯語下》作：「季桓子穿井，獲如土缶，其中有羊焉。」兩文近似。

　　以上所舉「史記正名」諸例，雖不敢遽斷是否全出《史記》，但稱司馬遷之所著爲《史記》，絕無可疑。

　　依王叔岷教授的看法，在《漢書·五行志》中所稱的《史記》，就是司馬遷的《史記》，而魏明帝對王肅問中的《史記》，已經瞠乎其後太久了。據《三國志·魏志·王肅傳》云：

　　（明）帝又問，司馬遷以受刑之故，內懷殷切，著《史記》，非貶孝武，令人切齒。（肅）對曰：「司馬遷記事不虛美，不隱惡。……漢武帝聞其述《史記》，取己及孝景本紀覽之，於是大怒，削而投之。」

　　魏明帝、王肅在此並稱司馬遷書爲《史記》，並無異名。這次問對，據〈王肅傳〉是在景初（西元237～239）間。易培基〈肅傳補注〉：「司馬遷書名《史記》，自此始」。王國維〈太史公行年考〉亦云：「稱太史公書爲《史記》，蓋始於《魏志·王肅傳》」。從此前溯至《漢書》完成於章帝建初四、五年

間（西元79～80），則至景初間，相距約一百六十年左右。

三、太史公稱謂考

《史記》原名有《太史公書》、《太史公》、《太史公記》、《太史公傳》等稱，而書中所謂「太史公曰」的太史公，義竟何指？歸納舊說，可分以下四類：

(一)漢武帝新置之官名

《史記・太史公自序集解》如淳注引《漢儀》注云：「太史公武帝置，位在丞相上，天下計書，先上太史公，副上丞相。……遷死後，宣帝以官為令，行太史公文書而已。」《漢書・司馬遷傳注》引舊《漢儀》云：「太史公，秩二千石。」《史記・武帝本紀正義》引《虞志》云：「古者主天官者皆上公，非獨遷。」又《史記・孝武本紀》引《虞志》云：「自周至漢，其職轉卑，然朝會座位，獨居公上，尊天之道。其官署仍以舊名，尊而稱公，公名當起於此。」

(二)謂司馬遷自尊其父之著述

〈太史公自序〉：「談為太史公。」〈索隱〉：「公者，遷所著書，尊其父，曰公也。」又〈自序〉云：「為太史公書序。」〈索隱〉云：「蓋遷自尊其父著述，稱之曰公。」《昭明文選，司馬子長報任少卿書》云：「太史公牛馬走，司馬遷再拜言。」李善注：「太史公，遷父談也。走，猶僕也，言己為太史公掌牛馬之僕，自謙之辭也。」[1]

(三)謂爲東方朔或楊惲所加

《史記‧孝武本紀索隱》引桓譚《新論》云：「太史公造書，書成示東方朔，朔爲平定，因署其下。」又《史記‧孝武本紀集解》引韋昭云：「說者以談爲太史公，失之矣。《史記》稱遷爲太史公者，是外孫楊惲所加。」

綜觀以上諸說，皆未盡善，近人朱希祖教授撰〈太史公解〉（收入《史記論文選集》），認爲「太史公」一名，非爲漢官正名，乃是依從楚國風俗之一種別名。既以稱其父，又以自稱，且以稱其書。其說足以止攘。茲錄其相關文字於後。

(四)謂出於楚國稱公之風俗

自春秋時楚國縣令，或稱縣公。（左宣十一年傳，楚王謂「諸侯縣公，皆慶寡人」，杜預注：「楚縣大夫皆僭稱公。」）

《左傳》楚有葉公、析公、申公、郎公、蔡公、息公、商公、期思公，《呂氏春秋》楚有卑梁公，《戰國策》楚有宛公、新城公，《淮南子》楚有魯陽公（注：「楚之縣公也，楚僭號稱王，其守縣大夫皆稱公。」）。此皆縣令稱公之證也。漢高祖本楚人，喜楚歌楚舞，故稱謂之間，亦有從楚俗者，《史記‧高祖本紀》，沛父老率子弟共殺沛令，立季（高祖字季）爲沛公。（集解引《漢書音義》曰：「舊楚僭稱王，其縣宰爲公，陳涉爲楚王，沛公起應涉，故從楚制稱曰公。」）不特此也，《史記‧孝文本紀》：「齊太倉令淳于公，有罪當刑。」又云：「太倉公無男，有女五人。」又云：「太倉公將行，其少女緹縈上書，文帝爲除肉刑。」太倉令可稱太倉公，則太史令何不可稱爲太史公乎？顧炎武《日知錄》卷二十一，以太倉令淳于公，因失名而稱公，太史公以司馬遷稱其父談尊爲公；

其說皆非是。司馬自稱亦曰太史公。太倉淳于公，名意，《史記・扁鵲倉公列傳》：「太倉公者，齊太倉長（案即太倉令，縣令或稱縣長，故太倉令亦或稱爲太倉長也），臨菑人也，姓淳于氏，名意。少而喜醫方術。文帝四年中，人上書，言意以刑罪，當傳西之長安。意有五女，……於是少女緹縈上書，……上悲其意，除肉刑法。」據此，太倉公自有名，何得云失名而稱公也。

　　太倉公可以名傳，則太史公何不可以名書乎？其稱扁鵲倉公列傳者，簡稱太倉公爲倉公，猶簡稱太史公爲史公也，列傳中則仍全稱爲太倉公。遷既從楚俗，稱太史令爲太史公，則太史公仍爲官名，惟爲太史令之別名耳！

　　雖似他人之尊稱，亦得自己爲題署，與太史丞不嫌無所分別。而敘其身受之官號，則仍從漢官之正名，自序所謂三歲而遷爲太史令是也。

　　雖然，此等稱語，若不知當時之風俗，究嫌自尊，且屬駭俗。淳于意有名而不稱，又舍太倉令之正名，而用太倉公之別名，且以名其傳，然在書中，人亦未嘗措意。而太史公乃名其全書，令人費解，越數千年而紛紛揣測，莫能定其是非。漢桓寬改稱爲司馬子，殆亦不慊於其意也。（選自《中國史學通論》）

　　敬按：朱先生之說，允爲精審，足以止攘。蓋司馬氏之先，世爲周太史，而司馬談父子，亦官太史令，故有太史之名，又從楚俗之令而爲公，故曰《太史公書》；既名其書，復以各篇綴以「太史公曰」，情至理臻，亦符私人著述之旨。然所述太倉令而爲太倉公一節，則出史公敘筆，似不必與太史公作等量觀。

四、《史記》撰述之經過

　　《史記》作者司馬遷，字子長，漢太史令司馬談子，景帝中元五年（西元前145），生於左馮翊夏陽，[2]其地與今山西省河津縣隔河相對，龍門山橫跨兩岸，故有龍門之稱。遷爲太史世家，少飫典籍，又壯遊四海，盡覽名山大川，故其文疏宕而有奇氣。據〈太史公自述〉，謂其治學、遊歷、仕履及受父命著述之經過云：

> 遷生龍門，耕牧河山之陽。年十歲，則誦古文。[3]二十而南遊江淮，上會稽，探禹穴，闚九嶷，浮於沅湘。北涉汶泗，講業齊魯之都，觀孔子遺風，[4]鄉射鄒嶧，[5]厄困鄱、薛、彭城，[6]過梁楚以歸。[7]於是遷仕爲郎中，奉使西征巴蜀以南，南略邛笮、昆明，還報命。[8]

　　司馬氏之先，爲周室太史，漢武帝建元、元封間（西元前140～145），司馬談官太司令，元封元年（西元前110），談卒。[9]三年，司馬遷繼父爲太史令，年三十八。太初元年（西元前104），年四十二，〈自述〉述其父之顧命曰：

> 今漢興，海內一統，明主賢君忠臣死義之士，余爲太史，而弗論載，廢天下之史文，余甚懼焉，汝其念哉？遷俯首流涕，曰：「小子不敏，請悉論先人所次舊聞，弗敢闕。」

史公作《史記》，雖受顧命於元封元年，其經始則在太初元年，〈自序〉云：

　　五年而當太初元年，十一月甲子朔旦冬至，天曆始改，建於明堂，諸神受紀。[10]太史公曰：「先人有言，自周公卒五百歲而有孔子，孔子卒後，至於今五百歲，有能紹明世，正易傳，繼春秋，本詩書禮樂之際，意在斯乎，意在斯乎！小子何敢讓焉。」

　　司馬遷作曆事畢，殆即著手《史記》之作。天漢三年（西元前98），因遭李陵之禍，下獄腐刑，孤憤忍辱，冀竟其業，〈自序〉云：

　　太史公遭李陵之禍，幽于縲絏，乃喟然嘆曰：「是余之罪也夫，身毀不用矣。」退而深維曰：「夫詩書，隱約者欲遂其志之思也。昔西伯拘羑里，演《周易》；孔子厄陳蔡，作《春秋》；屈原放逐，著《離騷》；左丘失明，厥有《國語》；孫子臏腳，而論兵法；不韋遷蜀，世傳《呂覽》；韓非囚秦，《說難》、《孤憤》。《詩》三百篇，大抵聖賢發憤之所為作也。此人皆有所鬱結，不得通其道也。故述往事，思來者。」於是卒述陶唐，至於麟止。[11]

　　太始元年（西元前96），遷年五十，被刑之後，為中書令。[12]四年，故人益州刺史任安（少卿）予司馬遷書，責以求賢進士為務，征和二年（西元前91）十一月，遷報任安書云：

僕竊不遜，近自託於無能之辭，網羅天下於佚舊聞，考之
行事，稽其成敗興壞之理，凡百三十篇……草創未就，適
會此禍，惜其不成，是以就甌刑而無慍色，僕誠以著此
書，藏之名山，傳之其人，通都大邑，則僕償前辱之責，
雖被萬勠，豈有悔哉！

　　《史記》之作，至遇李陵之禍，已歷七年；迨征和二年
「報任安書」時，又歷八年，書始粗成。因此《史記》撰作約
經十五六寒暑；復以成稿後刪修改定，當約二十有餘年。史公
《史記》成書基於兩大因素，一是受父遺命之所繫，一是其下
獄後孤憤之情不能自己。

五、《史記》之編次

　　本文僅以《史記》中的〈本紀〉、〈表〉、〈書〉、〈世
家〉、〈列傳〉等五類分別作一簡述。

(一)〈本紀〉

　　〈本紀〉是敘帝王，關涉國家大事。〈五帝本紀‧索
隱〉：「紀者，記也，本其事而記之，故曰本紀。又紀，理
也，絲縷有紀；而帝王書稱紀者，言為後代綱紀也。」

　　《史記》共列十二〈本紀〉。在三代以前，因年代久遠，故
自少暤、顓頊、帝嚳、堯、舜等五帝雖有若干史料流傳下來，
但已無明確的時間可考，所以在寫〈本紀〉時，只好將五帝同
列一卷。夏、商兩代時，也因諸侯（大小種族部落）紛立，不
能據實登錄彼等史料；至周，因「共和」[13]以前譜諜之書，略

無年月，即使有，也不敢置信。如孔子刪《尚書》，兼綴年月，但缺漏甚多，不敢採錄，以免疑者傳疑。因此，夏商及周三代，各以其人君總數及其享國年數，各佔一個〈本紀〉，曰〈夏本紀〉、〈殷本紀〉、〈周本紀〉。[14]

十二〈本紀〉中，除五帝、三代、秦及秦始皇〈本紀〉等六篇外，尚有漢高、文、景、武共四篇；另外二篇，一爲〈項羽本紀〉及高祖崩後的〈呂太后本紀〉。

後世對〈本紀〉質疑的，就是〈項羽本紀〉與〈呂太后本紀〉。劉知幾《史通·本紀》云：「項羽僭盜而死，未得成名，求之於古，則齊無知、衛周吁之類也。安得諱其名字，呼之曰王者乎？春秋吳楚僭擬，書如列國，假使羽盜帝名，正可抑同群盜，況其名曰西楚，號止霸王乎？霸王者，即當時諸侯，諸侯而稱本紀，求名責實，再三乖謬。」此就項羽未就帝業而列〈本紀〉予以非論之。

惟太史公曰：「羽非有尺寸，乘勢起隴畝之中，三年，遂將五諸侯滅秦，分裂天下，而封王位，政由羽出，號爲霸王。」史公以項羽率五諸侯滅秦以及以下諸事，已非諸侯所能，而是諸侯之長者所能統攝；且霸者「伯」之借字，伯者，長也。項羽既爲諸侯之長，列入〈本紀〉似不爲過。

秦本爲諸侯，列入〈本紀〉，也許會令後人疑惑，但〈太史公自序〉云：「略推三代，錄秦漢。……」〈秦本紀〉曰：「秦之先伯翳，帝顓頊之苗裔。」又曰：「自繆公以來，稍蠶食諸侯」，竟成始皇。因此既要敘錄秦漢，就不能不溯及秦的先代。況且昭襄王（西元前306～255）又奠定了帝業，諸侯的史書，又大都散佚，獨秦紀尚存，因此要舉綱提領，這一段史料，既不宜列入〈世家〉，自應以〈本紀〉存之。

　　另外一個特殊現象，是〈呂太后本紀〉。漢高祖之后呂氏，因加害戚夫人及其子趙王隱，致使漢惠帝不聽政。〈呂太后本紀〉云：「孝惠元年十二月，帝晨出射，趙王小，不能蚤起。太后聞其獨居，使人持鴆飲之。黎明，孝惠還，趙王已死。……（又）太后遂斷戚夫人手足，去眼，煇耳，飲瘖藥，使居廁中，命曰『人彘』。……孝惠見，……迺大哭，因病，歲餘不能起。使人請太后曰：『此非人所爲。臣爲太后子，終不能治天下。』孝惠以此日飲爲淫樂，不聽政。」因自元年（西元前194）至七年（西元前188）秋八月卒止，政由呂后，故史公不爲惠帝立紀。惠帝崩殂的次年，呂后正式登基，在位八年（西元前187～180），先後掌權達十五年之久；既號令天下，故立〈呂太后本紀〉。

（二）〈表〉

　　《史記‧三代世表‧索隱》引鄭玄云：「表，明也，謂事微而不著，須表明也。」沈濤謂「表，猶言譜。」譜是「布」的意思，就是布列其事。

　　《史記》以〈表〉爲全書的綱領，年代遠則用〈世表〉、〈年表〉，年代近則用〈月表〉。如〈三代世表〉，因年代久遠，其事不可詳考，故以世代相承系次爲主，而觀歷代本支發展之概況。〈三代世表序〉云：「五帝、三代之記，尙矣！自殷以前諸侯不可得而譜。」此即所以作世表之本意。

　　年表者，則有時代可考，自〈十二諸侯年表〉之始於共和元年（西元前841）以還，年代及諸侯事蹟，自「周以來乃頗可著。孔子因史文次春秋，紀元年，正時日，蓋其詳哉。」（〈三代世表序〉）因此據而以作年表。

漢興，〈年表〉有六，大別可爲三類。一是如〈漢興以來諸侯王年表〉；此表以地爲主，可以藉觀天下之大勢。周代封爵，以公侯伯子男五等，漢興則封功臣爲王、侯，且同姓異姓兼封，如長沙王封吳芮。二是〈高祖功臣侯者年表〉；此表以時爲主，所以一覩天下之得失。漢建以後，封侯者一百多人，至百年後的武帝太初（劉邦元年，西元前206～西元前101）年間，只存侯爵五人，「餘皆坐法隕命亡國耗矣」。三是〈漢興以來將相名臣年表〉；此表以大事爲主，藉觀君臣之職分。表自漢王劉邦元年（西元前206）至成帝鴻嘉元年（西元前20年），凡記一百八十年之大事、相位、將位、及御史大夫位等將相名臣事蹟。昭、宣以後，爲後人所補記。

　　〈月表〉者，〈索隱〉引張宴曰：「天下未定，參錯變易，不可以年記，故列其月。」月表中僅有〈秦楚之際月表〉；因「秦楚之際，擾攘僭篡，運數又促，故以月記事名表也」（〈索隱〉引張宴語）。

　　綜觀〈表〉的功能很多，趙翼《二十二史劄記》曰：「《史記》作十〈表〉，昉於周之譜諜，與〈紀傳〉相爲出入。凡列侯將相九卿功名表著者，既爲立傳；此外大臣無功過者，傳之不勝傳，而又不容盡沒，則於表載之。作史體裁，莫大於是。」顧炎武亦曰：「大臣無積勞，亦無顯過，傳之不可勝書；而姓名爵里存沒盛衰之跡，要不容以遽泯，則於表乎載之；又其功罪事實，傳中未有悉備者，亦於表乎載之，年經月緯，一覽瞭如。……作史無表，則立傳不得不多；傳愈多文愈繁，而事蹟或反遺漏而不舉。」（《日知錄》卷二十六〈史記〉）

　　除了上述，〈表〉的重要性尚大致有三，一是提綱挈領，一目瞭然；再是融匯一爐，便於檢尋；三是凡人與事，非必要

而又不可缺者，見之於表，不必列傳，則文省事具。

(三)〈書〉

《史記》八書，曰禮、樂、律、曆、天官、封禪、河渠、平準等八種。〈索隱〉：「書者，五經六籍之總名也。此之八書，記國家大體。」趙翼《二十二史劄記》云：「八書乃史遷所創，以記朝綱國典也。」

八書要旨大致是〈禮書〉記禮俗，〈樂書〉記音樂，〈律書〉記軍事與氣象，〈曆書〉記曆法，〈天官書〉記天文學，〈封禪書〉記宗教，〈河渠書〉記地理與水利，〈平準書〉記財經等。

八書是我國文化的總名，非長於國聞掌故者，不能爲之。《漢書》據以作「志」，又爲後世史家「典」、「考」等的濫觴。

(四)〈世家〉

〈世家〉是以紀侯國，關涉地方政府大事。〈索隱〉云：「系家者，記諸侯本系也，言其下子孫常有國。故孟子曰：『陳仲子，齊之系家。』又董仲舒曰：『王者封諸侯，非官之也，得以代爲家也』。」

《史記》三十〈世家〉，概括兩個系統，一是按照年代，分爲先秦與漢初兩類，一是依照特殊表現、影響久遠者，如孔子、陳涉、外戚等三〈世家〉。六國以前之諸侯，皆以立國先後爲序，自吳太伯至田敬仲完（田完），列有十六篇〈世家〉，次序井然。其後即以布衣而入〈世家〉之孔子與陳涉。入漢以後，則以貴族功臣之順序安排，歷經文、景之世而止於武帝時

代之〈三王世家〉。

　　孔子、陳涉列為〈世家〉，後世屢有非議。劉知幾以《史記》列陳涉於〈世家〉，首先非之云：「陳涉起自群盜，稱王六月而死，子孫不嗣，社稷靡聞，無世可傳，無家可宅，而以世家為稱，豈當然乎？」（《史通·世家》），然太史公曾曰：「陳勝雖已死，其所置遣侯王將相竟亡秦，由涉首事也。高祖時，為陳涉置守冢三十家碭，至今血食。」因此史公將陳涉列入〈世家〉，首先是看在他「首事亡秦」的基礎上；而漢高祖時為置血食，得以香火不絕，精神長存，亦足可稱。

　　〈孔子世家〉也為後人所聚訟。首置疑者，為王安石〈讀孔子世家〉云：「孔子，旅人也，栖栖衰季之世，無尺寸之柄，此列之以傳宜矣，曷為世家哉？處之世家，仲尼之道不從而大；置之〈列傳〉，仲尼之道不從而小。而遷也自亂其體例，所謂多所牴牾者也。」王氏這段話是很有道理的；然〈孔子世家贊〉史公的這段話也有道理。贊曰：「詩有之：『高山仰止，景行行止』，雖不能至，然心鄉往之。余讀孔氏書，想見其為人。適魯，觀仲尼廟堂、車、服、禮器，諸生以時習禮其家，余低回留之，不能去云。天下君王至於賢人，眾矣！當時則榮，沒則已焉。孔子布衣，傳十餘世，學者宗之。自天子王侯，中國言六藝者，折中於夫子，可謂至聖矣。」要謂孔子以六藝傳家，既久且遠。

　　後世亦紛紛以史公所作為是。〈孔子世家·索隱〉曰：「孔子非有諸侯之位而亦世家者，以是聖人，為教化之主，又代有賢哲，故稱世家焉。」王鳴盛《十七史商榷》：「以孔子入世家，推崇已極，亦復斟酌盡善。王介甫妄譏之，全不考三代制度時勢，不識古人貴貴尚爵之意。」趙翼《陔餘叢考》亦

云：「孔子無公侯之位而《史記》獨列入〈世家〉，尊孔子也。」此皆以孔子宜入〈世家〉。

關於這個問題，最應注意的是「作史體例」，以及孔子生前的思想形態。孔子繼往開來，史公以六藝世其家，固較君王之開國承家，久而且遠；然就〈世家〉本義言，總與六藝不侔。〈世家〉是以世代相續，子孫常有國；而六藝者，乃文化丕基，精神依歸。道不同，不能相與謀。且謂「尊孔」云者，乃孔子應被尊重，不宜以尊孔而即背反其體例，亦不應以不尊之而即能剝奪其至聖崇譽。介甫「不從大小」之言，審矣。譬如孟荀同傳，未因寥然數語而泯其名；因而孔子之大，亦殆不因其已入〈世家〉。況以正名為極，視富貴如浮雲；假令仲尼尚在，其必又曰：「孰可忍，孰不可忍？」「君君臣臣父父子子」。

(五)〈列傳〉

〈列傳〉是記錄各類型事蹟彰著的人物生平。〈索隱〉云：「列傳者，謂序列人臣事蹟，令可傳於後世，故曰列傳。」

七十〈列傳〉，可分單傳、合傳、類傳、四夷、序傳等五類，分述如次：

1.單傳：單傳就是一人一傳。如〈伯夷列傳〉、〈司馬穰苴列傳〉、〈伍子胥列傳〉等，凡在書目中列出單一人名皆屬之。其人對時代著有貢獻或對歷史造成影響者。

2.合傳：將兩者以上之歷史人物合為一傳，又分兩種情況。一是性質相同，如〈管、晏列傳〉、〈老子‧韓非列傳〉、〈孫子、吳起列傳〉等。管仲、晏嬰同屬於著名的政治人物。

老子自著《道德經》五千言，其後莊周「要本歸於老子之言」；而申不害、韓非也「學歸本於黃老」（本傳實敘老、莊、申、韓四人之學），學術根柢相同。可以說是道家的學術人物。至於孫武、孫臏、吳起（本傳實敘以上三人），則為兵家的著名人物。

　　合傳的另外一種情況，則是關係密切者，如〈廉頗・藺相如列傳〉。廉頗為趙將，藺相如為趙上卿，一文一武，使秦不敢侵趙；又由於藺相如的胸懷大度，使二人成為刎頸之交。在〈孟・荀列傳〉中，則附出田駢、慎到、環淵、接子、墨子、淳于髡、騶衍、公孫龍等十七人，這裡面有法家、墨家、言辯家、陰陽家、及名家人物等十七人，這可能是以他們時代相近為主。在〈仲尼弟子列傳〉中，則敘列七十七人，同類相列，不分主從，事蹟輕重顯晦，一目瞭然。

　　3.類傳：以行業為類，敘列其代表性人物，歸納之，則分十類，即〈刺客〉、〈循吏〉、〈儒林〉、〈酷吏〉、〈游俠〉、〈佞幸〉、〈滑稽〉、〈日者〉、〈龜策〉、〈貨殖列傳〉等。類傳人物及事蹟，均造成後世相關事項的深刻影響。

　　4.四夷傳：本傳是記述邊疆民族之歷史，分為六篇，即〈匈奴〉、〈南越〉、〈東越〉、〈朝鮮〉、〈西南夷〉及〈大宛列傳〉等。為四夷立傳，一反春秋時代內其夏而外諸國，內諸夏而外夷狄的狹小眼光。

　　5.序傳：名為〈太史公自序〉，相當於「序論」或「結論」。文末分別將各篇加以界說，藉此以明作者著史之動機。

　　後世對〈列傳〉的編次也有意見，劉知幾《史通・二體》云：「編次同類，不求年月，後生而擢居首帙，先輩而抑歸末章，遂使漢之賈誼將楚屈原同列，魯之曹沫與燕荊軻並編，此

其所以爲短也。」以紀傳體不同於編年，此種「不求年月」情況，自所難免。顧炎武《日知錄》云：「古人作史，取其事之相屬，不論年月。」章學誠《文史通義》亦云：「楚之屈原，將漢之賈生同傳；周之太史，偕漢之公子同科，古人正有深意，相附而彰，義有獨斷，末學膚受，豈得從而妄議？」也排斥了《史通》之說。

　　綜觀《史記》全書，固然是一部記錄史實大集，主要還在「究天人之際，通古今之變，成一家之言」，完成其史學系統，奠定其歷史哲學基礎。孔子不以空言褒貶，史公亦有「載之空言，不如見諸行事之深切著明」的話，意即史公本有種種理想，然徒託空言，不如藉歷史事實以成一家之言；一家之言，是竊比孔子《春秋》之意，是作者著史的最大目的。

——原文發表於中國文化大學《中文學報》第一期，民國八十二年二月；此文於九十二年二月改寫。

⋯附註⋯

1　李善以太史公爲指司馬談，然談死於武帝元封元年（西元前110），而〈報少卿書〉，則在李陵之禍（西元前98）以後，此時司馬談已死十三年。

2　按：今陝西省韓城縣芝川鎮。

3　武帝建元五年（西元前136），司馬談爲太史丞，司馬遷隨至京師，隨諫議大夫孔安國習《古文尚書》。

4　《史記・孔子世家贊》云：「余讀孔氏書，想見其爲人，適魯，觀仲尼廟堂、車、服、禮器，諸生以時習禮其家，余低回留之，不能去云。」

5　鄒嶧山，在山東鄒縣南十二公里，司馬遷至此，適逢鄉射選才之禮。

6 郯，《漢書·司馬遷傳》作「蕃」，顏師古注：「縣名也，音皮。」曾
　為山東藤縣治。薛為戰國時孟嘗君封地，故城在今山東滕縣東南四十
　四里。彭城為今徐州。以上三地，皆今魯南、蘇北一帶。

7 梁，以今地理言，司馬遷沿隴海路由徐州至開封，開封為魏國京城大
　梁。《魏世家贊》云：「吾適故大梁之墟，墟中人曰：『秦之破梁，
　引河溝而灌大梁，三月城壞，王請降，遂滅魏。』」
　楚，開封以東至徐州一帶，為戰國末年楚地。〈春申君列傳〉：「吾
　適楚，觀春申君故城宮室，盛矣哉！」

8 史公於元鼎六年（西元前111），隨李息軍征西羌，次年元封元年始
　返，年三十六。

9 武帝元封元年（西元前110）正月，封禪東嶽人馬抵洛陽，司馬談滯留
　周南，不得與從事，發病且卒。史公適自西南奉使歸，與其父彌留之
　際相見。

10 漢代改造曆法，實行太初曆，遍告群神，在明堂宣布，受新曆法享
　祭。此前的曆法，是採用古曆即顓頊曆，以冬十月為歲首，計算法是
　每月 $29\frac{477}{940}$ 天。太初曆則以春正月為歲首，迄今未變。採用的洛下
　閎、鄧平的八十一分法，即 $29\frac{43}{81}$，每月即二十九日八十一分之四十
　三。太初曆即今夏曆，亦稱農曆。

11 至武帝獲麟的那年為止，上下二千多年，仿《春秋》絕筆於獲麟的故
　事而作《史記》。實可泛解為武帝獲麟為止的時代為止較妥，非絕對止
　於獲麟也。因《史記》記錄武帝太初（西元前104～101）及天漢（西
　元前100～97）間事正多，此去獲麟已經二十餘年，且有記太始（西元
　前96～93）間事者。

12 中書令，似今總統之機要秘書，將皇上詔令下達尚書，也將尚書奏摺
　轉呈皇上，比太史令官高位尊，但為宦官所職，故〈報任安書〉云：
　「是以腸一日而九迴，居則忽忽若有所亡，出則不知其所往，每念斯

恥，汗未嘗不發背沾衣也。」

13 周厲王奔彘後，至宣王即位前之十四年間，周公、召公相行政，號曰
共和。另《竹書紀年》：「十三年王在彘，共伯和攝行天子事。」此
言共伯名和，好行仁義，諸侯賢之，周厲王出奔，諸侯奉和以行天子
事，號曰共和。共伯之國在今河南淇縣東北。

14 按：夏──自禹至桀，共傳十七主，凡四百三十二年（西元前2183～
1752）；商──自湯至紂，共傳三十一主，凡六百四十年（西元前
1751～1112）；周──自武王至赧王，共傳三十七主，凡八百五十六
年（西元前1111～256）（參張其昀《中華五千年史》第一冊〈遠古史〉
及第二冊〈西周史〉）。

司馬遷傳略

　　司馬遷，字子長，漢左馮翊夏陽（今陝西韓城縣）人。生於景帝中元五年（西元前145），卒年約六十歲左右。[1]

　　司馬遷的先世，世典周史；[2]在周惠、襄王之間，因避子頹、叔帶之亂，[3]去周適晉，入居少梁；少梁，即後世所謂的「夏陽」。[4]司馬氏自徙少梁，族裔分散於衛、趙、秦間；其在秦者，名錯，其爲司馬遷的遠祖。司馬錯曾與張儀於惠王前辯論伐蜀事；[5]及拔蜀，官四川郡守。錯之孫名靳，曾爲秦將白起的從官；[6]靳孫昌，秦始皇時曾主鐵官；[7]昌生無（亦作毋）澤，曾爲漢初長安市長；[8]無澤生喜，嘗爲五大夫；[9]喜生談，[10]即司馬遷之父。

　　司馬遷的幼年，以伴牧助耕爲事，遊動於山南河曲間。年十歲，則誦古文，治古經籍，[11]漸爲融會新舊，綜貫古今，而奠定未來治史的基礎。

　　二十歲時（西元前127），暫置其治學生涯而壯遊四海。據其〈自序〉所云，他先至江、淮（今江蘇、安徽北部一帶），然後遍歷大江南北。在蘇北，他說：「吾如淮陰，淮陰人爲余言，韓信雖爲布衣時，其志與衆異；其母死，貧無以葬，然乃行營高敞地，令其旁，可置萬家。余視其母冢，良然。」（〈淮陰侯列傳贊〉）「吾適豐、沛，問其遺老，觀故蕭、曹、樊噲、滕公（夏侯嬰）之冢，及其素，異哉所聞。」（〈樊、酈、滕、灌列傳〉）[12]。續南行，則抵江西。「余南登廬山，觀禹疏九江」

（〈河渠書〉）。復南行，則「闚九疑」（今湖南寧遠縣）（〈自序〉），訪虞舜寢處。九疑山位湘水上游，司馬遷於此又沿江北渡，而抵長沙。「余適長沙，觀屈原所自沉淵」（〈屈原賈生列傳〉）。依司馬遷所遊路線觀之，似是自北而南，乃沿今浙贛線南下，然後再循原線北上，回到浙江。在浙江，則「上會稽，探禹穴」（〈自序〉），[13]同時也憑弔了當年越王句踐生聚教訓的遺跡。續北上，則「上姑蘇，望五湖」（〈河渠書〉）。姑蘇爲吳舊都，即今之蘇州，司馬遷於此也尋訪了吳王闔閭及夫差的舊墟。然後「北涉汶、泗，講業齊、魯之都，觀孔子之遺風，鄉射鄒、嶧」（〈自序〉）。[14]以司馬遷仰慕孔子極深，故又記載孔子事蹟曰：「余讀孔氏書，想見其爲人，適魯，觀仲尼廟堂、車服、禮器，諸生以時習禮其家，余低回留之，不能去云」（〈孔子世家贊〉）。又自魯東行，及抵今山東滕縣及江蘇徐州一帶，際遇艱困，故曰：「戹困鄱、薛、彭城。」（〈自序〉）[15]薛在滕縣西南，爲昔孟嘗君的封地；其對孟嘗君的好客自喜，不務眞士，憾在不意之中。「吾嘗過薛，其俗閭里多暴桀子弟，與鄒、魯殊；問其故，曰：孟嘗君招致天下任俠姦人，入薛中，蓋六萬餘家矣！世之傳孟嘗君好客自喜，名不虛矣。」（〈孟嘗君列傳〉）

　　司馬遷於厄困徐州一帶之後，大概又沿楚之北疆，轉而西向。戰國末期，楚已遷陳（今河南東部淮陽），而自徐州以西至開封一帶，皆爲楚地。司馬遷於西行途中，得睹春申君的故城宮室（可能在淮陽一帶）。其曰：「吾適楚，觀春申君故城宮室，盛矣哉！」（〈春申君列傳贊〉）。續西行，則抵戰國末年魏都大梁（河南開封）。「吾適故大梁之墟，墟中人曰：秦之破梁，引河溝而破大梁，三月城壞，王請降，遂滅魏。」（〈魏

世家贊〉)自大梁而西,則至今河南登封縣境,當年許由所隱之箕山在焉。「余登箕山,其上蓋有許由冢云」(〈伯夷列傳〉)。司馬遷至此,其壯遊已近尾聲,所謂「過梁、楚以歸」(〈自序〉)者是也。此次他從徐州西行,又彷彿是沿著今天的隴海路線。

既歸,仕爲郎中[16],年約三十歲左右。

元鼎四年(西元前113),年三十三。這年冬十月,他扈從武帝「行幸雍(今陝西鳳翔縣),祠五畤(五帝之祭地)」;又「行自夏陽,東幸汾陰(今陝西陽曲縣西北),十一月甲子,立后土祠於汾陰脽上(河東岸長四五里,廣里餘,高十餘丈之地)。行幸滎陽(今河南成皋縣西南),還至洛陽」(〈漢書‧武帝紀〉)。次年十月,又從武帝幸雍,祠五畤,旋西行越過隴山,抵甘肅平涼縣西,又登空峒山,而達祖厲河濱,然後東返。〈五帝本紀贊〉曰:「余嘗西至空峒」,即指此行。

次年,「奉使西征巴(今重慶一帶)、蜀(今成都一帶)以南,南略邛(今西康西昌東南),笮(今四川漢源東南)、昆明(今雲南保山、騰衝、順寧一帶)」(〈自序〉)。此次奉使,乃代表朝廷考察及安撫西南地區少數民族;然對西南邊陲的地理形勢、風俗民情及各類物產等,亦作了深入的觀察,這在爲他後來撰述〈西南夷列傳〉及〈貨殖列傳〉等篇提供了寶貴的資料。

元封元年(西元前110),年三十六。「是歲,天子始建漢家之封」(〈自序〉)。[17]這年正月,司馬遷自西南還京,而武帝正以封禪東行,幸緱氏(今河南偃師縣南)、登崇高(今河南登封縣治),他兼程赴行在報命。當時其父談亦扈駕至緱氏、崇高間;然以病留滯周南。遂省父病於河、洛之間。其父於彌

留之際，執遷手而泣曰：「今漢興，海內一統，明主賢君臣死義之士，余爲太史，而弗論載，廢天下之史文，余甚懼焉，汝其念哉！」遷俯首流涕曰：「小子不敏，請悉論先人所次舊聞，弗敢闕。」（〈自序〉）因而決心繼父志而述《史記》。

武帝封禪泰山，又給司馬遷增廣不少寫作資料。「余從巡察天地諸神名山而封禪焉；入壽宮（奉神之宮），侍祠神語，究觀方士祠官之意，於是退而論次，自古以來用事於鬼神者，具見其表裡，後有君子，得以覽焉。」（〈封禪書〉）復扈從北上至海；海岱之國，泱泱大風，司馬遷盡收眼底。故有曰：「吾適齊，自泰山屬之琅邪（今山東諸城縣東南一帶），北被於海，膏壤二千里，其民闊達多匿知，其天性也。以太公之聖建國本，桓公之威修善政，以爲諸侯，會盟稱伯，不亦宜乎？洋洋哉，固大國之風也。」（〈齊太公世家贊〉）齊人通商惠工，多布帛漁鹽，而機織業尤爲發達；於是：「織作冰紈綺繡純麗之物，號爲冠帶衣履天下。」（〈貨殖列傳〉）沿海北上，則自碣石（或今河北昌黎縣一帶）至遼西（今河北盧龍縣東），又北登單于臺（今內蒙呼和浩特市西），復從綏遠的五原抵甘泉（今陝西淳化縣甘泉山之甘泉宮），並祠黃帝於橋山（今陝西中部縣西北）。此次封禪及北疆之旅，行程約一萬八千里。然後「自直道歸，行觀蒙恬所爲秦長城亭障，塹山堙谷。……」（〈蒙恬列傳贊〉）。

元封二年（西元前107），三十七歲。是年春，侍從武帝幸緱氏，巡東萊（今膠東一帶），四月，還祠泰山。又西行，經瓠子（今河北濮陽縣南），黃河於此決口，帝率從臣負薪塞河隄，司馬遷亦參與是役。「余從負薪塞宣房」（〈河渠書〉）。翌年六月，繼父職爲太史令。「太史公……卒三歲，而遷爲太史

令，紬史記石室金匱之書」，「百年之間，天下遺文古事，靡不畢集太史公」（〈自序〉）。他從殘編斷簡中，整理史料，開始為《史記》的撰述工作。

司馬遷一面準備著史，一面又準備隨時從皇帝出巡。元封四年（西元前107），年三十九歲。在這年十月，他又扈從武帝至雍祭五畤，然後循回中（今甘肅固源縣）道北出蕭關（今甘肅東北部），再經獨鹿（今察哈爾涿鹿縣）、鳴澤（澤名，在涿鹿北）南行而經代郡（今山西東北部）返京。司馬遷說：「余北過涿鹿」（〈五帝本紀〉），即指此行。次年冬，武帝又南巡，「至於盛唐（韋昭曰在南郡，可能今湖北一帶），望祀虞舜于九嶷（同疑），登灊天柱山（今安徽東南部霍山），自潯陽（今江西九江）浮江」（《漢書·武帝紀》）。《漢書·本紀》說皇帝此行是「舳艫千里」。渡江而北，又幸琅邪；第二年春三月，「還至泰山，增封」（〈武帝紀〉）。

太初元年（西元前104），四十二歲。司馬遷倡議並奉武帝之命，負責「改曆」之役，「余與壺遂定律曆」（〈韓長孺列傳贊〉）；又曰：「五年而當太初元年，十一月甲子朔旦冬至，天曆始改，建於明堂，諸神受紀」（〈自序〉）。中國在此以前的曆法，皆以冬十月為歲首；而此次改訂，則以春正月為歲首，此即著名的所謂「太初曆」，亦即沿用迄今已二千餘年國人所俗稱的「陰曆」（亦稱「夏曆」或「農曆」）。參與此次改曆者，另有公孫卿、兒寬、唐都、洛下閎等約二十餘人，其工作的龐鉅可知。

就在創作「太初曆」的同一年，司馬遷開始撰述《史記》。「先人有言，自周公卒五百歲而有孔子；孔子卒後，至於今五百歲。有能紹明世，正易傳、繼春秋，本詩、書、禮、

樂之際，意在斯乎？意在斯乎！小子何敢讓焉！」、「於是論
次其文」（〈自序〉）。此蓋改曆事畢，乃爲《史記》之作也。

　　天漢三年（西元前98），四十八歲。「七年，太史公遭李
陵之禍，幽於縲紲」。[18]司馬遷雖與李陵同朝爲官，然「素非能
相善也。趣舍異路，未嘗銜杯酒，接慇懃之餘懽」（〈報任安
書〉）。蓋李陵既降匈奴，武帝以此爲詢，司馬遷乃耿直以言：
「觀其爲人，自守奇士：事親孝，與士信，臨財廉，取與義，
分別有讓，恭儉下人，常思奮不顧身，以徇國家之急。……且
李陵提步卒不滿五千，深踐戎馬之地，足歷王庭，垂餌虎口，
橫挑彊胡，仰億萬之師，與單于連戰十有餘日，所殺過當。…
…雖古之名將，不能過也。……」。[19]因而觸怒武帝，「遂下於
理。……因爲誣上，卒從吏議」（〈報任安書〉）。以其爲誣罔主
上之罪，罪當處死；然欲免除死刑，當時規定亦有兩條途徑可
循，一是用錢贖罪，一是接受「腐刑」（閹刑）；然以「家
貧，貨賂不足以自贖」，遂「深幽囹圄之中」（〈報任安書〉）。

　　司馬遷在獄中三年，飽受冤酷之痛；然猶孤憤忍辱，孜孜
矻矻，冀竟其撰史之業。「所以隱忍苟活，幽於糞土之中而不
辭者，恨私心有所不盡，鄙陋沒世而文采不表於後也」（〈報任
安書〉）。太始元年（西元前96）六月，他被大赦出獄。計自太
初元年至此，其述史已將九年矣。「遷既被刑之後，爲中書
令，尊寵任職」（《漢書·司馬遷傳》）。中書令爲中書謁者令的
略稱，職司是將皇上的詔令下達尚書，也將尚書的奏事轉呈皇
上，一切詔奏機密皆經其手，如同今日的機要秘書，地位較太
史令爲高。然此種職位本爲宦官所任，而今他與宦者同官，未
免仍有受辱之感。故有曰：「是以腸一日而九迴，居則忽忽若
有所亡，出則不知其所往。每念斯恥，汗未嘗不發背沾衣也；

身直爲閨閣之臣，寧得自引深藏於巖穴邪？故且從俗浮沉，與時俯仰」（〈報任安書〉）。自是沉痛之言。

自太始二年至太始四年（西元前95～93），武帝又多巡幸之事，司馬遷也必都侍駕扈從。如「二年春正月，行幸回中」。「二年春二月，行幸東海（今江蘇邳縣及山東滋陽以東至海等地）、琅琊，禮日成山（今山東榮城縣東），登芝罘（今山東煙臺市），浮大海」。「四年春三月，行幸泰山；夏四月，幸不其（今山東即墨縣）；夏五月，還幸建章宮（長安東南）；冬十二月，行幸雍，祠五時，西至安定（今甘肅平涼迤東之地）、北地（今甘肅東北環縣）」（《漢書‧武帝紀》）。在這太始四年的十一月，司馬遷撰〈報任安書〉。任安以與司馬遷有舊，予書責以古賢臣推賢薦士之義，司馬遷以此書報之。略以：「曩者辱賜書，教以慎於接物，推賢進士爲務。……僕雖罷駑，亦嘗聞長者之遺風矣；顧自以爲身殘處穢，動而見尤，欲以反損，是以獨鬱悒而誰與語？……若僕大質已虧缺矣，雖才懷隨、和，行若由、夷，終不可以爲榮，適足以見笑而自點耳。……如今朝雖乏人，奈何令刀鋸之餘，薦天下豪俊哉！……鄉者，僕亦嘗廁下大夫之列，陪外廷末議，不以此時引維綱，盡思慮，今已虧形爲掃除之隸，在闒茸之中，乃欲仰首引眉，論列是非，不亦輕朝廷，羞當時之士耶？」蓋司馬遷於初官太史令時，曾有薦引友人出仕之念，而今獄釋爲中書令，任安復予書以求，殊不知已今非昔比，表示自己薦士的機會已逝矣。

武帝征和二年（西元前91），《史記》成書，司馬遷這年五十五歲。計自太始元年至此又六年矣。因此《史記》撰述經過前後約達十五、六年之久。

《史記》原名《太史公書》，[20]計百三十篇，五十二萬六千五百字。上自黃帝，下迄獲麟，[21]共二千六百三十六年史事，成十二本紀、十表、八書、三十世家、七十列傳。

《史記》採紀傳體，為我國第一部正史，也是第一部偉大通史。歷來佳評如潮。班固《漢書‧司馬遷傳贊》曰：「自劉向、揚雄博極群書，皆謂遷有良史之材，服其善序事理，辯而不華，質而不俚；其文直，其事核，不虛美，不隱惡，故謂之實錄。」桓譚《新論》以《史記》全書，「互保調和，互保連絡，遂成一部謹嚴博大之著作，後世作斷代史著，雖或於表志部門目間有增減，而大體組織不能越其範圍，可見史公創作力之雄厚，能籠罩千古也。」鄭樵《通志總序》亦曰：「《史記》使百代而下，史官不能易其法，學者不能舍其書，六經之後，惟有此作。」以上僅就諸家對《史記》的史學角度而言，至於其文辭之美，則明人王世禎曰：「遷史之文，或由本以之末，或探末以續顛，或悠條而約言，或一傳而數事；而又發其義。或義隱於此，而事見於彼，變化離合，不可方物，龍騰鳳翔，不可韁鎖。」此外，司馬遷對於天下大勢，攻守險要，兵事得失，亦瞭若指掌；觀〈項羽本紀〉一文，即可一目瞭然。顧炎武《日知錄》云：「蓋自古書兵事地形之詳，未有過於此者，太史公胸中，故有一天下大勢，非後代書生之所能幾也。」以上皆可謂的論。

司馬遷的卒年，歷來論說紛紜，迄今尚無定論；惟據一般推斷，他可能與武帝相終始，即是卒於後元二年（西元前87）。若此，則他享年五十九歲。若至昭帝始元元年（西元前86）卒，則得年六十歲。

綜觀司馬遷一生，可分三期，即：幼年力學，壯年暢遊，

四十二歲以後致力著述。其《史記》之完成，一受其父談的遺命，一因下獄以後孤憤不能自己。蓋「欲以究天人際，通古今之變，成一家之言」（〈報任安書〉）者，尤爲他終生所努力的目標。

　　　　——原文發表於《木鐸》十二輯，民國七十七年三月。

⋯附註⋯

1　據王國維撰「太史公行年考」，止於漢昭帝始元元年（西元前86），則因司馬遷享年六十歲；或曰其與武帝相終始；即卒於武帝後元二年（西元前87），則其享年爲五十九歲。

2　按司馬談曰：「司馬氏世典周史」。又曰：「余先，周室之太史也。自上世嘗顯功名於虞、夏，典天官事。」（見《史記・太史公自序》）

3　按周襄王異母弟叔帶（即王子叔帶），有寵於惠王，襄王畏之。襄王三年（西元前649），叔帶與戎、翟謀伐襄王，襄王欲誅之，叔帶奔齊；十二年（西元前640），叔帶回周；十七年（西元前635），襄王告急於晉，晉文公（即位第二年）送襄王於王城（洛邑），誅子帶。子頹爲襄王叔祖，於惠王時即開始作亂。

4　按少梁，古國名，是時屬晉，後爲魏邑，周顯王三十九年（西元前330）爲秦所滅，改曰少梁。秦十一年又改少梁曰夏陽。故地在今陝西省韓城縣南。自司馬氏入少梁，迄司馬遷之生，凡四百七十五年。

5　按張儀，戰國魏人，事秦惠王以爲相。周愼靚王五年（西元前316），惠王欲伐韓、蜀，惟孰爲先後，猶豫不能決。司馬錯欲伐蜀，張儀曰：「不如伐韓。」兩人爭論於惠王之前。要之，張儀從政治方面著眼，認爲伐韓以威脅周。「周自知不能救，九鼎寶器必出；據九鼎，案圖籍，挾天子以令於天下，天下莫敢不聽，此王業也」。司馬錯則認爲欲振國威，必先建立經濟基礎：「欲富國者，務廣其地；欲彊兵

者，務富其民。夫蜀，西僻之國也。……得其地足以廣國，取其財足以富民。……」卒司馬錯取勝（詳見《史記・張儀列傳》）。

6 按司馬靳從白起嘗與趙戰於長平，坑殺趙降卒四十萬（事在西元前260年，長平，趙地，在今山西高平縣西北王報村）。及歸秦，因與張儀有隙，與白起俱被昭襄王賜死於杜郵（今陝西長安縣東），司馬靳葬於華池（今陝西韓城縣西南）。

7 按秦王政稱帝於西元前221年，於西元前210崩於沙丘，司馬昌爲鐵官，負責鐵產，當在上述（西元前221～210）的十二年之間。

8 按市長，官名。漢代長安有四市，每市有長，非如今之市長。

9 按五大夫，爵位名，秦制以賞有功者，漢仍之爲第九等爵。

10 按楊家駱教授認爲司馬談約生於漢文帝九年（西元前171），卒於武帝元封元年（西元前110），享年六十一歲。

11 按司馬遷十歲誦古文，〈索隱〉引劉伯莊曰，即《左傳》、《國語》、《世本》等書，錢穆先生以爲「他父親教他學古文字，治古經籍」（〈中國古代大史學家司馬遷〉）。李歷城以其「從孔安國學古文尙書」（《司馬遷的人格與風格》）。

12 按蕭、曹、樊噲、夏侯嬰諸人，出身均極微賤，後蕭曹都居官相國；樊噲原業屠狗，後以軍功封舞陽侯；夏侯嬰封汝陰侯。另灌嬰業賣繒，以軍功封潁陰侯。《史記》本傳謂「方其鼓刀屠狗、賣繒之時。……」即指其人。

13 〈集解〉引張晏曰：「禹巡狩至會稽而崩，因葬焉。上有洞穴，民間云禹入此穴。」《正義》引括《地志》云：「山中又有一穴，深不見底，謂之禹穴。」

14 按皆在今山東省境。鄒、嶧乃鄒縣境內之嶧山。

15 按鄒，即今山東省滕縣；薛，在滕縣東南四十四里；彭城，即今江蘇徐州。

16 按郎中，就郎官系統言，其為議郎、中郎、侍郎中的最低職級，為皇帝近身侍衛，所謂「掌守門戶，出充車騎」者。其充郎中年歲無確考。王國維〈太史公行年考〉謂，「大抵在元朔、元鼎間（西元前128～112」）。

17 按是年夏四月，武帝封禪泰山，此為自高祖建國九十七年以來首次封禪。

18 《正義》云：「案從太初元年至天漢三年，乃七年也。」王國維〈太史公行年考〉：「然據李將軍傳、匈奴列傳及漢書武帝紀、李陵傳，陵降匈奴在太初二年。蓋史公以二年下來，至三年尚在縲紲，其受腐刑亦當在三年而不在二年也。」

19 按〈報任安書〉又曰：「僕懷欲陳之，而未有路，適會召問，即以此指，推言陵之功。」蓋即指此所引之數言也。

20 《史記》又名《太史公》、《太史公記》、《太史公傳》等名。稱《太史公》者，如〈太史公自序‧索隱〉：「遷所著書成，以示東方朔，朔皆署曰《太史公》」；《漢書‧藝文志》「《太史公》百三十篇」；又云：「馮商所述《太史公》七篇」。稱《太史公傳》者，如《漢書‧楊惲傳》：「惲始讀外祖《太史公》記」；荀悅《漢紀》十四：「《太史公》記凡百三十篇」。稱《太史公傳》者，如褚少孫補《史記‧龜策列傳》云：「竊好太史公傳；太史公之傳曰」等。

21 武帝元狩元年（西元前122），幸雍祠五畤，獲白麟，改元元狩。司馬遷作《史記》，〈本紀〉止於此，師孔子作《春秋》之意也。

司馬遷南遊路線的觀察

　　語云「行萬里路，勝讀萬卷書」，其實，行萬里路，也可著述而成爲不朽。故仲尼周遊十四年，歸而成其《春秋》；屈子亦先後浪跡十餘年，而著〈離騷〉、〈九章〉；以下不論柳宗元、徐宏祖或西人馬可孛羅，都是在顛沛放遊中，成爲不朽。[1]《史記》作者司馬遷，幾盡一生遊走，「網羅天下放佚舊聞」，史料雖多考自「金匱石室」之藏，然亦東至膠東，[2]西抵崆峒，[3]南達九嶷，[4]北登單于臺，[5]足跡幾遍全中國；但這並不表示他的不朽是全部來自壯遊；而其壯遊確也使他的史中情景活躍了起來。

　　史公二十歲那年，他開始作了一次大江南北的縱遊；雖然這時尙未著手著史，卻爲後來的著述中留下不少栩栩如生的見證。直至今天，似乎他還活在這些楮墨文字間。問題是他這次「南遊」，究竟是首途「江淮」還是先走「江陵」，這是以下所要分析的；同時，對於史公這次南遊的往返路線，相應也作一番考察。

一、從長安到江陵

　　據《史記‧太史公自序》：

　　二十而南遊江淮，上會稽，探禹穴，闚九嶷，浮於沅湘；

北涉汶泗，講業齊魯之都，觀孔子遺風，鄉射鄒嶧。厄困鄱、薛、彭城，過梁、楚以歸。

從這段序文來看，是史公自長安到了江淮以後，沿途南下，經過浙江而抵湖南九嶷；回頭渡過沅湘二水，又北上山東，然後又回程魯南一帶而沿著約今隴海線西歸。

這條縱遊路線，大致是對的，起程地點卻有疑問。王國維首先發難說：

> 考自序所記，亦不盡壯遊之先後爲次。其次當先浮沅湘，闚九嶷；然後上會稽；自是北涉汶泗，過楚及梁而歸。[6]

這也不完全正確——「先浮沅湘」，意指遊者之「闚九嶷」，是溯沅湘而上。實際作者「浮於沅湘」，是自沅湘下浮。浮是漂流。《書禹貢》：「浮於濟、漯，達於河」。傳：「順流日浮」。是作者南闚九疑而後北浮沅湘的。

不過王維認爲若是首途「江淮」，則是「既東復西，又折而之東北，殆無是理」。[7]意思是說作者不可能先從江淮下九嶷，再從九嶷幾乎循原路北涉汶泗。筆者前撰〈司馬遷行略〉，也認爲史公這種行程安排，並未甚妥，在無新證下，只好勉爲從之。[8]但若以王氏之意——先浮沅湘，則史公必當先至江陵，然後從江陵「南浮」。問題之一，是史公從長安到江陵的路線；問題之二，是若從長安到江陵，等於已經到了楚的舊都鄢郢，爲何對郢都遺跡竟視而不見，隻字未提。

在當年六國之都，史公已至其地者爲齊、魏。在齊，「講業齊、魯之都」（〈太史公自序〉）；在魏，「吾過大梁之墟，

求問其所謂夷門；夷門者，城之東門也」（〈魏公子列傳贊〉）。
秦將白起於周赧王三十四年（西元前278）拔郢，下迄史公
「二十南遊」，雖已過了一百五十年，而今紀南古城垣及舊楚烽
火臺猶在；[9]且大詩人屈原，兩遭謫放，〈哀郢〉謂出「龍
門」，即郢之東門，未見可能欲爲史者的司馬遷，前來憑弔，
這不是一點可以納悶的地方。

　　雖然這些疑問仍在，不過史公不應首途江淮，還是有線索
可循的；因爲從長安到江陵，自古就有一條大道南北往來，史
公當年應是沿著這條大道從長安到江陵。

二、南窺九嶷，北浮沅湘

　　檢〈西漢鹽鐵工官商業城市交通〉，[10]史公應自長安出發東
南行，經武關至南陽。[11]大道自南陽起，轉爲南北直向，史公
沿路南下，過漢水抵江陵。大道止於江陵，過江而南，又從岳
陽起線，迤邐南向，直達番禺。史公應是在江陵乘船沿長江順
流東南抵岳陽，再沿大道經長沙南行抵九嶷。

　　　適長沙，觀屈原所自沉淵，未嘗不垂涕，想見其爲人。
　　　（〈屈原、賈誼列傳贊〉）

　　屈原於白起拔郢當年的五月五日，自沉汨羅。汨羅江自江
西修水縣西來，經湘垣平江縣，折西北，會合諸水，又西經湘
陰縣，合鵝籠江；而湘陰縣北之屈潭，即屈原自沉處。屈潭南
距今長沙市，北距岳陽市等距，也就是位處兩地中間。所謂
「適長沙」，以長沙在西漢爲國而地幅遼闊之故。

續南行，抵郴縣，轉道西南行，又便道抵寧遠，已達湘南，九疑山南望在目。

（舜）巡狩，崩於蒼梧之野，葬於江南九疑，是爲零陵。（〈五帝本紀〉）

此即〈自序〉所謂的「闚九疑」。九疑山在湖南寧遠縣南六十里。疑亦作嶷。以「羅巖九舉，各導一溪，岫壑負阻，異嶺同勢，遊者疑焉，故曰九疑山」[12]。山南爲廣西蒼梧，爲舜崩處。後又「望祀虞舜于九疑」[13]。

浮於沅湘。（〈太史公自序〉）

湘江北自岳陽上溯至郴縣，幾與陸路大道並行。史公自九疑回程至郴縣，是浮沅湘而北。沅、湘二水，一在湘西，一在湘東，中間相隔遼遠，且無水陸要道可通，不可能二水併浮，因疑史公所「浮」的仍是湘江，「沅」只是複加冠詞而已。屈原當年「濟沅湘以南征兮」（《離騷》），是逆流而上。以其渺無所止，因此二水可能先後渡過。性質與史公的「浮於沅湘」不同。

沅湘二水皆北注洞庭湖。史公出湘江入洞庭，又出洞庭入長江。然後沿江下泛經武漢，又順流東南抵九江。

三、登廬山，上會稽

南登廬山，觀禹疏九江。（〈河渠書〉）

沿江而下，在九江登岸，南登廬山。廬山在九江南約七十里。其山九十餘峰，勝跡猶多。「九江」之說，遠近不一，要以水文輻輳，或匯於大江，或注入鄱陽，見禹當年導流之功。

　　史公第二次來九江，是在元封五年（西元前106）冬，厄從武帝「自潯陽（九江）渡江」。[14]下一站應是：

　　上會稽，探禹穴。（〈太史公自序〉）

　　會稽山在浙江紹興縣東南七十里，昔爲越王句踐生聚教訓之地。「越王句踐，其先禹之苗裔，而夏后帝少康之庶子也。封於會稽，以奉守禹之祀，文身斷髮，披草萊而邑焉」（〈越王句踐世家〉）。又「禹之功大矣，漸九川，定九州，至於今諸夏艾安。及苗裔句踐，苦身焦思，終滅彊吳，北觀兵中國，以尊周室，號稱霸王。句踐可不謂賢哉！蓋有禹之遺烈焉」（〈越王句踐世家贊〉）。每每將句踐與禹並稱，除了表示他們有血緣關係，而「禹穴」還可能是禹的葬處。〈集解〉引張晏曰：「禹巡狩至會稽而崩，因葬焉。上有孔穴，民間云禹入此穴。」一說是禹藏書之處。[15]

　　從九江到紹興，若沿大江東北而行，則橫貫安徽東南又橫貫江蘇南部；不論從江岸何地南赴浙江，都迂曲遙遠；且越過「姑蘇」而到「會稽」、或先「姑蘇」而後「會稽」，或先「會稽」而後「姑蘇」，都不切實際。因疑史公是從九江沿古道南行，至南昌，漸折轉東而行入浙江。古大道入浙，轉向東北，經衢州、金華、諸暨而抵紹興。從南昌至紹興西北不遠的蕭山，正是今浙贛鐵路的北部段線。若從水路東下，亦可自衢州登舟沿衢江、富春江、錢塘江轉赴會稽山。

史公會稽之旅，應爲〈越王句踐世家〉之作採集了一些頭
手資料。

　　從紹興沿古道西北向、經杭州又折轉往今上海的方向，大
致是今之滬杭路線。又沿今之京滬路線而到了上海之西的蘇
州。

四、上姑蘇、訪豐沛

上姑蘇，望五湖。（〈河渠書〉）

　　五湖即今太湖，或包括太湖在內附近大小五湖。湖周五百
里，在蘇州之西，無錫稍偏西南。昔吳太伯偕其弟仲雍，[16]以
避讓其弟季歷（周文王之父）之賢，南奔荊蠻，居無錫之梅
里，此即東吳的始基。至吳王闔閭，已傳至二十一世。史公既
望五湖，免不了也要憑弔闔閭及夫差的遺跡，這對於他後來寫
〈吳太伯世家〉，應該提供了一些珍貴資料。

　　蘇州古名姑蘇，爲吳舊都，戰國屬楚。考烈王十五年（西
元前248），封春申君於此，遂又訪其遺跡：

吾適楚，觀春申君故城、宮室，盛矣哉。（〈春申君列傳
贊〉）

　　春申君爲楚相二十五年，以考烈王無嗣，趙人李園設計以
其女弟邀寵於春申君；既有身，進獻於考烈王。生男，即爲後
來的楚幽王。考烈王死，李園懼其事洩，遂殺春申君。以春申
君事前未能接納門客朱英的進言，終至身首分離，史公曾有

「當斷不斷，反受其亂」的慨嘆。

從蘇州循大道西北行，抵鎮江。在鎮江，有水陸兩道可繼續北上。一是在鎮江沿大道西行，入安徽，折向西北，經滁州、蚌埠、宿縣等地北抵徐州；一是在鎮江渡江後，泛大運河北上，經江都、高郵、寶應、淮陰、淮安、泗陽、宿遷、邳縣等地西轉徐州。但自淮陰以北至徐州，還有韓信及項羽的故鄉；因此史公應是循水路北上，而逐步探訪這些地方。

> 吾如淮陰，淮陰人為余言，韓信雖為布衣時，其志與眾異。其母死，貧無以葬，然乃行營高敞地，令其旁可置萬家。余視其母冢，良然。（〈淮陰侯列傳贊〉）

綜觀〈淮陰侯傳〉，運用了史公在當地探訪的資料不少。諸如韓信在發跡以前，「貧無行」、「又不能治生商賈」、「常從人寄食飲」、「常數從其下鄉南昌亭長寄食，數月，亭長妻患之，乃晨炊蓐食」，以及漂母飯信、屠中少年使其胯下之辱等，應該都是「淮陰人為余言」的資料。甚至後來「信至國，召所從食母，賜千金。及下鄉南昌亭長，賜百錢，曰：『公，小人也，為德不卒』。召辱己之少年令出胯下者為楚中尉。告諸將相曰：『此壯士也。方辱我時，我寧不能殺之耶，殺之無名，故忍而就於此』等，亦當多出淮陰父老的傳述。

顯然，史公對韓信的下場並不寄予多少諒解：「假令韓信學道謙讓，不伐己功，不矜其能，則庶幾哉！於漢家勳可以比周、召、太公之徒，後世血食矣。不務出此，而天下已集，乃謀畔逆，夷滅宗族，不亦宜乎！」意謂韓信功不抵過，咎由自取。

過了淮陰、泗陽，就是宿遷；宿遷古名下相，是西楚霸王項羽的故鄉。史公在《史記》相關論述中，沒有提到是否來過宿遷；但南訪淮陰，北將豐沛，沿線而來，不大可能漏掉宿遷。不過史公對項羽似乎也無多少好感，如他「學書不成，去學劍，又不成」；而「書以記名姓而已。劍一人敵，不足學，學萬人敵。」（〈項羽本紀〉）點出了項羽好勇鬥狠、粗陋無文的性格。這些資料，可能也是得自宿遷父老的口傳。

　　史公終於來到一個很熱鬧的地方——漢高祖劉邦的家鄉——豐沛。

> 吾適豐、沛，問其遺老，觀故蕭、曹、樊噲、滕公之家，及其素，異哉所聞！方其鼓刀屠狗、賣繒之時，豈自知附驥之尾，垂名漢廷，德流子孫哉！（〈樊酈滕灌列傳〉）

　　沛縣在徐州西北，東瀕山東微山湖，西臨豐縣。[17]漢初文武顯要，多出生於此。蕭何、曹參都是當地獄吏，後來都做到相國。還有一位周勃，原在家鄉織蓆箔並為喪家吹簫輓歌為生，後來也做到相國。樊噲「以屠狗為事」，後以軍功封舞陽侯。滕公夏侯嬰，原是沛縣馬廄的司御，亦以軍功，受封汝陰侯。潁陰侯灌嬰，原是在河南商丘縣一帶賣布的，唯籍里不詳。還有沛人周昌，原為當地小吏，後來做到御史大夫。惟傳中提到的酈商，是河南陳留人。當陳勝起兵時，酈商召募少年數千人，後高祖略地至陳留，遂率而歸之。封曲周侯。

　　至於漢高祖的情況，史公當然更是瞭解。他做過相當於今天里長的泗水亭長。他和夏侯嬰很熟，曾以笑談傷了夏侯嬰，被人告了一狀。以亭長公職，傷人為重罪，夏侯嬰反而替他申

辯自己未受傷害。後來翻案覆審，夏侯嬰爲高祖坐牢一年多，還被笞數百下，終於爲高祖脫罪。

還有一位盧綰，與高祖同里同日生，里中以牛酒賀兩家，及長，二人交情甚密。高祖初起沛，盧綰以客從，而後隨之轉戰南北，封長安侯，又封燕王。

以上這些鄉里瑣聞，若非親至其地，就不能這樣如數家珍般。想史公在長安時，或習聞這些漢代開國元勳們，多少都有些深不可測的神秘；既至其地，方知「異哉所聞」！這就是《史記》所以稱爲「實錄」的原因之一了。

五、訪齊魯，困鄱薛

大運河沿微山湖西側蜿蜒西北入山東，史公宜沿此線至濟寧，然後轉爲陸行赴曲阜。齊都臨淄，在曲阜東北，今膠濟線中間西偏。疑史公自曲阜北上經濟南折道東下，然後幾乎循原路南返。

> 北涉汶泗，講業齊魯之都。（〈太史公自序〉）

汶水有三，縱橫在曲阜以南各地；泗水有四，亦交錯於魯南一帶；發源於泗水縣陪尾山的一支，西流經曲阜南下至淮陰入淮。史公未必涉此二水，惟言「北涉」，是在表示到了汶泗以北之意。

史公第二次來齊，是在武帝元封元年（西元前110）正月。這次是自漢建國九十七年以來，皇帝首次封禪泰山，時史公考察西南方歸，以代其父談，從封東嶽，[18]於是又到了齊

國：

> 吾適齊，自泰山屬之琅邪，北被於海，膏壤二千里，其民
> 闊達多匿知，其天性也。以太公之聖建國本，桓公之盛收
> 善政，以爲諸侯，會盟稱伯，不亦宜乎？洋洋哉！固國之
> 大風也。（〈齊太公世家贊〉）

回到曲阜，史公在此可能盤桓了很久，因爲他在「觀孔子
遺風」（〈自序〉）；又因「余讀孔氏書，想見其爲人」（〈孔子
世家贊〉），隨時隨地都在摹擬想望。

> 適魯，觀仲尼廟堂、車服、禮器。諸生以時習禮其家，余
> 低回留之，不能去云。（〈孔子世家贊〉）

史公後來爲「究天人之際，通古今之變，成一家之言」，
而竊比《春秋》以著《史記》，相信他這次遊魯，應該開始奠
定他的理想基礎。

自曲阜沿大道南下，他到了鄒縣。這裡是孟子的家鄉。他
適巧遇上了當地舉行的鄉射禮。

> 鄉射鄒嶧。（〈太史公自序〉）

鄒嶧山，在鄒縣東南二十里。本名嶧山，亦曰邾嶧山。因
在鄒縣，故亦名鄒山。或分爲鄒、嶧二山，則誤。鄉射禮舉行
於春秋二季，史公此次來鄒，可能是在他二十二歲的春季或秋
季。[19]

自鄒縣，循原路東南行，經滕縣直達徐州。但在滕縣附近，遇到困厄：

厄困鄱、薛、彭城。（〈太史公自序〉）

鄱、薛、彭城三地，皆今蘇、魯接壤之交。鄱，同蕃，漢置縣名，縣治即今之滕縣。薛，亦漢縣名，治所在滕縣南，戰國齊孟嘗君的封地。彭城，即今江蘇徐州，楚漢戰爭時，項羽都此。史公遇困於此，可能與孔子當年「菜色陳蔡」一樣，或者遭到不良少年的欺侮。

吾嘗過薛，其俗閭里多暴桀子弟，與鄒魯殊；問其故，曰：「孟嘗君招致天下任俠姦人，入薛中，蓋六萬餘家矣！」世之傳孟嘗君好客自喜，名不虛矣（〈孟嘗君列傳贊〉）。

南抵徐州。在這個一度曾在西楚霸王首都之地，史公並沒留下甚麼憑弔痕跡。徐州是隴海鐵路起線的第四大站，他將由此循線西歸。

六、問大梁、登箕山

過梁、楚以歸。（〈太史公自序〉）

自徐州沿線西行，途經碭山縣。秦置碭郡，漢改郡為梁

國。[20]漢高祖當年避仇隱於芒、碭山澤間，即在縣治東南。陳勝稱王六月而死；「陳涉雖已死，其所置遣侯王將相竟亡秦，由涉首事也。高祖時，為陳涉置守冢三十家碭，至今血食。」（〈陳涉世家〉）史公過此，雖不致臨場憑弔，亦必會想到這些歷史故事。

戰國末年，楚郢都遷陳（今河南淮陽），因此今河南境內的隴海路沿線，已是楚的北疆。史公這次歸程正式的訪問地點是開封。

> 吾適故大梁之墟，墟中人曰：「秦之破梁，引河溝而灌大梁，三月城壞，王請降，遂滅魏。」（〈魏世家贊〉）

魏都大梁，舊城在今開封市西北。秦始皇五年（西元前242），收魏地，置東郡。過了十八年，亦即始皇二十二年，蒙驁虜魏王假，屠大梁。

史公來到大梁，腦中自然浮現當年身繫五國安危、名冠諸侯的魏公子——信陵君；假若他不是病酒而死，魏國也不至於速亡；以信陵君死於魏安釐王三十四年（西元前243），正好是他死去第二年，秦開始收魏；死後十九年，魏亡十八年。因此，魏國與他自己的命運，是息息相關，而最受史公崇拜的，就是信陵君。

由於信陵君仁而下士，謙恭有禮，對於其曾執轡恭迎夷門監者侯嬴的故事，應是一直縈耿在懷。究竟甚麼是「夷門」呢？

> 吾過大梁之墟，求問其所謂夷門；夷門者，城之東門也。

天下諸公子，亦有喜事者矣，然信陵君之接巖穴隱者，不
恥下交，有以也；名冠諸侯，不虛耳；高祖每過之，而令
民奉祀不絕也。（〈魏公子列傳贊〉）

自開封而西，經鄭州至鞏縣，則箕山遙遙在望。

余登箕山，其上蓋有許由冢云。（〈伯夷列傳贊〉）

箕山一名崿嶺，在河南登封縣東南。傳堯時巢父、許由隱
居於此，後伯益亦避讓禹之子於箕山之陰。史公至此，壯遊已
近尾聲，以下蜿蜒西行，正是所謂「過梁楚以歸」了。

史公這次縱遊，我作了如是的觀察。也可能是一種調整；
即使當年他不是這樣走法，那麼如果這樣走法也沒浪費他的精
神和腳力，對他來說是經濟合理的。他這次所遊歷的，僅是江
山一隅，已可看到他名山事業中的多采多姿，而又質樸敦厚。
而後他扈駕從遊天下，視野開闊，見聞尤廣，他都如寶石般適
度的箝在若金銀瀉地的位置上。因此他的博學卓識，固多來自
典籍，而地理調查與社會經驗，更是他所以之為一位大史學家
的重要憑藉。

顧亭林云：「秦楚之間，兵所以出入之途，曲折變化，惟
太史公敘之如指掌。以山川郡國不易明，故曰東、曰西、曰
南、曰北，一言之下，而形勢瞭然。蓋自古史書兵事地形之
詳，未有過此者。太史公胸中，固有一天下大勢，非後代書生
之所能幾也」。[21]誠然的論。

——原文發表《中國文化大學中文學報》第四期，民國八十七
年三月。

⋯附註⋯

1. 柳宗元於唐德宗貞元及憲宗元和間，前後十年（西元805～815），謫居
   永州（今湖南零陵縣），鬱結不抒，曠放山水，而成〈永州八記〉，為
   後世所慕瞻。明人徐宏祖（西元前1586～1641），自二十二歲起，歷時
   三十餘年，足跡遍十六省，對所至山川地貌，作了認真考察研究，著
   《徐霞客遊記》（原稿二百四十餘萬言，久佚，今本僅其六十分之一）。

2. 漢武帝太始三年（西元前92），司馬遷從幸膠東，「禮日成山」（成山
   在今山東榮城縣東端）。史公自謂「東浮於海」（〈五帝本紀〉）者是。
   昔秦始皇幸此，於山頭峭崖，題刻「天盡頭」（〈始皇本紀〉）三字。

3. 《史記》〈五帝本紀贊〉曰：「余嘗西至崆峒」。又元鼎五年（西元前
   112）十月，史公又從武帝幸雍，祠五畤；旋西行越過隴山，抵甘肅平
   涼縣西，又登崆峒山，達祖厲河濱（見《漢書》〈武帝紀〉）。

4. 《史記》〈太史公自序〉：「闚九疑」。九疑山在今湖南寧遠縣南，山
   之陽即為廣西蒼梧。

5. 《史記》〈蒙恬列傳〉：「行幸自碣石（或今河北昌黎縣一帶）至遼西
   （今河北盧龍縣東），又北登單于臺（今內蒙呼和浩特市西）」。

6. 見《王觀堂先生全集》冊二，〈太史公行年考〉，頁494。

7. 同註六。

8. 羅敬之〈司馬遷行略〉，見《木鐸》（高仲華先生八秩榮慶祝壽專輯），
   頁72～73。

9. 《荊州漫步》（湖北人民出版社，1986年7月版），頁27。

10. 《中國史稿地圖集》（臺北：地球出版社，1997年12月版），頁35。

11. 武關，在今陝西商縣東一百八十五里，昔為秦之南關。《戰國策》〈楚
    策〉：「秦一軍出武關，則鄢郢動矣」。漢高祖曾由此入秦，降子嬰。

12. 參見《中國地名大辭典》（臺北：臺灣商務印書館，1972年10月台三

版），〈九疑山條〉。

13 漢武帝元封五年（西元前106）冬，史公從武帝南巡，「至於盛唐，望祀虞舜于九疑」。韋昭曰「盛唐在南郡」，蓋今湖北江陵一帶。

14 參見《漢書》〈武帝紀〉。

15 《嘉慶一統志》卷二九四〈紹興府——古蹟〉。

16 《論語》作「泰伯」。「子曰：『泰伯其可謂至德也已矣！三以天下讓，民無得而稱焉』」（〈泰伯篇〉）。泰伯無嗣，傳弟仲雍。《論語》有〈仲雍〉篇。

17 按：豐，本為秦所置邑，轄沛縣，漢置縣迄今。高祖起兵於沛，收沛子弟還守豐。即此。

18 漢武帝元封元年（西元前110）正月，帝封禪泰山大隊人馬抵洛陽，司馬談滯留周南，不得與從事。發病且卒。史公適自西南奉使歸，於其父彌留之際相見，並從帝東封。

19 張其昀著：《中華五千年史》（臺北：中國文化大學出版，1982年11月），第九冊，頁87（總一七六一），〈司馬遷年表〉，謂「元朔五年（西元前124），二十二歲，回京補博士弟子員」。則史公此次南遊，約為一～二年間。

20 顧祖禹《讀史方輿紀要》（臺北：樂天出版社，1175年10月），卷二十九，〈徐州府——碭縣〉。

21 顧炎武《日知錄》、《日知錄集釋》（臺北：中華書局，1966年3月臺一版），冊三，卷二十六〈史記通鑑兵事〉。

《史記》刺客形象的分析

司馬遷寫《史記》，平添了一幕幕令人觸目驚心的場面，那就是他將春秋初期以迄嬴政的四百餘年間的幾位刺客，列入合傳，他們各顯本事，各具特性，使得本就紛亂的春秋戰國之世，讓後人更加眼花撩亂，除傳首的曹沬爲將軍身分外，其餘四位的專諸、豫讓、聶政、荊軻等人，都出身低賤，他們爲「大我」而無我則可，如爲「小我」甚至不知我爲誰，是否可以？這常常是令人思考的一個問題。

一

曹沬在文籍中出現最早的是在魯莊公十年（西元前684），《左傳》載有〈曹劌論戰〉一文，[1]十三年（西元前681）冬，魯侯會齊君而盟於柯（春秋齊地，今山東東阿縣），於是「曹沬執匕首劫齊桓公」，成了一名「刺客」。

細讀《史記》這篇傳文，曹沬氣奪霸主，吞吐山河，說他是刺客也可，不說更可。如云：

> 齊桓公許與魯會於柯而盟。桓公與莊公既盟於壇上，曹沬執匕首劫齊桓公，桓公左右莫敢動，而問曰：「子將何欲？」曹沬曰：「齊強魯弱，而大國侵魯亦甚矣。今魯城壞即壓齊境，君其圖之。」桓公乃許盡歸魯之侵地。……

曹沫三戰所亡地盡復於魯。

在這裡，先提出一點疑問，即曹沫就是「曹劌」沒有問題；但在〈曹劌論戰〉中，看得出曹沫是一位籌策幃幄、足智多謀的將軍，而在本傳起頭也說，曹沫「以勇力事魯莊公，莊公好力」，接著說：「爲魯將，與齊戰，三敗北」，此處又說「三戰所亡地」，出現了與「勇」及「謀」不符的事實。〈曹劌論戰〉與《史記》本傳，雖爲二人所寫，若事實只有一個，必有一方是錯的。且因曹沫「三敗北」，「魯莊公懼，乃獻遂邑之地以和」，清人梁玉繩作了以下的批駁：

> 案莊公自九年（西元前685）敗乾時（春秋齊地，今山東博興縣南），後至十三年盟柯，中間有長勺（春秋魯地，今名不詳）之勝，是魯祇一戰而一勝，安得有三敗之事？齊桓會北杏（春秋齊地，今山東寧陽縣西北）非魯地，何煩魯獻，此皆妄也。[2]

於此可見，曹沫並無「三敗」之實；且「遂邑」爲一諸侯，自不需由魯獻齊。惟「遂」亦遠郊之意，《禮·王制》：「不變，移之遂」。注：「遠郊之外曰遂。若此，則莊公「獻遂邑之地以和」，也可解釋爲是把魯國城外的遠郊之地獻給齊國以求和，所以下文才有「今魯城壞即壓齊境」之句。但因「三敗北」的連續錯誤，即使這「遂邑」確爲魯之獻地，也很難挽回這個故事沒有破綻的印象。

顧名思義，刺客是一種專門從事「暗殺」行爲的人。暗殺的行爲就是刺客。《史記·袁盎傳》就說：「梁刺客後曹輩，

果遮刺殺盎安陵郭門外。」「果遮」，遮有掩蔽之意，即刺客掩
蔽自己身分而跟蹤截殺。從〈刺客列傳〉的其他四名刺客看
來，也無不如此，沒有一個是在光天化日之下，在衆目睽睽之
下，要殺而不殺的，比較尚義明理的，如爲智伯而仇殺趙襄子
的豫讓，最後受到感動而不殺趙襄子其人，尚刺其衣以甘心。
則「曹沬執匕首劫齊桓公」，爲何不殺？即使殺了，也不是暗
殺，因爲場面不同，有人爲證。且「曹子非操匕首之人，春秋
初亦無操匕首之習」。[3] 而又明言爲「劫」，「劫」後又鬆手放
人，這是甚麼「刺客」呢？顯然，這是一種要脅，藉匕首而助
聲威，所以當齊桓公答應了要歸還侵地，曹沬立刻「投其匕
首，下壇、北面就君臣之位，辭令如故」。因觀史公此文，應
非完全出自己意，而是受到《公羊傳》的影響。《公羊傳》
說：

> 莊公將會乎桓，曹子進曰：「君之意如何」？莊公曰：
> 「寡人之生，則不若死矣。」曹子曰：「然則君請當其
> 君，臣請當其臣。」莊公曰：「諾。」於是會乎桓。莊公
> 升壇，曹子手劍而從之，管子進曰：「君何求乎？」曹子
> 曰：「城壞壓境，君不圖與？」管子曰：「然則君將何
> 求？」曹子曰：「願請汶陽之田。……」已盟，曹子摽劍
> 而去之。[4]

　　這段傳文，表達能力不及史公遠甚，但以拙中有誠。《史
記》本傳是說「曹沬執匕首劫齊桓公」，這裡則說「手劍而從
之」。「手劍而從之」是從魯莊公，跟從莊公上壇，護主及增
君主之威，這是很正常的，且在對話間，始終是大臣二人，二

公並未插嘴；但史公卻有「而問曰：『子將何欲』？」直將曹沫衝到桓公面前，容易引發粗鄙者的衝動。另外，曹沫所持的是「劍」而非「匕首」，匕首是一尺八寸長的短刀，持此升壇，除了難有登殿堂之雅，也確易被誤爲「來者不善」意。而劍則可代表一種尊貴身分，大凡古時人臣處貴盛之位，得帝王特許，可以攜劍上殿，如蕭何、董卓均是。[5]因此，即使曹沫「三敗北」而莊公「猶復以爲將」，君臣如此之好，則「手劍」不但可以助威，還可以護君，正是莊公之所冀望；不過手劍也可意謂「短刀」或「匕首」之類。

但《公羊傳》文仍然可疑，明顯的是「願請汶陽之田」。歸汶陽（今山東寧陽縣東北）之田，事在魯莊公柯之盟九十二年後的魯成公二年、齊頃公十年（西元前589）、與曹沫毫無關係。而今《公羊傳》竟將此番大事錯置如是，正好減低了這篇故事的可信度。

《穀梁傳》也提到此事，未提曹沫帶兵器事，只說：「冬，公會其侯盟於柯，曹劌之盟也，信齊侯也」。[6]信齊侯，可能意謂還是「手劍從之」，目的只在顯顯威風並要脅其君歸田，並無弒意。

曹沫究竟是不是刺客，客觀上還要看看他有沒有文采。在《左傳》莊公十年及二十三年分別載錄了他兩篇文章，一篇即是〈曹劌論戰〉，一篇是〈曹劌諫觀社〉。前文是說曹沫用兵取勝之道，見得足智多謀，觀其從容匡盡之詞，蓋其賢而隱者；後文則表達了他知書達理，長於典制的一面：

公如齊觀社，非禮也。曹劌諫曰：「夫禮，所以整民也。故會，以訓上下之則，至財用之節；朝，正班爵之義，率

長幼之序；征伐，以討其不然；諸侯有王，王有巡守，以
大習之；非是，君不舉矣。君舉必書，書而不法，後嗣何
觀？」

　　博聞如是，藹然為儒者之言，劉知幾譽之「為命世之才，
挺生傑出」。[7]這樣富才識的人，何似「勇士」而列「刺客」之
首？雖然，曹沫執劍或匕首皆妄，畢竟為後世帶來不好也不算
壞的影響。「藺相如習其故智，使秦王擊缶，使趙重於六
國」；[8]毛遂「按劍而前曰：『王之所以叱遂者，以楚國之眾
也。今十步之內，王不得恃楚國之眾也，王之命縣於遂手。…
…』楚王曰：『唯唯，誠若先生之言，謹奉社稷而以從』」。[9]
毛遂的形象過於曹沫，未見「刺客」之名；這次若非毛遂自薦
至楚，平原君定將徒勞往返。如此觀之，曹沫故事的真偽固然
重要，更重要的是它是否曾產生過正面的意義及影響。

二

　　在〈刺客列傳〉中，吳人刺客專諸，形象及其行為，較不
突出，甚至讓人懷疑他是否真有所謂刺客的能耐；另外，他受
人豢養，是否一定要報一己私恩而弒君？
　　雖然，吳國的傳承有瑕疵，但就史籍所載，王僚既無昏
亂，也無失國；且其為君，乃是夷末卒而季札不繼，遂「父死
子立」；又傳載「吳人乃立夷昧之子僚為王」，因此如要追究
傳承之誤，過不在王僚，而在「吳人」。另外，季札既不順
立，亦應居間調停擁立公子光，殆無捨立長兄嫡子公子光而順
勢別立三兄夷昧子僚之理，是吳季札亦有責任。

　　此事發生於周敬王五年、吳王僚十二年（西元前515），《左傳》魯昭公二十七年，作鱄設諸。鱄設諸回答公子光曰：「王可弒也，母老子弱，是無若我何」，[10]而《史記》本傳專諸曰：「王僚可殺也，母老子弱，而兩弟將兵伐楚，楚絕其後。方今吳外困於楚，而內空無骨鯁之臣，是無如我何！」受人豢養，竟昧於大是大非，既不能爲赴國難，且乘人主之危，非爲智勇，莫過於是。

　　專諸不僅智勇不足，且愚魯可譏。傳曰：「專諸置匕首魚炙之腹中而進之。既至王前，專諸擘魚，因以匕首刺王僚，王僚立死。」「炙魚」是烤熟的魚，從烤熟的魚腹中取出至少要長達二尺以上的刀劍。如果這是眞的，能不令人生疑？當年朱亥曾袖四十斤鐵椎錐殺晉鄙，[11]如果專諸也能袖以手劍，總還見得了一點聰明。《左傳》則曰「鈹交於胸」。杜注：「交鈹鱄諸胸」。如果是專諸胸，可能是以胸抵刀柄，刺進對方，看來刀劍還不算短；專諸兩手可能在「擘魚」時燙傷。

　　總之，一條魚送君一命，不論是大魚小魚，或長刀短劍，如果不是傳述錯誤，則專諸的能耐不如一介匹夫。還值得一提的，是吳王僚在赴公子光饗宴時，「王僚使兵陳自宮至光之家，門戶階陛左右，皆王僚之親戚也。夾立侍，皆持長鈹」。這顯示了王僚的防備嚴密，也襯托出專諸的狠戾剛勇，銳不可當，然何竟有百密一疏，垂手以待刺手光臨，怎不說是一大諷刺？

三

　　比較起來，晉人刺客豫讓，算是一位義人，他的堅忍執

著，非常人所能及。

豫讓是智伯所豢養的一位「國士」。他自己就說：「臣事范（昭子吉射）、中行氏（荀寅），皆衆人遇我，我故衆人報之。至於智伯（荀瑤），國士遇我，我故國士報之。」雖然其胸襟格局不過如此，畢竟還是一位有思維的人。

豫讓與專諸雖然都是爲報豢養之恩，二者的基本性質容有不同。如前所述，專諸是被公子光刻意豢養刺僚，未顧國家大體；豫讓則是在故主被併滅之後的一種對個人的感報行爲。且因智伯無後，這位被視爲「國士」的豫讓自然就成爲智伯的一名忠鯁烈士了。

可貴的是，智伯在被三分之後，豫讓逃遁山林，十數年間，一直沒有爲主而報趙襄子，耿耿於懷，於是他「變名姓爲刑人，入宮塗廁」，甚至「漆身爲厲，吞炭爲啞，使形狀不可知，行乞於市」。這個樣子的自我糟蹋、毀滅，沒有別的，只爲「智伯知我」。這一個「知」字，使得豫讓終身感動，也自知「必爲報讎而死」。因此豫讓的義烈，在這裡一覽無餘。

不過何孟春說的也是：

今之論讓者曰，人惟無所爲而爲者，其善必誠，其忠必盡，而讓非其人也。……智伯之遇讓也，不過利祿優異於范，中行氏之所遇耳。讓之爲之報仇之深也，其義則是，其心亦特不忘其利祿之優異而有激於義耳。讓之言曰：「吾所爲將愧天下後世之爲人臣懷二心以事其君者」。此豈非名譽而爲善之人哉？[12]

豫讓仍存私念是沒有疑問的，他沒有徹底爲義赴義，而是

比較禮遇之厚薄而選擇了智伯；他希望留下名聲，不事二君，但因「皆衆人遇我」而脫離了范、中行氏，爲自己製造了觀念上的矛盾。且爲智伯尋仇十餘年，雖曾兩遇趙襄子，但卻輕易的放過了他。在當時環境下，施威固然不易，畢竟他沒有發揮，只有趙襄子稱他「義人」、「賢人也」就等待第二次機會。經過變形變音，又遇趙襄子，他說：「臣聞明主不掩人之美，而忠臣有死名之義」，結果在橋下三躍而刺趙襄子之衣以代之。所謂掩人之「美」、死名之「義」，明言就是爲「名」。

這樣看來，豫讓並不是一位眞心的刺客，而是藉行刺之名以達行義及求名之實。當他「拔劍三躍而擊之，曰：『吾可以下報智伯矣』！遂伏劍自殺」。因此在象徵意義上，他已爲主復仇，盡到了忠；他所以沒有親刃趙襄子，還是「互義」的結果，也盡到了義。因此，總的看來，豫讓不是刺客，而是一位以行刺爲名的義人。

《史記》本傳記豫讓事，與《戰國策》大同小異。《國策》首句作「晉畢陽之孫」。畢陽，周畢公高之後，晉成公時大夫伯宗引爲士，曾庇伯宗子州犁赴荆，[13] 則知祖孫皆以義烈。太史公應述及此，以爲先後映輝。

四

如果要鑑定刺客形象，聶政應是這類人物的一個典型。

首先，在這裡欲將嚴仲子「事韓哀侯」的問題澄清一下。本傳在豫讓與聶政間，說是「其後四十餘年，而軹有聶政之事」。按三晉滅智伯於晉哀公五年（西元前453），而聶政刺俠累，是在韓烈侯三年（西元前397，兩者相隔五十六年）[14]。韓

列侯在位十三年（西元前399～387），其後文侯繼位，在位十年（西元前386～377）卒，子哀侯始立。這時上距聶政刺俠累已二十年，自然不是「韓哀侯」。另外，《史記·六國年表》、《韓世家》所記聶政刺俠累事，皆在列侯三年，而不是「哀侯」。

綜觀全文，聶政是一位思維細密的人。首先，他事親至孝，嚴仲子雖然多次具備自觴聶政母前，並奉黃金百鎰，聶政不為所動，並曰：「臣所以降志辱身居市井屠者，徒幸以養老母，老母在，政身未敢以許人也」。這是他深知為人子之義的一面，符合所謂「父母在，不許人以死」[15]的精神。直至其母死並已除服，才開始認真考慮嚴仲子的問題。他自忖的說：

> 嗟乎！政乃市井之人，鼓刀以屠；而嚴仲子乃諸侯之卿相也，不遠千里，枉車騎而交臣。臣之所以待之，至淺鮮矣，未有大功可以稱者，而嚴仲子奉百金為親壽，我雖不受，然是者徒深知政也。夫賢者以感忿睚眥之意而親信窮僻之人，而政獨安得嘿然而已乎！且前日要政，政徒以老母；老母今以天年終，政將為知己者用。

這段思考是在聶母死三年以後。他回憶三年前對待嚴仲子「至淺鮮」，如今「將為知己者用」。於是西至濮陽。依情理言，聶政當年並未許諾必報嚴仲子，如今雙方皆又事過境遷，可以報也可以不必報；可以報，顯示了聶政的人性；不報，襯托出嚴仲子的無理。聶政還是報了，這是他深思熟慮的一面。

聶政在「杖劍至韓」之前，也顯示他一些心事的細密。嚴仲子告訴了他要刺殺的對象以後，「請益其車騎壯士可為足下

輔翼者」。聶政曰：「韓之與衛，相去中間不甚遠，今殺人之相，相又國君之親，此其勢不可以多人，多人不能無生得失，生得失則語泄，語泄是韓舉國而與仲子爲讎，豈不殆哉！」於是「謝車騎人徒，聶政乃辭獨行」。一番大丈夫的氣概於焉展開。這豈是後來荊軻刺秦必要結伴而行的情景可比！

不稍猶疑，聶政「杖劍至韓」。當時「韓相俠累方坐府上，持兵戟而衛侍者甚衆，聶政直入……」沒有把衆衛侍看在眼裡；因爲只有這樣，衆衛侍才來不及覺悟；既覺悟、大事已遲。聶政臨難之際，猶爲嚴仲子著想：「自皮面決眼，自屠出腸……」成就一位烈士。

郭嵩濤云：「以義卻金，以忠許人，一往不顧其他，而爲人謀仍計完全。若聶政者，庶幾懍懍烈士之風，惜哉其不達於用也。」[16]如遇明君賢相，聶政必不至於狗屠，最後暴尸韓市，是可預見。

由於聶政的果勇、壯烈之風，後世文學家也受到感動。如《聊齋志異》有故事即題名「聶政」而藉聶政的「厲聲」，嚇走時奪民女的懷慶潞王，作者最後還藉「異史氏」之口曰：「余讀刺客傳，而獨服膺於軹深井里也。其銳身而報知己，有豫之義；白晝而殺卿相，有鱄之勇；皮面自刑，不累骨肉，有曹之智……至於荊軻力不足以謀無道秦，遂使絕裾而去，自取滅亡，輕借樊將軍之頭，何日能還也？此千古之所恨，而聶政之所嗤者矣……其視聶政之報義憤而懲荒淫者，爲人之賢不肖何如？噫！聶之賢，於此益信。」

<h1 style="text-align:center">五</h1>

　　門人蔡造珉認為荊軻刺秦王的易水送行一節，史公應該使故事生動，「但絕不可過分誇飾……惟恐天下人不知荊軻欲刺秦之事……」。[17]其實大凡讀過這篇列傳的人，都應該有這種懷疑。黃錦鋐教授說：「荊軻要去刺秦的時候，燕太子丹與賓客白衣而送之，當時送行的場面很熱鬧，也很悲壯。高漸離擊筑，荊軻和而歌，變徵聲，慷慨激昂。然後歌曰：『風蕭蕭兮易水寒，壯士一去兮不復還。』送行的人聽了都被這情景感動得垂下淚來，一時都瞋目，怒髮衝冠，荊軻這才不顧上車而去」。黃先生強調說：「在文章的內容來說，這是一段很不合理的安排，謀刺秦王既然是高度機密的國家大事，田光為此而喪生，然而送行時卻有這麼大的場面，這不是在那裡告訴秦國，『嘿！我們要派個刺客去了，你要當心呀！』顯然這段資料是不很可靠的……」。[18]

　　《史記》裡一些不很可靠的資料當然還不止這些。別的不說，就以〈刺客列傳〉而言，曹沬的身分問題，專諸的擘魚而取匕首問題，以及趙襄子如廁的侍從及豫讓的決心與機智等問題，都令人生疑，不過只是大小巫之別而已。因此黃先生認為這段文字「在文學技巧手法來說，卻是一段絕佳的安排。也靠這一段，把荊軻刺秦王的故事，很生動的傳流於後世。……藝術的作品沒有一定的規律，司馬遷安排這一段送行的場面，把荊軻的形象，活生生的印入後人腦海中，如今『易水高歌』已經變成為國犧牲的代名詞……」。[19]不錯，藝術力量常會超越歷史的規律，就如〈秦楚之際月表〉中史公寫自己的前朝皇帝

劉邦又是「賢者」又是「大聖」，但又歸於「天意」，這種神秘而不可測的筆法究竟是承認「賢者」、「大聖」，還是不承認呢！如果眞的承認是「天意」，則漢高祖就不一定眞的是賢者或大聖了；相反的，如果高祖確爲賢者或大聖，則「天意」就可以不必的了。這種藝術手法，也常叫人迷惘；因爲史公畢竟還是服官於劉邦開國的朝廷裡呢。荊軻刺秦王的事，既已事過境遷，是非也成定論，作者於行文中添加一些藝術材料，正是以提高亦史亦文的超高品味；但就《史記》的「實錄」而言，史公難免還有一些冒險的性格。

就荊軻的本事而言，他的果勇不如聶政，隱忍不及豫讓。首先司馬遷說：「荊軻好讀書、擊劍。」從表面看來，荊軻是一位習文習武或者說是允文允武之士，夠得上令人尊敬。但在「與蓋聶論劍，蓋聶怒而目之，荊軻出」，從此不再回頭。後來蓋聶告訴別人說：「曩者吾與論劍，有不稱者，吾目之」；又說：「吾曩者目懾之」。不論蓋聶是怎麼「目之」，總之蓋聶沒給荊軻好眼色看，原因是「有不稱者」。「不稱者」可解釋爲二人意見不合，也可能是荊軻的劍術低下，蓋聶瞧不起他。如果屬於前者，可以遠離論劍的榆次（今山西榆次縣），但也要檢視自己遠離的理由，以判定蓋聶「目懾之」的合理性；若是後者，就不應離開；離開了，反而顯示了自己的虛心不足及其膽怯性，不敢與高手面對。後來在邯鄲（今河北省邯鄲市），又與魯句踐博奕、「爭道」，「魯句踐怒而斥之，荊軻嘿而逃去，遂不復會」。據本傳篇末之言，知魯句踐也是一個精於劍術的人；而博奕爭道、可能荊軻在贏輸上也有所謂「不稱者」，不然何必悄然溜走？以上不論荊軻劍術的高下或博奕的贏輸，總在對方的「目」，「斥」之下逃走，這不是一個「忍」

字可以解釋，而是應有信心不足的成分。

當年聶政在濮陽（今河北省濮陽縣）與嚴仲子告別時，嚴仲子欲為聶政增加車馬壯士，以為輔翼，聶政則分析了韓、衛之間的距離，韓相俠累與其國君的關係後，認為「此其勢不可多人，多人不能無生得失，生得失則語泄，語泄是韓舉國而與仲子為讎」。於是拒絕了車騎人徒，千山萬水獨行。

而荊軻在西行刺秦之前，先死了一個田光，又要求取下秦降將樊於期的頭顱。田光的死，是田光自殘的人格與尊嚴問題，與荊軻沒有直接關聯；可是樊頭卻是荊軻為了取信秦王的重要獎項，好像如無樊頭，荊軻就進不了秦，這也表明了荊軻刺秦的信心問題。由於信心不足，故取樊頭以獻，難道「匕首」不是藏在「督亢地圖」中嗎？荊軻不是就憑這卷地圖進見秦王的嗎？且在此前，燕太子丹既見荊軻，說以諸侯及燕之存亡大義，並以厚遇，「久之，荊軻未有行意」。既行，又帶了燕市狗屠兼擅擊筑的高漸離和年方十三的毛頭小子秦舞陽。此行雖未造成「語泄」，卻使得殺人不眨眼的秦舞陽，方登咸陽殿階，就開始兩腿發軟，「色變振恐」。

從「秦王發圖，圖窮匕首見」開始，荊軻表現了英勇激越的一面：「因左手把秦王之袖，而右手持匕首揕之。未至身，秦王驚，自引而起，袖絕。……」而「荊軻廢，乃引其匕首以擿秦王；不中，中銅柱。……」及「軻被八創。軻自知事不就，倚柱而笑，箕踞以罵。……」荊軻這位刺秦英雄，主動變成被動，被客方刺癱在地上，「不罵」、「不笑」又能怎樣？以荊軻之意，秦王所以沒有被殺，是「以欲生劫之，必得約契，以報太子」。這未免也太一廂情願了。太子丹曾經說過這樣的話：

誠得劫秦王，使悉反諸侯侵地，若曹沫之與齊桓公，則大善矣；則不可，因而刺殺之。彼秦大將擅兵於外，而內有亂，則君臣相疑；以其間，諸侯得合縱，其破秦必矣！此丹之上願，而不知所委命；唯荊卿留意焉！

可惜燕丹的「上願」，荊軻只進行了一半，他沒有破釜沉舟的去刺殺秦王，可能就像他所說的「往而不返者，豎子也」。他想保留一份生還的權利。事後雖逐「秦王環柱而走」，又「引其匕首以擿秦王」，只「中銅柱」，似有決心刺殺之意，奈何癱瘓在地，欲振雄風，為時已晚，於戲，悲夫！

傳末提到魯句踐當聽到荊軻刺秦王失敗的事，不禁感嘆欷噓，發人深思。他說：

嗟呼，惜哉！其不講於刺劍之術也！甚矣不知人也！囊者吾叱之，彼乃以我為非人也！

總之，在五位刺客中，有的成功，有的失敗。曹沫不算刺客，但也沒有失敗。荊軻雖然失敗，但其精神意義是不朽的。其他的刺客，都是面對一個人物，荊軻則是面對一個強秦，如龍之逆鱗而不可觸，荊軻竟獨與之征逐搏鬥。這無異向侵略者表明，小國寡民亦不可欺，國格尊嚴是不可侮的。這件事能「使秦王不怡者良久」，荊軻真正是震懾撼動了中華民族的心靈。融入光彩煥發的英烈史篇。

——原文發表《中國文化大學中文學報》第五期，民國八十九年三月。

···附註···

1 曹沫，《左傳》、《穀梁傳》皆作「曹劌」，《公羊傳》稱「曹子」。

2 《史記志疑》（臺北：臺灣學生書局，1168年9月景印出版），頁595～596。

3 同註二，頁596。

4 《十三經注疏》冊七《公羊傳》（臺北：藝文印書館），頁92。

5 分見《史記・蕭相國世家》及《後漢書・董卓傳》。

6 《十三經注疏》冊七《穀梁傳》（臺北：藝文印書館）頁52。

7 《史通》（《史通通釋》）（臺北：里仁書局，1980年9月）頁283。

8 朱子榛撰：《常懍懍齋文集》卷上《史記刺客傳書後》，見錄《歷代名家評史記》（臺北：博遠出版社，1990年2月），頁736。

9 《史記・平原君列傳》。

10 《春秋・左氏傳杜氏集解》（臺北：中華書局，1985年11月臺四版），卷二十六。

11 參《史記・魏公子列傳》。

12 何孟春撰：《餘冬敘錄》卷八，引錄《歷代名家評史記》（臺北：博遠出版社，1990年2月），頁773～734。

13 參見《國語》（臺北：中華書局，1970年4月臺三版）〈晉語〉卷十一。

14 楊家駱云：「如豫讓報讎在滅智伯後九年十年時，則此《史記》作四十餘年，無誤」。參見《史記今釋》（臺北：正中書局，1985年4月臺三版），甲編，頁299「注一」。

15 楊家駱主編：《禮記集說》（臺北：世界書局，1974年5月四版），〈曲禮〉卷一，頁4。

16 楊家駱主編：《史記札記》（台北：世界書局，1974年8月三版），卷五上，頁298。

[17] 〈雲北雜記〉按：該文為蔡造珉同學於讀中國文化大學中研所碩二時所選修本人《論文及讀書札記寫作》的期中心得報告之一。

[18] 黃錦鋐著：《晚學齋文集》（台北：東大圖書公司印行，1984年8月），頁244。

[19] 同註十八，頁245。

讀史二題

一

　　魯定公十年，齊景公三十八年（西元前500）夏，二君盟
於夾谷。《金史》及《清一統志》均謂淄川有夾谷山，《一統
志》並謂「夾谷山在淄川縣西南三十里，舊名祝其山，其陽即
齊魯會盟之處」。地方志當然也有這樣記載。《淄川縣志》卷
五〈古跡〉，謂「夾谷台，縣西南四十里，甲山舊名祝其山，
《左傳》定公十年夏，公會齊侯於祝其，實夾谷」。後人多從其
說，認爲當年二君相會的夾谷就在淄川。

　　淄川夾谷究竟是怎樣的一個形勢，《聊齋志異》作者蒲松
齡的詩集中有《夾谷行》古體詩一首，詩後曾感嘆地說：「國
家行觴，峨冠登堂。伏戎罷去，歸我汶陽」。蒲氏之意，他這
次所遊的夾谷，就是魯定公十年夏與齊景公會盟之地。而歌中
的「可惜群婢來，千載爲之哀傷」，則是魯定公十四年（西元
前496）「齊人婦女樂」的事，見於《論語·微子》。

　　齊、魯二君當年可不可能在淄川的夾谷相會？據蒲詩描寫
這「夾谷臺」之高，「其高不可端」；俯首一南望，見「群峰
筍立，俱就兒孫行」；其險則「蒼蒼冥冥，近接北斗欄杆」；
「下臨萬丈，使人毛骨森以寒」；其廣，則「視臺上數十餘
畝，其平如掌，萬騎能安」。當年齊魯二君及孔子諸賢聖，何

以選在這樣一個令人毛骨悚然且「猱走始能得上」的險地會
盟？《淄川縣志》卷五〈古蹟〉，也採錄了邑人孫之獬〈登夾
谷歷諸險〉七律一詩。從詩中「趾前十步九逡巡」、「草深十
步每憚虎」、「遠嶂層層猿鳥絕」等句看來，當年二君也不可
能在此地會盟。

另據《左傳》定公十年注及《史記‧孔子世家集解》引司
馬彪，都說夾谷在東海祝其縣即今江蘇贛榆縣。道光《濟南府
志‧古蹟》一：「一云滕縣東北有祝其城，一說泰山東南有谷
里，古夾谷也。一云萊蕪南三十里有夾谷峪，一云漢置祝其
縣，一云在博山縣東。……」這麼多的「夾谷」，未知孰是，
但大致都在今山東境內，且居魯西南境；惟東海祝其及今江蘇
贛榆縣，皆漢所置縣，祝其已析入江蘇丹陽縣，春秋莒國。有
人認為當年二君之會即在此地，「實夾谷」。二君當年從臨淄
或曲阜不遠千里跑到這東海邊陲的異國來會，事實上也不可
能。

《濟南府志‧古蹟》引《水經注》，謂夾谷在萊蕪縣境。並
云：「齊靈公滅萊，萊民播流此谷，邑落荒蕪。夾谷之會，齊
侯使萊人以兵劫魯侯是也。」揆之諸說，當以《水經注》為
近。顧炎武則認為：「《水經注》萌水出般陽縣（淄川縣古名）
西南甲山，是以甲山為夾谷也。而《萊蕪縣志》則云夾谷在縣
南三十里，接新泰縣界，未知其何所據。然齊魯之境，正在萊
蕪，東至淄川已入齊地百餘里，二說俱通。……」又說：「夾
谷之會，齊侯使萊人以兵劫魯侯，宣尼稱夷不亂華是也。是則
會於此地，故得有萊人，非召之東萊千里之外也，不可泥祝其
之名而遠求之海上矣。」意謂夾谷之會仍在萊蕪。

二

孫武其人及其著述，因首見於《史記‧孫子吳起列傳》，而早於《史記》的《左傳》、《國語》，均未見載，而現存《孫子兵法》又似乎給人留下戰國時代作品的印象，因此自宋季以還，孫子及其兵法著述，論者疑信參半，有的根本否定其人及其著述；有的認為應有孫武其人，但兵法非其所著；有的認為孫武與孫臏為同一人，兵法乃孫臏所著；有的認為孫武與孫臏為二人，兵法也是孫臏所著；更有的認為孫武是伍子胥或為伍子胥的後代；當然也有的肯定確有孫武其人，兵法十三篇源於武，完成於孫臏。眾說紛紜，莫衷一是。

究竟有無孫武其人及其兵法著述？又他何故奔吳及奔吳的大約年代，分作以下二點觀察：

㈠據文獻所載，「一九七二年四月，在山東臨沂銀雀山的漢墓中，同時發現書寫《孫子兵法》和《孫臏兵法》的大批竹簡，這不僅使失傳了一千七百多年的孫臏著作得以重見天日，而且使懷疑孫武其人的有無和《孫子》是否為孫武所著的懸案得以煥然冰釋」。既然孫武及其著述已經獲得實有的證據，則《史記》的相關記載，就不能認為是徒托空言了。

除了臨沂銀雀山的「物證」外，一九九五年十一月，蘇州吳縣西山發現了孫武身世的《甲山北灣孫氏宗譜》：

這部宗譜記載了「孫氏受姓淵源」，並列出公認的孫子始祖田完以下的詳細世系。譜載孫子本姓田，名開，字子疆，為田完六世孫，與通常人們所說的「孫子名武，字長

卿，爲田完之八世孫，田書之孫」，明顯不合。譜載田開（即孫子）未到吳國前，爲齊國大夫，入吳後更姓爲孫，與史學界所謂孫子避亂入吳，齊景公賜姓又不同。譜載孫臏爲孫子曾孫，與史學界所說孫臏爲孫子之孫，又不吻合。孫子與孫臏活動年代相距140餘年，疑有缺代，但苦無證據。

以上所載，與《史記》所述多所吻合。

孫武在齊始祖田完（謚敬仲），生於陳厲公二年（西元前705）；陳宣公二十一年（西元前672）春，欲立庶子款，乃殺太子御寇。御寇素善公子完，完懼禍於己，遂奔齊。時在齊桓公十四年（西元前672），年三十四。

入齊後陳完改姓田。理由有二說。〈集解〉徐廣曰：「應劭云，始食菜地於田，於是改姓田氏。」；《正義》案：「敬仲既奔齊，不欲稱本國故號，故改陳字爲田氏。」另外，古田、陳同音，《通志·氏族略》：「田氏即陳氏，陳厲公子完，字敬仲；陳宣公殺太子御寇，敬仲懼禍奔齊，遂匿其氏爲田。陳、田聲近故也。」

孫武爲田完第六世孫。據《史記·田敬仲完世家》譜系：「田完生穉孟夷，孟夷生愍孟莊，孟莊生文子須無，須無生桓子無宇，無宇生武子開與釐子乞。」武子開，即是後來的「孫武」或「田開」。以各取一字爲名，在齊曰「田開」，在吳名「孫武」。

茲列簡表如下：

陳（田）完→穉孟夷→愍孟莊→文子須無→桓子無宇→武子開。

但《新唐書‧宰相世系表》，謂「齊陳無宇之子書，伐莒有功，賜姓孫氏。生子憑，字起宗；憑生武，字長卿，奔吳」。不知何據？所謂「齊陳無宇」，指的應該就是「桓子無宇」，桓子無宇是孫武之父，此表卻誤為孫武曾祖。如此孫武也就變成田完第八世孫而非六世孫了。

　　㈡齊景公在位五十八年（西元前547～490）在其即位前後，國內臣弒君子弒父，而權臣互殺，往往見之。但這都不足為孫武出奔的理由，況且孫武這時可能還沒出生。

　　孫武生年不詳。楊善群《孫子評傳‧附錄》謂據《左傳》、《吳越春秋》等史籍推算，約生於齊景公十三年（西元前535），景公三十一年（前517），約十八歲時奔吳。時間大致不誤。因為吳王闔閭三年（西元前512），闔閭與伍子胥、伯嚭商量伐楚時，時為吳將的孫武，也在現場，他還說：「民勞、未可，待之。」另外，孫武在操練女兵時，以婦人大笑，乃斬左右隊長的闔閭寵姬看來，都不像孫武剛入吳的樣子，而是一位「舊人」了。不過孫武延後至「彗星見」的景公三十二年（西元前516）入吳，至諫止闔閭伐楚時已經在吳二年，也不算是新人了，但就以二十一歲之年當上將軍，除了年齡尚輕，那麼他有多少時間所謂「避隱深居」、「隱於羅浮山之東」編寫兵法？據《史記‧孫子吳起傳》：「闔廬曰：『子之十三篇，吾盡觀之矣，可以小試勒兵乎？』」這又可能是在孫武的什麼年齡？因此孫武在入吳前可能已經著手編寫兵書，甚至已經完成了某些部分。也因此他的每一年應該合理的前推三至五年，也就是生於齊景公八年（西元前540）至十年（西元前538）間。

　　孫武究竟何故奔吳？《甲山北灣孫氏宗譜》雖然否定了

「避亂」之說，但仍應與「亂」有關。首先齊景公時，高、國、田、鮑四大族系不停的糾葛纏鬥，而「亂將作」；而直接造成孫武決心出走的原因，恐怕還是前輩兵學家司馬穰苴的猝死。司馬穰苴也是田完的苗裔，所以也名田穰苴。晏嬰薦之於齊景公，兩戰晉、燕之師，凱旋而歸，景公尊為大司馬。於是「大夫鮑氏、高、國之屬害之，譖於景公。景公退穰苴，苴發疾而死」。孫武喜研兵法，志在青雲，看到穰苴如此下場，則想到自己未來；如果自己將來也落到司馬穰苴這樣的下場，不如趁早遠走高飛，所以他奔向有新興氣象的吳國。

此外，齊景公在位已久，漸次昏聵，且「好治宮室，聚狗馬，奢侈，厚賦重刑」。雖晏子屢諫，不聽。景公「三十二年，彗星見。景公柏寢，嘆曰：『堂堂！誰有此乎？』群臣皆泣，晏子笑，公怒。晏子曰：『臣笑群臣諛甚。』景公曰：『彗星出東北，當齊分野，寡人為憂。』晏子曰：『君高臺深池，賦斂如弗得，刑罰恐弗勝，茀星將出，彗星何懼乎？』公曰：『可禳否？』晏子曰：『使神可祝而來，亦可禳而去也。百姓苦恐以萬數，而君令一人禳之，安能勝眾口乎？』」這段君臣對話，幽默而諷刺；國家沒有希望，個人前途安在？推想孫武可能就在這年懷抱寫就的兵法奔吳。

——原文發表《齊國治國思想論集》，民國九十一年八月淄博

〈原道〉述評

一、〈原道〉撰作的遠因及近因

先秦時期，百家爭鳴，百花齊放，是中國文化最爲光輝燦爛的時期。這時代表正統文化的儒家，雖與道墨名法諸家並稱，然以其思想廣大精微，博厚高明，於諸家之中，實居領袖地位。[1]然經秦火，命運開始彎曲。漢初諸儒，雖於窮經稽古多所勞績，而後武帝又黜百家，定儒術爲一尊，然論學術固以儒家爲主，思想方面則以黃老爲宗。當時學者如陸賈、司馬談等，皆宗無爲，以黃老顯名；董仲舒雖不失爲儒家的學者型，卻非純儒，觀其賢良三策及《春秋繁露》，即揉儒道墨名法及陰陽諸家思想而雜之。陰陽五行及圖讖禎祥等迷信思想，是漢代繼黃老之後的另一思想特色。這種迷信思想直至漢末，始終與儒家思想分庭抗禮；也就是說，儒家思想直終兩漢之世，都是站在被動地位，僅其學術尙能保持穩定而已。迨至魏晉，思想界因受兩漢風氣的影響，老莊學說勃興，社會上掀起一片清談之風；學者鑑於政治腐敗，社會黑暗，而經學又支離破碎，爲求苟全性命，相率隱於道家；如竹林七賢的放浪形骸，佯狂詩酒，即是老莊思想所促成。另早在東漢明帝之時，佛教傳入中國，這支外來宗教，自漢末亂世以迄魏晉南北朝的這三四百年間，可謂其發展的溫床。在這一時期，佛教雖僅著重在經典

的翻譯與整理，然對於人心的蠱惑與腐蝕，已達相當程度；所以到了隋唐之際，這支宗教竟然徹底的變爲中國化的佛教。因此在兩漢及魏晉南北朝的這七百多年間，儒家思想及學術一直是在不健康的環境下延續。

佛教既盛於隋唐，而自李唐建國，皇帝以其系出老聃之後，道教亦乘興而入。武德三年（西元620），有晉州人上言謂老子降靈曰：「謂吾語唐天子，吾汝祖也，今年平賊後，子孫享國千歲。」（《唐會要》五十尊崇道教）高祖立，爲老子立廟。此後道教即漸趨權威。貞觀十一年（西元637）正月，太宗也有詔曰：「朕之本系，出之柱下。鼎祚克昌，既憑上德之慶，天下大定，亦賴無爲之功。……至於講論，道士女冠，宜在僧尼之前。」（羅香林《唐代文化史》頁163，引《唐釋彥悰護法門車法琳別傳》）更於乾封元年（西元666）三月，追尊老子爲「太上元元皇帝」。而佛教在這一時期並未消弭，只是稍斂氣燄而已。

自高祖武德元年（西元618）以迄穆宗長慶四年（西元824），計歷十二主凡二百零六年間，韓愈是在世最後的五十七年。在這十二位帝王中，計有高祖、太宗、玄宗諸帝，皆崇道教。如「開元二十九年（西元741），置崇元學，令習《道德經》、《莊子》、《文子》、《列子》，待學成之後，每年隨舉人例，送名至省，准明經考試，通者准及第人處分。」（《唐會要》七十七貢舉、崇元生）更於天寶中，加奉老子號爲「大聖祖大道元元皇帝」。因其設崇元學，及置道舉，道教儼然而有大唐國教的趨勢。玄宗雖崇道教，其對佛教亦懷有好感。《唐代文化史》（頁166）引《釋贊寧宋高僧傳》卷十七，〈唐京兆大安國寺利涉傳〉謂，開元中，玄宗召三教講論，各選一百人，都

集內殿。及釋利涉以潁陽韋玎之「韋」作偈詞吟畢，[2]玄宗凜然變色曰：「玎是庶人宗族，敢爾輕蔑朕玄元祖教，及凌轢釋門！」觀之末句，情極顯然。

在玄宗之前，武后、中宗、睿宗三朝，皆崇佛教。武后以其家世信佛，且其本人亦曾於感業寺削髮為尼，所以於天授二年（西元691）三月，曾頒制云：「朕先蒙金口之記，又承寶偈之文。歷教表於當今，本願標於曩劫。……自今以後，釋教宜在道法以上，緇服處黃冠之前。」（《大唐詔令集》卷一百十三）敕除老子「太上元元皇帝」封號，而自封為「金輪聖神皇帝」及「慈氏越古金輪聖神皇帝」，以應合佛教經義；更為大事建寺立像，廣度僧尼，佛教因而大盛。中宗時，以佛道之徒，皆可賜爵任官，[3]似佛道並重；然「上及皇后公主，多營佛寺」（《通鑑》卷二百零九，景龍二年），仍似重佛輕道。睿宗時，亦大建佛寺；景雲二年（西元711）詔云：「自今以後，僧尼道士女冠，並宜齊行並集。」（《唐會要》四十九〈僧尼傳〉）對佛道二教，猶在兼籌並顧。

玄宗以後，則肅宗、代宗、德宗、順宗、憲宗、穆宗諸帝，皆奉佛教。肅宗以定安史之亂，「常使僧數百人為道場於內，晨夜誦佛；鎬諫曰：『帝王當修德以弭亂安人，未聞飯僧可致太平也。』上然之」（《通鑑》卷二百一十九，至德二年）；然猶任以志耽院佛道二教的儒者房琯為相。[4]代宗於大曆初，廣建寺宇，大度僧尼。以「興造急促，晝夜不息；力不逮者，隨之榜箠；愁痛之聲，盈於道路。」（《通鑑》卷二百十四，大曆二年）所任丞相，如元載、王縉、杜鴻漸等人，皆好佛。據《舊唐書·王縉傳》：「代宗嘗問以福業報應事，載等因而啟奏，代宗由是奉之過當，嘗令僧百餘人於宮中陳設佛

像，經行念誦，謂之內道場。其飲食之厚，窮極珍異，出入乘
廐馬，度支具廩給。每西蕃入寇，必令韋僧講誦仁王經以攘虜
寇；苟幸其退，則橫加錫賜；胡僧不空，官至卿監、封國公，
通籍禁中，勢移公卿，爭權擅威，日相陵奪；凡京畿之豐田美
利，多歸於寺觀，吏不能制。僧之徒侶，雖有贓姦畜亂，敗戮
相繼，而代宗信心不移，乃詔天下官吏，不得垂曳僧尼。……
帝信之愈甚，公卿大臣既掛以業報，則人事棄而不修，故大曆
刑政，日以凌遲。」代宗信佛程度，實在超越前代。德宗時，
曾「詔出岐山無憂王寺佛指骨，迎置禁中；又送諸寺以示衆，
傾都瞻禮，施財巨萬。」（《通鑑》卷二百三十二，貞元六年）
而德宗及順宗二帝，又特喜好佛門人才。如僧人釋端甫，德宗
皇帝「一見大悅，常出入禁中，與儒道議論，賜紫方袍，歲時
賜施，異與他等。復詔侍皇太子於東朝」；而順宗對釋端甫則
「深仰其風，親之若昆弟，相與臥起，恩禮特隆。……」（並見
《唐代文化史》，頁169，引《贊寧宋高僧傳》卷六，〈唐京師
大安國寺端甫傳〉）又德宗因佛徒韋渠牟，善於辯才，「遷祕
書郎」。（《新唐書·韋渠牟傳》）

　　韓愈〈原道〉之作，直接肇因於憲宗朝。憲宗篤信佛教，
亦兼信道教。時人李蕃、韓愈等，雖屢切諫，不爲所動，反信
之益篤。元和十四年（西元819）正月，帝令中使杜英奇押宮
人三十名，持香花赴臨皋驛，迎鳳翔法門寺護國眞身塔的釋迦
文佛指骨入大內，供奉三日，然後送還。韓愈深慨於「周道
衰，孔子沒，火於秦，黃老於漢，佛於魏晉梁隋之間，其言仁
義道德者，不入於楊，則入於墨；不入於老，則入於佛。」因
作〈佛骨表〉力諫。其謂：

臣某言。伏以佛者夷狄之一法耳。自後漢時流入中國,上
古未嘗有也。昔者黃帝在位百年,年百一十歲;……周文
王九十七歲,武王年九十三歲,穆王在位百年,非因事佛
而致然也。漢明帝時,始有佛法,明帝在位纔十八年耳。
其後亂亡相繼,運祚不長。宋齊梁陳元魏以下,事佛漸
謹,年代尤促;惟梁武帝在位四十八年,前後三度捨身施
佛,……其後竟爲侯景所逼,餓死臺城,國亦尋滅;事佛
求福,乃更得禍。由此觀之,佛不足事,亦可知矣。……
今聞陛下令群僧迎佛骨於鳳翔,御樓以觀,舁入大內;又
令諸寺遞迎供養,臣雖至愚,必知陛下不惑於佛,作此崇
奉,以祈福祥也。直以年豐人樂,徇人之心,爲京都士庶
設詭異之觀,戲翫之具耳!安有聖明若此等事哉?……傷
風敗俗,傳笑四方,非細事也。

夫佛本夷狄之人,與中國言語不通,衣服殊製,口不言先
王之法言,身不服先王之法服,不知君臣之義,父子之
情。假如其身至今尚在,奉其國命,來朝京師,陛下容而
接之,不過宣政一見,禮賓一設,賜衣一襲,衛而出之於
境,不令惑眾也。況其身死已久,枯朽之骨,凶穢之餘,
豈宜令入宮禁。……今無故取朽穢之物,親臨觀之,巫祝
不先,桃茢不用,群臣不言其非,御史不舉其失,臣實恥
之。乞以此骨,付之有司,投諸水火,永絕根本,斷天下
之疑,絕後代之禍,使天下之人,知大聖人之所作爲,出
於尋常萬萬也,豈不盛哉?佛如有靈,能作禍祟,凡有殃
咎,宜加臣身;上天鑑臨,臣不怨悔。……

蓋自高祖李淵以下，歷朝皆有貶佛諫臣，[5]惟韓愈此諫，幾遭死罪。據《通鑑》卷二百四十所載，憲宗「得表大怒，出示宰相，將加愈極刑。」幸有裴度、崔群爲其緩頰，上言：「愈雖狂，發於忠懇，宜寬容，以開言路。」韓愈遂貶潮州刺史。

憲宗而後，是爲穆宗，亦信佛頗篤。長慶二年（西元822）十月，「上由複道幸咸陽，止於善因佛寺，施僧錢百萬。」（《舊唐書》卷十六，〈穆宗紀〉）；且「戶有三丁，必令一人落髮。」（《舊唐書·李德裕傳》）但穆宗在位僅四年，且與韓愈同年而沒，所以韓愈〈原道〉之作，已不受穆宗朝的信仰影響。

綜觀上述，自秦漢而後，儒家學術思想所以舉步維艱，實因歷代的異教及各種迷信思想蠱惑、分化之所致；而上之所好，民亦好之，相沿成習，致使民族文化遭遇長期的紛擾與湮沉。李唐建國，歷朝本有「三教講論」之制，[6]大體言之，講論內容雖多推尊儒家，然其結果，終因帝王或醉心於佛教，或偏好於道教，最後二教仍然大行其道。[7]尤自盛唐以後，安史之亂起，社會不安，生靈塗炭，佛道本就適於喪亂的人心，際此更是乘機顯盛，以攘天下。再者，自東晉以迄南北朝分裂的經學，至唐既已統一，則當時儒生，惟有墨守成規，而思想也就漸趨空洞；復以二教的競相角逐，天下才士，要皆捨儒就佛，或趨於道家，因而儒家人才，也就愈形寥落。既此，儒家發展的困難也就可知。另者，唐代科舉制度，向重詩文，更因朝廷不斷鼓勵、獎譽的結果，造就出不少文學人才，如詩有李杜，文有韓柳，人才輩出，文學允稱鼎盛。因而天下英才，縱非皈依佛道，也必趨於文學；因而若謂儒家學術思想在唐代亦有所成就，毋寧說已由文學取而代之矣。於是韓愈不得不以

「軻之死」,儒道「不得其傳」,而以道統自任,執其「貫道」之筆,發爲「載道」之文,期期以挽傳統文化之於既倒。因而其〈原道〉之作,固由於憲宗朝的諂佛媚道而成其名篇,實際上這篇寫作的動機由來久矣。

二、〈原道〉的基本立場及精神

「原道」一詞,始於淮南子的〈原道訓〉;韓愈以此名篇,旨在推究歷代聖人相傳的一貫大道。愈爲一介文士,目覩佛道盛行,儒學衰微,渠對政治、社會的思想與學說的衛道精神,正是知識分子所迸發的一種良知及責任。據《新唐書‧本傳贊》云:「自晉訖隋,老佛顯形。聖道不斷如帶。諸儒以天下正義,助爲怪神。愈獨喟然引聖,爭四海之惑,雖蒙訕笑,踣而復奮。始若未之信,卒大顯於時。昔孟軻距楊墨,去孔子才二百年。愈排二家,乃去千餘歲。撥衰反正,功與齊而力倍之,所以過況、雄爲不少矣。自愈沒,其言大行,學者仰之,如泰山北斗云。」觀此贊語,可知韓愈承先啓後之功,特能超越當代,影響亦自深遠。

蓋韓愈的學術思想,乃明仁義之本,而言治國之道;惟欲治國,必先以明何謂仁義道德。〈原道〉曰:

> 博愛之謂仁,行而宜之之謂義,由是而之焉之謂道,足乎己,無待於外之謂德;仁與義爲定名,道與德爲虛位。故道有君子小人,而德有凶有吉。

「仁義」二字,爲儒家的思想重心,其有一定的含義及內容;

而「道德」云者，雖謂品位空洞，含義抽象，若在儒家而言，仍以「仁義」為內容；道德若無仁義的充實，則即無所謂道德。但老子則說：「大道廢，有仁義。……絕仁棄義，民復孝慈」（《老子‧十六章》）；又說：「失道而後德，失德而後仁，失仁而後義」（《老子‧二十三章》）。因而可知，老子的所謂道德，是拋仁棄義，內容空虛。由於老子的「道」是「有物混成，先天地生，寂兮寥兮，獨立而不改，周行而不殆，可以為天下母。」（《老子‧二十五章》）的以自然為本體的道，而其所謂的「德」是「孔德之容，惟道是從」（《老子‧二十一章》）的以合於道的言行為德，則老子的道既非屬人事方面，而其德又是無為、不爭、清淨與無知，則顯然有「空空如也」的感覺。所以韓愈譏老子的仁義是「坐井而觀天」；老子的道德是他「一人之私言」。既然如此，則所謂「道有君子小人」，而「德有凶有吉」，於是可在上述的論辯中明矣。然則天下何猶競之於「無為」呢？此即韓愈所以排佛貶道的原因。其實儒學發展的艱難，佛道二教固然是其主要障礙，而其他旁教異說，也是充斥瀰漫，擾攘侵奪。所以韓愈在歷數這條大動脈的遭遇時說：

> 周道衰，孔子沒。火於秦，黃老於漢，佛於魏晉梁隋之間；其言道德仁義者，不入於楊，則入於墨；不入於老，則入於佛。……噫！後之人，其欲聞仁義道德之說，孰從而聽之？

以認真的態度觀察，這誠然是一幕幕的悲劇。蓋秦火而後，[8]黃老之說盛行。如漢初惠帝時，曹參為相；武帝時，汲黯為東

海太守，皆以黃老之術治國。而文、景二帝，竇太后、淮南王劉安、名士司馬談等，都奉黃老。及佛教傳入，魏晉梁隋之間益盛，廣譯經典，寺院林立，信者極眾。而早在戰國時代，楊朱倡為我，拔一毛利天下而不為，孟子斥為無父；墨子倡兼愛，本末倒置，孟子斥為無君。上述諸異端，韓愈認為都是中國正統文化發展的極大窒礙。然就原道而言，韓愈似最惱佛道；如老者曰：「孔子，吾師之弟子也」；佛者曰：「孔子，吾師之弟子也。」二教既以孔子曾為彼等的弟子，則儒家的成就，不過是「青出於藍」而已。然這「弟子」何由而來呢？《莊子‧天運篇》曾說：「孔子行年五十有一，而不聞道，乃南之沛見老聃。」而莊子〈天地〉、〈天道〉、〈田子方〉、〈知北遊〉等篇，也都記有老聃曾教化孔子的事。佛家又說孔子為「儒童菩薩」。《清淨法行經》云：「佛遣三弟子，教化震旦，儒童菩薩，彼稱孔丘。」[9]可見彼為爭取孔子，不遺餘力。其所以如此，除在強調其教的優越性，亦在混淆視聽而已。然就孔子曾問禮於老聃事，經史雖有所載，[10]而韓愈所又痛心者，還是儒門之徒於習聞佛道妄誕之說，亦云：「吾師亦嘗師之云爾」；「不惟舉之於口，而又筆之於書」。[11]遂使後人欲聞仁義道德之說者，無所取求。

韓愈認為「民之初生，固若禽獸然。」（《韓愈集》卷二十〈送浮屠文暢師序〉）故以聖人之道，即是在教天下以相生相養之道；而這生養之道，也就是所謂仁義道德的真實內容。〈原道〉曰：

有聖人者立，然後教之以相生相養之道；為之君，為之師，驅其蟲蛇禽獸而處之中土；寒然後為之衣，饑然後為

之食；木處而顛，土處而病也，然後為之宮室。為之工以贍其器用，為之賈以通其有無，為之醫藥以濟其夭死，為之葬埋祭祀以長其恩愛；為之禮以次其先後，為之樂以宣其湮鬱；為之政以率其怠倦，為之刑以鋤其強梗。相欺也，為之符璽、斗斛、權衡以信之；相奪也，為之城郭甲兵以守之。害至而為之備，患生而為之防。……如古之無聖人，人類之滅久矣！

就韓愈的政治觀點而言，是尊孟軻而貶荀卿；然就上述之言觀之，顯非民貴君輕，而是尊君抑民。《荀子‧王制篇》說：「君者，善群者也」；〈富國篇〉說：「百姓之力，待之而後功」。顯係引申荀子之言而後發，實背孟而近荀。然古時君主，為社會生活的命脈，又不僅於初民始生時為然。故「粟稼而生者也，若布如帛，必蠶績而後成者也。其他所以養生之具，皆待人力而後完者也。吾皆賴之。然人不可偏為，宜乎各致其能以相生也。故君者理我所以生者也，而百官者承君之化者也。」（《韓愈集》，卷十二〈圬者王承福傳〉）雖然，則君長的牧養教化，其為君的職責亦盡矣。然道家則曰：「聖人不死，大盜不止：剖斗折衡，則民不爭」（〈原道〉）；《莊子‧胠篋篇》亦曰：「跖不得聖人之道不行。……聖人生而大盜起。」完全否定聖人存在的價值及社會上所應有的公平合理的秩序。故韓愈不得不慨然曰：「如古之無聖人，人類之滅久矣。」

儒家之學注重現實生活的生養之道，其目的在增進人生社會的福利。為達此一境界，儒者主張設立君臣民等階級；即君行統治，臣行君令，民則從事農耕手工以事其上。如此，相生

相養之道，方能實現，社會秩序方能建立。〈原道〉曰：

> 是故君者，出令者也；臣者，行君之令而致之民者也；民
> 者，出粟米麻絲、作器皿、通貨材，以事其上者也。君不
> 出令，則失其所以爲君；臣不行君之令而致之民，則失其
> 所以爲臣；民不出粟米麻絲、爲器皿、通貨材，以事其
> 上，則誅。

這種社會分工方式，正是韓愈認爲政治社會「守分相安」的基
礎；雖然君主已爲「管分之樞要」（《荀子·富國篇》）的至尊
地位，而臣民如有失職，則加罪責，亦無可厚非。因就建立一
福樂的社會環境而言，此爲事實上需要。然佛道則曰：「必棄
而君臣，去而父子，禁而相生相養之道」，「以求其所謂清淨
寂滅者。」（〈原道〉）[12] 此即大出常理之外。故韓愈又慨然而
曰：「嗚呼！其（佛道）亦幸而出於三代之後，不見黜於禹湯
文武周公孔子也；其亦不幸而不出於三代之前，不見正於禹湯
文武周公孔子也。」誠然！

文中所引《大學》章句所謂「明明德」、「治國」、「正
心」、「誠意」諸說，亦可視爲與當時社會所迫切需要挽救的
問題相關。〈原道〉曰：

> 古之所謂正心而誠意者，將以有爲也。今也欲治其心，而
> 外天下國家，滅其天常；子焉而不父其父，臣焉而不君其
> 君，民焉而不事其事。孔子之作《春秋》也，諸侯用夷
> 禮，則夷之；進於中國，則中國之。……今也舉夷狄之
> 法，而加之先王之教之上，幾何其不胥而爲夷也。

蓋儒家《大學》中所謂正心、誠意諸說，是一種修齊治平的基
本工夫，非爲脫離天下國家的所謂「清淨寂滅」者，是此儒家
與佛道二家見解的根本殊異之處。括言之，儒家之道，是以達
到相生相養爲目的，遵守君臣父子之義，以及廣施慈愛生民之
道者。而佛道二教，則是除「外天下國家」，尙「滅其天常」，
無所謂君臣父子，更無生養之道。可見儒與佛道雖同一「治
心」，而其用意不同，結果亦異。因而果將佛道之教加於聖教
之上，何堪設想！然而聖教究爲何如？〈原道〉曰：

> 夫所謂先王之教者，何也？博愛之謂仁，行而宜之之謂
> 義，由是而之焉之謂道，足乎已無待於外之謂德。其文，
> 詩書易春秋；其法，禮樂刑政；其民，士農工賈；其位，
> 君臣父子、師友賓主、昆弟夫婦；其服，麻絲；其居，宮
> 室；其食，粟米果蔬魚肉。其爲道易明，而其爲教易行
> 也。是故以之爲己，則順而祥；以之爲人，則愛而公；以
> 之爲心，則和而平；以之爲天下、國家，無所處而不當。
> 是故生則得其情，死則盡其常；郊焉而天神假，廟焉而人
> 鬼饗。

蓋中國文化所以源遠流長，而又每值時勢蜩螗，國家板蕩之
際，尤能光輝發越，轉危爲安，即有賴於此。可惜自「堯以是
傳之舜，舜以是傳之禹，禹以是傳之湯，湯以是傳之文武周
公，文武周公傳之孔子，孔子傳之孟軻；軻之死，不得其傳
焉。」（〈原道〉）韓愈遂「非聖人之志不敢存」（〈答李翊
書〉），而將佛道謬說，「塞其流，止其行」（參〈原道〉）；且

「人其人，火其書，廬其居」，務期天下「明先王之道以道之，鰥寡孤獨廢疾者有養也」（〈原道〉），而臻社會於成康之世。

綜觀上述，韓愈為開先聖之儒道，而闢佛道、正人心，可謂不遺餘力。而這種衛道明道的立場及精神，不僅已為蘇東坡所稱譽的「文起八代之衰，道濟天下之溺」，且殊為後世樹立起復興文化的楷模。

——原文發表《革學月刊》第一一七期，民國七十年九月。

···附註···

1 按：先秦時期，儒道墨名法五家並列，而當時能與儒家分庭抗禮的，則為墨家，天下以儒墨並稱。然墨家思想出於儒家；倘無儒家創立在先，墨家思想是否能因而產生都是問題。道家主清淨無為，當時社會尚未曾普遍重視；且司馬談〈論六家要旨〉，曾謂「采儒墨之善」。名家則談名實，立意雖佳，惜後來幾位代表人物，卻成為詭辯家，對當時社會也未發生積極影響。至於法家，其在秦的統一上固然有過不少功勞，然其代表大家如韓非子，則師出荀卿，渠從荀卿學禮，行出其後渠所謂的法，且將儒道二家思想冶為一爐，融合而成他的法術。由是觀之，儒家於五家中實具有前導地位。

2 其偈詞曰：「我之佛法是無為，何故今朝得有為？無韋始得三數載，不知此復是何韋？」按：該次三教講論，為玄宗朝的首次。據〈利涉傳〉云：「有潁陽人韋玎，垂拱中，中第，調選河南府文學，遷大理評事秘校。…韋玎先陟高座，挫葉靜能，及空門思明，例皆辭屈。涉次登座，與韋往返百數千言，條緒交亂，相次抗之，棼絲自理，正直有歸。涉重問曰：『子先登席，可非主耶？未審主人何姓？』玎曰：『姓韋』。涉將韋字為韻，揭調長吟。…」（詳見羅香林《唐代文化史》，頁166～167）

3 如《通鑑》卷二百零八，神龍二年載：「僧慧範等九人，並加五品階，賜爵郡縣公；道士史崇恩等，加五品階，除國子祭酒，同正。」

4 據《新唐書》卷一百三十九，《房琯傳》，謂琯少即好學，以蔭補弘文生，喜老子、浮屠法。後入相，欲從容鎮靜為治。

5 按：自李唐建國，歷朝皆有貶佛諫臣。茲簡述如下：

高祖朝：武德四年（西元621），秦王李世民觀隋宮殿歎曰：「逞侈心，窮人欲，無亡得乎？」（《通鑑》卷一百八十九）；武德七年（西元624），太史令傅奕以佛門「不忠不孝，削髮而揖君親；遊手遊食，易服以逃租賦」為由，上疏請除釋教。（《舊唐書·傅奕傳》）

武后朝：張廷珪諫建大像疏曰：「營築之資，僧尼是稅，乞丐所致，而貧闕尤多。州鎮徵輸，星火逼迫，或謀計靡所，或鬻賣以充，怨聲載路，和氣未洽」（《舊唐書·張廷珪傳》）；李嶠諫曰：「造像錢見有一十七萬餘貫，若將散施，廣濟貧窮，人與一千，濟得一十七萬餘戶。極饑寒之弊，省勞役之勤。……」（《舊唐書·李嶠傳》）；狄仁傑疏曰：「逃丁避罪，併集法門，無知之僧，凡有幾萬？且一夫不耕，猶受其弊，浮食者眾，又劫人財。臣每思惟，實所悲痛。……」（《唐會要》四十九像）按：狄仁傑為武后朝名相。

中宗朝：左拾遺辛替否諫曰：「當今出財倚勢者，盡度為沙門；避役姦訛者，盡度為沙門；其所未度者，惟貧窮與善人。……」（《舊唐書·辛替否傳》）

睿宗朝：諫議大夫寧原悌諫曰：「釋道二家，皆以清淨為本，不當廣營寺觀，勞人費財。」（《通鑑》卷二百一十，景龍元年）

玄宗朝：開元二年（西元714），「紫微令姚崇上言，請檢責天下僧尼，以偽濫還俗者二萬餘人。」（《舊唐書》卷八，〈玄宗紀〉上）

肅宗朝：張鎬諫曰：「帝王當修德以弭亂安人，未聞飯僧可致太平也。」（《通鑑》卷二百一十九，至德二年）

代宗朝：進士高郢上書曰：「古之明王，積善以致福，不勞人以禳禍」；又曰：「無寺猶可，無人其可乎？」

德宗朝：劍南東川觀察使李叔明上言：「佛空寂無為者也，道清虛寡欲者也，今迷其內而飾其外，使農夫工女墮業以避役，故農桑不勸，兵賦日屈，國用軍儲為虧耗」（《全唐文》三百九十四〈請刪汰疏〉）；都官員外郎彭偃獻言：「今天下僧道不耕而食，不織而衣，廣作危言險語，以惑愚者。一僧衣食，歲計約三萬有餘，五丁所出不能致此，舉一僧以計天下，其費可知。陛下日旰憂勤，將去人害，此而不救，奚其為政？」（《舊唐書‧彭偃傳》）；貞元三年（西元787），「右補闕宇文炫上言，請京畿諸縣鄉村廢寺，並為鄉學。」（《唐會要》三十五〈學校〉）

憲宗朝：元和五年（西元810），李蕃諫曰：「秦始皇、漢武帝學仙之效，且載前史，太宗服天竺僧長年藥，致疾，此古今之明戒也。陛下春秋鼎盛，方勵志天下，宜拒絕方士之說；苟道盛德充，人安國理，何憂無堯舜之壽乎？」韓愈以憲宗迎奉佛骨，信奉過甚，曾作〈佛骨表〉及〈原道〉二文，以闢其謬。文見前引，此不贅。

穆宗朝：太和八年（西元834），李訓獻言：「天下浮屠避徭賦，耗國衣食，請……還為民。」（《新唐書》卷一百七十九〈李訓傳〉）按：自穆宗以下，經敬宗、文宗二朝歷十六年（西元825～840），至武宗朝。武宗會昌五年（西元845）七月，詔毀天下佛寺，僧尼並敕還俗，史稱「會昌法難」。

6 按：「三教講論」之制，創於唐高祖李淵，以後歷朝因之。所謂「三教」，乃指儒、佛、道三家，惟儒家本非宗教，以其特重禮制，且自魏晉以還，常與佛道二教，發生衝突，或互相爭論，故自來即有以「三教」稱之。（見羅香林《唐代文化史》，頁159）

7 詳見羅香林《唐代文化史》，頁159～167，「唐代三教講論考」。

[8] 按：秦始皇三十四年（西元前213），焚民間書籍，儒家典籍多燬。

[9] 按：佛家稱三弟子，爲老子、孔子、顏子；震旦，爲梵語中國。

[10] 按：《史記》〈孔子世家〉、〈老子列傳〉，均記孔子曾問禮於老子。
《禮記‧曾子問篇》亦記有孔子從老聃學禮事。

[11] 按：所云「吾師亦嘗師之云爾」者，即所列孔子曾問禮於老聃事；
「筆之於其書」者，則晉王肅僞撰孔子家語，可爲其證。

[12] 按：老子言清淨，佛言寂滅，此佛老之異於聖人處。〈太史公自
序〉：「李耳，無爲自化，清淨自止」。清淨，不紛擾也。老子主張無
爲清淨而治，則民自化自正。佛主修眞養性，求功德圓滿，超出世
間，入於不生不滅之門。

從蘇東坡的詩
看其爲人性格

一、前言

　　在中國文壇上，蘇東坡無疑是屬於第一流的作家。他擅詩，詞賦散文也寫得精妙，他的繪畫和書法，也都風格新穎，勁遒超拔。蘇東坡實在稱得上是一位多彩多姿的藝術家。除此而外，近代幽默大師林語堂先生，還稱他是一位：「造酒試驗家、一個工程師、一個憎恨清教徒主義的人、一位瑜伽修行者、佛教徒、巨儒政治家、一個皇帝的祕書、酒仙、厚道的法官、一個在政治上專唱反調的人、一個月夜徘徊者，……一個小丑。……」（〈蘇東坡傳原序〉）。大概他還有很多別人所沒有的特性。譬如他幽默風趣，愛國憂民，窮達不易其守，隨遇而適其所安等等，都是永遠屬於這位樂天派的大詩人的。所以誠如林語堂說的：他是「一個偉大的人道主義者，一個百姓的朋友。」

　　本文著眼點，是想在蘇東坡的詩中去發掘他樂天曠達的性格，而又從他完美的人格中去品嚐他動人的詩章。

二、自嘲嘲人，諧易機趣

首先，我們應該承認蘇東坡似乎永遠是一位「童心未泯」的浪漫派詩人。因為他雖屢遭坎坷憂患，但總樂天知命。他曾形容他自己說：

> 七尺頑童走世塵，十圍便腹貯天真。此中空洞渾無物，何止容君數百人！（〈寶山晝睡〉）
> 我本不違世，而世與我殊。拙於林間鳩，懶於冰底魚。人皆笑其狂，子獨憐其愚。直者有時信，靜者不終居。而我懶拙病，不受砭藥除（〈送岑著作〉）。

以上二詩是東坡為自己所繪出的一幅簡明畫像。像中有自謙、自謔，也有孤傲。不論何種成分，皆寓幽趣，令人發生好感。在詩中固已見其人，而其人也正如其詩的天真爛漫。

該諧、戲謔，是東坡性格中樂於表現的特徵，而這些特徵正是其詩中靈魂；雖然為了這些他曾屢遭貶斥，但並不失為大眾的喜愛。在蘇東坡所遺四千餘首詩中，據統計以「戲」字為題者，即有百餘首之多，顧名思義，固可賞心悅目；即使未以「戲」字命題者，也同樣諧趣可誦。如：

> 若言琴上有琴聲，放在匣中何不鳴？若言聲在指頭上，何不於君指上聽？（〈琴詩〉）

此詩多麼暢朗明快？又何等令人捧腹？這首詩在東坡集中或載

或不載，清紀昀以爲「此隨手寫四句，本不是詩」，實在是未能深明東坡風雅成趣的性格。

> 寂寂東坡一病翁，白鬚蕭散滿霜風，小兒誤喜朱顏在，一笑那知是酒紅！
> 北船不到米如珠，醉飽蕭條半月無。明日東家當祭竈，隻雞斗酒定膰吾。（〈縱筆三首〉錄二）

前首的「酒紅」，而小兒（按指作者第三子蘇過）誤喜爲「朱顏」，作者信手拈來，清美也何如！次首所謂祭竈，即民間俗稱送財神。東坡以北米久久不到，只好權充「財神」，而饗以東家的「隻雞斗酒」了。

> 山西戰馬饑無肉，夜嚼長稭如嚼竹，蹄間三丈是徐行，不信天山有坑谷。豈如廄馬好頭赤，立仗歸來臥斜日。莫教優孟卜葬地，厚衣薪樞入銅歷！（〈戲書李伯時畫御馬好頭赤〉）

按：作者在引用這個馬的故事以前，已道出了兵間戰馬，遠不如朝廷廄馬所受到的待遇。末二句是說它死後別照優孟的辦法葬它——把它吃掉。[1]此詩意極爲隱微，而詞則閃爍，原是作者以馬自喻，從前貶逐外放，如有戰馬，食則粗糲，行則山谷；如今被召爲近臣，又如廄中之馬，被用來擺之儀仗，裝點一下門面。但一朝無用，還不是被視爲一般畜生嗎？

　　此詩隱喻雖較嚴肅，而主題亦非在取笑自己，但視自己的一幅「可憐相」則與輕鬆的詩喻含義並無二致，所以他在另一

首詩中比如自己為「饑鼠」總比「廄馬」還要可憐得多:

> 東坡瘦叟長羈旅,凍餓餓吟似饑鼠。倚賴東風洗硴衾,一
> 夜雪寒披故絮。(〈寄蘄簟與蒲傳正〉)

東坡雋妙詩品,俯拾皆是,舉其犖犖大者,又如:「自笑
平生為口忙(按此「口忙」實一語雙關),老來事業轉荒唐。
……只慚無補絲毫事,尚費官家壓酒囊」(〈初到黃州〉);
「餘杭自是山水窟,仄聞吳興更清絕。……吳兒膾縷薄如飛,
未去先說饞涎垂」(〈將之湖州——戲贈莘老〉);「饑寒未知
免,已作太飽計。平生五千卷,一字不救饑。饑來憑空案,一
字不可煮」(〈種茶〉)。細品這些片語殘句,無不悉歸佳妙,亦
無不發覺作者其憂亦喜、其苦亦樂的情境。
　　固然,蘇東坡的幽默詩品已贏得世人千餘年來「絕無心機」
的好評,而東坡自己也認為其心胸光明磊落,出言正如「面對
自己」,有何不可言說而又有何可顧忌的呢?但別人畢竟不是
自己。譬如他的一位好友顧子敦,體態肥碩,暑天瞀於假案而
寐,某次東坡於其案側書曰:「顧屠肉案」。後來子敦奉使河
朔,東坡又贈詩云:

> 吾友顧子敦,軀膽兩俊偉。便便十圍腹,不但貯書史。容
> 君數百人,一笑萬事已。十年臥江海,了不見慍喜。磨刀
> 向豬羊,灑酒會鄰里。

這首詩除末二句外,多見讚譽之詞;但很不幸的「磨刀向豬
羊,灑酒會鄰里」,則不能令被書「顧屠肉案」的子敦滿意。

所以王立之詩話即云：「元祐中，顧子敦有顧屠之號，以其肥偉也。其後奉使河朔，居士（指蘇東坡）有詩送之，子敦讀之頗不樂。所以居士復和前篇云：『善保千金軀，前言戲之耳。』」子敦將行，朋輩為之餞行，東坡本應到場，但卻缺席，他很不好意思的以第二首和詩題曰：「諸公餞子敦，軾以病不往，復次前韻。」東坡此時是否有病，相信東坡自己最是清楚不過的了。但由此可知，東坡雖擅戲謔，某些時候也自知口舌過分，總不失天真與純摯的可愛天性。

然而東坡的幽默感並非僅是他茶餘飯後或是其極無聊賴時的一種精神捕捉，而是出乎一種處變不驚的「恆常」狀態。據《茗溪漁隱叢話》所載，在東坡就逮與家人告別時，還引楊朴故事與妻談笑。叢話云：

> 東坡云，昔年過洛，見李公簡，言宋真宗既東封，訪天下隱者。杞人楊朴，能為詩，召對自言不能。上問臨行有人作詩送卿否？朴曰，惟臣妻有一首云：「更休落魄耽盃酒，且莫猖狂愛吟詩，今日捉將官裡去，這回斷送老頭皮。」上大笑，放還山。

又云：

> 余（指東坡）在湖州，坐作詩追赴詔獄，妻子送余出門，皆哭，無以語之，顧謂妻子曰：「子獨不能如楊處士妻，作一詩送我乎？」妻子不覺失笑，余乃出。

由於東坡幽默成趣，而當時的宋神宗也真有憐才之心，所

以當元豐二年（西元1079）八月十八日東坡繫御史臺獄，自期必死，乃於獄中作七律兩首，密授其弟子由，尚云「百年未滿先償債」、「魂驚湯火命如雞」（予以事繫御史臺獄，獄史稍見侵，自度不能堪，死獄中，不得一別子由，故作二詩授卒梁成，以遺子由）之句。東坡以王桂摘其詠檜蟄龍句有不臣之罪而入獄，神宗以「軾固有罪，然於朕不應至是」；又「詩人之詞，安可如此論，彼自詠檜，何預朕事！」（見《石林詩話》）。可見東坡出語雖然有時凌人，但心存光明，所以總能經得起考驗，不在乎別人「明察秋毫」。

東坡被貶黃州，與友人陳季常氏，過從甚密，常為飲酒賦詩，弈棋談玄，每至夜深人靜，尚不能止，陳妻每以為苦，某次於忍無可忍之下，以杖怒擊屏風，且吼聲如雷，季常心悸不已，而東坡則於壁間題詩詠之曰：

龍邱居士亦可憐，談空說玄夜不眠；忽聞河東獅子吼，拄杖落手心茫然！

這就是後來形容婦人凶悍可怖，聲音洪亮，而名曰「河東獅吼」的由來，按陳妻為河東人。

元豐六年（西元1083），蘇東坡妾朝雲生一子，名曰遯兒，出生三日，舉行洗禮，東坡又為詩自嘲曰：

人皆養子望聰明，我被聰明誤一生；惟願孩兒愚且魯，無災無難到公卿。

東坡喜以嘲笑自己及戲謔別人，除於前詩中可見梗概，而

於前人筆記小說中也常見有相關記載。如《誠齋詩話》：「東坡過閏州，太守高會以饗之，飲散，諸妓歌魯直茶詞云：『有一杯春草皆留連佳客。』東坡曰：『卻留我喫草。』諸妓立東坡後憑胡床者，大笑絕倒，胡床遂折，東坡墜地，賓客一笑而散。」又《夷堅志》云：「東坡在黃州，嘗赴何秀才會，食油果甚酥，坐客皆認為是可以為名矣。又潘長官以東坡不能飲，每為設醴，坡笑曰此必錯著水也。他日忽思油果，作小詩求之云：『野飲花前百事無，腰間惟繫一葫蘆。已傾潘子錯著水，更覓君家為甚酥。』」此等小詩，全是即興而來，幽優而雅，妙趣橫生，真可說是「得來全不費工夫！」豈僅令人嘆絕而已。其他如《貴耳集》、《侯鯖錄》等，均載有東坡即興妙品。因此，蘇東坡也算是一位幽默大師了。

三、憂民傷時，俯仰為國

　　蘇東坡的性格雖擅幽默，但在幽默中卻隱藏著成熟與穩健；也就是說，他富於一顆同情心及愛國憂時的情志。他死於宋徽宗建中靖國元年（西元1101）七月二十八日；其後他的墓誌銘曾這樣記載說：「公既補外，見事有不便於民者，不敢言，亦不敢默視也。緣詩人之義，託事以諷，庶幾有補於國。」其宅心仁厚，概見於此。

　　由於東坡為官，行己於直，不諂不媚，所以其「見不善斥之如恐不盡，見義勇於敢為，而不願其害」，因此其凡所見聞，如有悖理害義而傷民誤國者，必諷之而後快，這於他的詩中，又屢見不鮮。如：

天寒水落魚在泥，短鉤畫水如耕犁。渚蒲披折藻荇亂，此意豈復遺鰍鮸？偶然信手皆虛擊，本不辭勞幾萬一。一魚中刃百魚驚，蝦蟹奔忙誤跳擲。漁人養魚如養雛，插竿冠笠驚鵜鶘，豈知白梃閙如雨，攪水覓魚嗟已疎。（〈畫魚歌〉）

此詩作於神宗熙寧五年（西元1072）。作者於湖州道中驚聞虐吏苛徵民糧，而又刑法酷嚴，遂於激憤之餘，抒而爲詩，以作譏刺。同年秋，作者於吳中又見當地農民橫遭雨災與虐政的雙重打擊，遂藉田婦之口，而抒其憤慨。詩曰：

今年粳稻熟苦遲，庶見霜風來幾時。風霜來時雨如瀉，把頭出菌鐮生衣。眼枯淚盡雨不盡，忍見黃穗臥青泥！茅苫一月隴上宿，天晴穫稻隨車歸；汗流肩䫈載入市，價賤乞與如糠粞。賣牛納稅拆屋炊，慮淺不及明年飢。官今要錢不要米，西北萬里招羌兒。龔黃滿朝人更苦，不如卻作河伯婦！（〈吳中田婦歎〉）[2]

按此詩後半首即在諷官。蓋諷官即所以卹民，亦所以體國。東坡因長時期被貶謫地方，對民間疾苦深有體察，與百姓也建立起深厚感情，所以當他任官徐州時，即曾入村勸農，做到親民愛民，而今卻是另外一番天下。因又感慨的說：

我是朱陳舊使君，勸農曾入杏花村。而今風物那堪畫：縣吏催租夜打門！（〈陳季常所蓄朱陳村嫁娶圖二首〉之一）[3]

雖然同為一地的民之父母官，先後卻顯示出兩種截然不同的政風。蓋「為政在人」，凡能「取人以身，修身以道，修道以仁」（《中庸》），則必能使野無餓殍，民無怨懟，天人和樂；否則，也只有「永愧此邦人，芒刺在膚肌」（〈和孔中郎馬上見寄〉）了。

由於東坡關心民瘼，不惜親自體驗農民辛苦。所以被謫黃州期間，在黃州東坡之下的一片數十畝大荒地，親自墾闢耕種，經過積年累月的努力，竟然溫飽有餘；不過使他所時刻不能忘懷的，還是當地農民朋友經常給他在耕作上的指導：

> 農夫告我言，勿使苗言昌。君欲富餅餌，要須縱牛羊。
> ……再拜謝若言，得飽不敢忘。（〈東坡八首〉之一）

「東坡」不僅可供溫飽，且成為一片閒散怡然的園地。如：「雨洗東坡月色清，市人行盡野人行。莫嫌犖确坡頭路，自愛鏗然曳杖聲」（〈東坡〉）。顯然東坡亦深得農莊之樂了。

林語堂先生的《蘇東坡傳》（頁65）有幾句作者的話說：「我簡直想說，蘇東坡的精神代表『火』，他一生和水災、旱災奮鬥，每到一地就忙著修建供水系統、水運系統和水井。……」由於蘇東坡是農民之友，所以也就特別注意農田的收成，而這收成的盈虛又直接關係到水旱，因此在他的詩中就不曾少見有關這種災情的關切：

> 飃飃聯聯銜尾鴉，犖犖确确蛻骨蛇。分疇翠浪走雲陣，刺水綠鍼插稻芽。洞庭五月欲飛沙，鼉鳴窟中如打衙。天工不見老翁泣，喚取阿香推雷車。（〈無錫道中賦水車〉）

這首詩的結論是說水車翻水，總是緩不濟急，不如請阿香女神推動雷車行雨，使大地普獲甘霖，以解民困。

> 百重堆案掣身閒，一葉秋聲對榻眠，牀下雪霜侵戶月，枕中琴筑落階泉。崎嶇世味嘗應徧，寂寞山樓老更便。惟有閔農心尚在，起占雲漢更茫然。（〈立秋日禱雨宿靈隱寺同周徐二令〉）

此詩作於神宗熙寧六年（西元1703）。這年秋，大旱。作者祈雨而雨不至，故有茫然之感。

蘇東坡的《全集》裡，還記載一段東坡在秦嶺向「龍王」為農民求雨的〈官方祈雨文〉。其言曰：

> 乃者至冬徂春，雨雪不至。西民之所恃以為生者麥禾而已。今旬不雨，即為凶歲；民食不繼，盜賊且起。豈惟守土之臣所任以為憂，亦非神之所當安坐也熟視也。聖天子在上，凡所以懷柔之禮莫不備至。下至愚夫小民，奔走畏事者，亦豈有他哉，凡皆以為今日也。神其盍亦鑑之？上以無負聖天子之意，下以無失愚夫小民之望。

這次「求雨」，本來不關蘇東坡的事，可是他不忍見農民的焦慮，所以就替當地的宋太守寫了這篇〈祈雨文〉。據載他獻上這篇祈雨文之後，九天後才下一陣小雨；又過三天，才烏雲密佈，雷聲隆隆，連下三天大雨。這時大地一切才恢復了生機。

蘇東坡的憂民傷時是不容置疑的。前面說過，他為了關心民瘼，曾毫不顧惜的譏諷過那些虐吏，也稍微提示了一下他在

徐州時的「政績」；不過對於他所認爲滿意的良官美政，則必更不留餘地的加以稱譽揭揚：

> 山翁不出山，溪翁長在溪。不如野翁來往溪山間，上友麋鹿下鳧鷖。問翁何所樂？三年不去煩擁擠。翁言此間亦有樂，非絲非竹非蛾眉。山人醉後鐵冠落，溪女笑時銀櫛低。我來觀政問風謠，皆云吠犬足生氂。但恐此翁一旦捨此去，長使山人索寞溪女啼！（〈於潛令刁同年野翁亭〉）。

按此詩作熙寧六年（西元1073）。於潛縣（今浙江臨安縣西）令刁鑄，建野翁亭，東坡爲他寫這首詩，力讚其政績，觀諸詩意，於潛實不啻爲一蓬萊仙境矣。而在此同時，作者又於〈於潛女〉詩中云：「菁溪楊柳初飛絮，照溪畫眉渡谿去，逢郎樵歸相媚嫵，不信姬姜有齊魯。」極言於潛地方夫婦之恩愛以及從事漁樵生活的美樂。按：周初，太公姜尙封於齊；周公姬旦之子伯禽封於魯；姜、姬二氏都是齊魯的貴族。現在於潛竟如此這般的豐衣美食，所謂齊魯的文明，姬姜的豪貴，又有何可傲於前呢！

有時還將美政與虐政在同一首詩裡加以印證對照：

> 柯侯古循吏，恂愊眞無華。臨漳所全活，數等千江沙。仁心格異族，兩鵲棲其衙，但恨不能言，相對空楂楂。（〈異鵲〉）

此詩題有小註云：「熙寧中，柯侯仲常通守漳州，以救饑得

民。有二鵲樓其廳事，訖侯之去，鵲亦送之。漳人異焉，為此賦詩。」按：柯侯，名述，字仲常，福建南安人，熙寧中通守臨漳。柯侯的愛心能感格動容禽鳥，其仁政自能施及其同胞人類，所以作者特為表揚。但在這同一首詩中，卻又言：

> 善惡以類應，古語良非夸。君看彼酷吏：所至號鬼車。

顯然作者在詩中將善惡官吏作了一強烈對比後，而將後者禍國殃民的酷吏，痛加斥罵。按：鬼車，鳥名，即九頭鳥、鴟鴞。此鳥專食小鳥及同類，據說還吃自己的母親呢！作者一定知道這種「苛政猛於虎」的酷吏是那些人；但他雖然秉性耿直，仍然還替他們保留了一些情面。所以說蘇東坡也是他政敵、或仇人的朋友。

話雖如此，但在某些時候作者還是會連名帶姓的把那些醜吏給揪出來。如：

> 君不見武夷溪邊粟粒芽，前丁後蔡相籠加，爭新買寵各出意。今年鬥品充官茶，吾君所乏豈此物？致養口體何陋耶！洛陽相君忠孝家，可憐亦進姚黃花！（〈荔支嘆〉）

按：「前丁後蔡」：丁指丁晉公，蔡指蔡君謨。二人均將武夷山的名茶向皇上「爭新買寵」。而「洛陽相君」則指錢惟演。洛陽歲貢牡丹，自錢氏創例，他曾在仁宗朝作過樞密使。沈欽韓云：「錢惟演官帶使相，故亦稱相君。」丁、蔡、錢三人，都與作者同時同朝人，竟呼名指斥；雖然作者此時已遭逢過文字之禍，但他認為造福的對象應是廣大的百姓應無錯誤。

這首詩〈荔支嘆〉的起步原是控訴楊貴妃的罪惡。貴妃為了饜足荔枝的食慾，李林甫等輩不惜犧牲百姓，千里奔命。所以詩云：「十里一置飛塵灰，五里一堠兵火催，顛阬仆谷相枕藉，知是荔枝龍眼來。飛車跨山鶻橫海，風枝露葉如新採，宮中美人（指楊貴妃）一破顏，驚塵濺血流千載……」其歸結仍然是為民請命：「我願天公憐赤子，莫生尤物為瘡痏，風雨順調百穀登，民不饑寒為上瑞。」這是多麼高貴的情操。

　　卹民體國是東坡的素志，已略見於前述；但他的純粹愛國詩篇，尚多見於他與其弟子由的〈寄懷〉詩中的。如：

　　岐陽九月天微雪，已作蕭條歲暮心。短日送寒砧杵急，冷官無事屋廬深。愁腸別後能消酒，白髮秋來已上簪。近買貂裘堪出塞，忽思乘傳問西琛。（〈九月二十日微雪懷子由第二首〉之一）

按：末句的「乘傳」，意謂奉王命出使。琛是寶玉。西琛，緣以《詩經》「憬彼淮夷，來獻其琛」之說似指外國。此詩則意指西羌。綜觀末二句，亦有立功邊外之志。

　　雲海相望寄此身，那因遠適更沾巾。不辭驛騎凌風雪，要使天驕識鳳麟。沙漠回看清禁月，湖山應夢武林春。單于若問君家世，莫道中朝第一人！（〈送子由使契丹〉）

按：宋哲宗元祐四年（西元1089）八月，蘇轍奉詔出使遼國，賀遼主生辰。東坡特賦此詩相勉。句中「天驕」，為漢時匈奴所自稱（後來中國人亦自稱為「天之驕子」）；「鳳麟」則喻

中國文明人物，意指蘇轍。意謂要使匈奴禮敬來自中國的貴
賓。末句更謂要使外國人知道中國人物之盛，非僅威儀如子由
一人也。其愛國思想畢呈無遺。

其他詩章如〈次韻和子游聞予善射〉：〈觀汝長身最堪
學，定如髯羽便超群〉；和子游苦寒見寄：「大夫重出處，不
退要當前。西羌解仇隙，猛士憂塞壖。廟謨雖不戰，虜意久欺
天。……千金買戰馬，百寶粧刀鐶，何時遂汝去，與虜試周
旋」。另外，於〈謝陳季常惠一揞巾〉詩中，亦云：「臂弓腰
箭何時去，直上陰山取可汗」；又〈祭常山回小獵〉詩云：
「聖明若用西涼簿，白羽猶能效一揮」等，都充分表現出殺敵
報國的勇武精神。雖然上述諸詩之主題要在發抒其個人情懷及
寫景之作，但他隨時都將體國愛國的志念鎔鑄其詩中，顯然情
景之描畫只不過是他精神上的部分寄託而已。

四、性剛情直，隨遇曠達

蘇東坡的耿介性格，以及其窮達不移的志懷，於前述諸詩
中，已可獲得相當的體認；但他對於自己性格明白的表示，尚
見諸下列的文字之中。他說：「生而賦朴野之性，愚不識禍福
之機。但知任己以直前，不復周防而慮後」（〈謝監司薦舉
啓〉）；「臣受性剛褊，賦命奇窮」（〈乞常州居住表〉）；「軾
受性剛簡」、「論迂而性剛」（分見〈答謝民師〉及〈謝兼試讀
表〉）。於此可見一斑。詩中也說：

柏生兩石間，天命本如此。雖云生之艱，與石相終始。
（作〈柏石圖詩〉）

今日南風來，吹亂廳前竹。低昂中音會，甲刃紛相觸。蕭
然風雪意，可折不可辱。（〈竹詩〉）

此二詩除表明詩中主題其有天賦的節概外，而「與石相終始」
及「可折不可辱」，殊可視為作者的自喻。

　　此外，如「門前萬事不掛眼，頭雖長低氣不屈」（〈戲子
由〉）；「平生傲憂患，久已恬百怪」（〈十二月將至渦口五里
所遇風留宿〉）；「形容雖似喪家狗，未肯聑耳爭投骨」（〈次
韻孔毅父久旱而甚雨三首〉）；「一生喙硬眼無人，坐此困窮
今白首」（〈古纏頭曲〉）等句，均可看出東坡生就一副崢嶸傲
骨。這種頑石性格，固然能堅持其安身立命的大節，然就宦海
浮沉，有為有守的正直之士，在歷史上常遭到不幸。如屈原
「寧赴湘流，葬於江魚之腹中」，而不能「以皓皓之白，而蒙世
俗之塵埃」（見《楚辭·漁父》）；司馬遷以眾人皆不敢言，而
獨白李陵之冤，「是以就極刑而無慍色」（見〈報任安書〉）！
但這些對蘇東坡而言，都是「為所應為」，「理所當然」！所
以「吾儕流落豈天意？自坐迂闊非人擠」（〈與子由同遊寒溪西
山〉）。他不承認他的連遭失敗是與他的性格有關。

　　由於蘇東坡生有一副傲骨，所以他不但在當朝得罪了不少
人；假若歷史上的一些人物泉下有知，也會把他打入十八層地
獄。譬如熙寧十年（西元1077），東坡知徐州後，他就寫下這
樣一首詩：

水繞彭祖樓，山圍戲馬臺。古來豪傑地，千歲有餘哀。隆
準飛上天，重瞳已成灰。白門下呂布，大星隕臨淮。尚想
劉德輿，置酒此徘徊。邇來苦寂寞，廢圃多蒼苔。河從百

步響，山到九里回。山水自相激，夜聲轉風雷。蕩蕩清河
壖，黃樓我所開。秋月墮城角，春風搖酒杯。邊君爲座
客，新詩出瓊瑰。樓城君已去，人事固多乖。他年君倦
遊，白首賦歸來。登樓一長嘯，使君安在哉！（〈又送鄭
戶曹〉）

在這首詩中，東坡睥睨天下、目無古人之氣，溢於言表。譬如
「隆準（指劉邦）飛上天」、「重瞳（指項羽）已成灰」，雖謂
「千歲有餘哀」，但也意味著「他們都沒有甚麼」，只有「蕩蕩
清河壖，黃樓我所開」的蘇東坡，才能大名垂宇宙，流芳百
世；且末四句之所流露，直有傲風狂吹，「舍我其誰」的氣
概。

在此詩稍後，又賦之云：

吾州下邑生劉季，誰數區區張與李！重瞳遺跡已塵埃，惟
有黃樓臨泗水。而今太守老且寒，俠氣不洗儒生酸。猶勝
白門窮呂布，欲將鞍馬事曹瞞。（〈答范淳甫〉）

在此詩中，明顯的把劉邦、張建封、李光弼、項羽、呂布、曹
操等歷史人物[4]，完全沒放在眼中，甚至認爲漢高祖和楚霸
王，曾經是他屬下的臣民。如今的「黃樓」已取代了當年的
「霸王廳」；惟有矗然高聳的黃樓（約十丈高），才是歷史上永
垂不朽的聖蹟！這種性格，實在是東坡屢遭謗怨的根苗。

蘇東坡一生困頓顛倒，遇不逢時，但也能心胸曠達，隨遇
而安，明顯的流露出道家所謂「清淨無爲」的涵養。這種修
養，絕非前面所說的那種傲風的蘇東坡所能爲，但確實是他。

從下列擇要的詩句中，我們可知他還是一位動中有靜、強中含柔的人物。

> 我生百事常隨緣，四方水陸無不便。人生所遇無不可，南北嗜好知誰賢。（〈和蔣夔寄茶〉）
> 今我身世兩悠悠，去無所逐來無戀。得行固願留不惡，每到有求神亦倦。（〈泗州僧伽塔〉）
> 置之行矣無足道，賢愚豈在遇不遇。（〈送歐季默赴闕〉）
> 我行本無事，孤舟任斜橫。中流自偃仰，適與風相迎。舉杯屬浩渺，樂此兩無情。歸來兩溪間，雲水夜自明。（〈與王郎昆仲及兒子邁遶城觀荷花，登峴山亭，晚入飛英寺，分韻得月明星稀四首〉之一）
> 入峽喜巉岩，出峽愛平曠。吾心淡無累，遇境即安暢。（〈出峽〉）
> 我生如寄耳，初不摘所適。但有魚與稻，生理已自畢。（〈過淮〉）

以上諸詩，均顯示出東坡的隨遇曠達境界。這種境界，尤自神宗元豐三年（西元1080）履黃州後，日趨明顯。這可能是因其年歲既增，人事滄桑亦富，以致詩格轉趨中和。這是他人生觀察的自覺，也是一項情理上的轉變。

東坡到黃州的第三年，曾寫過這樣的一首詩：

> 怕愁貪睡獨開遲，自恐冰容不入時。故作小紅桃杏色，尚餘孤瘦雪霜姿。寒心未肯隨春態，酒暈無端上玉肌。詩老不知梅格在，更看綠葉與青枝。（〈紅梅〉）

觀〈自恐冰容不入時，故作小紅桃杏色〉，寓有無限人情世味；而「尙餘孤雪霜姿，寒心未肯隨春態」，顯然表示傲骨天成，如今也只有孤芳自賞了。三首紅梅詩中，以這首最能表達其轉化的心態。

哲宗紹聖元年（西元1094），東坡再貶惠州，此時已屆垂暮之年。據《續明道》雜誌載云：「蘇公雖事變紛紜至前，而舉止安徐，若素有處置。」顯然其善處逆境的性格，已是老而彌美。

五、結　論

綜上所述，則知蘇東坡的詩，是剛柔融貫，氣勢英拔；而他的性格，是諧而不俗，直而不苟，充分表現出中國讀書人的崇高氣節。林語堂先生在談到蘇東坡的性格時也說：「談到蘇東坡的個性，很難避開『氣』這個名辭，每一位批評家概述蘇東坡的性格，都免不了要提到《孟子》的這一個字。……《孟子》所謂的『氣』，類似柏克森筆下的哲學字眼『蓬勃生氣』，是人類品格中生動、逼人的力量。……在《孟子》學說中，該字代表偉大的道德衝力，簡單說就是一個人行善求正義的高貴精神。……以蘇東坡來說，它等於偉大的精神，一個人升上無限級數的靈性，又大又強，來勢洶湧，不吐不快。……」（《蘇東坡傳》，頁136）。因此蘇東坡的詩及其人格，就是以《孟子》所謂「浩然之氣」的發揮；如果東坡當時缺乏這種氣，可能宦海無波，及沒世而名不聞；就因他有了這種氣，雖然屢不遇於時，卻仍留名千古，永爲後人欽慕。

——原文發表《華學月刊》一〇九期，民國七十年一月。

···附註···

1 優孟，戰國時代楚國一個優人名叫孟的，他有辯才，長諷諫。楚莊王
   的一匹愛馬死了，要群臣來弔喪，要葬馬以大夫之禮。優孟聞而大
   哭，其對王曰：「馬者王之所愛也，以楚國堂堂之大，何求不得，而
   以大夫禮葬之，薄，請以人君禮葬之。」王曰：「何如？」對曰：
   「臣請以彫玉爲棺，文梓爲椁，梗楓豫章爲題湊，發甲卒爲穿壙，老弱
   負土，齊、趙陪位於前，韓、魏翼衛其後，廟食太牢，奉以萬戶之
   邑。諸侯聞之，皆知大王賤人而貴馬也。」優孟又說，要不然就把它
   吃掉吧。那是：「以壟竈爲椁，銅歷爲棺，齎以薑棗，薦以木蘭，祭
   以糧稻，衣以火光，葬之於人腹腸。」（《史記·滑稽列傳》）

2 ㈠龔黃：龔逐、黃霸，二人均爲漢代官吏，以卹民稱。此暗指當朝行
   新法的官吏。㈡河伯：黃河水神。戰國時魏國鄴地受水災最重，因而
   迷信也最甚，有名的「河伯娶婦」事即盛行於此時此地。原則是每年
   要把一位女子投進河中，算是嫁給河伯，以免淹水。後來西門豹爲鄴
   令，以非常手段而禁絕了此種愚昧殘忍之行爲，並教育百姓以鑿渠灌
   田之法，化弊爲利。蘇詩此句乃極言民不堪擾，做農家婦還不如作河
   伯婦的好。

3 「朱陳舊使君」句，乃朱陳爲蕭縣一村名，全村僅朱陳二姓，世爲婚
   姻。此詩爲東坡官徐州時作。

4 蘇東坡〈答范淳甫〉詩，所以提出劉邦、張建封、李光弼、項羽、呂
   布、曹瞞等人，是上述諸歷史人物，皆與黃樓所在地的徐州有所關
   聯。按：劉邦，字季，沛豐邑人。今江蘇西北部之銅山、豐、沛、
   蕭、碭諸縣，古屬徐州地；迄清乃改爲府，仍轄銅山、蕭、碭、宿
   遷，睢寧、豐、沛諸縣。張建封、李光弼皆唐人。前者曾官徐州節度
   使；後者於肅宗朝，平安史之亂有功，與郭子儀齊名，封臨淮郡王。

項羽自西入秦，殺秦王子嬰，焚咸陽，沐猴而冠，都彭城，自稱西楚霸王；彭城古屬今徐州地。呂布東漢九原人。善弓馬，號飛將。自與董卓分裂，旋被卓黨李傕等攻之，敗投袁紹；後據濮陽、下邳，與曹操戰，兵敗，被擒斬。下邳，故城在今江蘇邳縣東；隋時移郡治於宿預，地在宿遷縣東南。

論歐陽修的古文運動

　　中國文學的演進，自漢以迄兩晉南北朝的長期自由與解放，幾盡脫離實用主義的道德範疇，而趨於超現實的浪漫主義與純藝術的唯美主義之途徑。因此在內容上，注重田園山水與色情；在形式上，著重駢體文及新體詩；而風格則是玄虛與淫靡。此風直至唐初之百年間，尚盛行不衰。

　　歐陽修上承昌黎韓公「文以載道」之緒餘，力振古文。蓋宋繼晚唐五代之後，文章或為柔靡不振，或為詭奇澀苦，無益於治道。在宋初能寫古文者，如柳開、王禹偁等寥寥數人，亦要為擅長駢文，而兼作古文。所以當代文壇，除流行短期的西崑體外，而自太祖建隆元年（西元960）稱帝建國，以至仁宗嘉祐二年（西元1057），歐陽修知貢舉，黜「太學體」的百年間，執文壇牛耳的始終是時文。隨時文興起的，則是格律詩。不過此非宋初文壇如此，即有唐一代，除貞元、元和間短短的四十年是古文天下外，駢文一直為文章的主流。所以宋初諸子的復古運動，或有意，而或志不堅，必待繼起的歐陽修主盟文壇，掀起振興古文的高潮，復以曾鞏、王安石，與三蘇之推波助瀾，古文始為文壇的正統，歷數百年而弗替。

　　駢麗文的所以不合時宜，亟需揚棄，則因其無益人心，更有傷於社會的質樸風尚。因之柳開曾有言云：

　　　代言文章者，華而不實，取其刻削為工，聲律為能；刻削

傷於朴，聲律薄於德；無朴與德，於仁義禮知信者何？其故在於幼之學焉，無其天之性也，自不足於道，以用而補之。苟悅其耳目之翫，君子不由矣。」(〈上大名府王祐學士書〉)

由此可知文章刻削雕鏤之弊大矣。所以韓愈文起八代之衰，固因其文體上褫駢麗、追周、漢，亦因其能用力於古文，綜合而鎔鑄之，以致頗有司馬子長與揚雄的氣勢，而令「後學之士，取爲師法」(《舊唐書．韓愈傳》)。而柳宗元亦因其「下筆構思，與古爲侔」，故其氣勢之「雄深雅健」，亦「似司馬遷」，士子乃「不遠千里，皆隨宗元師法」(併見《舊唐書．柳宗元傳》)。

宋初文壇復古運動，以「先進則莫有譽之者，同儕則莫有附之者」，且「獨敢以古文語者，則與語怪者同也。衆又排詬之，罪毀之；不目以爲迂，則指以爲惑」(〈穆修答喬適書〉)。因而所謂復興古文，是一件極不易行的事。此外，亦因駢麗行之已久，而西崑亦盛行不衰，故「自翰林楊公唱淫辭哇聲，變天下正音四十年，眩迷盲惑，天下瞶瞶晦晦，不聞有雅聲」(〈石介與君貺學士書〉)。因此凡爲文者，要「以風雲爲之體，雕鏤爲之飾，組繡爲之美，浮淺爲之容，華丹爲之明，對偶爲之綱，鄭、衛爲之聲；浮薄相扇，風流忘返」(〈石介上蔡副樞書〉)。一般士子「非章句聲偶之辭，不置耳目」(〈穆修答喬適書〉)。所以「古道息絕不行，爲時已久」(同上)。在這種情形之下，欲振韓、柳功業，傳述石介、穆修諸人的學說理論，殊非強而有力如歐陽修者莫爲。

歐陽公在復興古文方面的成就，是因其不專發議論，同時

在其作品中亦表現出卓越的成績。其不僅為古文大家，亦為詩、詞、賦以及四、六駢文的一代能手。所以無論贊成或反對他的，皆慕往其作品，而不認為他是一位迂腐的道學家，復以其在政治、學術上皆有崇高的地位，樂於獎掖後進，所以在復古運動中，顯然他已奠定優厚的基礎，亦被推為文壇上的領袖。

上述柳開、王禹偁諸復古之人，皆未能使古文流行。此固因其僅兼作古文，而如柳氏之「少好任氣，大言凌物」（沈括《夢溪筆談》卷九），未嘗不是失敗之潛因；王禹偁雖好鼓勵後學，賞識孫、丁，[1]亦因「多涉規諷，以是頗為流俗所不容」（《宋史》卷二九三〈王禹偁傳〉）。所以直至北宋中期的尹洙、穆修等之力為古文，而「歐陽永叔從而振之。由是天下之文，一變而古」（《范文正公集》卷六，頁10至11）。

在復古運動中，尹洙、穆修雖為歐陽修之先，然在歐陽公眼目中，認為尹氏古文可能還不夠縱橫馳放，所以在他與蘇洵的談論中，曾有「吾閱文士多矣，獨喜尹師魯、石守道（介）。然意有所未足」（邵博《邵氏聞見後錄》卷十五，頁2）。而穆修則個性「剛价，好論斥時病，詆誚權貴，人欲與結交，往往拒之」（《宋史》卷四四二〈穆修傳〉），則類近柳開，而其所作古文終於未佔優勢之主因，蓋以當時體裁與技巧尚未發展成熟，所以雖然號能古文，亦要「以斷散拙鄙為高」（葉適《習學記言》卷四九，頁10）。因此在內容、修辭方面，終不如繼起的歐陽修。

歐陽修幼時即讀韓愈文，但造詣未深。中進士後，官洛陽，在錢惟演幕下，始受尹洙的指導與影響，而大作古文。其學古文的經過，他自己有較詳細的說明：

予為兒童時，得唐《昌黎先生文集》六卷。讀之見其深厚
而雄博，然予猶少，未能悉究其義，徒見其浩然無涯之可
愛。是時天下學者，楊、劉之作，號為時文，能取科第擅
名聲，以誇耀當世，未嘗有道韓文者。予亦方舉進士，以
禮部詩賦為事。年十七，試於州，為有司所黜，因取所藏
韓氏之文，復閱之，則喟然嘆曰：學者當至於是而止爾。
……後七年，舉進士及第，官於洛陽，而尹師魯之徒皆
在，遂相與作為古文。因出所藏《昌黎集》而補綴之，求
人家所有舊本而校定之。其後天下學者亦漸趨於古，而韓
文遂行於世，至於今蓋三十餘年矣。學者非韓不學也。可
謂盛矣。（〈六一題跋〉）

從這段文字裡，可知歐陽公對振興韓文與復興古文所下的
工夫，及所付出的精力。當時如石介、穆修等人雖亦努力鼓吹
尊韓，然一般人猶從楊億等所主張的時文，其目的即在圖取功
名利祿，故不僅作韓文者少，即連《昌黎文集》，亦不流行。
必待歐陽公之補綴校定，努力鼓吹提倡，始達「天下學者亦漸
趨於古，而韓文遂行於世」，甚至達到「學者非韓不學」盛
況。此自不可不謂是歐陽公的優異表現。

歐陽修在從事古文寫作方面，固然是靠他的勤敏，但有時
亦表現出他一種不服輸的心理。如邵伯溫有言云：「錢文僖
（惟演）公……因府第起雙桂樓，建閣臨圜驛。命永叔、師魯
作記。永叔文先成，凡千餘言。師魯曰：某止用五百字可記。
及成，永叔服其簡古，永叔自此始為古文」（《邵氏聞見錄》卷
八，頁5）。此事之後，「歐陽修公終未服在師魯下。獨載酒

往，通日講摩。師魯曰：大抵文字所忌者，格弱字冗……永叔奮然持此說，別作一記。更減師魯二十字而成之，尤完粹有法。師魯謂人曰：歐九真一日千里也」（潘永因《宋稗類鈔》卷五，頁3）。由於歐學古文是初法於尹洙，而後又勝過尹洙，自可見其努力之深度。另據何薳記其為文的習慣是：「作文既畢，貼之牆壁，坐臥觀之，改正盡善，方出之示人。」（何薳《春渚紀聞》卷七，頁1）據說後來他為韓琦所作有名的〈畫錦堂記〉，就是這樣一再端詳而改作完成的。[2]

歐陽修對古文所持的觀點，遠與韓柳、近與石穆諸人同，要以「道」為文章的靈魂；無道則是「玩物喪志」的論調。如其言云：

> 夫學者未始不為道，而至者鮮，非道之於人遠也，學者有所溺焉爾。蓋文之為言，難工而可喜，易悅而自足。世之學者往往溺之。……聖人之文，大抵道勝者，文不難而自至也。（〈答吳充秀才書〉）

文中所謂的「溺」，即刻鏤雕飾之意；蓋凡刻鏤雕飾者，則必遠道，而道也必不至。故「道勝者文不難而自至」，亦即表明「有德者必有言」之至意。

> 學者當師經，師經必先求其意，意得則心定，心定則道純，道純則充於中者實，中充實則發為文者輝光。（〈答祖擇之書〉）

此表明歐陽公承認經文是文學的正統，而忽視美文的價值。在

其所作「送徐無黨南歸序」中，亦有如此感慨之言：

> 自三代秦漢以來，著書之士，多者至百餘篇，少者猶三四
> 十篇，其人不可勝數，而散亡磨滅，百不一二存焉。予竊
> 悲其人，文章麗矣，言語工矣，無異草木榮華之飄風，鳥
> 獸好音之過耳也。……今之學者，莫不慕古聖賢之不朽，
> 而勤一世以盡心於文字間者，皆可悲也。

因此，苟欲文章傳之久遠，而如古聖賢之不朽，則唯有「道」
之所在；否則，文章雖「麗」，言語雖「工」，亦「無異草木榮
華之飄風，鳥獸好音之過耳」，「卒與眾人同歸泯滅」（前
序），則誠「可悲也」。所以在上述文字裡，歐陽公是進一步的
承認純文學的無用；它不過是近於道學家「玩物喪志」的頑固
論調罷了。

顯然古文至歐陽修而大盛。此除其古文技巧較前人為更進
一步外，尚有下列幾點原因：

一、言簡而著：歐陽公曾評尹洙的文章是「簡而有法」。
他認為文章之所以要「簡」，是因為簡才能信，才能傳。例如
《春秋》，「謹一言而信萬世者也」（《歐陽文忠公集》冊三，頁
36〈春秋或問〉）。而「銘見於後世者，其言簡而著；及後世
衰，……始繁其文」之故也（同前書冊三，頁89〈薛塾墓
表〉）。既簡而後，尚需有「法」。所謂法，即是「文字簡略，
止於大節，期於久遠」（同前書冊八，頁79〈與訴論祈公墓誌
銘〉）。此外，尚需注意內容與修辭。其曾云：「言以載事，而
文以飾言。事信言文，乃能表現於後世。詩、書、易、春秋皆
善載事而尤文者，故其傳尤遠」（同前書冊八，頁53〈代人上

王樞密求先集序書〉)。

二、文以論政：韓愈復興古文，目的在能「文以載道」，而歐陽公則提倡針對實際的議論性文章。所以北宋中期的古文運動，涵義至廣，究其實際，在「務篤行以重實踐」（陳子展《宋代文學史》頁7）。而當時議論之波瀾壯闊，歐陽公實為一關鍵人物。

三、古文取士：在西元1043～1044年時，范仲淹領導慶曆變法，當時已任諫官的歐陽修，側助其若干改革。其中之一即是改定考試內容，重策論。在此前的十餘年間（西元1029左右），朝廷中已經覺得「浮誇靡漫之文，無益治道」，考生應當「務明先聖之意」（《續長編》卷一〇九，頁1）。所以歐陽公的此項變革，很快就被朝廷所接納，雖然不久又被廢除，但其仍然倡導古文。直至1057年歐陽公主試進士，才趁機應用其自己的標準，堅持古文派的經世議論（參《歐集》冊六，頁17～19）。此事雖亦經歷很大風波，終於「一時文字大從變古」（同前書冊十八，頁44～45），或「文格遂變而復古」（同前書冊十八，頁67）。

四、提掖後進：歐陽修對後起的古文學家要能提掖獎譽。其中最著者，要為曾鞏、王安石與三蘇。而曾鞏尤能繼承其志業。但因曾的古文鮮有議論，所以能發揮時務議論的，當屬蘇軾。這在歐陽公對曾鞏之文「一見其文而奇之」（楊希閔《曾文定公年譜》），及曾鞏與蘇軾之間的答對，[3]可得上述的證明。歐陽公之賞識王安石，固由曾鞏的薦介，亦因其「能文」，且「角而翼者也」（朱弁《曲洧舊聞》卷三，頁23）。歐陽公的賞識蘇洵，亦經別人介紹，然因其古文蒼勁有力，故有「今見子之文，吾意足矣」（《邵氏聞見後錄》卷十五，頁2）的

讚嘆而器之。其對蘇軾,較前二蘇,尤為重視。其曾對蘇軾云:「吾老將休,付子斯文。」(《歐集》冊十八,卷六,蘇軾撰〈祭文〉)其器識之深可見一斑。

　　歐陽修以法先聖,而好古文,而學古文,而寫古文,而振興古文。在他倡導古文成功以後,一般士子見考試標準改變,而經歐陽公所提拔者,亦極得意,於是群起仿效。因此直至南宋,歐陽公的昔日政論雖已不受重視,其文章之名仍盛。

　　——原文發表於《華學月刊》十五期,民國六十八年十一月。

···附註···

1　王禹偁特別賞識孫何與丁謂二人。嘗有詩曰:「三百年來文不振,直從韓柳到孫丁,如今便好合修史,二子文章似六經。」(司馬光《涑水紀聞》卷二,頁9)。

2　據載歐陽修為韓琦作〈晝錦堂記〉,文章寫好已經送去,事後又覺不妥。以其中「仕宦至將相,富貴歸故鄉」句,尚需斟酌。遂於「數日後復遣介別以本至……無異前者,但於仕宦富貴之下,各添一『而』字。文義尤暢」(參范公偁《過庭錄》,頁8)。

3　據陳長方《步里客談》卷下載云:「初蘇子瞻以讓曾子固。曰:『歐陽門生中,子固先進也。』子曰:『子瞻不作,吾何人哉?』」

論范仲淹的文學修養（上）

　　宋代崇尚文治。自太祖始稱「不殺士大夫」之後，於是太宗與眞、仁諸朝，多重養士，留心文藝（《宋史》卷四三九〈文苑傳〉），並藉科舉以考拔士子。這時，讀書人果能中第，即有祿位，且享遇優厚（參《燕翼貽謀錄》卷五）。因此士人無形中湧現一種自覺，即以憂濟天下爲己任。此種勇於自信而擴大自我的使命與責任感，表現於國家政策、士風、及學術文藝上，則是議論風發，矜重氣節，與重古道致用。而文學尤爲關於風化與國運盛衰的樞紐。蓋宋代上承唐末五代士氣浮靡、文風頹萎之後，形成積重難返的秋風暮氣，雖然太祖繼周世宗之基業而統一中國，但暮秋之氣一直籠罩於士子間。這時，文章或柔靡不振，或詭奇晦澀，無益於治道，直至開國七十年後的仁宗朝，有志之士如范公仲淹者，遂以其文如「怒流出峽」之磅礡的「典雅純實」的康壯，起而排攘流俗，一掃而清「文章柔靡，風俗巧僞」的弊習。實則范公爲文之旨，尚在期以其文學之造詣以「漸隆古道」而「興復古道」，亦即期以「文以載道」而竟「輔成王道」之志意。范公爲文，主張以道爲本，以文爲末，以道爲目的，以文爲工具；所以其文皆能「貫通經術，明體達用」（《四庫提要·集部·別集類五》），斥空言而重實效。這也就是他的文章所以能振聾發瞶而又使「天下信其誠，爭師尊之者」（《蘇東坡集》卷廿四〈范公集序〉）的原因。

本文旨在探討范公文學成功的修養，但白璧微瑕，在所難免，故亦略舉篇例於後，藉明風貌。

一、典雅純實

宋代的文壇，曾流行過一短時期的西崑體[1]。但自太祖建隆元年（960）稱帝建國，至仁宗嘉祐二年（1057）歐陽修知貢舉而黜「太學體」[2]，中間將近百年間，文壇始終為時文所持領，而隨時文興起的，則為格律詩。宋初文壇如此，而唐代除貞元、元和間（785—820）短短的三四十年間為古文天下外，駢文一直為文章的主流。迨歐陽修主盟文壇，掀起復古運動的高潮，復以曾鞏、王安石、及三蘇的推波助瀾，古文始為文壇的正統，歷數百年而弗替。

當時文壇既為駢文所持領，又承唐末五代之流風遺韻，士子矜重聲病對偶；末流所及，文格益趨卑弱。因而好古之士如柳開者，乃起而攻伐專以刻削為能的駢文，力倡復古之論。如其〈上大名府王祐學士書〉云：

> 代言文章者，華而不實，取其刻削為工，聲律為能；刻削傷於朴，聲律薄於德，無朴與德，于仁義禮知信者何？……苟悅其耳目之翫，君子不由矣。（《河東集》卷五）

刻削雕鏤之文，不但無益於風教，更無益於治道，所以韓愈急起摒駢儷，追周漢，即是要復興「文以載道」的古文，以致「後學之士，取為師法」（《舊唐書‧韓愈傳》）。觀柳氏之志，退之當無後顧之憂焉。

范公亦鑒於「文章以薄，則爲君子之憂」，而又「文章可
貽於無窮」(《范文正公集》卷九〈上議制舉書〉及〈上張右丞
書〉)，於是爲文不尙空言，而重實效。不但主張天下之士「當
於六經之中，專師聖人之意」，且亟期「天下才俊，翕然修經
濟之業，以教化爲心，趨聖人之門，成王佐之器。」(《范集》
卷九〈與歐靜書〉及〈議制舉書〉) 他在〈上時相議制舉書〉
也這樣懇切的指出：

> 夫善治國者，莫先育才；育才之方，莫善勸學；勸學之
> 要，莫善宗經。宗經則道大，道大則才大，才大則功大。
> 蓋聖人法度之言存乎書；安危之幾存乎易；得失之鑒存乎
> 詩；是非之辯存乎春秋；天下之制存乎禮；萬物之情存乎
> 樂。故俊哲之人，存乎大經，則能服法度之言，察安危之
> 幾，陳得失之鑒，析是非之辯，明天下之制，盡萬物之
> 情。使斯人之徒，輔成王道，復何求哉？(《范集》卷九)

此文內容固屬「純實」，而長短句穿插排列，亦極「典雅」。所
以如抒景詠物的〈岳陽樓記〉(《范集》卷八)，尙且不忘「居
廟堂之高，則憂其民；居江湖之遠，則憂其君」。最後歸結而
爲「先天下之憂而憂，後天下之樂而樂」。其忠直之心，康濟
之志，流於筆端，發爲醒世之篇，其文章之所以美瞻也如此。
蓋人若無「光風霽月」的襟懷，其文章縱如絲竹五音之悅耳，
必不賞於心；范公文章則恰悅耳而又賞於心。

范公之奏議詩詞等文，都具典實風格，所以「公之言之
文，皆仁義之布護流衍」，不論「雄文大冊，小篇短章，靡不
燦然一出於正」(《褒賢集》卷三〈吳郡建祠奉安文正公講

義〉)。因此,「仲淹之人與仲淹之文,可以知空言與實效之分矣」(《四庫提要‧集部‧別集類五》)。范公因重「實效」,而「人品事業,又卓絕一時」(同上),故俞翊稱其文章「雖筆端游戲之餘,而典雅純實」(《范公別集》卷四〈俞翊跋〉)。

范公文章固然典雅純實,但其文學觀點尚貴文體的純雅懿瞻,理貴精遠,文貴通達,這在他對當代一些文章大家作品的批評時,可以發現這種跡象。如稱尹洙之文曰:「其文謹嚴,辭約而理精」(《范集》卷六〈尹師魯河南集序〉);稱謝絳之文曰:「雅識懿文,發於誠性」(同上〈祭謝舍人文〉);稱戚同文及其子綸之文曰:「並純文浩學」(《范集》卷七〈南京書院題名記〉);稱陳堯佐之文曰:「高文醇醇,得聖賢之粹」(《范集》卷十〈祭陳相公文〉);稱丘良孫之文曰:「學術稽古,文辭貫道」(《范集》卷十八〈舉丘良孫應制科狀〉);稱張諷之文曰:「文學懿瞻」(《范集》卷十九〈舉張諷州職官狀〉)。從以上的「稱譽」之詞中,又可知道范公的文學主張尚在「體要典確,辭旨精粹」(《范集‧蔡增譽序》)。

自六經而後,世人多推尊孔孟文章,謂其義理辭章都達最高境界。所以姚鼐〈古文辭類纂序目〉曰:「古之諸子,各以所學,著書詔後世。孔孟之道與文至矣。自老莊以降,道有是非,文有工拙。」這說明文章的工拙,在乎是否有道,道備則文必至。因此世間佳文往往藉明道經世的文章而顯。李耆卿文章精義也指出:《易》、《詩》、《書》、《儀禮》、《春秋》、《論語》、《大學》、《中庸》、《孟子》諸書,「皆聖賢明德經世之書,雖非為作文設,而千萬文章,從是出焉」。歐陽修在〈答吳充秀才書〉(《居士集》卷四十七)中也說:「聖人之文,雖不可及,然大抵道勝者,文不雅而自至也」。因此,范

公之道之文，雖不及孔孟，然亦非若歐公所謂：「若子雲、仲淹，方勉焉以模言語，此道未足而強言之也」（同前書）。因為就范公的文學修養而言，無不以「詩書對周孔，琴瑟親羲黃」（《范集》卷六〈書海陵文會堂〉），而「宏謀大策，出入仁義」（《范集・韓琦序》），以達「孜孜於善，戰戰厥心，求民疾於一方，分國憂於千里」（《范集》卷四〈鄧州謝上表〉）的理想懷抱。所以仁宗皇帝即讚其「早富藝文，素著名節」（《范集補編》卷二〈拜資政殿學士敕〉）；申屠駉與富弼也分別譽其「有致君澤民之志，則見乎文章」，而「作文章猶以傳道名世，不為空文」（分見《褒賢集》卷一〈澧州讀書堂記〉及富弼撰〈墓誌銘〉）。這就可見范公的文學修養及其文章風格之所在了。

二、運氣浩然

古人為文，重以養氣，孟子因能集義養氣，所以能將「大片段文字，一氣盤旋到底，淋漓恣放，最見孟子偉岸氣象」（高步瀛《孟子文法讀本》卷三）；又「孟子曰：『我善養吾浩然之氣』。今觀其文章，寬厚宏博，充乎天地之間，稱其氣之小大。……孟子者，豈嘗執筆學為如此之文哉？其氣充乎其中，而溢乎其貌，動乎其言，而見乎其文」（《欒城集》卷二二〇〈蘇轍上樞密韓太尉書〉）。可見孟子的文章，所以能寬厚宏博，吐屬自然，沛然莫之能禦，即在於其善於養氣。

自孟子而後，歷代論文者，莫不以「氣」為主。如曹丕即以氣的清濁而作為論文的標準。其有云：「文以氣為主，氣之清濁有體，不可力強而致；譬諸音樂，曲度雖均，節奏同檢，至於引氣不齊，巧拙有素，雖在父兄，不能以移子弟」（〈典論

論文〉)。劉勰所著《文心雕龍》,更有〈養氣〉一章。其云:
「吐納文藝,務在節宣。清和其心,調暢其氣,煩而即捨,勿
使壅滯」(卷九)。韓愈更言:「氣盛,則言之短長與聲之高下
皆宜」(《昌黎文集》卷三〈答李翊書〉)。因此,凡是一篇文
章,「義深則意遠,意遠則理辯,理辯則氣直,氣直則辭盛,
辭盛則文工」(《李文公集》卷六〈答朱載言書〉)。全在乎一
「氣」。

　　范公為文,亦重氣勢,所以他主張「文以氣為主」(《范集》
卷八〈太清宮九詠序〉)。談到范公文章的氣,首先頗類林語堂
形容蘇東坡的性格之一段話。他說:「談到蘇東坡的個性,很
難避開『氣』這個名辭,每一位批評家概述蘇東坡的性格,都
免不了要提到孟子的這一個字。……孟子所謂的氣,類似柏格
森筆下的哲學字眼『蓬勃生氣』,是人類品格中生動、逼人的
力量。大人物和小人物的差別,往往就在於精力、衝勁、沖擊
力和活潑度的不同。在孟子學說中,該字代表偉大的道德衝
力,簡單說就是一個人行善求正義的高貴精神。」(宋碧雲譯
《蘇東坡傳》,頁一三六)後面這兩句話,在范公作品中處處可
以發現。由於其文中富於這兩種「偉大的道德衝力」與「行善
求正義的高貴精神」,所以其文氣正「如重山複嶺,排疊壓
下;又如江湖海浪,複沓並至,不可抵禦。」(高步瀛《孟子
文法讀本》卷三)因此而能「貫通經術,明體達用」(《四庫提
要·別集類五》),使聽之者悅用,而觀之者不厭。於是俞翊譽
其所養,乃「得天地之正氣」(《范公別集》卷四〈俞跋〉),蔡
增譽又美其為「浩然之氣」。蔡增譽云:

　　　　文正非特文章不可及,其浩然之氣不可及。……其議論根

本仁義，其經濟兼資文武，當時識者皆以三代王佐許之。
……蓋公非得之煆練組織，得之浩然之氣全耳。（《范
集・蔡序》）

蓋此「浩然之氣」，殆為范公「人品事業，卓絕一時」而致，
李耆卿所謂「聖賢明德經世之書，雖非為作文設，而千萬文
章，從是出焉」，正是此意。

范公因得浩然之氣的充實，故其文章皆能雅健雄深，發人
深省；也正如蘇東坡〈答謝民師書〉所說的：「常行於所當
行，常止於不可不止，文理自然，姿態橫生」（《蘇集後集》卷
十四）。以至於「發其光華」，「如日月之垂天」（《范集補編》
卷三〈韓琦語〉），終致「其化也廣，其旨也深」（《范集》卷五
〈用天下心為心賦〉）。

范公詩詞賦等作品，亦因能運氣於音節韻律間，而富自然
之美。如其〈唐異詩序〉云：「詩之為意也，範圍乎一氣，出
入乎萬物，卷舒變化，其體甚大。……」（《范集》卷六）。此
「氣」因能「出入乎萬物」，故能稱其「大」。而此「大」又包
括了感情、形像、立體與平面，所以又說：「故夫喜焉如春，
悲焉如秋；徘徊如雲，崢嶸如山；高乎如日星，遠乎如神仙；
森如武庫，鏘如樂府。」（同上）這樣一個廣闊場面，若無氣
的運行聯屬，斷無寫意之緻及造妙之功；亦因有這氣的周流廣
注，而使悲喜哀樂，風雲萬狀，皆在其「袵席」之下，顯示出
作者一廣闊的胸襟。

范公為服膺儒家思想的高士，在禮教風雅的影響下，淨化
了其洋溢熱情，又適逢宋初太平盛世，雖三遭竄逐，而性格曠
達，理智清明，故詩中多為沖厚、超曠、清新、澹雅，而少奔

放沉鬱之作。觀〈伍尚廟〉一詩,雖云生、死、恩、怨,亦惟「氣」之所存。詩云:

> 胥也應無憾,至哉忠孝門,生能酬楚怨,死可報吳恩;直氣海濤在,片心江月存,悠悠當日者,千載只愁魂。(《范集》卷八)

此為散文化的詩句。由於伍子胥忠孝兩全,故其「直氣」未泯,亦正因此,而能名垂「千載」之外。然此亦未嘗不是作者筆氣的充沛,以致氣勢浩然,與天地同流!

范公稟性曠達,而又氣質剛健,如其三度被貶饒州所寄於泉州曹使君者,即可見到這種剛健之氣。〈酬曹使君〉詩云:

> 吾生豈不幸,所稟多剛腸。身甘一枝巢,心若千仞翔。志意苟天命,富貴非我望。立譚萬乘前,肝竭喉無漿,意君成大舜,千古聞薝香。寸懷如春風,思與天下芳。……我愛古人節,皎皎如明霜,……酒聖無隱量,詩豪有餘章。……相期養心氣,彌天浩無疆,鋪之被萬物,照之諧三光。(《范集》卷六)

蓋能「相期養心氣,彌天浩無疆」,故敢獻身自許而恩將「被萬物」,德將「諧三光」!亦因其能養氣立節,所以能「意君成大舜,千古聞薝香」;且因志之所師,氣之所充,而「立譚萬乘前,肝竭喉無漿」矣。此等修養,殆如孟子所謂:「持其志毋暴其氣」(〈公孫丑〉上)者。由於此,故詩中雖抒不遇之懷及不平之氣,猶不失溫柔敦厚之旨,故曰:「寸懷如春風,

思與天下芳」矣。

在他〈風笛〉詩中，雖爲即事陳意，亦富剛正之氣。如云：「風引湖邊笛，焉知非隱淪，一聲裂雲去，明月生精神，無爲落梅調，留寄隴頭人。」（《范集》卷二）通首充滿了和易及俊健精神。

其詞賦之作，亦能寓氣於變，而掃唐末五代艷婉頹靡之弊風。其詞傳世僅有五闋，若以「柔氣」而言，當屬〈剔銀燈〉；以「剛氣」而言，當屬〈御街行〉。〈剔銀燈〉云：

> 昨夜因看蜀志，笑曹操、孫權、劉備，用盡機關，徒勞心力，只得三分天地。屈指細尋思，爭如共劉伶一醉。
> 人世都無百歲，少癡騃、老成尫悴。只有中間些子少年，忍把浮名牽繫。一品與千金，問白髮如何迴避。（《范集》卷七）

按：王國維《觀堂外集》卷四〈浣谿沙詞〉有：「偶開天眼窺紅塵，可憐身是眼中人」句，可作范公此詞的註腳。蓋范公一生，雖能擺脫權利之羈絆，然「少小愛功名」；而此功名是「素聞前哲道，欲向聖朝行」（《范集》卷一〈贈張先生〉）的憂世濟民懷抱。故其詞中藉史實以諷執迷於紅塵中人，自可謂雖不能以「力」假人，而可以「志」耀人。其「柔氣」的運行，實具清心醒目的妙效。又〈漁家傲〉云：

> 塞下秋來風景異，衡陽雁去無留意，四面邊聲連角起；千嶂裡，長煙落日孤城閉。　濁酒一杯家萬里，燕然未勒歸無計。羌管悠悠霜滿地。人不寐，將軍白髮征夫淚！

（《范集》卷七）

此將塞外秋景的荒涼、單調與壯闊，一筆托出。此雖賦景，而
作者的落寞與孤寂之情，亦因景出。後文更明白表示出將士們
欲歸不得之苦悶。然因強虜未滅，將士們只有藉酒聊解鄉思；
豈知酒入更愁，尤其在這「羌音霜意」之際。終於道出「人不
寐，將軍白髮征夫淚」的豪情。可謂層層深入，氣氛融貫，詞
旨之悲壯蒼涼，特能超乎當代。但無可諱言，全詞亦映現出一
種「衰颯」之氣。故霍佑《歸田詩話》即云：「句語雖工，而
意殊衰颯」。是謂柔中有剛，剛中有柔可也。

《范集》載賦三十八篇，計古賦三，律賦三十五；雖以駢
體，實兼散行。內容多以明其識見與抱負，但亦運氣於其中，
故能語出浩然，形於誠明。茲錄〈靈鳥賦〉及〈窮神知化賦〉
二篇，用觀其餘。〈靈鳥賦〉云：

> 著庭柯兮，欲去君而盤桓。恩報之意，厥聲或異；警於未
> 形，恐於未熾；知我者謂吉之先，不知我者謂凶之類。……
> 鳳豈以譏而不靈？麟豈以傷而不仁？故……寧鳴而死，不
> 默而生。……君不見仲尼之云兮，「予欲無言」，纍纍四
> 方，曾不得而已焉；又不見孟軻之志兮，養其浩然，皇皇
> 三月，曾何敢以休焉。……我鳥也勤於母兮自天，愛於主
> 兮自天。人有言兮是然，人無言兮是然。（《范集》卷五）

按：范公雖好讜言，但被貶饒州，為報君恩，仍藉靈鳥鳴志，
其體國忠君之誠，出於天性，亦殆「專師聖人之意」而致。故
云「仲尼之云」，又云「孟軻之志」。俯仰不離聖道，以致「養

氣浩然」！近人吳曾祺曾云：「山之有脈，其忽見忽伏，忽斷忽連，氣實使之。」（《涵芬樓文談・養氣第九》）觀范公此賦，取喻用典，展轉盤桓，實爲一氣貫之。又〈窮神知化賦〉云：

> 惟神也感而遂通，惟化也變在其中，究神明而未昧，知至化而無窮。通幽洞微，極萬物盛衰之變；鈎深致遠，明二儀生育之功。（《范集》卷五）

蓋「感而遂通」與「變在其中」，非爲氣之默化運行不能致此。「變」與「通」，內而言之，是爲聖人「治道」；外而言之，是爲文章「技巧」。所以他在〈易兼三材賦〉（《范集》卷五）中曾說：「變動不居，適內外而無滯；廣大悉備，包上下而弗遺」，亦「窮神知化」之義。

⋯附註⋯

1 按宋楊億、劉筠、錢惟演等人的詩，宗法唐人李商隱，與同時各人倡和之詩，合爲一集，曰「西崑酬唱集」。後遂成西崑體。西崑體的詩，好用僻典，不易索解，元遺山所謂「詩家總愛西崑好，獨恨無人作鄭箋」也。亦稱崑體。《六一詩話》：「蓋自楊、劉唱和，西崑集行，後進學者爭交之，風雅一變，謂之崑體。」

2 按此爲宋代流行險怪奇澀的一種文體。《宋史・歐陽修傳》：「知嘉祐二年貢舉，時士子尚爲險怪奇澀之文，號太學體；修痛排抑之。凡如是者輒黜。」

論范仲淹的文學修養（下）

一、韻律典妙

　　雖謂范公「經濟而兼資文武」，非以「競短長於筆墨間」（《范集》〈蔡增譽序〉及〈毛一鷺序〉）；但觀其文，則除典雅純實，運氣浩然而外，其設喻取譬及遣詞用字之工，亦確匠心獨運而臻妙境。

　　范公出身孤貧，世守寒素，以至於「亡親戚故舊，貧而無依」（富弼撰〈范公墓誌銘〉），遂隨母適山東朱氏，名為朱說；後請於朝，始復舊姓。據龔明之《中吳紀聞》卷二、所載范公藉范蠡、范睢易姓之典故而影射自己的一段小文，即可看出范公雖處感情的觸角中，而對文字的選聲著色以及對律稱韻的筆法仍然高妙。其云：

> 志在投秦，入境遽稱於張祿；名非伯越，乘舟偶效於陶朱。

孟子曰：「獨孤臣孽子，其操心也危，其慮患也深，故達。」（〈盡心〉上）故其文雖在隱述自己，而其忠臣賢相之心亦見也。至於文中句法的工整，韻律的對稱，極盡美善於不言中。另在他寫〈讓觀察使第三表〉（《范集》卷四）中所謂：「出處困窮，憂思深遠，民之疾苦，物之情偽，臣相知之。」也是隱

與自己出身有關。文中四言而下，形質皆臻佳妙。

范公爲文，善以長短句排疊而下；或議論、或敘事、或詠物，皆具這種特色。如〈四德說〉云：

> 夫元者何也？道之純者也。於乾爲資始；於神爲發生；於人爲溫良、爲樂善、爲好生；於國爲行慶、爲刑措；於家爲父慈子孝、爲嘉穀、爲四靈、其跡異，其道同。統而言之，則善之長也。（《范集》卷六）

又如〈清白堂記〉云：

> 其泉清而白色，味之甚甘；淵然之餘，綆不可竭；當大暑時飲之，若餔白雪、咀輕冰，凜如也；當嚴冬時飲之，若遇愛日、得陽春，溫如也。（《范集》卷八）

此種長短句式，乍視之，似覺雜亂，無足深誦；細察之，則頗秩然，十足清神。不論對律稱韻選聲著色都美。如「當大暑時飲之，若餔白雪，……凜如也」；實寓嚴峻於和爽，妙味無窮。按孔子燕居時，曾謂「申申如也，夭夭如也」（《論語‧述而》）。而此亦兩「如之」，實覺「冬暖夏涼」的怡人。

范公原以經世濟民之文名世，而倍受後世讚譽者，則爲雜記諸文。如〈嚴先生祠堂記〉者，即爲造語精切，風格恆新。文云：

> 先生，漢光武之故人也。……蓋先生之心，出乎日月之上；光武之量，包乎天地之外。微先生不能成光武之大，

微光武豈能遂先生之高哉?而使貪夫廉,懦夫立,是有大
功於名教也。……又歌曰:

雲山蒼蒼,江水泱泱;先生之風,山高水長!(《范集》卷
七)[1]

句式多為對律,尤以「先生」與「光武」,互為映襯,相得益
彰。蓋「出乎日月之上」與「包乎天地之外」正是「微光武豈
能遂先生之高」的「高」字,與「微先生不能成光武之大」的
「大」字相襯托;文中雖未云「先生」與「光武」的如何
「高」、「大」,但由此一照映,二人均極偉大。筆致殊臻至
妙。至末,復歸於子陵,以十六字排對歌讚,韻律渾厚清美,
運筆簡重,實為藝境之奇構。

蓋范公之文,最有氣勢而具豪壯之美者,似尚屬其層疊漸
進之筆法。這種筆法固如步步登高而「仰之彌高」,亦如行之
既遠而「瞻之彌遙」;要之,則如潮浪之推進,於洶湧澎湃中
恢宏自見。質言之,這種筆法既寓美於氣勢,亦寓力於豪壯。
如〈上執政書〉一文即是如此。文云:

竊謂相府報國效君之功,正在乎固邦本、厚民力、重名
器、備戎狄、杜姦雄、明國聽也。固邦本者,在乎舉縣
令、擇郡守,以救民之弊也;厚民力者,在乎復游散、去
冗僭,以阜時之財也;重名器者,在乎慎選舉、敦教育,
使代不乏材也;備戎狄者,在乎育將材、實邊郡,使夷不
亂華也;杜姦雄者,在乎朝廷無過、生靈無怨,以絕亂之
階也;明國聽者,在乎保直臣、斥佞人,以致君於有道
也。(《范集》卷八)

在句語方面，自揭示固、厚、重、備、杜、明等六項，即分別以固定長短句順序而下，似一氣呵成，極為圓美。在筆法方面，「在乎」一詞，每句皆具，雖覺近乎平淺，實則嚴整典莊，極具親切扣心之效。他如「以」、「者」、「也」等虛詞助語，亦相應配置，增加不少文氣。至於舉、擇、救、復、去、阜、慎、敦、育、實等動詞，各具靈敏，使變中有致。因其遣詞用字各具「不變」之嚴整，而又各具「屢變」之靈妙，致使故實、格式、與律則相兼，緩急揄揚互用，最為特色。作者在此既易便於說理，讀者亦易翫習領會，最是令人深動。此文僅錄其首文，固見其剴切著明而義理充暢，亦因剖析時事，陳論軍國大計，而為王安石〈萬言書〉的張本。

前引《范集》卷九〈上時相議制舉書〉（夫善治國者……復何求哉）一文，亦是議論層層深入，行文條暢旁通，氣象至為宏衍。如文中「存乎」的不變介詞，承上文而啟下句，秩序井然，殊具肅整工穩之美。而如言、幾、鑒、辯、制、情等單字，則躍然欲出，各具孤勁。此種文體，雖間亦長短句式雜列，然參差而不失其對稱，雖偏仄而不失其和勻，實典妙有餘。

范公文章的另一特色，是在同一段文字中，以正反、呼應二法分別先後；即前者啟之，後者乘之。如天聖三年（1025），位居大理寺丞，上書仁宗，陳論時政，所撰〈奏上時務書〉，即見這種效果。書云：

> 臣聞：巧言者無犯而易進，直言者有犯而難立。然則直言之士，千古謂之忠；巧言之人，千古謂之佞。……臣聞：國之文章，應乎風化；風化厚薄，見乎文章。……故聖人之理天下也，文弊則救之以質，質弊則救之以文。……惟

> 聖帝明王，文質相救，在乎己不在乎人。（《范集》卷七）

觀其用詞綴句，正反呼應，往復激盪，長短兼列，典麗工巧，使韻味無盡。詞如巧言、直言；無犯、有犯；易進、難立；文弊、質弊等；句如「直言之士……千古謂之佞」、「國之文章……見乎文章」、及「文弊」、「質弊」二句，均見對律，而力力相乘。其筆法似又在一面說理，一面作結，結論即寓於說理。這種寫法能使讀者時時刻刻留心，不然即有全篇廢讀而必須重新讀起之意。全篇跌宕恣睢，宏偉激切，允為傑構。

二、駢散兼行

一般言之，范公作品，除詩詞而外，多為駢散兼行；但表記等作，則多偶對，而謝賀等啟，常為通篇偶對，僅略兼散行之氣，此與歐陽修、曾鞏、王安石、蘇東坡等人同，皆以古文之法用於駢體，非即純為駢儷也。如〈睦州謝上表〉、〈耀州謝上表〉、〈讓觀察使表〉、〈讓樞密直學士右諫議大夫表〉、〈移蘇州謝兩府啟事〉等，雖多偶句，因兼散氣，是都切直宏暢。其表、狀、劄子等，雖為散體，駢味反濃，因偶句積疊，亦極典重之勢。另如〈上呂尚相公書〉、〈上樞密尚書書〉、〈上資政嚴侍郎書〉、〈上執政書〉、〈答趙元昊書〉、〈上攻守二策狀〉、〈陳乞邠州狀〉、〈論西事劄子〉、〈論西京事宜劄子〉等，多十餘短句排疊而下；但諸句語氣各有變化，仍屬散行。而通篇屬駢體者如〈遺表〉，通篇屬散體者如〈近名論〉等，都屬特別狀況。

《范集》卷八〈岳陽樓記〉一文，自民國以還，中等學校

國文課本，常爲選輯；而歷來古文輯錄家，也常列爲名文選讀（如《古文觀止》）等，則該文之膾炙人口，裨益風教可知。

　　〈岳陽樓記〉雖爲駢散合體，但因駢語爲多，故宋人即已褒貶有之。察其意，固然醇正渾厚，而其文體，似也難免產生白璧微瑕之譏。茲分錄全文於後，試加評析：

> 予觀夫巴陵勝狀，在洞庭一湖，銜遠山，吞長江；浩浩湯湯，橫無際涯；朝暉夕陰，氣象萬千；此則岳陽樓之大觀也。

此除首尾三語，餘皆偶對；實則「予觀夫」及「在」，仍在環圍「巴陵勝狀」及「洞庭一湖」，故主格仍以此八字爲屬也。不過句中既冠有詞類，且長短句式穿綴，縱然偶語爲多，亦兼散行。范公諸「記」之文，除〈嚴先生祠堂記〉外，餘多四言排列；不論寫景、狀物、敍事、詠人，都是如此，最爲特色。本文之後，則駢氣較濃。如云：

> 若夫霪雨霏霏，連月不開；陰風怒號，濁浪排空；日星隱耀，山岳潛形；商旅不行，檣傾楫摧；薄暮冥冥，虎嘯猿啼。登斯樓也，則有去國懷鄉，憂讒畏譏，滿目蕭然，感極而悲者矣！

以文章主語而言，可謂皆屬四字排疊，駢味正濃；但有「若夫」、「則有」、「者矣」等語詞冠助，稍具散氣。但以意推之，作者當時於文字上仍有刻削之意。另如：

至若春和景明，波瀾不驚，上下天光，一碧萬頃，沙鷗翔集，錦鱗游泳，岸芷汀蘭，郁郁青青。而或長煙一空，皓月千里，浮光耀金，靜影沉璧，漁歌互答，此樂何極！登斯樓也，則有心曠神怡，寵辱皆忘，把酒臨風，其喜氣洋洋者矣。

就意境言，與前文截然不同；就句法言，則如出一轍。倘將「至若」、「而或」、「則有」、「其」與「者矣」諸詞除去，文氣似略不足，句意仍可融通。所以，這段文字仍然重在雕鏤，散氣極淡。末文云：

嗟夫！予嘗求古仁人之心，或異二者之為，何哉？不以物喜，不以己悲。居廟堂之高，則憂其民；居江湖之遠，則憂其君。是進亦憂，退亦憂。然則何時而樂耶？其必曰：「先天下之憂而憂，後天下之樂而樂歟！」噫！微斯人，吾誰與歸！

此文散味雖濃，然仍以偶句為多。如自「不以物喜」以下至「退亦憂」，及名句「先天下」、「後天下」二語，皆為偶對；但其綴組縮合，使之合為一氣，已見騈散兼行，是可稱為「合體」。

因此，范公此文，宋時即褒貶不一。陳師道《後山詩話》卷一，謂其「用對語說時景，世以為奇」；王文濡《古文辭類纂評註》卷五十四：「范文正公〈岳陽樓記〉，歐公疾其辭氣近小說家」；陳振孫《直齋書錄解題傳奇條》：「尹師魯初見范文正〈岳陽樓記〉曰：『傳奇體爾』。然文體隨時，要之理

勝爲貴。文正豈可與傳奇同日語哉？」楊時《楊公筆錄》頁二
十五：「范公之〈岳陽樓記〉云：『春和景明，波瀾不驚，上
下天光，一碧萬頃』，此奇語也」。蓋范公爲文，與尹洙（師
魯），歐陽修同，皆惡崑體的纖弱雕鏤，而主張散行；然二子
何以竟譏斯文爲「傳奇體」及「詞氣近小說家」呢？今人王夢
鷗教授認爲：「當時人頗厭宋初俳弱之體，古文家遂競以苟簡
之文字爲文。尹洙之譏傳奇體，此或爲其理由之一。……再
者，尹氏所言傳奇，或泛指唐人小說，未必即爲斐鉶傳奇。…
…今先就范仲淹〈岳陽樓記〉之結構特色言之，其爲文體，蓋
駢散互用。敘事實則運散體之文，張其輪廓；言景象則以排偶
之語，繪其細部。……如此構辭形式，實爲傳奇文中所常見。
蓋其狀山水，描姿容，往往以排偶之語出之」（《唐人小說研究
傳奇校補考釋》頁九十四）。按此說似尙未能盡釋其疑。因就
〈岳陽樓記〉而言，無所謂「敘事」，自亦無所謂「運散體之
文」。通篇除起承轉合語，間綴語氣辭外，可謂悉爲偶句。尤
其狀江上風物，以四言排疊，竟達十餘言之多，較唐人小說實
有過之。且其選聲著色，嚴於字斟句酌，未能盡脫雕鏤的故
習。故如「日星隱耀，山岳潛形」、「沙鷗翔集，錦鱗游泳」、
「浮光耀金，靜影沉璧」諸語，確爲對仗工穩的駢語。如此寫
景，句法上難免過嚴整而單調，同時十餘言偶句排下，句中缺
乏虛字以增跌宕迴暢之效，影響文氣，減少生氣，不能不謂白
璧之瑕也。

　　然就該文的瑰偉氣象，則實非唐人傳奇所能比。尤以描畫
陰雨景象，色調晦冥，意境悽鬱，似天搖地動，頗富雄奇之
美。後文又劃然呈現一春光明媚、恬曠宏闊的怡人境界，至富
壯麗之美；其與前文映照，成一強烈對比。這種筆法，不僅強

化覽物者悲喜情緒的變化，也同時突出全文境界的明朗，所以
《後山詩話》謂「世人以爲奇」者，並非無由。復以范公早於
天聖五年（1027）上執政書時，即已有憂天下而致太平之意，
故於文末終於躍現「先憂後樂」的志懷，這等光明俊偉氣象，
雖然「文體隨時」而轉，「要之理勝爲貴」，既此，則又「豈
可與傳奇同日而語哉？」因此，其文句法語辭，雖有微瑕，終
未沾其白璧也。

　　總之，范公爲文，要皆豪壯激越，慮思深遠，又皆「浩如
江河之停蓄，爛如日星之光輝」（王安石〈祭歐陽文忠公
文〉），此固因其文學造詣淵奧，亦因其「器質之深厚，智識之
高遠，而輔以學術之精微」（同上）所致，故能以簡賅繁，錘
鍊凝達，塑成其崇高人格，完成其不朽名篇。所以「天下信其
誠」而「爭師尊之者」（《蘇東坡集》卷廿四〈范公集序〉）在
此。

⋯附註⋯

[1] 按句中「先生之風」，原作「先生之德」，李覯易「德」爲「風」。范公
　　從之（參洪邁《容齋五筆》卷五、李如箎《東園叢說》卷下、明人謝
　　榛《四溟詩話》卷三）。

〈洛神賦〉的
創作動機年代

〈洛神賦〉的作者曹植（西元192年至232年），現存賦作五十四篇，以〈洛神賦〉最負盛名。此賦用辭委婉典麗，意則徘徊瞻顧，最具含蓄蘊藉之美；所謂「國風好色而不淫，小雅怨悱而不亂」，〈洛神賦〉得而兼之。茲就研讀所得，試述其創作動機及年代。

一、創作的動機

文藝是欲望的滿足，作者不滿於現實世界，才創造理想世界以彌補之。因此，要瞭解作品，就必須知道作者的內心生活，尤其是他的潛意識生活。[1]

就曹植的內心生活或其潛意識生活而言，若從其晚期作品觀之，一言以蔽之，即是其詞調悲涼，而衷心又不能無望。據《三國志》曹植本傳載：「年十歲餘，誦讀詩、論及辭賦數十萬言，善屬文……下筆成章。……性簡易，不治威儀，輿馬服飾，不尚華麗。」又：「任性而行，不自雕勵，飲酒不節」。年逾三十，則：「常自憤怨抱利器而無所施，上疏求自試。……幸翼試用，終不能得。」如此觀之，則其創作〈洛神賦〉，就像張春興教授所說：「人有很多不為社會所接受的欲

望（或稱動機），會經由做夢、創作等途徑表露出來。」以曹植而言，其所不被接受的欲望，應是魏庭。

〈洛神賦〉收入〈昭明文選〉卷十九的「情」類，緊踵於宋玉的〈高唐賦〉、〈神女賦〉、〈登徒子好色賦〉之後。《文選》注者李善於題下引有「記」云：

> 魏東阿王（植），漢末求甄逸女，既不遂；太祖回，與五官中郎將（丕）。植殊不平，晝思夜想，廢寢與食。黃初（西元220至226年）中入朝，帝示植甄后玉鏤金帶枕，植見之不覺泣。時已爲郭后讒死，帝亦尋悟；因令太子留宴飲，仍以枕賚植。植還，……息洛水上，思甄后，忽見女來，自云：「我本托心君王，其心不遂。此枕是我在家時從嫁前與五官中郎將，今與君王，遂用薦枕席。懽情交集，豈常辭能具？爲郭后以糠塞口，今披髮，羞將此形貌重覩君王爾。」言訖，遂不復見。……王答以玉珮。悲喜不能自勝，遂作〈感甄賦〉。後明帝見之，改爲〈洛神賦〉。其說盡屬無稽。清人胡克家〈文選考異〉曰：「此二百七字，袁本、茶陵本無；案二本是也。此因世傳小說有〈感甄記〉，或以載於簡中，而尤延之（袁）誤取之耳。何（焯）嘗駁此說之妄。今據袁、茶陵本考之，蓋實非善注」。[2]

前句的「記」言所以盡屬無稽之由，在於：

一、首句「魏東阿王，漢末求甄逸女，既不遂；太祖回，與五官中郎將……」似指曹操攻鄴時事。按曹操攻鄴，時在漢

獻帝建安九年（西元204年），秋八月取鄴城。《三國志・魏書・甄后傳》載：「建安中，袁紹爲中子熙納之。熙出爲幽州，后留養姑。及冀州平，文帝納於鄴，有寵」。裴松之注引〈魏略〉云：

> 及鄴城破，紹妻（劉氏）及后共坐室堂上；文帝入紹舍，見紹妻及后；后怖，以頭伏姑膝上……文帝令新婦擧頭，姑乃捧后令仰；文帝就視，見其顏色非凡，稱歎之。太祖聞其意，遂爲迎取。

《三國志》裴注又引《世語》云：

> 太祖下鄴，文帝先入袁尚府，有婦人披髮垢面，垂涕立紹妻劉後。文帝問之，劉答是：「熙妻。」……姿貌絕倫。……遂見納，有寵。

〈魏略〉與《世語》所記，雖稍有別，然首見甄后者爲曹丕，植無緣幸會。另曹操於拔鄴之前，殆已久垂甄后的美豔，故劉義慶《世說新語》中有「破賊正爲奴」之語：

> 魏甄后惠而有色，先爲袁熙妻，甚獲寵。曹公之屠鄴也，令疾召甄。左右曰：「五官中郎將已將去。」公曰：「今年破賊正爲奴。」

由是觀之，曹丕縱然不能搶先一步得甄后，曹植也無由青睞。且曹植生於漢獻帝初平三年（西元192年），而建安九年破鄴

時，植年僅十三；而甄后生於漢靈帝光和五年（西元182年），
長植十歲。云何「東阿王求甄逸女，既不遂」而「晝思夜想，
廢寢與食」？

二、記中所謂「黃初中入朝，帝示植甄后玉鏤金帶枕，植
見之不覺泣」，尤屬怪謬。考黃初中以曹植文載其朝京師二
次，其一即〈洛神賦序〉所云：「黃初三年，余朝京師。」其
二則為〈贈白馬王彪詩序〉所云：「黃初四年五月，白馬王、
任城王與余，俱朝京師。」此兩朝京之際遇均極難堪。然其首
次朝京，植傳無載；裴注引〈魏略〉語又緊綴於〈責躬詩〉之
後而黃初四年朝京之下，因致後世對曹植是否曾於黃初三年朝
京及作〈洛神賦〉屢有爭議。此不贅。然就本傳所載〈上責躬
應詔詩表〉及〈魏略〉所云，依序略以：

前奉詔書，臣等絕朝，心離志絕；自分黃耇，無復執珪之
望。不圖聖詔猥垂，齒召至止之日，馳心輦轂，僻處西
館，未奉闕廷。踊躍之懷，瞻望反仄，不勝犬馬戀主之
情。（〈責躬詩〉）
初，植未到關，自念有過，宜當謝帝。乃留其從官著關
東、單將兩三人微行，入見清河長公主，欲因主謝。而關
吏以聞，帝使人逆之，不得見。太后以為自殺也，對帝
泣。會植科頭負鈇鑕，徒跣詣闕下（按指負荊請罪之
意）。帝及太后乃喜。及見之，帝又嚴顏色不與語，又不
使冠履。植伏地泣涕，太后為之不樂，詔乃聽復王服
（〈魏略〉）。

以上俱見兩者間的關係。又〈嘉詔詩〉云：

嘉詔未賜，朝覲莫從。仰瞻城闕，俯惟闕庭。長懷永慕，憂心如醒。[3]

既然如此，固無所謂「帝示植甄后玉鏤金帶枕，……仍以枕賚植」等語。故宋人劉克莊〈後村詩話〉云：

洛神賦，子建寓言也，好事者乃造甄后事以實之。使果有之，當見誅於黃初之朝矣。[4]

蓋以子建受文帝責黜，七步不能成詩，尚有「萁燃」「豆泣」之阨，何「感甄」之有？清人何焯直斥爲無稽之說，其〈義門讀書記〉云：

自好事者造爲感甄無稽之說，蕭統遂類分入於情賦，於是植幾爲名教罪人。……蕭粹可注太白詩云：「高唐、神女二賦，乃宋玉寓言：洛神，則子建擬之而作。惟太白知其託詞而譏其不雅，可謂識見高遠者矣。」

按義門引元人蕭粹可（士贇）之注太白詩所謂「託詞而譏」者，當指李白的〈感興八首〉五律之二，其末四句云：「陳王徒作賦，神女豈同歸？好色傷大雅，多爲世所譏。」所謂「好色」一詞亦僅「好色」而已，並未另有所指。故以詩體表達〈洛神賦〉並無感甄色彩者，李白可能是最早的一人。〈義門讀書記〉又云：

按〈魏志〉：甄后三歲失父，後袁紹納爲中子熙妻。曹操

平冀州，丕納之於鄴。安有子建嘗求爲妻之事？小說家不過因賦中「願誠懷之先達」二句而附會之耳。

綜合上述，則感甄之非已明矣。文化大學洪順隆教授的〈論洛神賦〉也說：「這段記載（指李善「記」曰）見於郭頒《魏晉世語》、劉延明《三國略記》之類小說；而後人重刻《文選》時，將它混入〈洛神賦〉「曹子建」語下以爲注。」[5]因此，則前述胡克家之語，似可獲得正面解釋。然則曹植究何而作〈洛神賦〉呢？其序曰：

> 黃初三年，余朝京師，還濟洛川；古人有言，斯水之神，名曰宓妃。感宋玉對楚王說神女之事，遂作斯賦。

蓋宋玉〈神女賦〉中的神女，與宋玉始終保持著一種距離，即「時容與以微動兮，志未可乎得原；意似近而既遠兮，若將來而復旋」。而〈洛神賦〉的洛神也是欲迎還拒，可望而不可及。如：「無良媒以接懽兮，託微波而通辭。」何焯引《離騷》曰：「我令豐隆乘雲兮，求宓妃之所在。」植既不得於君，因濟洛川，作爲此賦，託辭宓妃以寄心文帝，其亦屈子之意也。」先師李健光（曰剛）教授亦曰：「宋玉想與神女接近而不可得，與黃初三年曹植朝京師想求曹丕之諒解而不可得，情形正復相似。故植由於此賦之啓示而作〈洛神賦〉。」又曰：「子建此作，『感甄』之說，出於妄傳。誠寄心君王之哀音。美人芳草，託屈、宋比興之思。」[6]以上二說，當係成理之言。察其內容，洛神似爲子建所自擬。

二、創作的年代

〈洛神賦〉的創作年代，向有「三年」及「四年」之說。主「三年」說者，即以〈洛神賦序〉所言：「黃初三年，余朝京師，……遂作斯賦。」主「四年」說者，則認爲與子建〈贈白馬王彪詩〉作於同年。〈贈白馬王彪序〉云：「黃初四年五月，白馬王、任城王與余，俱朝京師。……」以上是子建自序，應爲無疑；然則李善注「余從京城，言歸東藩」句則引〈魏略〉云：

> 黃初三年，立植爲鄄城王。四年徙封雍丘，其年朝京師。
> 又文帝紀曰：「黃初三年，行幸許。」又曰：「四年三
> 月，還雒陽宮。然京師謂雒陽，東藩即鄄城。魏志及諸序
> 並云四年朝此，云三年誤。」一云：「魏志三年，不言植
> 朝，蓋魏志略也。」

此言謂子建於黃初三年當無朝京之事；然其「一云」之言，又謂「三年無朝」則爲「魏志」的省略或疏略，是李善似亦未明究竟。然前引〈魏略〉末句自「一云」至「蓋魏志略也」數語，胡克家的〈史記考異〉認爲「袁本，茶陵本，無此十五字，案此亦尤延之誤取或駁善注之記於旁者」。茲不論尤延之究以「誤取」或「駁善注」，則已非李注之舊，殆無可疑。

考《三國志·魏書》「文帝紀」，帝自黃初二年十二月始行東巡，至四年三月還洛陽宮止，其行幸如下：

三年春正月，……庚午，行幸許昌宮。

（三月）甲午，行幸襄邑。

（四月）癸亥，行還許昌宮。

同年八月，「蜀大將黃權率眾（按四百三十一人）降」。裴注引〈魏略〉云：「帝置酒設樂，引見於承光殿。」據〈洛陽宮殿簿〉：「許昌承光殿七間。」則丕亦在許昌。

（十月）孫權復叛，帝自許昌南征。

黃初四年三月丙申，行自宛，還洛陽宮。

因此，〈賦序〉謂三年朝京，則京師指洛陽，非為許昌。且賦中所謂「背伊闕，越轘轅，經通谷，陵景山」，則伊闕、轘轅皆山名。伊闕山亦名闕塞山、龍門山，在洛陽南三十里；轘轅山轄屬鞏縣，在洛陽東南七十里；通谷即〈贈白馬王彪〉詩所謂「大谷何寥廓」的大谷，在洛陽南五十里；景山在偃師縣南，位洛陽東南約九十公里。這些地方都接近洛陽，而與位居洛陽東南三百三十里的許昌沒有關連。帝既在許昌，而植至洛陽朝見，理自不通。且文帝即位之初，曾令禁諸侯朝見。魏書，武文世王侯傳云：「明帝賜幹璽書：高祖（丕）踐祚，祗慎萬機，申著諸侯不朝之令，朕……亦緣詔文曰：若有詔得詣京都。」因而可知，侯王若不奉召見，則萬無私離封藩朝京之可能。且植不見容於丕，又何敢干犯嚴苛之約制而貿然行事？二人之釁隙，首見於〈魏書·蘇則傳〉云：

初，則及臨菑侯植聞魏氏代漢，皆發服悲哭，文帝聞植如

此，而不聞則也。帝在洛陽，嘗從容言曰：「吾應天而禪，而聞有哭者，何也？」

蓋曹植的此哭而丕當深介蒂於懷。是故〈蘇則傳〉裴注又引〈魏略〉曰：「臨菑侯植，自傷失天帝意，亦怨激而哭。其後，帝文出遊，追恨臨菑，顧謂左右曰：『人心不同，當我登大位之時，天下有哭者。』」子建顯然獲罪文帝。又植本傳云：

黃初二年，監國謁者灌均希指奏「植醉酒悖慢，劫脅使者」。有司請治罪，帝以太后故，貶爵安鄉侯。其年，改封鄄城侯。三年，立為鄄城王。

同年，其又遭王機、倉輯等所讒，獲罪文帝。惟此事本傳不載，其撰〈黃初六年令〉（見《曹子建集》）云：

吾昔以信人之心，無忌於左右，深為東郡太守王機、防輔吏倉輯等枉所誣白，獲罪於聖朝。身輕於鴻毛，而謗重於太山。

此次獲罪蓋於鄄城侯內；及立為鄄城王，曾撰有〈謝封鄄城表〉，內云：「狂悖發露，始干天憲；自分放棄，抱罪終身。……不悟聖恩爵以非望，枯木生葉，白骨更肉。非臣罪戾所當宜蒙。」亦指為王機等所讒事。此次遭讒，嘗蒙詔徙居京師待罪。李善注〈責躬詩〉中「煢煢僕夫，于彼冀方」句，曾引植〈求出獵表〉云：「臣自招罪釁，徙居京師，待罪南宮。」又

於〈上責躬應詔詩表〉的「臣自抱釁歸藩」句下注云：『植抱罪徙居京師，後歸本國』。[7]因知子建自被王機等讒誣後，即被文帝詔遷京師。廢置南宮，直「至黃初三年四月，立爲鄄城王，始釋放。」[8]既此，則又何有「黃初三年朝京」之說？且李善注謂「後歸本國」，本國，即指鄄城而言。子建不可能於當年四月還國復又當年「朝京」之理。

因此，本傳於〈上責躬應詔詩表〉後裴松之注引〈魏略〉的一段話，可以斷言其爲子建於黃初四年朝京之前的一種心理現象，即對文帝之召見猶無信心也；絕非是「黃初三年，私自朝京」。[9]且黃初四年奉詔朝京，猶遭「僻處西館，未奉闕廷」，則子建於此次朝京之前有何自信必獲人君接見？故〈魏略〉以「初植未到關，自念有過，宜當謝帝，乃留其從官者關東、單將兩三人微行，入見清河長公主，欲因主謝，而關吏以聞。帝使人逆之，不得見」。即因其預知有罪而先爲關情；後雖獲帝召見，乃因「太后以爲自殺也，對帝泣」，且「會植科頭負鈇鑕徒跣詣闕下，帝及太后乃喜」。雖然如此，「及見之，帝猶嚴顏色不與語，又不使冠履；植伏地泣涕，太后爲之不樂，詔乃聽復王服」。因此可以斷言，此次朝京如非太后緩頰，雖蒙召見而帝猶有所不悅。否則不會「及見之」而猶遭遇「僻處西館，未奉闕廷」的冷落。然則，何以竟將「四年」誤爲「三年」？則何焯〈義門讀書記〉云：

按〈魏志〉及諸詩序並云四年朝，此云三年誤。（又）按〈魏志〉，丕以延康元年十一月二十九日禪代，十一月改元黃初，陳思實以四年朝洛陽，而賦云三年者，不欲亟奪漢年，猶之發喪悲哭之志也。注家未喻其微旨。

此說其所以誤爲「三年」，意爲子建故意改竄，藉寓悼傷之情。認爲子建固不欲其兄代漢，藉此而益惡之。其說不無成理。又據〈任城王傳〉云：「黃初二年，進爵爲公。三年，立爲任城王。四年朝京都。疾薨於邸。」植傳：「黃初二年，貶爵安鄉侯。其年改封鄄城侯。三年，立爲鄄城王。四年，徙封雍丘王。其年，朝京都。」此皆言四年朝京，蓋以三月間文帝已由許昌宮還洛陽也。

除於上述，則植撰〈贈白馬王彪詩〉及其〈洛神賦〉中若干詞句加以比勘，亦可以發現其一些契合現象。試爲比列如下：

〈贈白馬王彪〉：「伊、洛廣且深。」

〈洛神賦〉：「歸濟洛川。」

〈贈白馬王彪〉：「怨彼東路長。」

〈洛神賦〉：「言歸東藩。」「吾將歸乎東路。」

二詩皆言「洛水」「東路」或「東藩」，二東皆指鄄城無疑。鄄城在今山東濮縣東二十里，於洛陽爲東北方。植於此次歸藩後，徙封雍丘王。雍丘即今河南省杞縣，亦在洛陽之東。又如〈贈白馬王彪〉：

鬱紆將難進，親愛在離居。本圖相與偕，中更不克俱。
……欲還絕無蹊，攬轡止踟躕。（其三）

奈何念同生，一往形不歸。（其五）

離別永無會，執手將何時。（其七）

以上諸句意，皆與〈洛神賦〉以下諸意相密合。如：

> 容與乎陽林。流眄乎洛川。（其一）
> 悼良會之永絕兮，哀一逝而異鄉。……雖潛處於太陰，長寄心於君王。（其五）
> 背下陵高，足往神留；遺情想像，顧望懷愁。（其六）

上述諸例，可謂語異而義同。因此，〈贈白馬王彪〉及〈洛神賦〉，殆為同一時期作品，即同時作於黃初四年也。

——原文發表於《書和人》第六七九期，民國八十一年五月。

⋯附註⋯

[1] 見朱光潛撰：《文藝心理學》（臺北：開明書店，1963年3月臺五版），頁81。

[2] 見蕭統撰：《昭明文選》附錄《文選考異》，卷四（臺北：藝文印書館，1959年4月），頁45。

[3] 見《三國志·魏書》。

[4] 見劉克莊撰：〈後村詩話〉，收錄於《後村居士大全集》卷一七三，（臺北：臺灣商務印書館，四部叢刊）。

[5] 見洪順隆撰：〈論洛神賦〉（臺北：華岡文科學報，1983年12月），頁119。

[6] 見李曰剛撰：《辭賦流變史》（臺北，文津出版社，1987年2月），「徘賦」，頁143～144。

[7] 見蕭統《昭明文選》李善注。

[8] 見鄧永康撰：〈曹子建新編年譜（中）〉，《大陸雜誌》第3卷第2期，

頁28。

9 見李辰冬撰：〈曹子建的作品分期〉，《大陸雜誌》第15卷4期，頁109
～114。

再論〈洛神賦〉

一、前言

　　《孟子・萬章下》曰：「頌其詩，讀其書，不知其人可乎？」章學誠《文史通義・文德篇》亦曰：「不知其古人之世，不可妄論古人之文辭也；知其世矣，不知古人之身處，亦不可遽論其文也。」因此，要瞭解一種作品，就不能不先去瞭解作者的身世。

　　民國八十一年八月，余赴長春出席「第二屆文選學國際學術研討會」，提讀論文〈洛神賦的創作及其寄托〉。[1]在這篇拙文裡，我將〈洛神賦〉分爲「創作動機」、「創作年代」及「結構與寄托」三部分。大凡一部作品，必有其創作動機——「所謂動機（Motive）或驅力（Drive），乃是指引起個體活動，維持該種活動，並導使該種活動朝向某一目標進行的一種內在的歷程」。[2]這種「內在歷程」也可藉觀曹植爲甚麼要創作〈洛神賦〉？在「創作動機」這個子題裡，也曾提到法國文學批評家泰納（Taine），聖柏甫（Sainte Beuve 1976～1976）及奧地利佛洛伊德（S. Fred. 1976～1976）學派的心理分析學者，他們分別認爲：「創作各國文學的三大主動力，是時代、環境和民族性」；「要特別注意作者的生平」；佛洛伊德學派既注重作者生平與作品的關係，也體察到「文藝是欲望的滿足，作者不滿

意於現實世界，才創造理想世界以彌補缺陷；因此要瞭解作品，必須知道作者的內心生活，尤其是他的隱意識生活」。因此，筆者曾斷然的下了一個定論：「就曹植的內心生活或其潛意識生活而言，若從其晚期作品觀之，一言以蔽之，即是其詞調悲涼，而衷心又不能無望」。「衷心不能無望」，是我認爲曹植所以要創作〈洛神賦〉的動機所在。

至於「創作年代」向有主張「黃初三年」及「黃初四年」之說，我主後者，已論之甚詳，於此不贅。問題是曹植塑造的這位「洛神」究竟指誰？因不同意曹植竟與這個千古骷髏發生戀愛的必要，因而主張洛神是由曹植所自托，也就是說這位美麗女神就是曹植的化身。後因有學者撰文置疑，[3]於是再撰本文，期補原作之闕。

二、曹植的生平及其作品分析

(一)

前人既然重視作者生平及其與作品的關係，那麼在瞭解〈洛神賦〉的作意之前，是否也應先來瞭解一下曹植的生平。

首先，不妨先從曹植十三歲說起。因爲在這一年，曹植發生一件「感甄」的事。《昭明文選》注者李善於〈洛神賦〉題下註有「記」曰：

> 魏東阿王（植），漢末求甄逸女，既不遂，太祖回，與五官中郎將（丕）。植殊不平，晝思夜想，廢寢與食。……

這個說法是無稽的。因爲曹植生於漢獻帝初平三年（西元

192），至建安九年（西元204）曹操破鄴，曹植年方十三，而甄后生於漢靈帝光和五年（西元182），這年二十三，年長曹植十歲。同時，「及冀州平，文帝納於鄴，有寵」。[4]

甄后原爲袁紹中子袁熙之妻，時袁熙出任幽州刺史，甄后留家養姑。曹操既破鄴，曹丕搶先一步納甄；而曹操入城，也「令疾召甄。左右曰：『五官中郎將已將去。』公曰：『今年破賊正爲奴』」[5]。因此，曹植與甄后無緣幸會；同時，年僅十三歲的曹植，據《三國志·魏書·陳思王傳》云：「年十歲餘，誦讀詩、論及辭賦數十萬言，善屬文。」如此，則又怎能想到與自己年長十歲的已嫁婦人婚配？無論如何這是不能以理解的。

甄后既納於文帝，而文帝又將甄后的「玉縷金帶枕」，示以曹植，時雖甄后已死，也極悖情理。前「記」又曰：

> 植黃初中入朝，帝示植甄后玉縷金帶枕，植見之不覺泣，時已爲郭后讒死，帝亦尋悟，因令太子留宴飲，仍以枕賚植。植還，度轘轅，少許時，將息洛水上，思甄后，忽見女來，自云：「我本托心君王，其心不遂。此枕是我在家時從嫁前與五官中郎將，今與君王，遂用薦枕席。懽情交集，豈常辭能具？爲郭后以糠塞口，今披髮，羞將此形貌重睹君王爾。」言訖，遂不復見。所在遣人獻珠於王，王答以珠珮。悲喜不能自勝，遂作〈感甄賦〉，後明帝見之，改爲〈洛神賦〉。

這段話的無稽是無庸置疑的。而此「記」也僅見於南宋尤袤刻本的《文選》。到了清嘉慶十四年（西元1809）胡克家又

據以重刻，並在其《文選考異》裡說，「袁本」和「茶陵本」並無上述之言，二本應該是對的；然而所以出現上述之說，是因世傳小說有《感甄記》，而被尤袤所誤取，實際並非李善的原注。[6]但今人黃彰健先生認爲，「尤本」及六臣注《文選》，在《洛神賦》的「淚流襟之浪浪」句下，仍有李善注曰：「此言微感甄后之情。」而「六臣注本無上引「記曰」二百七字，那是六臣注本有脫漏」。[7]意謂前述之「記」，仍爲李善之言。

從這段「記」文觀察，在內容的時間上，已進入「黃初」（西元220～226）。這時的曹植，在政治上已處處受到文帝猜忌，屢加罪譴，有甚麼理由文帝還「示植甄后玉縷金帶枕」，並「令太子留宴飲，仍以枕賚植。」甄后以郭嬪妃故，賜死於黃初二年（西元221）六月，年四十。其子曹叡，後爲明帝，時年十六，曹植年已三十，叔侄間也沒有「宴飲」的氣氛，且於黃初間曹植僅朝京二次，一爲〈洛神賦〉所言：「黃初三年，余朝京師」；一爲〈贈白馬王彪詩序〉所云：「黃初四年五月，白馬王、任城與余，俱朝京師。」不過也有一次例外，即黃初二年他被監國使者灌均所讒，「徙居京師，待罪南宮」。這樣自不存在所謂「示枕」、「宴飲」的可能了。所以宋人劉克莊、清人何焯等皆斥「記」言之謬。劉克莊曰：「〈洛神賦〉，子建寓言也，好事者乃造甄后事以實之；使果有之，當見誅於黃初之朝矣。」何焯則曰：「自好事者造爲感甄無稽之說，蕭統遂類分入於情賦，於是植幾爲名教罪人」。[8]朱乾亦曰：「按《文選·曹植》注載子建感甄事，極爲荒謬。……子建當日，亦以文章自命者，奚喪心至此？……庶人之家，污其妻與母，死必報；豈有污其兄之妻而其兄晏然，污其兄子之母而兄子宴然，況身爲帝王者乎？則其事之荒唐，或即出郭氏讒

間之口。可怪後世讀之者,乃恬不以爲怪之也。」[9]諸說情理
俱至。因此李注之非,於此當成定論。

所謂《感甄記》之「甄」,又可能爲「鄄」字之誤。朱乾
曰:

> 〈魏志〉黃初三年,立植爲鄄城王,所謂感甄者,必鄄城
> 之「鄄」,非甄后之「甄」也。註:《集韻》:「甄,音
> 絹,同鄄,衛地,今濟陰鄄城或作甄」。《史記、齊太公
> 世家》:「諸侯會桓公於甄」。又〈田完世家〉:「昔日
> 趙攻甄」。皆與「鄄」同。[10]

此對「鄄」、「甄」的分析,應是對「感甄」之謬作了一
個正解。而《史記‧十二諸侯年表》:「齊桓公七年(西元前
679)始霸,會諸侯於鄄」;《史記‧齊太公世家》則曰:
「七年,諸侯會桓公於甄。」可見「鄄」、「甄」通用。曹植於
黃初三年(西元222)既立爲鄄城王,次年五月朝京後,歸而
作〈感鄄賦〉,抒發其在鄄的感慨是很正常的。但後來被小說
家好事者改爲〈感甄賦〉,李善因而從之,也可能是在無意之
間。不過李善又曰:「後明帝見之,改爲〈洛神賦〉。」這點
應屬可信。

魏明帝之所以改名〈洛神賦〉,自然是爲其生母甄后隱
諱。據《魏書‧陳思王傳》,曹植卒後,明帝於景初(西元237
~239)中曾有詔曰:「陳思王昔雖有過失,既克已愼行,以
補前闕,且自少至終,篇籍不離於手,誠難能也。其收黃初中
諸奏植罪狀,公卿已下議尚書、秘書、中書三府、大鴻臚者皆
削除之。撰錄植前後所著賦、頌、詩、銘、雜論凡百餘篇,副

藏內外」。[11]明帝很可能於此選錄時，將〈感甄賦〉改爲〈洛神賦〉。由於「感甄」容易傳寫爲「感甄」，後世如郭頒、劉延明之流，也就好奇的將「感甄」故事編入《魏晉世語》及《三國略記》中，演爲小說。而唐人李善不察，又誤取之於「記」中。其來龍去脈，大致如此。

(二)

　　曹植的身歷和作品，可以曹丕即位那年[12]爲始，分成前後兩期。他前期的詩歌作品主要在表現自己的政治抱負，嚮往建功立業，欲以較清明的政治來統一天下。後期詩歌則重在揭露曹丕等人的殘酷暴虐，也抒發了渴望自由，反抗迫害，掙脫枷鎖，並深刻表達出懷才不遇的憤懣。當然，在黃初以後也發表了若干關於「表」、「令」之類的文章，這些作品，大多與其切身遭遇及對政治的殷切期望有關。

　　在前期的建安時代中，曹植作品廣受爭議的一篇應該是〈三良〉詩。這首詩是藉秦穆公三臣奄息、中行、鍼虎的殉葬而追悔自己沒能及時追陪其先父於地下，故曰：「攬涕登君墓，臨穴仰天歎。」清寶香山人《三家詩‧曹集》引劉良曰：「植被文帝責黜，意者是悔不從武帝而作是詩」。因「懼兄之見誅，而悔不殉父之藏，怨之至也。……又以兄怨父昔日之偏愛，多端尋釁，不如前日借殉葬好題，豈不乾淨」。吳景旭《歷代詩話》亦曰：「曹植〈三良詩〉：『秦穆先下世，三臣皆自殘。生時等榮樂，既沒同憂患。誰言捐軀易。殺身誠獨難。攬涕登君墓，臨穴仰天歎。」吳旦生曰：『《選》注：植被文帝責黜，悔不隨武帝死，而托是詩。』」[13]。以上諸說意似。但陳祚明《采菽堂古詩選》則曰：

三良詩，此子建自鳴中懷，非詠三良也。詠三良何必言「功名不可爲」？若詠三良，何以云「殺身良獨難」，「一往不復返」？蓋子建實欲建功於時，觀〈責躬詩〉可見。今終不見用，已矣，功名不可爲矣。文帝之猜嫌，起於武帝之鍾愛，此時相遇不堪，生不如死，慨然欲相從於地下；而殺生良難，一往不還，徘徊顧慮，是以隱忍而偷生也。……故憤懣而作，追慕三良。……

此說獨以曹植不遇於時，而又欲及時建功立名，終不可得，遂憤慨而作〈三良〉，自與文帝的政治迫害有關。但曹植當初若能雕飾自勵，不予文帝以可乘身之機，這段歷史必當改寫。《魏書・陳思王傳》曰：

建安十六年，封平原侯。十九年，徙封臨菑侯。太祖征孫權，使植留守鄴，戒之曰：「吾昔爲頓丘令，年二十三。思此時所行，無悔於今。今汝年亦二十三，可不勉與？」植既以才見異，而丁儀、丁廙，楊修等爲之羽翼。太祖狐疑，幾爲太子者數矣。而植任性而行，不自彫勵，飲酒不節。文帝御之以術，矯情自飾，宮人左右，並爲之說，故遂定爲嗣。……

雖然曹丕立嗣得逞，終因曹植屢受其父的鍾愛而生恨。〈陳思王傳〉又曰：

文帝即王位，誅丁儀，丁廙並其男口。植與諸侯並就國。……

曹操死於建安二十五年（西元220）正月，曹丕即魏王位，改年號爲太康元年，同年十月，篡位稱帝，又改爲黃初元年。曹丕在即帝位之前，即迫不及待的誅丁儀兄弟並其男口，可見對其怨恨之深；祇因丁氏曾屢向當時的魏王進言，勸立曹植爲嗣之故。這一切看在曹植眼裡，且身遭危難，自然難抑憤懣，〈三良詩〉可能作於此時。故《曹植集校註》編目，也將〈三良〉列入建安末期。曹操葬後，各侯王分別歸藩，曹植於黃初元年三月二十八日就國臨菑，這時丁氏兄弟可能已經就戮。

　　約作〈三良詩〉的同時，還有一首屬於樂府歌辭的〈野田黃雀行〉。此詩是藉一少年拔劍捎網救雀的故事爲喻，抒發自己無能解救朋友危難的悲慨。詩曰：

　　其樹多悲風，海水揚其波。利劍不在掌，結交何須多！不見籬間雀，見鷂自投羅？羅家見雀喜，少年見雀悲。拔劍捎羅網，黃雀得飛飛。飛飛摩蒼天，來下謝少年。

　　朱乾《樂府正義》卷五有謂：「子建處兄弟危難之際，勢等馮和，情均彈雀。詩但言及時爲樂，不言免禍；而免禍意自在言外。意漢鼓吹鐃歌〈黃雀行〉，亦此意也。自悲友朋在難，無力援救而作。『風波』以喻險惡，『利劍』以喻濟難之權。」〈陳思王傳〉裴注引〈魏略〉曰：「時儀與臨菑侯親善，數稱奇其才。太祖既有意欲立植，而儀又共贊之。及太子（丕）立，欲治儀罪，轉儀爲右刺姦掾，欲儀自裁而儀不能，乃對中領軍夏侯尚叩頭求哀，尚爲涕泣而不能救。後遂因職事

收付獄，殺之。」疑植此篇，即因丁儀之難，自己無力拯救但期有權力者爲之營救而作，故多比興之辭。

（三）

曹丕之忌恨曹植，固起因於植受其父的鍾愛；而加深二人嫌隙，尚因曹植之哭曹丕代漢。《三國志・魏書・蘇則傳》曰：

> 初，則及臨菑侯植，聞魏氏代漢，皆發服悲哭，文帝聞植如此，而不聞則也。帝在洛陽，嘗從容言曰：「吾應天而禪，而聞有哭者，何也？」

曹植此「哭」，深爲文帝所忌。〈蘇則傳〉裴引〈魏略〉曰：「臨菑侯植，自傷失天帝意，亦怨激而哭。其後文帝出游，追恨臨菑，顧謂左右曰：『人心不同，當我登大位之時，天下有哭者』。」顯見曹丕對此事隨時忌恨於心，不因出遊在外而即有所釋懷。

曹植之哭。〈蘇則傳〉裴註又引〈魏略〉曰：「初，則在金城，聞漢帝禪位，以爲崩也，乃發喪；後聞其在，自以不審，意頗默然。」因此曹植之哭原以爲劉漢之亡，及聞其兄篡漢，又不忍漢竟如此而亡。所以曹丕的「吾應天而禪，而聞有哭者，何也？」是明知曹植的哭因而故問。倘若曹植當年能愼修勉行，太子之位不易，如今亦自不至於愧對其先父於九泉，也就不必有此一哭了。

由於此一事件，使曹植發生一連串藩封遷貶的事。〈陳思王傳〉曰：

黃初二年，監國謁者灌均希指，奏「植醉酒悖慢，劫脅使者」。有司請治罪，帝以太后故，貶爵安鄉侯。三年，立爲鄄城王。四年，徒封雍丘王。

灌均爲迎合文帝旨意，所奏曹植罪狀是很嚴重的。「劫脅使者」，等於對天子的大不敬，依罪當死，博士議「可削爵土，免爲庶人。」[14]但曹丕爲示厚道，僅貶他爲安鄉侯。有詔曰：

> 植，朕之同母弟。朕於天下，無所不容，而況植乎？骨肉之親，捨而不誅，其改封植（安鄉侯）。

其實灌均承意希旨，正是曹丕授意其捏造罪狀的證據。只因太后卞氏反對置死，才不得不留他一條生路。依魏制，侯爵分縣、鄉、亭及關內侯四等，曹植由臨淄侯改封安鄉侯，正是貶降了一級。但曹植猶感激不盡的上〈謝初封安鄉侯表〉曰：

> 臣抱罪即道，憂惶恐怖，不知刑罪當所限齊。陛下哀愍臣身，不聽有司所執，待之過厚。即日行至延津，受安鄉侯印綬。奉詔之日，且懼且悲。懼於不修，始違憲法；悲於不慎，速此貶退。上增陛下垂念，下遺太后見憂。臣自知罪深責重，受恩無量，精魄飛散，忘驅殞命。

「臣抱罪即道」及「即日行至延津，受安鄉侯印綬」諸句，黃彰健〈曹植洛神賦新解〉，認爲是曹植由洛陽至鄄行至延津獲奉文帝「捨而不誅」的詔令及貶安鄉侯的印綬。而《文

選》曹植〈上責躬詩表〉李善注引〈求出獵表〉的「臣自招罪
釁，徙居京師，待罪南宮」，也認爲「南宮」是鄴都南宮；而
徙居京師」也是指鄴而非洛陽。黃氏云：「曹操封魏王，即都
鄴，建安二十二年正月，王粲死。曹植所寫〈王仲宣誄〉，即
稱鄴爲魏京。曹丕於黃初元年十二月，初營洛陽宮，戊午幸洛
陽。……裴注引〈魏略〉曰：『改長安、譙、許昌、鄴、洛陽
爲五都』。而魏的宗廟仍在鄴。……黃初三年曹植所撰〈洛神
賦〉，始稱洛陽爲京師……。」[15]細審曹植〈九愁賦〉……「信
舊都（鄴）之可懷。恨時王之謬聽，受姦枉之虛辭，揚天威以
臨下，忽放臣而不疑。登高陵而反顧。……」諸語，曹植應是
經延津赴鄴的。

　　然而曹植爲何由洛都經延津至鄴？黃氏以〈陳思王傳〉裴
注引〈魏略〉的「初，植未到關，自念有過，……詔乃聽復王
服」一段，係裴注誤「係於黃初四年」；並引〈應詔詩〉的
「肅承明詔，應會皇都」，「則他係奉詔到洛陽，並未犯罪，怎
麼會負鐵鑕，徒跣詣闕呢？故知〈魏略〉所記失實」。[16]但〈應
詔詩〉在結尾時這樣說：

　　爰及帝室，税此西墉；嘉詔未賜，朝覲莫從。仰瞻城閾，
　　俯惟闕廷。長懷永慕，憂心如醒。

　　這表示雖然「肅承明詔，應會皇都」，實際上當曹植急忙
趕抵洛陽，曹丕拒見，所以〈魏略〉才說：

　　帝使人逆之，不得見。……及見之，帝猶嚴顏色，不與
　　語，又不使冠履。植伏地泣涕，太后爲不樂。詔乃聽復王

服。

　　前後對照，則裴注引〈魏略〉的「係於黃初四年」，應爲
無誤。也從而可知，曹植所受的政治迫害是未曾間斷的。

　　黃先生又以文帝「詔書」所言：「知到延津遂復來」一
語，謂朱緒曾《曹集考異》、徐公持《曹植生平八考》、張可禮
《三曹年譜》等，釋「知到延津遂復來」爲「復到洛陽」，恐非
如此。[17]按以上諸說，即以曹植由洛陽至延津，當他在延津接
到文帝貶安鄉侯詔令及印綬後，又返回洛陽，根本未至鄴都。
因此，曹植「待罪南宮」，原先可能是「待罪鄴都南宮」，及受
貶安鄉侯後又返回洛陽——「待罪洛陽南宮」。如此推論，應
屬無誤。

　　考「南宮」一名，洛陽自古有之。《史記・高祖本紀》：
「高祖置酒雒陽南宮」。《輿地志》亦曰：「漢高祖置酒雒陽南
宮，光武即位幸南宮，遂定都焉。」載籍雖鮮提及鄴都南宮，
毋庸置喙，只以方位所在稱之可也。由於曹植被貶安鄉侯並未
就國而又封爲鄄城侯，可能在鄄城侯被封及就國前，留置「洛
陽南宮」。若非如此，而裴注引〈魏略〉又不合「黃初二年」
之說，則曹植由臨菑直接西赴鄴都「待罪南宮」即可，不必繞
道洛陽經延津了。

（四）

　　黃初二年，曹植由安鄉侯改封鄄城侯後，仍遭天子使臣的
誣謗。其〈黃初六年令〉曰：

　　　令……吾昔以信人之心，無忌於左右，深爲東郡太守王

機、防輔吏倉輯等任所誣白，獲罪聖朝。身輕於鴻毛，而
謗重於太山。賴蒙帝王天地之仁，違百寮之典議，舍三千
之首戾，反我舊居，襲我初服，雲雨之施，焉有量哉？
……機等吹毛求瑕，千端萬緒，然終無可言者。

從此看來，曹植腹背受敵，隨時隨地都受監控栽誣，這自
然也與曹丕對他的釁隙有關。大約他自黃初二年七、八月間受
封鄄城侯，至次年（西元222）四月立爲鄄城王，在侯位僅九
個月左右。在這段期間，他（〈上責躬應詔詩表〉）曾云：「臣
自抱釁歸藩，刻肌刻骨，追思罪戾，晝分而食，夜分而寢，誠
以天網不可重罹，聖恩難可再恃。」可見他首次被灌均栽誣而
爲王機、倉輯之流，「吹毛求瑕，千端萬緒」，百口莫辯，也
眞不知從何處說起？其內心痛苦自不待言。又《三國志・魏
書・文帝記》曰：

黃初三年三月乙丑，立帝弟鄢陵公彰等十一人皆爲王。
……夏四月戊甲，立鄄城侯植爲鄄城王。

曹彰等人封王的郡侯不僅比曹植的縣侯高出一級，在時間
上也比曹植早出一月有餘，可見曹丕對曹植刻意爲難，疑忌仍
深。但拘於卞太后的親子關係，不得不勉強分杯羹湯，略施王
爵。雖然如此，曹植感戴之情猶如日月的無不畢照，其撰〈封
鄄城王謝表〉云：

臣愚駑垢穢，才質疵下。過受陛下日月之恩，不能摧身碎
首，以答陛下厚德。而狂悖發露，始干天憲。自分放棄，

抱罪終身，苟貪視息，無復睎幸。不悟聖恩爵以非望，枯木生葉，白骨更肉，非臣罪吏所當宜蒙。俯仰慚惶，五內戰悸，奉詔之日，悲喜參至。雖因拜章答聖恩，下情未展。

表中除少數幾句如「奉詔之日，悲喜參至」外，皆非由衷之言；不然如灌均、王機等所謗奏，豈非言之成理而曹植確具其罪乎？又〈陳思王傳〉曰：

（黃初）四年，徙封雍丘王。其年，朝京師。

雍丘故城，在今河南省杞縣。這次改封，仍屬縣侯。這是曹丕在世前對曹植的最後一封爵。[18]這年五月，曹植與白馬王、任城王俱朝京師。以任城王暴薨，七月間乃與白馬王分別還國，因撰〈贈白馬王彪〉詩七首。全詩可以分一篇而爲七，也可合七篇而爲一，總以「怨慕」二字括之。任城的暴卒，「既痛逝者，行自念也」，死生咸悲，故爲歷代文士所嗟歎，實非無因。

任城王曹彰既死，「復欲害東阿。太后曰：『汝已殺我任城，不得復殺我東阿』」。[19]雖然《世說新語》或稱爲小說之祖，然任城王之死既爲實錄，則「復殺東阿」，自應無疑。惟據《陳思王傳》，曹植於魏明帝太和元年（西元227）徙封浚儀，三年，徙封東阿。其徙封東阿時曹丕已死四年，而曹彰被害又欲殺曹植時，則在黃初四年（西元223），時卞太后何以預知曹植將封東阿？是又何以言「不得復殺我東阿？」意以劉義慶於撰《世說新語》時，「東阿」已成歷史事實，即以太后之

意而出於一己之言也。於此可見曹植的險將被害，亦當無疑。

黃初四年朝京，曹植作有〈上責躬應詔詩表〉。詩中多自譴之辭，情意悽惋，自艾自悔，貫布全篇。他向曹丕表示：

> 願蒙矢石，建旗東嶽。……甘赴江湘，奮戈吳越。

意謂願冒矢石之險，在東嶽建立禦吳的大旗。李善注：「東嶽、鎮吳之地。子建詩曰：『我心常怫鬱，思欲赴太山。與此義同』」。江湘，則湘作「湖」解；吳越，以東吳在古越地，而三江五湖在焉。此言甘心遠征，討伐東吳，為皇室建功立勳。《文選》六臣注李周翰曰：「植嘗與楊修，應瑒等飲酒醉，走馬於司禁門。文帝即位，念其舊事，徙封鄄城侯。後求見帝，帝責之，置西館，未許朝，故子建獻此詩。」所言固是，然非止此。據〈陳思王傳〉裴注引〈魏略〉曰：

> 初植未到關，自念有過，宜當謝帝。乃留其從官著關東，單將兩三人微行，入見清河長公主，欲因主謝，而關吏以聞。帝使人逆之，不得見。太后以為自殺也，對帝泣。會植科頭負鐵鑕徒跣詣闕下，帝及太后乃喜。及見之，帝猶嚴顏色不與語，又不使冠履。植伏地泣涕，太后為不樂，詔乃聽復王服。

〈責躬詩〉大概也就是在這種情形下寫成的。這年是應詔朝京，竟落得如此下場，又怎敢於黃初三年私自朝京？[20] 同年，又作有〈應詔詩〉，〈陳思王傳〉曰：

肅承明詔，應會皇都。……嘉詔未賜，朝覲莫從。……長懷永慕，憂心如酲。

這是黃初四年五月應詔朝京的。雖然見到皇帝，竟是這樣子痛苦。丁晏《曹集詮評》，謂應詔當在黃初三年。子建到闕不得見太后，故此詩云：「嘉詔未賜，朝覲莫從」。但「黃初四年，曹丕始下令召諸王朝，三年曹植決無可能入京」。[21]因此前述〈責躬〉、〈應詔〉二詩，都是黃初四年朝京時所作，正是〈陳思王傳〉所謂：「四年，……朝京都，上疏曰：『謹拜表獻詩二篇』」。也從而可證，曹植在黃初年間只有黃初四年這次朝京是可以確定的。

曹植於黃初四年五月奉詔朝京，七月還國鄄城，而封雍丘王，當在是年七月以後。年餘，又獲增五百戶。〈陳思王傳〉曰：

（黃初）六年，帝東征，還過雍丘，幸植宮，增戶五百。

獲增封邑，似曹丕對曹植已有某些程度的諒解。於是曹植撰〈黃初六年令〉曰：

今皇帝遙過鄙國，曠然大赦，與孤更始，欣笑和樂以歡孤，隕涕咨嗟以悼孤。豐賜光俟，賫重千金，損乘輿之副，竭中黃之府，名馬充廄，驅牛塞路。孤以何德？而當斯惠；孤以何功？而納斯貺。……

這遲來的和洽，確令曹植感動莫名。惜以次年五月，曹丕

崩於洛都。這一切的恩怨似已結束，但後人對曹植卻總寄予最高的同情。

〈洛神賦〉是作於黃初四年五月曹植朝京歸藩之際。在探討〈洛神賦〉作意時，上述的曹植的生活背景不能不先加瞭解；也就是在曹植這樣的生活背景下他為甚麼要去創造〈洛神賦〉這樣的一個浪漫世界。

（五）

自入黃初，曹植的生平際遇已可見其迍邅顛躓；若從他的詩歌作品觀察，更可窺其對政治的願望。不過在這類作品裡，也不能嚴限在一個固定時期中。也就是說，黃初（西元223～226）年間固然是曹植生命中最為悲苦的時期，而太和（西元227～232）年間也可說是黃初時代的延續。因此，其詩歌作品既見其前後呼應之跡，也就據以其這種關係以襯托出他這段時期的生命歷程。

首先，他在〈雜詩〉之一「高臺多悲風」詩云：

高臺多悲風，朝日照北林。之子在萬里，江湖迴且深。
……

此詩咸認為是懷念曹彪而作。「之子」即指曹彪而言。據《三國志‧魏書‧楚王彪傳》：「黃初三年，封弋陽王，其年徙封吳王。」故詩云「萬里」。惟首句「高臺」、「悲風」、《文選》李善注引《新語》曰：「高臺喻京師，悲風言教令。」即喻法令嚴苛。次句「朝日」，李注引《新語》謂「喻君之明」；惟「照北林」，則「言狹，比喻小人」。劉履《選詩補注》

卷二，謂「朝日北林，以比朝氣象陰慘，遠君子而近小人也。由小人之讒蔽日深，故兄弟之乖離日遠，如江湖萬里，方舟安可極乎？」是的，朝日光華，只照陰向的北林，則小人當道，而克己修美如曹植者，則難有出頭的機會，自寓怨嘆之意。

〈雜詩〉之二「轉蓬」詩，則寓意直接影射到曹植本身。如云：

> 轉蓬離本根，飄颻隨長風。何意隨飆舉，吹我入雲中。高高上無極，天路安可窮？類此遊客子、捐驅遠從戎。毛褐不掩形，薇藿常不充。去去莫復道，沈憂令人老。

此詩以「轉蓬」為喻，自況為從戎在外的遊子，飄泊不定，生活困苦。曹植有〈遷都賦〉，其序曰：「余初封平原，轉出臨菑，中命鄄城，遂徙雍丘，改邑浚儀，而未將適於東阿。號則六易，居實三遷。連遇瘠土，衣食不繼。」據〈陳思王傳〉，魏明帝「太和元年，徙封浚儀，二年復還雍丘。……三年，徙封東阿」。復以此前所封，正所謂「號則六易，居實三遷」，亦正所自喻的「轉蓬」，「飄颻」也。

在太和二年（西元228）於「復還雍丘」時，〈陳思王傳〉曰：「植常自憤怨，抱利器而無所施，上疏求自試曰……」按此〈求自試表〉句有：「流聞東軍失備，師徒小衄」。則此表當作於大司馬曹休戰敗之後。《三國志・魏書・明帝紀》曰：「冬十月，詔公卿近臣舉良將各一人」，曹植或因此上表，請求試用，故表中著重闡述自己軍事才能，以為國立功，用償宿願。〈陳思王傳〉裴注引〈魏略〉曰：「植雖上此表，猶疑不見用，是用喟然求試，必立功也。」

太和五年（西元231），曹植「復上書求存問親戚，因致其意」。〈陳思王傳〉詔報有曰：「夫明貴賤，崇親親，禮賢良，順少長，國之綱紀，本無禁固諸國通問之詔也。矯枉過正，下吏懼譴，以至於此耳，已敕有司，如王所訴。」怨而不怒，直抒胸臆，而文詞剴切敘理明確。故明帝復詔推責下吏，且糾正對諸苛酷法制，導致五年秋召諸王朝之詔令。本傳又載「植復上疏陳審舉之義」，「帝輒優文答報」。雖然如此，則太和六年二月，曹植被封陳王，邑三千五百戶，而〈陳思王傳〉曰：「植每欲求別見獨談，論及時政，幸冀試用，終不能得。既還（按太和六年諸王朝京歸藩），悵然絕望。……又植以前過，事事復減半，十一年中而三徙都，常汲汲無歡」。可見他這位姪兒皇帝，對曹植並不比他的父君曹丕寬厚多少。

「轉蓬」之喻，已見前說；而〈吁嗟篇〉也有「轉蓬」之意：「吁嗟此轉蓬，居世何獨然！長去本根逝，宿夜無休閒。當南而更北，謂東而反西。……流轉無恆處，誰知吾苦艱！」此詩疑作於自浚儀反雍丘之時。流離播遷，道路艱苦，情緒悲憤，故結爲：「願爲中林草，秋隨野火燔」的滅絕之辭。

〈雜詩〉之三「西北有織婦」，則寓有才難展之意：

西北有織婦，綺縞何繽紛！明朝秉機杼，日昃不成文。太息終長夜，悲嘯入青雲，妾身守空閨，良人行從軍。自期三年歸，今已歷九春。飛鳥遶樹翔，噭噭鳴索群。願爲南流景，馳光見我君。

此詩雖以「織婦」命題，實則曹植自喻。劉履《選詩補注》卷二：「西北有織婦篇，比也。……此自言才華之美，而君不

見用。如空閨織婦,服飾既盛,而良人從軍久不歸者也。然則雖秉機杼,實何心於效功,惟終夜悲歡而已。至於感鳴鳥之索群,則其願見之心為如何哉?張銑曰:『日光遠近皆同,人無不見,故願託為此馳往見君以自明也。』」陳祚明《采菽堂古詩選》卷六亦曰:「西北有織婦篇,應亦思君之念,託之夫婦。」諸說誠是。

〈雜詩〉之四「南國有佳人」詩,亦曹植自喻有才而不得施展之作:

> 南國有佳人,容華若桃李。朝遊江北岸,日夕宿湘沚。時俗薄朱顏,誰為發皓齒?俛仰歲將暮,榮耀難久恃。

劉履《選詩補注》卷二,以「南國有佳人篇,比也。……此亦自言才美足以有用,今但遊息閒散之地,不見顧重於當世,將恐時移歲改,功業未建,遂湮沒而無聞焉。故借佳人自喻以自傷也」。寶香山人《三家詩‧曹集》卷一,略謂此詩為「怨極而哀」。黃節則以為「佳人蓋指彪,時為吳王也。……此詩蓋為彪而發,亦以自傷也」。似較前說為優。按曹彪封國江南,也曾幾次改封,遷徙無定,與詩中「南國」、「朝遊江北」、「夕宿湘沚」等喻為近。

〈雜詩〉之五「僕夫早嚴駕」及之六「飛觀百餘尺」二詩,亦皆述志之作。前詩謂自己甘願渡江征吳,而不願從「東路」歸藩。這「東路」即是〈贈白馬王彪〉詩中「怨彼東路長」的東路,是從洛陽到鄄城的路。此詩可能作於〈贈白馬王彪〉同時。末二句「閒居非吾志,甘心赴國憂」,即指「吳國為我仇」,而欲征吳而言。劉履《選詩補注》卷二曰:「賦而兼比

也。……此言殉國之志如此，惜無兵權以遂所施也」。寶香山人《三家詩·曹集》卷一，亦曰：「陳思每欲建勳吳蜀，恨無征伐之權，所以上求自試表之亟亟也。」劉履前書又曰：「飛觀百餘尺篇，賦也。……此因登高望遠，感而多悲，惟常以二方（按指吳蜀）未克爲念，願捐軀以報國，是以目瞻西蜀，心想東吳，而此志不遂，無以抒吾憤激之懷。且如弦之急者，其發聲也悲，則我之出言也，自不能不慷慨耳。」劉氏之言，將此詩意剖析淨盡，頗得作者之旨。

以上〈雜詩〉六首，深得比興之法，雖未得志，終能於委曲得抒懷抱。

在與〈雜詩〉命意相似甚至體會更深入的作品，黃初年間，詩如〈仙人篇〉、〈遊仙〉、〈七步詩〉、〈浮萍〉、〈七哀〉、〈苦思行〉、〈贈白馬王彪〉等；而賦如〈白鶴賦〉、〈九愁賦〉、〈蝙蝠賦〉等。太和時期，則如〈怨歌行〉、〈惟漢行〉、〈吁嗟篇〉、〈美女篇〉、〈五遊詠〉、〈遠遊篇〉、〈白馬篇〉、〈薤露行〉、〈名都篇〉等詩歌，皆多抒發曹植有志不能伸、有才不能施展的悲慨，而又皆以比興手法出之。由於篇目過繁，隨舉其中一二，用觀其意。〈七哀詩〉云：

> 明月照高樓，流光正徘徊。上有愁思婦，悲歎有餘哀。借問歎者誰？自云宕子妻。君行踰十年，孤妾常獨棲。君若清路塵，妾若濁水泥。浮沉各異勢，會合何時諧？願爲西南風，長逝入君懷。君懷良不開，賤妾當何依。

從詩的表面觀，這是一對相隔兩地而妻對夫的思念，實際則非如此。劉履《選詩補注》卷二曰：「比也。……子建與文

帝同母骨肉，今乃浮沉異勢，不相親與，故特以孤妾自喻，而
切切哀慮之也。其首言月光徘徊者，喻文帝恩澤流布之盛，以
發下文獨不見及之意焉。此篇亦知在雍丘所作，故有『願作西
南風』之語。」按雍丘，正當洛都西南。何焯《義門讀書記‧
文選》卷一，謂〈七哀〉為「思君」之作。其云：「情有七而
偏主於『哀』，惟其所遭之窮也。『明月照高樓』二句，『明
月』喻君，『徘徊』比恩之易移，而仍冀其遠照；『浮沉各異
勢』二句，蓋望文帝之悔悟，復為兄弟如初也。……」方東樹
《昭昧詹言》卷二，評〈七哀〉較為抽象，惟對該詩末二句仍
覺有「弦外之音」。其曰：「古人收句往往另換意、換勢、換
筆，或兜轉，或放開，多留弦外之音，不盡之意。」其說似重
在作者筆法的運用，末二句則予讀者不盡想像，意即比興之
作，不能僅為望文生義。

　　〈七哀詩〉固難從文字表面看出為曹植所自托，上舉其他
各篇亦然；而〈美女篇〉也是如此。

　　〈美女篇〉是寫一位美麗的采桑女，服飾華美，樓宅高
門，可是這種優越條件，卻找不到一個理想的歸宿，盛年深閨
獨處，淒涼寂寞，怎能不中夜起而長歎？果真這樣去體認本
詩，則未免太輕視作者的創作才華及匠心。

　　劉履認為〈美女篇〉仍是比興之作。其《選詩補注》卷二
曰：「比也。……子建志在輔君匡濟，策功勳名，乃不克遂，
雖受爵封而其心猶為不仕，故託處女以寓怨慕之情焉。其言妖
閑皓素，以喻才質之美；服飾珍麗，以比己德之盛。至於文采
外著，芳譽日流，而為眾所希慕如此。況謂居青樓高門，近城
南而臨大路，……何為見棄？……其實為君所忌，不得親用！
……且古之賢者，必擇有道之邦然後入仕，猶佳人之擇配而慕

夫高義者焉。惟子建以宗室至親，義當與國同其休戚，雖欲他求，豈可得乎？此所以爲求賢獨難，而其所見亦豈眾人所能知哉？夫盛年不嫁，恐將失時，故惟中夜長嘆而已。孟子所謂『不得於君，則熱中』，其子建之謂歟？」意謂曹植此詩，以美女爲喻，仍在冀君青睞。吳淇《六朝選詩定論》卷五，則謂「此亦是請自試之意」。王克衢亦持此論，其《古唐詩合解》卷三，以「子建求自試而不見用，如美女之不見售，故以爲比」。朱乾《樂府正義》卷十二，亦以類比之法，謂「賢女必得佳配，賢臣必得聖王」。以上皆謂「美女」爲曹植所自托。

因此，〈洛神賦〉的創作，「感甄」之說既已擯斥，則曹植的身世背景及其於黃初四年朝京時的際遇，以及其慣以「比」的手法去表達詩賦等作品的意向，則有無可能及必要去和一位傳說中古老的女神發生戀情，這是以下所要探討的問題。

三、〈洛神賦〉的分析

牛希濟有詞曰：「記得綠羅裙，處處憐芳草。」如在審美時，當看到芳草，就一心一意領略芳草的情趣；而在聯想時，當看到芳草，就想到綠羅裙，甚至想到穿羅裙的美人。由於曹植的身世際遇，尤其在黃初四年他朝京後的落寞心情而寫下的〈贈白馬彪〉，不能不聯想到當時他何來的雅興去與一位有名無實的古老女神——宓妃，發生了纏綿俳惻的戀情。再經仔細分析賦文，終於認定「洛神」如「美女」，亦爲曹植所自托。

（一）

〈洛神賦〉的創作，據曹植〈洛神賦序〉曰：

黃初三年，余朝京師，歸濟洛川。古人有言，斯水之神，名曰宓妃。感宋玉對楚王說神女之事。遂作斯賦。

據〈序〉文，曹植是有感於宋玉所寫的〈神女賦〉而作〈洛神賦〉；但〈洛神賦〉是宋玉藉神女以諷楚襄王好色，〈洛神賦〉則表示甚麼呢？何焯《義門讀書記》曰：

「古人有言，斯水之神，名曰宓妃」。既引古人之言，則非實有所感，而特假以托諷明矣。

宓妃，相傳為伏羲氏女，溺死洛水，遂為洛水之神。[22]何焯則「假以托諷」，則「托諷」何指？《義門讀書記》又曰：

植既不得於君，因濟洛川作為此賦，托詞宓妃以寄心文帝，其亦屈子之意也。

按《楚辭·離騷》曰：「我令豐隆乘雲兮，求宓妃之所在。」以屈原既不得志於楚君，冀求宓妃以寄意；而目前曹植的際遇正似，故曰「屈子之意」在此。

何焯對於〈洛神賦〉的分析剖述，著墨不少，可惜有時未能將宓妃的身分確切定位。試觀他以下的解釋：

「嗟佳人之信修」至「指潛淵而為期」。此四句又反〈騷經〉雖美而無禮之意，以明非文帝待己之薄、忠厚之至也。

句引「佳人」，當指洛神，此為曹植自喻。信修，同後文
「申禮防以自持」之意。

　　「執眷眷之疑實兮」至「申禮防以自持」。子建作〈箜篌
　　引〉，有：「久要不可忘，薄終義所尤。謙謙君子德，磬
　　折何所求」。此六句義與之同。景初中詔云：「陳王克己
　　慎行，以補前闕」。則植之自持可知矣。

　　所謂「眷眷」，是指依戀嚮往的情態，「款實」即真誠。
又因禮能防亂，故多自我約束。這是曹植藉洛神之口向曹丕表
態的。末借景初（西元237～239）明帝的詔令，印證曹植的
「克己慎行」，正是他早年所謂的「申禮防以自持」，這是毋庸
置疑的。〈洛神賦〉的創作時間，距景初中已有十三、四年之
久。

　　「於是洛神感焉」至「長寄心於君王」、子建〈責躬〉、
　　〈應詔〉二詩表云：「前奉詔書，臣等絕朝，心離志絕，
　　自分黃耇，永無執珪之望。不圖聖詔，猥垂齒召。至止之
　　日，心馳輦轂，僻處西館，未奉闕廷，踴躍之懷，瞻望反
　　仄。」蓋文帝雖許其入朝，而又未遽令見之也。故又云悼
　　良會之永絕也；雖潛處於太陰，常寄心於君王。文帝以仇
　　讎視其弟，而子建睠睠如此，不敢稍有怨懟，所以雖終不
　　見用，亦幸能自全。

　　從「於是洛神感焉」至「長寄心於君王」，中間尚有一段
很長文字。何焯擇其要句並配合〈責躬〉、〈應詔〉詩表之

言，分析曹丕與曹植兄弟與君臣之間的關係，大致如此。惟又曾言「宓妃雖已感悟，而神光離合，乍陰乍陽，己猶不得與交接」，則宓妃似指曹丕，而「己猶不得與交接」的己，當指曹植，意有矛盾。筆者以爲「洛神感焉」是曹植這次奉詔朝京深受感動，並非指曹丕的感悟。故緊接「洛神感焉」的「徙倚傍徨，神光離合，乍陰乍陽」，皆喻曹植受寵若驚之餘的複雜情緒。而自「竦輕軀以鶴立」至「華容婀娜，令我忘餐」，大致是指曹植朝京前各種喜悅的想像。中有「衆靈雜遝」之句，則「衆靈」應是〈陳思王傳〉裴注引〈魏略〉：「……乃留其從官著關東，單將兩三人微行。……」的那一段話。總之，何焯引據〈洛神賦〉這段文字中，應是曹植在黃初四年朝京前的心理現象及一些精神活動狀態的表現。

> 「恨人神之道殊兮，怨盛年之莫當」，神尊而人卑，喻君臣也。怨，植自怨也。蓋即盛年不可再與盛年處房室之意。

除末句外，何說應是。惟末句「盛年不可再與盛年處房室」，指意難索。是否意指「洛神」？若此，則與首句「人神」以喻「君臣」，又相牴牾，意或「盛年不可再與處房室」與「怨盛年之莫當」義合。「莫當」，是沒能相逢，亦即正值盛年的曹植，沒能遇合一展長才機會，所以有「怨」。李善注：「盛年謂少壯之時，不得當君王之意」。當是。

> 「雖潛處於太陰」；太陰猶言窮陰，自言所處之幽遠也。
> 「冀靈體之復形，御輕舟而上溯」，冀得復朝京師而見文帝也。[23]

以上二例，「潛處於太陰」，是指曹植幽處於東藩；「冀靈體之復形」，是希望曹丕能再度出現——亦即至少曹植希望能有再次召見的機會。兩說無疑皆指君臣關係。

雖然，何焯上述諸說略有語意含渾之嫌，實際仍在強調「君臣」之間而未涉及「戀愛」成分，這是應該確定的。

近人李曰剛先生也認為，〈洛神賦〉是「寄心君王之哀音，美人芳草，托屈、宋比興之思。[24]自是有寄托之作。而王逸《離騷序》曰：「《離騷》依詩取興，引類比喻，故善鳥、香草以配忠貞……宓妃，賢女以譬賢臣。」

宓妃既可以譬賢臣，則曹植以宓妃所自托，正如《離騷》中的屈原所自喻：「紛吾既有此修美兮，又重之以修能。扈江離與辟芷兮，紉秋蘭以為佩」。這樣內外修美的賢臣，屢被斥逐，也正是曹植的所遇。所以說他有「屈子之悲」，云何不宜。丁晏〈陳思王年譜序〉亦曰：

> 王既不用，自傷同姓見放，與屈子同悲，乃為〈九愁〉、〈九詠〉、〈遠遊〉等篇以擬楚騷，又擬宋玉之辭，為〈洛神賦〉，託之宓妃神女，寄心君王，猶屈子之志也。[25]

今人黃彰健〈曹植洛神賦新解〉，也認為〈洛神賦〉的主旨，在「申禮防以自持」、「長寄心於君王」，並非描寫人神戀愛。[26]

(二)

前撰拙文〈洛神賦的創作及其寄托〉結文時，曾提到德國心理學兼美學家費希奈爾（Guta V. Thedor Fechner, 1801～1887）

的「移情作用」，黑格爾（Hegel Georg Wilhelm Fuiedrich, 1770
～1831）所言：「藝術對於人的目的，在讓他於外物界尋回自
我」，以及法國心理學家德拉庫瓦（Delacroix）《藝術心理學》
所說的：「藝術家如要描寫自己的切身情感，須先把它外射出
來，他須變成一個自己的模仿者」等云，是筆者於讀〈洛神賦〉
後直覺的認爲是曹植應有及已有的這些現象。僅就這一部分，
洪順隆〈論洛神賦中洛神形象的象徵指向〉一文，反覆提述
「移情作用」、「於外界尋回自我」、「情感外射」和「自我模
仿」等說達五次之多，其中有謬譽，也有指斥；在他數千言的
論述中，幾近半數在圍繞著這個問題。當然，筆者也認爲曹植
具有「屈子之志」及「屈子之悲」，洪先生也不以爲然，著墨
不少。[27]

　　依據「美感經驗」學者的認定，「移情作用」是「外射作
用」的一種，也可說兩者定義相似。外射作用就是將自己的知
覺或情感，外射於人和物，然後借外物去發揮自己的智慧和情
感，美國心理學家惕慶納（Titchener）把「移情作用」譯文爲
Empethy，意思是「感到裡面去」。「移情作用」也或稱爲「擬
人作用」（Anthropomorphism），意即把人的生命移至於外物。
象徵派詩人波特萊爾（Baudelaire）曾說：「你聚精會神的觀賞
外物，便渾忘自己存在，不久你就和外物混成一體了。……你
開始把你的情感欲望和哀愁，一齊假借給樹，它的蕩漾搖曳，
也就變成你的蕩漾搖曳，你自己也就變成一棵樹了。」

　　曹植克己愼行，循禮守法，將自己修養之美，移情於洛
神，又假洛神把自己表現出來，目的是「長寄心於君王」。所
以在〈洛神賦〉第二段自「余告之曰：『其形也，……』」至
「采湍瀨之玄芝」一段，即是曹植在作自我剖述，將其完美與

高潔，投注於洛神，如果我們承認〈洛神賦〉也是一種藝術作品，則曹植的智慧與情感，不但已「感到裡面去」，而且已從洛神身上尋回曹植的自我，這時洛神也就是曹植的化身了。

依照文學藝術的自我創作原理，創作者尚必須具有「自我觀照」及「自我模仿」的藝術涵養。德拉庫瓦在他《藝術心理學》裡曾說：「純粹的情感，在表現於符號、語言、聲音或形象之先，都需經過一番返照。越魯維頁（Renovier）以為藝術家須先站在客位來觀照自己，然後才可以把自己描摹出來，表現出來。藝術家如要描寫自己切身的情感，須先把它外射出來，他需變成一個自己的模仿者」。這與所謂「移情作用」與「尋回自我」情境相似。因此，如果我們也承認曹植是位文藝創作的藝術家，則上述諸說，曹植都已具備；如再仔細推索，則洛神的冰清玉潔，與曹植的「申禮防以自持」又無不妙合。同時，〈洛神賦〉既言「古人有言」，則曹植將自己的切身利害、情感、欲望和哀愁，補實虛構的洛神，然後站在客位來「觀照自己」並把自己表現出來，既符合心理藝術，也符合本賦的情節要求。怎能說是「硬套在『自我模仿』的理論框裡」？[28]

以上就一般文藝理論說來證合曹植在〈洛神賦〉中的角色與特徵；而賦中若干語句還仍不能與曹植的「自托」脫離關係。以下再藉前撰拙文〈洛神賦的創作及其寄托〉重加分析：

余悅其淑美兮，心振荡而不怡。

此二句為緊接第二段「其形也，……采湍瀨之玄芝」而來，前已略及，這一大段的描繪是藉洛神之美而喻曹植自己的

修美。修養如此之美，則何以有「心振蕩而不怡」？則與下二句有關：

> 無良媒以接歡兮，託微波而通辭。

如以「戀愛」說，是曹植雖然真心愛慕洛神的美好，可惜沒有媒人替他傳遞心曲，所以只好寄託水波送上傾慕之情了。在拙文〈洛神賦的創作及其寄托〉裡，曾這樣分析：「曹植獲罪文帝，每不見容，惜無良媒（賢臣）之款通；既臨洛川，姑藉微波以寄意焉，微波或曰『水波』，或曰：『目光』；若以目光，則自遙隔而回望魏都也。『通辭』，是藉微波傳遞曹植忠耿之誠也」。因此這裡「淑美」的洛神正是曹植所自喻。因這次奉詔朝京，一是文帝拒見於先，而「及見之，帝猶嚴顏色不與語，不使冠履」，曹植沒有機會表白自己。二是曹彰暴斃，曹植自己也差點遇害，心緒既不平衡，有話要說。只好藉濟洛川，「託微波而通辭」，以冀文帝重新接納自己。

> 嗟佳人之信脩兮，羌習禮而明詩。

此與本段末句「申禮防以自持」義同，皆為曹植自述其知書達禮，修養完美。

> 執眷眷之款實兮，懼斯靈之我欺。

首句表懷戀忠誠，目標自指曹丕。「斯靈」之「靈」，原指洛神，此處假借為曹丕。因應詔朝京，尚落得如此下場，如

自求朝見，能不被欺者幾何？所以下二句即藉鄭交甫在漢水被
欺的故事，而說：「感交甫之棄言兮，恨猶豫於而狐疑。」曹
植對曹丕是一片忠心，但對他卻無信心。

第四段有兩句話是很重要的：

歎匏瓜之無匹兮，詠牽牛之獨處。

此二句在拙文〈洛神賦的創作及其寄托〉也曾分析過。簡
言之，「匏瓜」句是曹植自喻「抱利器而無所施」；「牽牛獨
處」則指其在鄄城時受小人包圍，常是「孤影相弔」；且「牽
牛」既與「織女」相會不易，曹植也只好向曹丕「悼良會之永
絕」了。如果「獨處」、「無匹」解釋為曹植還是「寡人」一
個，豈非在向洛神騙婚？如果認定他們是在「戀愛」的話。

至於「眾靈雜遝」之句——假若〈洛神賦〉是一齣戲，則
除了主角外，還有一些「跑龍套」的角色。因此在前拙文中也
曾說過，這些「眾靈」可能是曹植亦幸遇如「從官」、「眾仙」
之流。可分見〈應詔詩〉裴注引〈魏略〉及其〈仙人篇〉、
〈升天行〉諸詩。

由於曹植在洛水盤桓反側，千思百想，終不能再獲文帝接
見，「於是屏翳收風，川后靜波」，準備東歸封藩了。但這第
五段還有幾句話需要注意：

恨人神之道殊兮，怨盛年之莫當。
抗羅袂以掩涕兮，淚流襟之浪浪。
悼良會之永絕兮，哀一逝而異鄉。
雖潛處於太陰，長寄心於君王。

首三句已見前說，此不贅。次聯詩意是指洛神，實是躡前句「人神道殊，盛年莫當」而來。由於君臣（人神）道殊，而曹植正值盛年卻無一展長才機會，怨極而哭，只好「良會永絕」。「異鄉」與「太陰」，皆指東藩，意謂這次別離、再無朝京機緣，只好幽拘潛處於東藩了。末句「君王」是指曹丕。

　　最後第六段的「足往神留」、「顧望懷愁」、「浮長川而忘反，思綿綿而增慕」、「悵盤桓而不能去」諸句，曹植在表示極端失望之餘，對文帝猶抱一絲奢望，此亦如德拉庫瓦所說的：「純粹的情感，都須經過一番返照」。

　　綜觀上述，〈洛神賦〉中的洛神是曹植所自托，毋庸置疑。曹植的諸多詩中既可公認為寄托之作，則〈洛神賦〉何以必須認定為寫實之篇？且〈洛神賦〉原名〈感甄賦〉，則知曹植起始即無存在所謂「戀愛」之意。佛洛依德（Freud）心理派學者的「文藝為欲望昇華說」，認為「文藝能感動人，就因為它能使隱意識中的欲望得到化裝的滿足」。[29] 曹植的「隱意識」，一言以蔽之，即是其「抱利器而無所施」，而衷心又不能無望，遂藉洛神的化裝而期滿足其欲望。

四、結　論

　　對於〈洛神賦〉的作意，迄今爭議不休。「感甄」之說既屬妄傳，「戀愛」之論亦乏證驗。追根究柢，應從作品的底蘊意象著手，尤其不能忽略作者生平及其有關作品的觀察。若從〈洛神賦〉的表象觀之，紆曲浪漫，亦似有「戀愛」情懷；如果真的這樣認為，則又忽視了作品是在反映作者內心生活。因此就〈洛神賦〉所蘊藉，既多落寞淒涼，而其他相關作品又多

所比興，則益覺曹植的忠心赤枕無所投訴，遂藉洛神對文帝發出無聲的傾訴。

或曰，因〈洛神賦〉中有「余」字，而余就是作者自己：「如果洛神當作是作者曹植的外射，便成了是曹植對曹植自我的傾訴。這種現象，不但違反敘事原理，也與實際文章的章法，句法構造不合」。[30]意以曹植的「移情」或「外射」，是指曹植已寄托於宓妃，宓妃已非宓妃而是曹植了。按〈洛神賦〉中「余」字有四，前兩言「余朝京師」及「余從京域」的余，是曹植在敘事；而後二句「余告之曰」及「余情悅其淑美兮」的余，是作者抒情之筆，兩者筆法、體例有基本的不同；且在「余告之曰」之前，那位「御者」果與曹植所對話抑為其所偽托？而在曹植其他具有浪漫色彩的作品中，不乏與余同義的「我」出現，[31]這些「我」字果真是指實曹植的「自我」？

兩次研撰〈洛神賦〉，自認已無再論的餘地；徵前證後，洛神當為曹植所自托，可堪認定。

——原發表於中國文化大學《中文學報》第三期，民國八十四年七月。

⋯附註⋯

[1] 見《選學論集》（選學國際學術研討會論文集）（時代文藝出版社，1992年6月）頁155～172。

[2] 張春興、楊國樞合著：《心理學》（臺北：三民書局，1970年9月再版），頁120。

[3] 洪順隆撰：〈論洛神賦中洛神形象的象徵指向〉（《林尹教授逝世十週年學術論文集》），頁209～215。

[4] 《三國志·魏書·后妃傳》（史學出版社），冊一，卷五，頁160。

5 劉義慶著：《世說新語‧惑溺篇》（臺北：中華書局，1992年1月，七版），卷下之下，頁36。

6 《昭明文選》（臺北：藝文印書館，1959年4月四版），附錄〈文選考異〉，卷四，頁45。

7 黃彰健撰〈曹植洛神賦新解〉（《故宮學術季刊》）卷九，第二期，頁1。

8 分見劉克莊著《後村居士大全集》（《四部叢刊》商務版），卷一七三〈後村詩話〉，頁1541。何焯《義門讀書記》卷四十五，《文選》卷一，頁40～45。

9 《三曹資料彙編》（木鐸出版社，1981年10月版），頁203，引朱乾《樂府正義》，卷十四。

10 同注九。

11 《三國志‧魏書‧任城陳蕭王傳》，卷十九。

12 曹丕篡漢於獻帝建安二十五年，魏文帝黃初元年，西元220年。

13 同注九，見頁163。

14 曹植〈責躬詩表〉有云：「傲我朝使，犯我朝儀。國有典刑，我削我黜」下，李善注引博士之議。

15 曹彰健前引文，頁7～11。

16 同注十五。

17 同注十五，頁7、10～11。

18 曹丕卒於黃初七年（西元226）、年四十《三國志‧魏書‧文帝紀》：「七年春正月，將幸許昌，許昌城南門無故自崩，帝心惡之，遂不入。壬子行還洛陽宮，夏五月丙辰，帝疾篤。丁巳，崩於嘉福殿」。

19 劉義慶前引書〈尤悔篇〉卷下之下，頁30。

20 李辰冬認為曹植於黃初三年「私自朝京」（見《大陸雜誌》第15卷第4期）〈曹子健的作品分期〉，頁109～114。

21 《曹植集校注》(臺北：明文書局，1985年4月初版)，頁278。

22 《史記·司馬相如傳·上林賦》，《索隱》引如淳語。

23 以上所引，見何焯《義門讀書記》(《四庫全書》，珍本二集，商務)，
卷四十五，《文選》卷一，頁40～45。

24 《辭賦流變史·俳賦》(臺北：文津出版社，1987年2月版)，頁143～
144。

25 同注九，引《曹集詮評，附錄》，頁224。

26 並見黃彰健前引文，頁25～26。

27 見洪順隆前引文，頁209～213。

28 同注二十七，頁210。

29 朱光潛著《文藝心理學》(臺北：臺灣開明書店，1963年3月臺五版)，
頁211。

30 同注二十七，頁211。

31 略如：〈飛龍篇〉：「我知眞人，長跪問道。……授我仙藥，神皇所
造。……教我服食，還精補腦。」〈平陵東〉：「被我羽衣乘飛龍」。
〈五遊詠〉：「被我丹霞衣，襲我素霓裳。……代我瓊瑤佩，漱我沆瀣
漿」等。

〈洛神賦〉的用韻

　　〈洛神賦〉是黃初四年（西元233）曹植朝京（洛陽）後歸藩途經洛水時的有感而作，內容寫與洛神相遇，兩相愛慕，因隔人神兩界，未能款接，而悵然別離，賦序以「感宋王對楚王說神女之事，遂作「斯賦」。

　　〈洛神賦〉除序言外，全篇都是韻文，且韻腳變化多端，茲一一分析於後：

　　今根據周祖謨的《魏晉南北朝韻部之演變》[1]一書，說明其押韻情形。

　　首段分別以寒部[2]的平聲及去聲為韻，其平聲韻段為「藩、轅、山、煩、田、川」六字，包含《廣韻》元、山、先、仙四韻。去聲另成韻段為「散、觀、畔」三字，包含《廣韻》翰、換二韻。在此二韻段之間，用「於是」轉折，則不是一韻到底可知，從這平、去分押的現象看來，似可推斷，四聲的區別已經形成。

　　第二段分成六個韻段，第一個韻段為平聲東部「鴻、龍、松」三字韻，這包括《廣韻》平聲東、多二韻的字。第二個韻段為入聲屑部「月、雪」二字韻，包括《廣韻》月、雪二韻的字。第三個韻段為平聲歌部「霞、波」二字韻，包括《廣韻》戈、麻二韻的字。第四個韻段為去聲魚部「度、素、霞、御」四字韻。包括《廣韻》暮、御二韻的字。第五個韻段為平聲寒部「娟、鮮、權、閑、言」五字為韻，包括《廣韻》仙、山、

元三韻的字。第六個韻段爲平聲魚部「圖、琚、軀、裾、隅」五字爲韻，包括《廣韻》模、魚、虞三韻的字。這六個韻段，前面四個韻段，以平仄平仄間隔，後面兩個韻段，雖然都是平聲，但也有陽聲韻與陰聲韻的殊異，可見曹子健在用韻上是細膩的。

從「於是忽焉縱體」至「申禮防以自持」，爲第三段，此段之中全用之部平聲韻，其韻腳爲「嬉、旗、芝、怡、辭、之、詩、期、欺、疑、持」共十一字爲韻，全屬《廣韻》平聲之韻，未雜他韻。

第四段只有一個韻段爲陽部平聲韻，以「徨、陽、翔、芳、長」五字爲韻，包括《廣韻》陽、唐二韻。

第五段可分成三個韻段，第二個韻段爲魚部上聲韻，以「侶、渚、羽、女、處、佇」六字爲韻，包括《廣韻》魚、虞二韻的字。第三個韻段爲眞部平聲韻，以「神、塵」二字爲韻，屬《廣韻》眞韻。第四個韻段爲寒部平聲韻，以「安、還、顏、蘭、餐」五字爲韻，屬《廣韻》寒、刪二韻的字。

第六段可分成兩個韻段，第一個韻段爲歌部平聲韻，以「波、歌」二字爲韻，屬《廣韻》戈、歌二韻的字。第二個韻段爲祭部去聲韻，以「逝、裔、衛」三字爲韻，屬《廣韻》祭韻。

第七段爲陽部平聲韻，以「岡、陽、綱、當、浪、鄉、璜、王、光」九字爲韻，屬《廣韻》唐、陽二韻的字。

第八段可分成兩個韻段，第一個韻段爲侯部平聲韻，以「留、愁」二字爲韻，屬《廣韻》尤韻字。第二個韻段爲魚部去聲韻，以「溯、慕、曙、路、去」五字爲韻，屬《廣韻》暮、御二韻的字。

詩詞歌賦，必須用韻，方能詠之歌之，聽者忘倦。中國在漢、魏之前，審聲定韻，僅憑自治，尚無韻則可爲依據。

　　這些韻律，多爲上平聲或下平聲，偶見去、入二聲。上平與下平，原皆爲平聲，宋人平水劉淵始分上下。今國音則分陰陽二聲，陰者，爲平聲的輕清之音，屬國音聲調中之第一聲，其音高而平，始終一致。陽者，在平聲中較爲重濁，屬國音聲調中之第二聲，其音先低後高，低短高久。去聲則屬古四聲中之第三聲，國音四聲中之第四聲，音調先高後低，音向下落，其音可謂清而遠。入聲則略較陰平聲爲短，其音直而促，今國音聲調已不用。以上諸韻，正是抑陽頓挫，錯落有致，而尤以輕清的平聲爲多，可見其匠心獨運。因此欲求詩賦的必具「清濁齊均，既亮且和」，必待魏氏。據《三國志·魏書·武帝紀》裴注引〈魏書〉云：「太祖……登高必賦，及造新詩，被之管弦，皆成樂章」。[3]曹植耳濡目染，因有造詣深厚的音樂素養，故杭世駿《三國志補注》引《異苑》曰：「陳思王嘗登魚山，臨東阿。忽聞巖岫有誦經聲，清遒深亮，遠谷流響，肅然有靈氣，不覺斂衿祇敬，便有終焉之志，即效而則之。今之梵唱，皆植依儗所造。」釋慧皎《高僧傳·十三經詩論》亦云：「梵唄之起，肇自陳思」。[4]

···附註···

[1] 周祖謨著：《魏晉南北朝韻部之演變》（臺北：東大圖書公司印行，1996年）。

[2] 周祖謨著：《魏晉南北朝韻部之演變》分三國時期韻部爲33部，其目如下：

　　1之、2咍、3侯、4宵、5魚、6歌、7支、8脂、9祭、10泰、11東、12

冬、13陽、14庚、15蒸、16登、17眞、18寒、19侵、20（談）、21屋、
22沃、23藥、24錫、25職、26德、27質、28屑、29曷、30緝、31合、
32盍、33葉。

[3] 蔡邕《蔡中郎集》外集卷三〈彈琴賦〉語。

[4] 陳壽撰：《三國志》（史學出版社，1974年5月，臺影印三版），冊一，
頁54。

詩歌源流

詩歌的定義

何謂「詩歌」？歷來說法不一。《尚書・舜典》說：「詩言志，歌永言。」《毛詩序》說：「詩者，志之所之也；在心為志，發言為詩。」這兩種說法，大致相同。志就是意志，是說：詩是發抒意志的作品；永是長久的意思，認為語言聲音拉長了就是唱歌。因為人們都有感情，能夠言語，二者並發，內外合一，所構成的美妙曲調，便是「詩歌」。《史記・樂書》說：「歌者，直己而陳德。」又說：「情動於中，故形於聲。」這都可以看成詩歌可以明志的意思。劉勰《文心雕龍・明詩篇》也說：「人稟七情，應物斯感；感物吟志，莫非自然。」認為感情意志的自然流露，就是「詩歌」。唐人虞世南撰《北堂書鈔》說：「詩，弦歌諷誦之聲也。」認為詩與歌是分不開的，有詩必歌，歌者必詩。

詩歌的起源

中國第一部偉大的詩歌作品，首推《詩經》。當然在《詩經》以前，還有許多零星殘留下來的詩歌，這些應該說是詩歌的發源期。

傳說遠古詩歌的流傳，始見於葛天氏的〈樂辭〉。《文心雕龍・明詩篇》說：「昔葛天氏樂辭云：『玄鳥在曲。』」據《呂氏春秋・仲夏紀・古樂篇》說：葛天氏的樂曲，有載民、玄鳥、遂草木、奮五穀、敬天常、達帝功、依地德、總萬物（一作禽獸）之極等八曲。但是這些曲辭，現今都看不到了。曲辭文字流傳至今而猶可考者，有傳說是神農氏的〈蜡辭〉。《禮記・郊特牲篇》記其辭曰：「土反其宅，水歸其壑，昆虫毋作，草木歸其澤。」其後有黃帝的：雲門、大卷、咸池……諸篇。《周禮・春官・大司樂》云：「以樂舞教國子，舞雲門・大卷。」鄭玄注曰：「雲門、大卷，皆黃帝樂曲。」又《史記・樂書》集解鄭注說咸池是「黃帝所作樂名，堯增修而用之」。這幾首曲，年代遙遠，內容已不可知。但是以上曲辭，不論傳與不傳，皆出遠古，可說是詩歌的孕育及發源期。

詩歌的培育成長

詩歌隨時代進步，由培育而趨成長。中國詩歌孕育於遠古，培育於唐虞夏商，茁壯於姬周時代。詩歌的進化並非純出自人為的提倡，而是在自然規律中依循文化的軌跡滋長，雖然其中也多少受到一些政治風氣及社會習俗的影響。上古之世，悠悠千載，不但有帝王歌詠之辭，而義士墨客平民百姓也有吟哦之曲。今據古籍所載，舉隅如下：

一　培育時期的詩歌

(1)〈堯戒〉：《淮南子・人間訓》記其辭：「戰戰慄慄，日謹一日，人莫躓於山，而躓於垤。」這是大聖人憂勤惕厲的

話語。

（2）〈大唐之歌〉：《尚書大傳》云：「執事還歸二年，謼然乃作大唐之歌。」一作大章。《漢書·禮樂志》云：「堯作大章。」曲辭卻未見。

（3）〈擊壤歌〉：皇甫謐《帝王世紀》云：「堯之世，天下太和，百姓無事，有八九十老人擊壤而歌。」辭曰：「日出而作，日入而息；鑿井而飲，耕田而食；帝力何有於我哉？」此歌相傳爲高士壤父所作，稱譽堯時安樂盛況。

（4）〈康衢謠〉：《列子·仲尼篇》云：「堯治天下五十年，不知天下治歟？不治歟？不知億兆之願戴己歟？不願戴己歟？……乃微服遊於康衢（大路），聞兒童謠曰：『立我蒸民，莫匪爾極。不識不知，順帝之則。』」意在歌頌堯德。

（5）〈卿雲歌〉：《尚書大傳》云：「舜將禪禹『於時卿雲聚，俊乂集，百工相和而歌卿雲。帝乃倡之曰：『卿雲爛兮，糺縵縵兮！日月光華，旦復旦兮！』」此歌隱寓禪代之意。

（6）〈南風歌〉：《孔子家語·辯樂解》云：「昔者，舜彈五絃之琴，造南風之詩。其詩曰：『南風之薰兮，可以解吾民之慍兮；南風之時兮，可以阜吾民之財兮。』」《史記集解》鄭玄注：「其辭未聞。」按：〈南風歌〉有二說。一說是讚父母養育之恩，以教天下之孝。如《禮記·樂記》注：「南風……以言父母之長養己。」疏：「南風，詩名……孝子歌之，言己得父母生長，如萬物得南風生也。」一說是歌頌天下太平，民生富裕。《史記·樂書》云：「舜歌南風而天下治。」二說皆指〈南風〉有德化之意。

（7）〈明良之歌〉：《尚書·益稷》說：「帝乃歌曰：『股肱喜哉，元首起哉，百工熙哉！』」皋陶作歌和之曰：「元首

明哉,股肱良哉,庶事康哉!」是讚美君明臣良。

(8)〈九序歌〉:《尚書·大禹謨》說:「帝念哉!德惟善政,政在養民。水、火、金、木、土、穀,惟修;正德、利用、厚生,惟和。九功惟敘,九敘惟歌。」上述九項政事,皆依次序言之。

(9)夏后〈鑄鼎謠〉:《漢書·郊祀志上》說:「禹收九牧之金,鑄九鼎。」辭曰:「逢逢白雲,一南一北;一西一東,遷於三國。」

(10)〈五子之歌〉:《史記·夏本紀》記載:「夏后帝啓崩,子帝太康立。帝太康失國,昆弟五人,須於洛汭,作五子之歌」。《尚書·五子之歌》記其辭有五。其一曰:「民可近,不可下。民惟邦本,本固邦寧……」言立國之道應以愛民為本。其二曰:「內作色荒,外作禽荒;甘酒嗜音,峻宇雕牆,有一於此,未或不亡。」以譏太康的驕奢淫佚。其三曰:「亂其紀綱,乃底滅亡。」其四曰:「明明我祖,萬邦之君。有典有則,貽厥子孫。」言夏代立國之道,有法則和傳統。其五曰:「嗚呼曷歸?於懷之悲。……弗慎厥德,雖悔可追」。言夏后能悔過雪恥。五子之歌距今雖已四千一百餘年,如今讀之,依然令人感動。

(11)〈盤銘〉:《大學》有云:「湯之盤銘曰:『苟日新,日日新,又日新。』」銘辭類似詩歌,孔子引之,以為釋新民之義。

(12)〈商銘〉:《國語·晉語》記載:「嗛嗛之德,不足就也;不可以矜,而祇取憂也。嗛嗛之食,不可狃也;不能為膏,而祇罹咎也。」此以帝甲之衰,引為修德之義。

(13)甲骨:自從河南省安陽縣小屯村發現殷商甲骨之後,經

過孫詒讓、王國維等學者的研究，認定這些甲骨都是盤庚至殷紂王時代的遺物。甲骨上所刻的文字，都是占卜文辭。在卜辭中，也有許多像是當時的歌曲。如：「癸卯卜，今日雨。其自西來雨，其自東來雨，其自北來雨，其自南來雨。」其體裁似漢樂府的〈江南曲〉：「江南可採蓮，蓮葉何田田，魚戲蓮葉間；魚戲蓮葉東，魚戲蓮葉西，魚戲蓮葉南，魚戲蓮葉北。」至於甲骨文所用的「其」字，也類似《詩經‧衛風‧伯兮》「其雨、其雨，杲杲出日」的句型。甲骨出土達十萬斤之多，所刻的有許多類似的作品。

　　⒁金文：在殷商金文中，也發現有不協韻的詩歌。如王國維《兩周金石文韻讀》所載的〈大豐殷銘〉，有辭曰：「乙亥，王有大豐，王凡三方，王祀於天室降，天亡尤吾殷祀於王，丕顯考文王，事熙上帝。文王鑑在上，丕顯王則相，丕肆王則唐，丕克三殷王祀。丁丑，王饗大房，王降亡得爵復觵。惟朕有慶，敏揚王休於尊享。」其體似為雅頌的先驅。

　　以上所舉的例子，都出於唐虞夏商之世。在那時產生的詩歌雖已不少，但是僅具雛形。茁壯繁衍則有待來者。

二　茁壯時期的詩歌

　　姬周之世，在文學發展的過程中，上承堯舜禹湯時代的培育，下開漢唐歷代的發展，實居重要關鍵。在詩歌方面的發展，也是如此。《詩經》一書，冠絕千古。產生在與《詩經》同時的作品，何可勝數？為後人蒐集收歸專輯者，即有楊慎的〈風雅逸篇〉，馮惟訥的《風雅廣逸》，沈德潛的《評選古詩源》。若開卷閒披，大有山陰道上，琳瑯滿目，美不勝收之概。然而此類散輯詩歌，在文學地位上不及《詩經》崇高，在

文學價值上也不如《詩經》貴重。此因《詩經》在朝，而散輯
在野。在朝的歸官方掌理，整理成冊，列爲典籍，用教國子，
用化天下。尤其後代立爲學官，成爲教育專書，位高泰嶽，價
重連城，理也。而在野的則爲民間私藏，復以年湮代遠，兵火
劫毀，後人雖爲搜剔叢刊，縱不敝帚自珍，蓋亦孤芳自賞；所
以其地位與價值，終遜《詩經》一籌，勢也。茲置《詩經》不
提，略將西周至春秋時代的散輯詩歌，舉隅於後：

(1)〈麥秀歌〉：《史記·微子世家》云：「箕子朝周，過
故殷墟，感宮室毀壞，生禾麥；箕子傷之。欲哭則不可，欲泣
爲其近婦人，乃作麥秀之詩以歌詠之。其詩曰：『麥秀漸漸
兮，禾黍油油；彼狡童兮，不與我好兮！』所謂狡童者，紂
也。殷民聞之，皆爲流涕。」按：〈麥秀歌〉又名〈傷殷
操〉。

(2)〈采薇操〉：《史記·伯夷列傳》云：「武王已平殷
亂，天下宗周；而伯夷、叔齊恥之，義不食周粟，隱於首陽
山，采薇而食之。及餓且死，作歌，其辭曰：『登彼西山兮，
采其薇矣。以暴易暴兮，不知其非矣。神農、虞、夏，忽焉沒
兮，我安適歸矣。於嗟徂兮，命之衰矣。』」按：〈采薇操〉
又名〈晨遊高舉〉，是琴曲名。

(3)〈白雲謠〉：《穆天子傳》云：「乙丑，天子（周穆王）
觴西王母於瑤池之上，西王母爲天子謠。」其辭曰：「白雲在
天，山陵自出；道里悠悠，山川閒之；將子無死，尚能復
來。」天子答之曰：「予歸東土，和治諸夏；萬民平均，吾顧
見汝。」

(4)〈祈招〉：《左傳·昭公十二年》記載：「昔穆王欲肆
其心，周行天下，將皆必有車轍馬跡焉。祭公謀父作祈招之

詩，以止王心」。辭曰：「祈招之愔愔，式昭德音，思我王度，式如玉，式如金，形民之力，而無醉飽之心。」按：〈祈招〉，本是〈逸詩〉篇名。

(5)〈飯牛歌〉：《離騷經》云：「甯戚之謳歌兮，齊桓聞以該輔。」《淮南子·道應訓》云：「甯戚欲干齊桓公，困窮無以自達，於是為商旅，將任車，以商於齊。暮宿於郭門之外，桓公郊迎客，夜開門辟任車，爝火甚盛，從者甚眾，甯戚飯牛車下，望見桓公而悲，擊牛角而疾商歌。歌曰：『南山矸，白石爛，生不遭堯與舜禪，短布單衣適至骭，從昏飯牛薄夜半，長夜漫漫何時旦？滄浪之水白石粲，中有鯉魚長尺半。敝布單衣裁至骭，清朝飯牛至夜半。黃犢不遇堯舜主，牛兮努力食細草。大臣在爾側，吾當與汝適楚國。』」齊桓公聽見，撫其僕之手曰：「異哉！歌者非常人也。」按：〈飯牛歌〉又名〈商歌〉或〈悲痛之歌〉。

(6)〈琴歌〉：《風俗通》載百里奚為秦相，堂上樂作。所賃浣婦自言知音，因而無絃而歌。問之，乃故妻也。歌曰：「百里奚，五羊皮，憶別時，烹伏雌，炊扊扅，今日富貴忘我為？」按：百里奚，相秦七年而霸，秦穆公曾以五羖羊皮贖之，人號「五羖大夫」。

(7)〈暇豫歌〉：《國語·晉語》記載晉優施與驪姬合謀，欲陷害申生而難里克，乃飲里克。酒中，優施起舞而歌曰：「暇豫之吾吾，不如烏烏，人皆集於苑，己獨集於枯。」此詩乃對里克遠奚齊而親申生，極盡嘲諷之意。

(8)〈廉清歌〉：劉向《說苑》卷十四記載，楚令尹子文的族人有干法者，廷理聽說是令尹的族人，就把他放了。子文知道後就責備廷理。廷理懼而遂刑其族。國人聞之，遂相與作歌

曰：「子文之族，犯國法程；廷理釋之，子文不聽；恤顧怨萌，方正公平」。王符〈潛夫論·遏利篇〉也說：「楚國子文三爲令尹，而有饑色；妻子凍餒，朝不及夕。」其清廉可見一斑。

(9)〈慷慨歌〉：《史記·滑稽列傳》記載：楚相孫叔敖死後，其子窮困。優孟憐之，裝扮成孫叔敖，去晉見楚莊王。莊王大驚，以爲孫叔敖復生，欲以爲相。優孟曰：「楚相不足爲也；如孫叔敖之爲相，盡忠爲廉以治楚，楚王得以霸；今死，其子無立錐之地，貧困負薪……必如孫叔敖，不如自殺。」因歌曰：「山居耕田苦，難以得食。起而爲吏。身貪鄙者餘財，不顧恥辱。身死家室富，又恐受賕枉法爲姦觸大罪，身死而家滅。貪吏安可爲也？念爲廉吏，奉法守職，竟死不敢爲非，廉吏安可爲也？楚相孫叔敖，持廉至死，方今妻子窮困，負薪而食，不足爲也！」句型長短不一，無韻，讀之像散文。

清人馬驌撰《繹史》，載孫叔敖碑文，謂孫叔敖卒後數年，莊王置酒爲樂，優孟乃言叔敖相楚之功，即慷慨高歌。歌曰：「貪吏而不可爲而可爲，廉吏而可爲而不可爲。……而不可爲者，子孫窮困，披褐而負薪。貪吏常苦富，廉吏常苦貧。獨不見楚相孫叔敖，廉潔不受錢？」碑文哀歌當哭，既莊亦諧，至寓嘲諷意味，後來莊王謝優孟，封孫叔敖子於寢丘（今河南省固始縣）。

(10)〈漁父歌〉：《吳越春秋·王僚使公子光傳》謂伍子胥奔吳，追者在後，至江，江中有漁父，子胥呼之，漁父欲渡，因有歌曰：「日月昭昭乎侵而馳，與子期乎蘆之漪。」子胥即止於蘆之漪。漁父繼又歌曰：「日已夕兮，予心憂悲；月已馳兮，何不渡爲？事寖急兮，將奈何？」既渡千潯（應作尋，一尋四尺），漁父見子胥面有饑色，告以稍待。子胥疑之，乃潛

身深葦中。及漁父持麥飯鮑魚羹盎漿求之，不見子胥，遂又歌曰：「蘆中人，蘆中人！莫非窮士乎？」既渡，子胥解劍以贈，漁父不受。

⑪〈乞秦歌〉：《吳越春秋・闔閭內傳》，謂申包胥乞秦師救楚，倚哭於秦庭七日七夜，口不絕聲。哭畢，歌曰：「吳為無道，封（大）豕長蛇，以食上國，欲有天下，政從楚起。寡君出，在草澤，使來告急。」奉哀公本素沉湎，聞而大驚，謂楚有賢臣，遂賦《詩・秦風・無衣》，終應申包胥之請，發兵車五百乘，救楚敗吳。

⑫〈伐吳歌〉：《吳越春秋，句踐伐吳外傳》謂句踐伐吳，國人各送其子弟於郊境，軍士各與父兄昆弟取訣，國人悲哀，皆作離別相去之詞。曰：「躁躁摧長惡兮，擢戟馭殳；所離不降兮，以泄我王氣蘇；三軍一飛降兮，所向皆殂；一士判死兮，而當百夫！道祐有德兮，吳卒自屠！雪我王宿恥兮，威振八都。軍伍難更兮，勢如貔貙；行行各努力兮，於乎！於乎！」看來軍容整肅，歌聲威壯。

以上所舉諸詩歌，都是《詩經》以外的散篇逸章，讀之依然令人品味無窮。此外，如〈子產誦〉二章（左傳襄公三十年），孔子〈去魯歌〉（《史記・孔子世家》），〈接輿歌〉（《論語・微子篇》），〈滄浪歌〉（《孟子・離婁下》）等，都是世人所熟知的。總之，這些散逸詩歌，除了彰德述志，也見於紀祭祀、述戰爭、表諷喻、感興亡、志文物諸事。在用韻及句型上，隨時代而演進。不過因其四言雜言相參，章法古拙，所以若論成功的傑作，仍非《詩經》莫屬。

——原文發表於《書和人》第六〇六期，民國七十七年十月。

劉禹錫與〈竹枝詞〉

〈竹枝詞〉，簡稱「竹枝」，為樂府名，亦稱「巴渝詞」，是唐代詩人劉禹錫所創的新詞。

劉禹錫（西元772～842），字夢得，彭城（今江蘇徐州）人，自言系出漢中山（今河北無極縣）靖王劉勝。唐德宗貞元九年（西元793），他中了進士，又登鴻詞科。貞元末年，王叔文得幸用事，就引薦劉禹錫、柳宗元等入宮中共議大政。順宗即位（西元805），禹錫轉屯田員外郎，判度支鹽鐵案。次年，憲宗立，卻以王叔文坐「擅權亂政」罪，禹錫等人受到牽連，於元和元年（西元806）貶連州（今廣東連縣）刺史；尚在道中未至，又被貶為朗州（今湖南常德縣）司馬。《舊唐書·劉禹錫傳》說：

> 禹錫在朗州十年，唯以文章吟詠，陶冶情性。蠻俗好巫，每淫祠鼓舞，必歌俚辭；禹錫或從事於其間，乃依騷人之作，為新詞，以教巫祝。故武陵谿洞間夷歌，率多禹錫之辭也。

在這個傳中，說到劉禹錫在朗州所作的「新詞」，指的可能就是〈竹枝詞〉。《新唐書·劉禹錫傳》也說：

> 禹錫貶連州刺史，未至，斥朗州司馬。州接夜郎（今湖南

西部新晃侗族自治縣）諸夷，風俗陋甚，家喜巫鬼，每詞歌竹枝，鼓曲裴回，其聲傖儜。禹錫謂屈原居沅、湘間，作〈九歌〉，以迎送神。乃倚其聲作〈竹枝詞〉十餘篇。於是武陵夷俚悉歌之。

這裡明說劉禹錫在朗州是先聽到諸夷的「歌竹枝」，而後才依屈原的〈九歌〉之聲，而作出〈竹枝詞〉，以新陋俗。宋代山東人郭茂倩《樂府詩集‧竹枝》所記的，與前說大略從同；其文曰：

〈竹枝〉本出於巴渝。唐貞元中，劉禹錫在沅、湘，以俚歌鄙陋，乃依騷人〈九歌〉作〈竹枝新詞〉九章，教里中兒歌之。由是盛於貞元、元和間。

彼此所不同的是：劉禹錫初貶於元和元年，已過了唐德宗的貞元及順宗的永貞年間，所以「由是盛於貞元」句中的「貞元」，可能有誤。此外，前三書都說劉禹錫之作〈竹枝詞〉，是在朗州或沅、湘之間，事實上也可能有些許出入。

按元和十年（西元815），劉禹錫自朗州召還，宰相裴度（西元765～839）愛惜其才，欲留置他在郎署，而禹錫卻作〈遊玄都觀詠看花君子詩〉，語涉譏刺；執政不悅，遂命禹錫為播州（今貴州遵義）刺史。裴度只好以播州地處西南僻遠，猿狖所居，人跡罕至，尤以禹錫有老母年已八十餘，必不能前往為理由，請求更改地方，於是改任連州刺史。穆宗長慶二年（西元822）正月，徙夔州（今四川奉節縣）刺史。夔州在長江三峽一帶，素有民歌之風，「巴女騎牛唱竹枝」，可見當年竹

枝詞流行之盛。禹錫居夔州三年，深受當地民歌的影響，所以作了〈竹枝詞〉九首，並有〈引〉曰：

> 四方之歌，異音而同樂。歲正月，余來建平（即夔州），里中兒聯歌竹枝，吹短笛，擊鼓以赴節。歌者揚袂睢舞，以曲多為賢。聆其音，中黃鐘之羽，卒章激訐如吳聲，雖傖儜不可分，而含思宛轉，有淇澳之豔。昔屈原居沅、湘間，其民迎神，詞多鄙陋，乃為作〈九歌〉。到於今，荊楚歌舞之。故余亦作〈竹枝詞〉九篇，俾善歌者颺之。附於末。後之聆巴歈，知變風之自焉。

因此，劉禹錫的〈竹枝詞〉應是作於夔州，而非作於朗州。其流行盛況，亦在長慶年間以後，而非所謂的「貞元、元和」間。茲錄其詞於後，以觀其風格及情采。

> 白帝城頭春草生，白鹽山下蜀江青。
> 南人上來歌一曲，北人莫上動鄉情。

白帝城在今四川省奉節縣東的白帝山。《元和志》記載：「漢末公孫述據此，殿前井有白龍出，因自稱白帝，號山曰白帝山，城曰白帝城。」奉節舊名魚復，是夔州府治。三國時，白帝城乃蜀漢防吳重地；劉備征吳敗還至此，改名永安宮，也是他託孤及崩殂之地。

這裡是長江三峽瞿塘峽的起點，東至巫山縣大溪鎮的巫峽，全長八公里。自唐宋以來，著名詩人如李白、杜甫、白居易、劉禹錫、范成大、蘇軾、陸游等，都曾經在這一帶江域，

寫過不少千古傳誦的詩篇。唐肅宗至德二年（西元757）二月，李白於潯陽（今江西九江市）入永王李璘幕；璘謀反，李白下獄獲救後，又重新定罪流放夜郎；白沿江上溯。復於乾元二年（西元759）春夏間得赦。於是他愉快的寫了一首〈早發白帝城〉詩：「朝辭白帝彩雲間，千里江陵一日還。兩岸猿聲啼不住，輕舟已過萬重山。」這時還住在成都草堂的杜甫，不知李白已被赦，還在大作〈夢李白詩〉呢！

　　與白帝城相接的赤甲山（甲亦作岬），南邊與白鹽山隔江相對。清人顧祖禹《讀史方輿紀要》在四川夔州府奉節條說：「白鹽山，府東十七里，巖壁高峻，色若白鹽。」因為兩山高聳對峙，形成長江從四川盆地入峽的大門，故名「夔門」，又稱「瞿塘關」。兩岸山色如畫。杜甫〈夔州歌十絕句〉之四，就形容這裡的山色說：「赤甲白鹽俱刺天，閭閻繚繞接山巔。楓林橘樹丹青合，複道重樓錦繡懸。」後來清初詩人王士禎（西元1634～1711）經此，寫〈登白帝城〉詩也說：「赤甲白鹽相向生，丹青絕壁鬥崢嶸。」

　　劉禹錫寫這首歌時，他佇立白帝城頭，眼看遍地春草，山下大江清流。用比興的手法，寫出眼前的景物，然後引出南人的歌聲與北人的鄉情。南人是指當地土著或過江的船民，北人至少指的就是他自己了。他告訴自己，最好不要上山來，以免引動鄉關之思啊！

　　在九首〈竹枝詞〉中，有的標明地點，有的沒有。像下面這首雖然沒有標明，應該還是寫瞿塘峽一帶的風情：

　　　山桃紅花滿上頭，蜀江春水拍山流。
　　　花紅易衰似郎意，流水無限似儂愁。

　　這首歌也是以比興的手法出之，先以眼前所見的景爲興，然後喻它爲情，「紅花」、「春水」引出後二句的「易衰」與「無限」。易衰的是「郎意」，無限的是「儂愁」。透露出這位女郎失戀的惆悵，形象的表達出本無形象的內心情感。

　　這首歌可能也是作者在影射他自己。因爲他被貶斥此地，目中所見的正是他心中所感的；若無所感，則花紅、水流也就不必訴之於淒情了。

　　江上春來新雨晴，瀼西春水縠文生。
　　橋東橋西好楊柳，人來人去唱歌行。

　　寫出了瀼西春景及人們往來的悠然情景。瀼西，在奉節城東白帝城稍北。有大瀼水，注入長江；又有東瀼水，距城十里。唐代宗永泰元年（西元765）五月，杜甫離成都而於次年的大曆元年春來到夔州。在他逗留於此一年十個月期間，租屋而居，也遷居三次。在第二次遷居瀼西時，曾經作〈暮春題瀼西新賃草屋〉詩五首，其中有「喪亂丹心破，王臣未一家」之句。

　　劉禹錫比杜甫晚了五十七年才到夔州。來遊瀼西，時過境遷，兩人際遇大不相同；至少劉禹錫不必居草屋三遷。所以在他這首歌中，看到的江上的雨霽天晴，瀼水的波紋閃動，楊柳搖曳在橋的兩邊，來來往往的人兒愉快的哼著歌聲。繪出一幅美麗的詠春圖。

　　作者寫當地的風情，雖然都將畫面留在現場，有時也將畫裡人物的神態、思緒伸向遠方。例如下面這首歌中的少婦，人

雖在江邊，但是她的情緒卻飛到了成都：

> 日出三竿春霧消，江頭蜀客駐蘭橈。
> 憑寄狂夫書一紙，家住成都萬里橋。

這位少婦是託付停在江邊的船上舟子帶信去的。句中因為有一個「狂」字，可見她對自己這位久羈不歸的丈夫充滿了怨情。又因江上多霧，要等到日出三竿而春霧消散，才能看到江邊泊有去蜀的船隻，然後才意有所託，情景宛然。

萬里橋，在今四川華陽縣南。古時蜀人入吳，皆取道於此。三國蜀費褘奉使去吳，諸葛亮送之。褘曰：「萬里之路，始於此橋。」因以「萬里」為名。因為這是一座名橋，杜甫在〈狂夫〉詩中就以此橋為引句而有「萬里橋西一草堂，百花潭水即滄浪」之詠。名妓薛濤曾經居住橋側，胡曾嘗贈詩以譽之：「萬里橋邊女校書，琵琶花下閉門居」。不過，劉禹錫在歌中可能只是以萬里橋為借喻。

> 兩岸山花似雪開，家家春酒滿銀盃。
> 昭君坊中多女伴，永安宮中踏青來。

從白帝城迤東約五十公里處的大江北岸，是屈原的故鄉秭歸；而秭歸北鄉的興山縣，是漢代名女王昭君的故鄉。王昭君（嬙）為了和番，而委嫁匈奴呼韓邪單于，成為中國歷史上一大盛事。她的美豔，據《後漢書‧南匈奴傳》說：「豐容靚飾，光明漢宮；顧景裴回，竦動左右。」漢元帝見之，雖大驚絕，亦無可奈何。昭君到匈奴後，被封為「寧胡閼氏」，意思

是：她是給匈奴帶來安寧的一位王后。元帝為了表彰她，還特別在她北嫁的那年，改元「竟寧」（西元前33年）。從此以後，她的鄉人因為她而享受了兩千餘年的光榮。她所生長的寶平村，也因而開始留下了不少紀念她的古蹟，例如昭君祠、昭君院、楠木井、梳妝臺、繡鞋洞等；甚至她家鄉的一條河流，也改名為「香溪」；對岸山頭，築有「昭君臺」，修有碑亭，誌有「鄉人念昭君，築臺而望之」的碑文。

歌中說，如今從昭君坊來的女伴，踏青永安宮外，穿紅披綠，與兩岸似雪的山花相照映，可以想像得到這些來自美麗的故鄉的女子，姿質氣韻是多麼綽約耀眼。作者以「昭君坊」與「永安宮」相對稱，大概就是將這兩個歷史名蹟而又寓有新舊依託之意。

歌中說「銀盃」，當然是一種誇張之詞；但是「銀」與「山花」顏色相同，於此也就可見作者遣詞之工了。

城西門前灩如堆，年年波浪不能摧。
懊惱人心不如石，少時東去復西來。

在劉禹錫的〈竹枝詞〉中，明顯影射他個人際遇的還不多見，但這首歌也並不算是一個例外。

灩澦堆，是一塊龐然巨石，兀立瞿塘峽口的江心；俗名燕窩石，又名猶豫石。宋人李昉《太平廣記》說：「灩澦堆又名猶豫，言舟子取途不決於水脈。」因為此巨石常使水流激越湍急，行船驚險萬狀，范成大《行船錄》就形容為：「舟拂其上以過，搖櫓者汗手死心，皆面無人色」。雖然它不斷被波濤沖激洗刷，卻依舊巋然屹立。

作者在歌中慨嘆「人心」的善變，一會兒東一會兒西的，還不如這塊險惡的江中巨石。雖然這善變的「人心」可作廣義的解釋，但若結合劉禹錫此時的遭遇，也可以解為：「少時東去」是指他年輕時被東貶朗州，還朝七年後又「復西來」夔州；東西不定，還不如江中這塊巨石的安然挺立。另一首歌可與這首歌相對看，甚至更具政治意味的，則是：

　　瞿塘嘈嘈十二灘，此中道路古來難。
　　長恨人心不如水，等閒平地起波瀾。

　　歌中以瞿塘峽中行路難的「十二灘」，來比喻人心的險惡。江水之險，是因為有山石岩礁之所阻而起波瀾，及入平地，就波平流緩；而人心之險，卻常是無事生非，莫名其妙中就掀起波瀾。這種險惡就勝過十二灘了。這無疑是作者有感於自身屢遭政治的誣謗陷害而發。

　　在上述的幾首歌中，除了那位少婦曾託人帶信到成都及從遠道而來的昭君坊游女，在思想和意識上越過了夔州，但實際形態仍然縈繞在瞿塘峽的水域。下面這首歌卻離開了這個範圍而到了巫峽：

　　巫峽蒼蒼煙雨時，清猿啼在最高枝。
　　箇裡愁人腸自斷，由來不是此聲悲。

　　「瞿塘迤邐盡，巫峽崢嶸起。」巫峽西起四川巫山縣大寧河口，東至湖北巴東縣的官渡口，全長四十五公里，在三峽中景色最為幽深秀麗，神話亦多。唐人李端〈巫山〉詩說：「巫

山十二峰，皆在碧虛中。迴合雲藏日，霏微雨帶風。猿聲寒渡水，樹色暮連空。愁向高唐去，千秋見楚宮。」陸游〈三峽歌〉認為「朝雲暮雨渾虛語」。

劉禹錫這首歌意，是先借由煙雨蒼蒼而聯結起兩岸樹上傳來了猿聲的淒涼；其實有人經過這裡傷心落淚，是聞聲自悲，與這猿聲沒有直接關係。據《水經注·江水》：「每至晴初霜旦，林寒澗肅，常有高猿長嘯，屬引淒異，空谷傳響，哀轉久絕。故漁者歌曰：『巴東三峽巫峽長，猿鳴三聲淚沾裳。』」故歷代詩人常以三峽「猿啼」作為人情的寫照。劉禹錫在此一反俗套，見解頗新。

山上層層桃李花，雲間煙火是人家。

銀釧金釵來負水，長刀短笠去燒畬。

這首歌寫出了三峽兩岸男女勞動的情景。女的挑水，男的燒荒種地。畬，音ㄩˊ，已開墾的田；又音ㄕㄜ，是燒榛種田。此採後者。

燒畬，俗稱「火耕」，即燒野草以開荒墾地。杜甫〈秋日夔府詠懷奉寄鄭監李賓客一百韻〉：「煮井為鹽速，燒畬度地偏。」溫庭筠〈燒歌〉也說：「鄰翁能楚言，倚鍤欲潸然。自言楚越俗，燒畬為旱田。」可見這種刀耕火種法，不僅見於三峽兩岸，也是「越俗」。舊傳在嶺南及江南山區傜民中，即多採用這種火耕法種植。

另外，在《劉夢得集》及《樂府詩集》中，還有他的〈竹枝詞〉二首。推其意，當是劉禹錫作詞九首並寫了〈序〉以後的新作，所以放在九首之外。揆其詞意，也應是在夔州時所作。

楊柳青青江水平，聞郎江上踏歌聲。
東邊日出西邊雨，道是無晴還有晴。

這首歌最有意思，因爲作者巧妙的運用了雙關隱語的手法，表達出一位少女在初戀時的微妙心境。這位少女可能在江邊捉魚，也可能在江邊洗衣，當她忽然聽到那熟悉的踏歌（用腳踏地爲節拍）聲，不禁怦然心動；但這歌聲好像有情又似無情，就像東邊日出西邊還在下雨，叫人捉摸不定。「晴」、「情」諧音，「無情」、「有晴」，即是「無情」與「有情」。歌中既寫出眼前景物，也道出了少女此際的心情。十分有趣，也足堪玩味。

楚水巴山江雨多，巴人能唱本鄉歌。
今朝北客思歸去，迴入紇那披綠羅。

這一首是劉禹錫將與夔州告別的歌。「楚水巴山」，即指夔州。夔州在戰國時是楚國的巴城地。劉禹錫〈別夔州官吏〉詩，有「三年楚國巴城守」句。《讀史方輿紀要》：「夔州府，春秋時爲庸國地，後屬巴國，戰國時屬於楚。秦爲巴郡。……」因此，劉禹錫將告別巴人欲歸，和巴人一起披上綠羅衫而既歌又舞起來。「迴」是轉，或轉唱。〈紇那〉，舞曲名，內容多爲留客之詞。劉禹錫有〈紇那曲〉：「楊柳鬱青青，竹枝無限情。周郎一回顧，聽唱紇那聲。」又：「踏曲興無窮，調同詞不同。願郎千萬壽，長作主人翁。」長慶四年（西元824）夏，劉禹錫離夔州轉任和州（今安徽和縣）刺史。

　　從上述諸歌中，則知劉禹錫〈竹枝詞〉是寫在夔州。

　　在劉禹錫〈竹枝詞〉之前，顧況已有〈竹枝詞〉之作。顧況，字逋翁，蘇州人。約生於唐玄宗開元十三年（西元725）；卒年以皇甫湜〈顧況集序〉所說，則為元和九年（西元814）；年九十。早劉禹錫五十年左右。但顧況卒時劉禹錫年已四十三。顧況這首〈竹枝詞〉表現了兩個地理區隔及兩種不同的情境：其詞如下：

　　　帝子蒼梧不復歸，洞庭葉下荊雲飛。
　　　巴人夜唱竹枝後，腸斷曉猿聲漸稀。

　　可見在江、湘、洞庭間，早已流傳〈竹枝詞〉了。此詞又從帝舜二妃的娥皇、女英故事而來。舊傳夏禹受禪，舜南巡，崩於蒼梧之野。二妃哭之哀，揮淚竹枝，竹盡斑點如淚痕，故後有「湘妃竹」之稱。劉禹錫謫居朗州期間，對此等傳說必深有所感。故作〈瀟湘神〉之二，即有「斑竹枝，斑竹枝，淚痕點點寄相思」之句。二妃自沉湘水，葬於洞庭湖君山，楚人奉為湘水之神，因此當時洞庭湖一帶，即產生一種淒怨歌曲，名曰竹枝。後由船家出洞庭沿長江而流傳巴渝。這就是顧況詞中所以前兩句出於「洞庭」而後兩句落入「巴人」的原因。

　　〈竹枝詞〉在形式上為七言絕句，唐人所作者多為旅人愁思或兒女柔情，後人則多為歌詠風土人情。自劉禹錫作〈竹枝詞〉後，歷代詩人多相仿效，一時蔚然成風。如〈揚州竹枝詞〉、〈西湖竹枝詞〉等，都源於〈夔州竹枝詞〉，在中國文壇上佔有一定的席位。

　　——原文發表於《書和人》第七八七期，民國八十四年十一月。

王士禎三峽行詩紀

　　神韻詩人王士禎，在刑部尙書任上罷歸，自任揚州推官起，服官四十餘年間，以職任關係，遍歷大江南北；而足跡所至，又總是以詩爲記。康熙十一年（西元1672）六月，於戶部右侍郎任上，又奉命偕工部鄭日奎[1]典四川鄉試，作了一次巴蜀之旅。長途往返，山川風物，凡所聞見，又盡收筆底，作詩三百五十餘篇，載於他晚年親所編訂的《帶經堂集・蜀道集》中。

　　四川鄉試在府城成都，日期是各省一律自八月九日至十六日。九月十五日，他告別鄭日奎[2]然後離成都西南行，經雙流、新津縣而至眉州（今眉山縣），謁三蘇公祠[3]又經夾江而抵嘉州（今樂山市）。再轉東北行而抵渝州（今重慶市），入江下泛。因此本文所述，就是他在長江三峽之行的一些詩篇。

一

　　三峽西起四川奉節縣的白帝城，東至湖北宜昌縣的南津關，全長一百九十二公里，[4]「西控巴渝收萬壑，東連荊楚壓群山」，景色雄、險、奇、幽，這裡曾是三國時代吳蜀相爭的古戰場。唐宋以來，著名詩人如李白、杜甫、白居易、劉禹錫、范成大、蘇軾、陸游等，皆曾駐足游賞其間，寫下不少千古傳頌的詩章。王士禎此次由重慶沿江東游，途次長壽、涪州

（今涪陵市）。忠州（今忠縣）、萬縣、雲陽而至夔州。夔州即是今奉節縣，位居大江北岸。城東約五公里處半山，有白帝城，爲當年三國蜀主劉備，兵敗東吳猇亭之後，走還於此並托孤及崩殂之地。這裡是瞿塘峽的起點，東至巫山縣的大溪鎮，全長約八公里。

王士禎首途入峽，即作有〈晚登夔府東城樓望八陣圖〉七律一首：

> 永安宮殿莽榛蕪，炎漢存亡六尺孤。
> 城上風雲猶護蜀，江間波浪失吞吳。
> 魚龍夜偃三巴路，蛇鳥秋懸八陣圖。
> 搔首桓公憑弔處，猿聲落日滿夔巫。

詩意猶在「護蜀」；遙想蜀漢，又不勝感慨欷歔之意。

古代所謂「八陣」，是指以天、地、風、雲、龍、虎、鳥、蛇等爲名稱的戰鬥行列。《三國志·諸葛亮傳》：「（亮）推演兵法，作八陣圖。」明人茅元儀著《武備志》載「諸葛亮魚復江八陣圖」所示陣法，是以「八陣」分列於一方形四周，每陣布置六個小型單位，中央置一「回」字形而回字中間爲「中軍」，回字內外分設四及二十個小型單位，整個合起來則爲六十四。陣後則分設四列游騎，每列六隊，共二十四隊，以配合陣前六十四個單位作戰。八陣圖周長數里，可見這項軍事工程的規模也相當壯觀。

據《成都圖經》云：「武侯八陣圖有三。在夔者六十有四，方陣法也；在彌牟鎮者二十有八，當頭陣法也；在棋盤市者二百五十有六，下營陣法也」然在夔者即有八陣圖三處，一

曰：「水八陣」，位奉節城東江濱；一曰：「旱八陣」，在白帝城東北杜甫草堂附近。《武備志》的「諸葛亮魚復江八陣圖」，應屬「旱八陣」；而杜甫於唐代宗大曆元年（西元766）初至夔州時所作的「八陣圖」絕句，則屬「水八陣」，詩有「功蓋三分國，名成八陣圖。江流石不轉，遺恨失吞吳」之句。水八陣，是聚石而成的八種圖形。據《荊洲圖副》云：「永安宮南一里，渚下平漬上，有孔明八陣圖，聚細石為之。各高五尺，廣十圍，歷然棋布，縱橫相當，中間相去九尺，正中開南北巷，悉廣五尺，凡六十四聚。或為人散亂，及為夏水所沒，冬時水退，復依然如故。」劉禹錫《八陣圖錄》云：「夔州西市，俯臨江岸，沙石下有諸葛亮『八陣圖』。已六七百年，淘洒推激，迄今不動。」王士禛〈晚登夔府東城樓望八陣圖〉，以句有「蛇鳥秋懸八陣圖」，注引作者《蜀道驛程記》，謂「魚復浦磧上觀八陣圖，所謂六十四陣如棋盤」；及「搔首桓公憑弔處」，注引《晉書·桓溫傳》：「初亮造八陣圖於魚復平沙之上，壘石為八行。……」等云，知其所望者仍為「水八陣」。

　　王士禛在達成都之前，路過新都縣彌牟鎮時，曾作〈彌牟道中望八陣圖遺址〉五律一詩：「落日彌牟道，霜風百戰場。青天迴玉壘，遠樹出華陽。陸海三都闊，雄圖八陣荒。臥龍虛故蹟，駐馬惜降王」。句以「落日」、「霜風」為引，隱示作者對這段歷史的滄桑，滿懷淒涼之感；而末四句，又不勝唏噓今昔之慨。此處八陣圖，即《成都圖經》所謂的「當頭陣法也」。

　　王士禛在夔州，除遙望「八陣圖」，亦曾憑弔少陵祠，作有〈瀼西謁少陵先生祠五首〉。

　　唐代宗永泰元年（西元765）五月，杜甫離開成都，沿泯
江和長江東下，行行停停，於翌年大歷元年春暮，來到夔州。
在夔州羈留一年十個月期間，曾數度遷居。宋孝宗乾道六年
（西元1170），陸游來任夔州通判，緬懷詩聖，作《東屯高齋
記》，記述了杜甫在夔州的白帝城、瀼西、東屯等三處寓址，
而對寓址的蕩然無存不勝感慨。然王士禎詩題「瀼西」注引其
《蜀道驛程記》曰：「此地在宋為關城。稍折而南，即白帝
城。二城犬牙相連，城枕白帝山。」按：夔州府城東，有大瀼
水，注入長江。又有東瀼水，在府治東十里。以「公孫述於東
濱墾稻田，號曰東屯」。因知東屯與瀼西隔河相對。杜甫在夔
州是租屋而居，詩有〈暮春題瀼西新賃草屋〉五首；而「自瀼
西荊扉且移居東屯茅屋」詩的「東屯」，（箋注）引《舊經》
云：「少陵祠有三，在漕臺、奉節縣、及東屯三處。」漕臺，
應即王士禎所說的「漕司」。

　　在〈瀼西謁少陵先生祠五首〉中，多藉杜甫詩意而寄以個
人感懷，茲錄二首如後：

　　　白髮三川客，新詩百鍊功。
　　　飄零逐猿鳥，得失感雞蟲。
　　　弟妹干戈裡，朝廷涕淚中。
　　　浣花形勝地，回首雪山風。（其二）

　　此詩旨在追述杜甫的不幸境遇及其達人知命、君子安貧的
風格。

　　據《少陵先生年譜》，杜甫是在唐肅宗乾元二年（西元759）
十二月一日，自隴右入蜀，至成都。是年四十八歲。大歷三年

（西元768）三月，抵江陵。因此杜甫晚年的十年間，一直盤桓於巴蜀等地。「白髮」一詞指此。同時杜詩〈乾元中寓居同谷詩〉，也自謂「白頭亂髮」。「逐猿鳥」、「感雞蟲」，分見於杜詩〈乾元中寓居同谷詩〉：「歲拾橡栗隨狙公」及〈縛雞行〉：「雞蟲得失無了時」句，意謂杜甫雖處窘困之境而得失難以認定，此與王勃〈滕王閣序〉所謂「識盈虛之有數」者不同。「弟妹干戈」句，則指杜氏弟妹皆陷於安史之亂的戰區。杜詩〈遺愁〉有曰：「慚惜容顏老，無由弟妹來。兵戈與人事，回首一悲哀。」末聯「雪山風」的「風」字，應指「風格」、「風範」或「風骨」。雪山，或指高僧覺菴。[5]意謂浣花溪雖為形勝之地，而杜甫則蟄伏草堂，正如覺菴和尚的久臥草萊一般，修得一身不壞的風骨。不然，或寓鄉關不堪回首及「江陵空望幸，愁絕侍臣詩」（〈瀼西謁少陵先生祠五首〉之四）之意。

> 浩劫遺祠在，依然白帝城。
> 岸連巫峽影，門對蜀江聲。
> 太息隆中業，平生庾信情。
> 艱難詩萬首，夔府至今名。（其三）

前二聯似語有雙關，即既慨嘆蜀先主的功敗垂成，而其「遺祠」猶在，「白帝城」依然；杜甫遭時多艱，死後得享人間香火，祠廟傍依白帝城而長存，並共擁「巫峽影」與「蜀江聲」的麗山秀水，寓意亦將永垂不朽。「太息隆中業」，意謂諸葛亮三分天下的偉業，竟一夕毀於後主劉禪之手。此句是從杜甫〈登樓詩〉演化而來：「可憐後主還祠廟，日暮聊為梁父

吟」。後主劉禪，雖爲亡國之君，至今卻仍享受祭祠；在暮色
蒼茫之際，我只好唱起〈梁父吟〉來，以對古人表達憑弔之
意。《三國志·諸葛亮傳》：「亮躬耕隴畝，好爲梁父吟。」
此由後主聯想到孔明，正如「太息隆中業」的由孔明聯想到劉
禪。宮體詩人庾信，初仕梁，奉使西魏，被留不還。西魏亡，
仕北周，雖位望尊顯，常有鄉關之思。故「平生庾信情」，以
喻杜甫羈旅異地，亦常懷家國之思。杜詩〈詠懷古跡〉有云：
「庾信平生最蕭瑟，暮年詩賦動江關。」此固然亦可比之杜甫
的生平。末聯二句，惠棟注引《王象之輿地碑記目》云：「少
陵游蜀凡八年，而在夔州獨三年。平生所賦詩凡千四百六篇，
而在夔州者乃三百六十有一」，此雖不足「萬首」之數，但在
這艱難歲月，有此豐收，亦足以傲世了。

　　王士禎此題的五首詩中，多爲頌揚，寄慨之辭。「萬古瀼
西宅」（其一）、「夔府至今名」（其三）。意謂草堂、夔府，將
因詩聖的光臨而萬古留芳。「已見浮三峽，還憐到九疑」、
「江陵空望幸，愁絕侍臣詩」（其四）；「東屯渺雲水，西閣莽
蒿萊」、「昆明遺碣在，落葉滿蒼苔」（其五）等，都充分反映
作者的懷古情思。

　　在夔州，王士禎尚作有〈登白帝城〉及〈白帝城謁昭列武
侯廟〉七律各一首。白帝城原爲漢末公孫述所建。公孫述，扶
風茂陵人。字子陽。王莽時，爲導江（今四川縣名）卒正。後
起兵，據有益州（今四川省地），自立爲蜀王，建武元年（西
元25）四月，稱帝，號成家，建元龍興。及至魚復，欲於東山
築城，見白氣如龍出井中，自以爲瑞，因改魚復爲白帝。名城
曰白帝城。三國時蜀漢以此爲防吳重鎮，改名永安。

　　古來吟詠有關白帝城的詩文很多，但以李白〈早發白帝城〉

一詩最爲膾炙人口，童子碑歌。「朝辭白帝彩雲間，千里江陵
一日還。兩岸猿聲啼不住，輕舟已過萬重山」。李白曾三過三
峽。此詩是寫在肅宗乾元二年（西元759），李白因永王璘事[6]
流放夜郎（今貴州桐梓縣東）過峽被赦時。故後人謂此詩之
妙，全在一個「輕」字。王士禎〈登白帝城〉詩云：

　　赤甲白鹽相向生，丹青絕壁鬥崢嶸。
　　千江一線虎鬚口，萬里孤帆魚復城。
　　躍馬雄圖餘壘跡，臥龍遺廟枕潮聲。
　　飛樓直上聞哀角，落日濤頭氣不平。

　　此詩重點在描摹白帝城形勝及作者對歷史人物的感慨。
　　「赤甲」（甲亦作岬）、「白鹽」，皆山名，在奉節縣東。
《水經注・江水》：「江水南逕赤岬城西，山甚高大，不生樹
木，其石悉赤。」《讀史方輿紀要・四川・夔州府・奉節
縣》：「白鹽山，府東十七里。巖壁高峻，色若白鹽。」二山
隔江聳峙，南曰「白鹽」、北曰「赤甲」，是長江從四川盆地進
入三峽的大門，故名「夔門」，又稱「瞿塘關」。陸游《入蜀記》
曰：「入瞿塘峽，兩壁對聳，上入霄漢。……仰視天，如匹
練。」兩山於臨江絕壁處，又雜以黃、褐等色，故於晨曦、晚
霞及明月交輝之際，又形成丹青彩繪。故詩人於此將兩山的聳
然對起，爭奇鬥險，而又山色如畫，神來之筆，刻劃十分入
微。杜甫〈夔州歌十絕句〉之四，也將赤甲、白鹽二山寫得引
人入勝，不妨藉此一賞：「赤甲白鹽俱刺天，閭閻繚繞接山
巔。楓林橘樹丹青合，複道重樓錦繡懸」。杜、王二詩皆有
「丹青」，但點染各有殊色。「虎鬚口」，應是虎鬚灘渡頭。

《明一統志》：「虎鬚灘在夔州府城西」。《水經》酈道元注：「灘水廣大，夏斷行旅」。杜詩〈最能行〉也有「瞿塘漫天虎鬚怒」之句。可見虎鬚灘江面遼闊，浪濤險惡，致有「夏斷行旅」及「虎鬚怒」之筆。王士禎此次來夔州，應是初冬十月，江水大落，故云「千江一線」。「萬里孤帆」，為王士禎所自托。他這次典蜀試，自京出發，直朝大西南而行。過井陘，出河北；風陵津渡河，入潼關。再自東而西橫越陝西南部抵寶雞，轉折西南而行，出秦入西川。又東北而行泛江來夔州。誠所謂「萬里孤帆」了。因此，赤甲、白鹽、虎鬚口、魚復城，這些形形色色，都在他登臨白帝城之後，盡收眼底。末四句則以景物為象徵，托出孔明「出師未捷身先死，常使英雄淚滿襟」的遺恨。

> 赤甲山頭雲氣蒼，楓林蕭瑟落微霜。
> 魚人故壘生秋草，鳥道寒空掛夕陽。
> 當日君臣真瀟落，至今祠廟有輝光。
> 江流薄暮開笳鼓，回首中原泣數行。

「雲氣蒼」、「落微霜」、「生秋草」、「掛夕陽」，無不漾溢淒涼之氣；而蒼雲又罩在「赤甲」的山頭，微霜落在「蕭瑟」的楓林，秋草生在魚復人的「故壘」，夕陽掛在鳥道的「寒空」。詩筆互襯之下，增添了一些荒涼與寂寞。「真瀟落」、「有輝光」，是回首「當日君臣」之相得，以及「至今祠廟」的共享，無不告慰之意。頓一轉折，江流水聲，疑為「笳鼓」之音，戰爭似又逼來；原來蜀漢已亡，中原不堪回首，只有泣淚而已！作者在此，似將劉氏君臣復活；但笳鼓又以「薄暮」聞

之，風雲人物又豈僅「泣數行」而已？所以他們仍在幽冥之中傷心國事，筆意極為委曲遙深。

王士禛在成都時，也曾謁祭劉氏君臣陵廟，作有〈九日謁昭烈惠陵〉及〈武侯祠別鄭公水部〉五律各一首。作者對他們君臣二人，沒有差別眼光。如對先主的緬懷時說：「至今悲蜀帝，何處問祠官？」甚至把劉備與漢文帝同等看待：「錦江非滑水，猶作霸陵看。」而對武侯祠的荒落失修，也大不以為然：「遺廟丹青盡，荒陵草木凋！」

在夔州最後一首詩，為題〈舟下瞿唐別陳東海都督〉五律。注引作者自注：「諱福，後謚忠愍。」又引李天馥《千首詩》注：「後歷陝西提督，屢捷納降，為帳下健兒所殺。」按：陳福，字東海，陝西榆林人。順治初，從征有功，康熙中為寧夏總兵。吳三桂叛，王輔臣據平涼（甘肅縣名）呼應，討之，兵變遇害，謚忠愍。《清史》二百五十四、《清史列傳》六，皆有傳。

陳福時提督夔州，與王士禛可能互慕聲名，於臨別離夔時，陳福設讌餞行。《蜀道驛程記》曰：「都督開讌祠下，奏軍中之樂，聲琅琅然，與天風江濤相應，酒行無算。」這「軍中之樂」，曲名「朱鷺」。注引孔穎達《詩疏義》：「楚成王時，有朱鷺合沓飛翔而來舞，故鼓吹曲以朱鷺為名。」又引《衙鼓吹格》云：「朱鷺等二十二曲，列於鼓吹，謂之饒歌，軍禮愷樂用之。」顯然王士禛這次受到相當禮遇。

在〈舟下瞿塘別陳東海都督〉詩中，自亦不免對陳都督多有頌揚之句：「十月瞿唐峽，孤根灩澦堆。」灩澦堆為一龐然巨岩，兀立瞿塘峽口的江心，為古來舟人視為危險信號。范成大《吳船錄》云：「至瞿塘口，水平如席，獨灩澦之頂，猶渦

汝洞瀺灂。舟拂其上以過，搖櫓者汗手死心，皆面無人色。
……」水枯季節，它顯露江心，長約九丈，寬約六丈，高約十
二丈，橫截江流，船行也極易觸礁。但作者在此似喻爲「中流
砥柱」之意。餘句如「風雷高白帝，雲雨暗陽臺」，都顯然是
誇張之辭。末聯二句：「瀼西迴望好，欲去且徘徊」。其意或
爲懷人，無疑的，夔州也給他留下了深刻印象。

<h2 style="text-align:center">二</h2>

「瞿塘迤邐盡，巫峽崢嶸起」。巫峽西起四川巫山縣大寧河
口，東至湖北巴東縣官渡口，全長四十五公里。
　王士禎自夔州東泛約距巫山城西三里許處的北岸舶航登
岸。這裡有座土山高臺，上有院宇；如果不是宋玉寫了那首
〈高唐賦〉，怎麼也不會「惹得騷人詠不休」的而紛紛走訪高堂
觀。──這裡就是楚古陽臺故址，山上院宇，就是著名的古高
堂觀。王士禎既臨此，自亦不能免俗的吟哦一番。其作〈登高
堂觀〉五律一詩云：

　西上高唐觀，陽雲對舊臺。
　瑤姬何處所，望遠獨徘徊。
　怳忽荊王夢，芳華宋玉才。
　細腰宮畔柳，併作楚人哀。

這樣的詩心筆意是很自然的。陳子昂〈感遇詩〉第二十八
亦云：「朅來高堂觀，悵望雲陽岑。」也是在失望之餘，只好
遙望雲陽的高山了。其實宋玉在他〈高唐賦序〉中早已明言：

「昔者楚襄王與宋玉遊於雲夢之臺，望高唐之觀，其上獨有雲氣。」因此作者在此似有所本的又聯想到「瑤姬」、「細腰」之輩。范成大《吳船錄》云：「陽臺高唐觀，在來鶴峰上，未必神女之事。」今廟中石刻《庸城記》，瑤姬，西王母之女，稱雲華夫人，助禹令鬼神斬石疏陂有功見紀，今封「妙用夫人」。這與朝雲暮雨的巫山「神女」，同樣不著邊際。但詩注引《後漢書·馬廖傳》曰：「楚王好細腰，宮中多餓死」；又引《岳州記》云：「華容縣有細腰宮，楚靈王貯美人於此。」這樣的「細腰」故事，可能是作者要達到的一定的諷刺趣味。

　　雖然巫山本無神女其事，但在巫山城東南岸的巫山上，建有神女廟。「神女」一說爲炎帝之女，未行而卒，葬於巫山之陽，故曰巫山之女。宋玉〈高唐賦〉因謂襄王遊高唐夢與神女遇，於巫山南置朝雲觀。又作〈神女賦〉，渲染揚厲，後世爲附會其事，遂建廟以祠之。一說此神女即爲西王母之女雲華夫人。兩位都名瑤姬。王士禛經此，眺矚既已，感而有作〈神女廟〉五律一首。題下注引《蜀道驛程記》曰：「巫峽東一山，枕江岸之北，與巫山隔水相望，曰箜篌山。山前復有小山，其巔即『神女廟』。」詩云：

　　箜篌山下路，遺廟問朝雲。
　　冠古才難並，流波日易曛。
　　玉顏空寂寞，山翠自氤氳。
　　東望章華晚，含情尚爲君。

　　詩中除「冠古才難並」爲指事實上的宋玉外，餘皆想像之筆；而「朝雲」、「玉顏」、「氤氳」等，又皆神女的象徵。似

呵護、似慰藉，詞意溫婉，情味深遠。

「放舟下巫峽，心在十二峰」。十二峰分別錯列在巫山城東十至三十公里的長江兩岸，南北各六峰，嵯峨多姿，各具殊態。據《巫山縣志》：「登高遠矚，則有若翔者、集者、鱗者、角者、流者、峙者，與夫突而弁者，障而蔽者、變而幻者、翹而秀者，千奇百怪，紛列目前，殆不可名狀。」因之「行至巫山必有詩」。[7]王士禛經此，亦作〈巫峽中望十二峰〉五律一首。詩云：

> 十二峰娟妙，輕舟望是非。
>
> 青天半雲雨，日夕亂煙霏。
>
> 瀑水臨江合，神鴉出洞飛。
>
> 朝雲無處所，應待楚王歸。

此詩除末二句意有所指外，餘皆寫景。「朝雲」一詞，自是「朝雲暮雨」的神女代名詞，前詩「遺廟問朝雲」亦然。作者於寫「雲雨」、「煙霏」之餘，發現還無定所的「朝雲」，於諸峰間遊來蕩去，因此聯想到「楚王」。也因此「輕舟望是非」，應在尋覓何者為朝雲經常遊憩之所，目的在選定仰瞻的對象──「神女峰」。

神女峰矗立大江之北，亦名「望霞峰」。據陸游《入蜀記》：「十二峰者，不可悉見，所見八九峰，惟神女峰最為纖麗奇峭，宜為仙眞所托。祝史云：『每八月十五月明時，有絲竹之音，往來峰頂，山猿皆鳴，達旦方漸止。』」其《三峽歌》亦云：「十二巫山見九峰，船頭彩翠滿秋空。朝雲暮雨渾虛語，一夜猿啼明月中。」神女峰的傳說在巫山地區流傳甚廣，

說法也不一，古代巫山人爲紀念他們心目中的神女，尊稱爲「妙用眞人」，並在飛鳳峰山麓，建有「凝眞觀」（即神女廟）。

　　續東行，抵巴東。巴東位長江南岸，背山面水，地勢陡峻，自古以來即無城廓，爲三峽諸縣中唯一不設防的縣城。宋代名相寇準於二十歲時，太平興國五年（西元980），任巴東令。在任六年，爲官清正，建樹頗多，人稱「寇巴東」。城垣不少名勝和傳說，多與寇準的事蹟相關。如秋風亭、勸農亭、壽寧寺等。蘇軾有詩〈秋風亭〉即讚美其事：「人知公惠在巴東，不知三朝社稷功。平日孤舟已何處？江亭依舊傍春風。」七百年後，大詩人王士禛過此，亦以「秋風亭」爲題而作《巴東秋風亭謁寇萊公祠二首》，其第一首云：

　　秋風亭上望，搖落值秋風。
　　巫峽千帆上，荊門一水通。
　　清猿吟楚塞，客淚落巴東。
　　故相還祠廟，淒其伏臘同。

　　此以秋風亭爲樞紐，而感發以下諸意，情與景俱至。寇準於宋遼之戰時爲相，力主抗戰，反對南遷。後歷經罷相、復相、貶逐，故有「客淚落巴東」之嘆。末二句設想「故相」魂魄歸來，不論歲時伏臘，巴人淒楚之情，不異往昔。

　　秋風亭爲寇準於任巴東令時所建，原亭建在距今城址之西約二十公里的舊城，亭內曾親植柏樹一株，人稱萊公柏。現存秋風亭位於巴東城中，爲嘉慶二十一年（西元1816）重建，同治五年（西元1866），維修一次，如今雖剝落殘缺，規模尙在。王士禛《蜀道驛程記》曰：「祠東上有平臺，即秋風亭

阯，柱礎猶存。」此指舊秋風亭。

另一舊跡壽寧寺位於巴東城中，因寺內有山泉，水極清洌，故又名涼水寺。傳寇準常來此寺遊覽。因此本詩第二首頭兩句即言「壽寧何代寺？猶說相公泉」。據注引《蜀道驛程記》，謂壽寧寺偎巴山之麓，「寺後有泉，流遶寺門下，入於江，曰相公溪」。「澹池清江去，淒涼古佛前」，「相公溪」流向大江而去，而流經「古佛前」特以「淒涼」喻之，自在映襯寇準宦海浮沈的身世。三四兩句先藉楚人舊語舊俗「傳芭哀楚些」，以達「特筆記澶淵」的美讚。《楚辭·九歌·禮魂》：「傳芭兮代舞」。王逸注：「芭，巫所持香草也。」即芭蕉。傳芭，是巫持芭而舞，舞訖復傳與他人。「些」，《楚辭·招魂》尾句皆有之，為楚人習用的語氣詞。後因以泛指楚地的樂調或《楚辭》。「哀楚些」，自是巫人對楚地鬼神的一種哀祭儀式。由於寇準曾在楚地為官，所以又聯想到他後來籌劃「澶淵之盟」的成就。宋真宗景德元年（西元1004），遼軍深入宋境，朝廷震動，參加政事王欽若請避金陵，陳堯叟請避往成都。宰相寇準力排眾議，定親征之策。注引薛應旂《續資治通鑑》曰：「帝乃發至澶淵，遂渡河，御北城門樓，望見御蓋，踴躍呼萬歲，聲聞數里，契丹怖懼。帝悉以軍事付準。十二月契丹來請盟。」但「不見雷陽竹，中書事可憐。」這詩末二句，結穴令人悲嘆。據《宋史·寇準傳》，自澶淵之盟，寇準自矜其功，後為王欽若所譖，罷相。天禧三年（西元1019）復相，封萊國公。又為丁謂所構，貶崖州司戶參軍，逾年卒。西京人皆設祭，哭於路，折竹植地，掛紙錢，踰月，枯竹盡生筍，眾因為立廟。以崖州在雷州半島之南，故稱「雷陽」；「竹」字，在此則藉以與雷陽相關之意。

自巴東至秭歸，約二十六公里餘。秭歸城座落於長江北岸
的臥牛山麓，下游八公里處的香溪口，即西陵峽西端起點。秭
歸是民族詩人屈原的故鄉；香溪轄屬湖北興山縣，是西漢名女
王昭君的故里。

王士禎來到秭歸，作有〈抵歸州〉五律一首、〈歸州書感〉
七律一首、〈秭歸夜泊〉及〈五更山行之屈沱謁三閭大夫廟〉
五律各一首、〈題三閭大夫廟四首〉（五律）。可見他在三峽行
程中，以在秭歸作詩最多。

屈原是一位人盡皆知的歷史人物，在此不擬贅述，茲僅錄
詩一二篇，用觀其餘。〈抵歸州〉詩云：

> 亂石歸州郭，危檣蜀客舟。
> 江山悲屈宋，戰伐憶劉孫。
> 西道連魚復，東門望夏丘。
> 興亡紛在眼，哀哀大江流。

此詩從戰國到三國時代，點出兩個歷史故事。在文為屈
原、宋玉；在武為劉備、孫權。但在首二句即用「亂」與
「危」，預示不幸的後果。

屈原兩次被放，遂投汨羅以死[8]；而宋玉也為楚國一失職
貧士，〈九辯賦〉中即自言其「憫恍兮而私自憐」，他們都有
可悲的時代背景。頃襄王十三年（西元前268），屈原再放時，
由郢都東門去國，二十一年（西元前276）白起拔郢，宮殿陵
夷，故《楚辭‧哀郢》：「曾不知夏之為丘兮，孰兩東門之可
蕪。」屈原死後五十五年，即秦始皇二十四年（西元前223）
滅楚，置南郡。蜀昭烈帝章武元年（西元221）六月，劉備為

報關羽被殺之仇，將東伐吳；吳蜀於夷陵（今湖北宜昌縣）之戰時，劉備曾在秭歸築城據守，猇亭（今湖北宜都縣）兵敗，乃由秭歸西遷奉節。章武三年四月，昭烈崩於永安宮；卒後四十年，蜀漢亡。這些千古風流人物，以及他們的國家和時代，正是「興亡紛在眼」的寫照；所以「袞袞大江流」，涵蓋了多少歷史的興衰及人事滄桑。又〈題三閭大夫廟四首〉之一云：

> 懷沙千古恨，弭楫弔靈均。
> 眇眇思公子，依依問楚人。
> 招魂龍貝闕，遺恨虎狼秦。
> 愁絕涔陽浦，年年杜若春。

此詩多借《楚辭》相關句意而寄懷屈原及對他祝頌之意。〈懷沙〉，《楚辭·九章》有〈懷沙賦〉；《史記·屈原列傳》太史公曰：「乃作懷沙之賦，遂自投汨羅以死」靈均，屈原字，〈離騷〉曰：「字余曰靈均。」「公子」，猶帝子，指湘夫人，此借指屈原；〈九章·湘夫人〉：「思公子兮未敢言。」招魂，《楚辭》篇名；龍貝闕，水神居住的宮殿；以屈原投水而死，故亦借喻屈原神靈的居處。〈九歌·河伯〉：「魚鱗屋兮龍堂，紫貝闕兮朱宮。」涔陽浦，洲渚名，在澧州（湖南澧縣），一說在洞庭湖與長江之間。〈九歌·湘君〉：「望涔陽兮極浦。」杜若，香草名，一名杜蘅、杜蓮、山薑，此借以祝頌之意。〈湘君〉：「采芳洲兮杜若。」惟「遺恨虎狼秦」句，意取《史記·屈原列傳》：「秦昭王與楚婚，欲與懷王會，懷王欲行。」屈原曰：「秦，虎狼之國，不可信，不如無行。」後納公子子蘭之言，竟客死於秦。這也是屈原再次黜放

的起因，故有「遺恨」。

屈原廟在秭歸城東郊屈原沱。《五更山行之屈沱謁三閭大夫廟》注引邵博《聞見後錄》曰：「歸州屈沱屈原舊居也。」又《蜀道驛程記》曰：「廟負山面江，唐元和十三年，刺史王茂元創此祠。」王士禎臨此謁弔，詩皆淒涼之調：「國破憐哀郢，魂歸賦大招」（《五更山行之屈沱謁三閭大夫廟》）、「欲問離騷意，巴東猿夜吟」（〈前題三閭大夫廟四首〉之二）、「楚澤凋蘭葉，巴巫唱竹枝」（前題之三）、「鶗鴃鳴何早，鳥飛思故鄉。如何懷郢路，終自棄沅湘。三戶餘秋草，千山滿夕陽。武關嗚咽水，猶怨楚襄王」（前題之四）等，無不悱惻淒楚，其對兩千年前這位大詩人的緬懷與憐惜，靡不一一呈現。

三

秭歸為王士禎入西陵峽前的最後一站。西陵峽西自香溪口，東至南津關，全長六十六公里，為三峽中最長的一峽。西陵峽以灘多水急著稱。著名的新灘、崆嶺灘及腰叉河，都在西陵峽內。這些險灘，形成的方式不一，有的是上游砂石所沖積，有的是岸邊伸出的山岩，有的是江底突起的礁石，有的則是兩岸山岩崩落所致。王士禎入西陵峽第一灘，即賦有〈新灘二首〉詩云：

> 上灘嘈嘈如震霆，下灘東來如建瓴。
> 瞥過前山纔一瞬，鷓鴣啼處到空舲。（其一）

此將「新灘」的水聲、水勢、水速，一氣呵成，亦可見行

舟於此，驚險萬狀。新灘自西到東，依次分爲頭灘、二灘、三
灘三段。每至枯水季節，水落石出，江水湧起，形成陡坎跌
水，落差達兩丈餘，洶湧澎湃，勢如瀑布，故曰：「下灘東來
如建瓴」，像「溜滑梯」一般。船行至此，必須以「∫」形航
道通過。又云：

> 兵書峽口石橫流，怒敵江心萬斛舟。
> 蜀舸吳船齊著力，西陵前去賽黃牛。（其二）

「兵書峽」在新灘上游，西去香溪口約三公里，位大江北
岸。另有「寶劍峽」與「兵書峽」東西相連，長約四公里。此
段江流湍急，水勢猛壯，雖然「蜀舸吳船齊著力」，但一眨眼
工夫舸船已達三十餘公里外的「黃牛峽」了。

王士禛《蜀道驛程記》：「兵書峽峽半，石壁有洞，中有
石，形如卷帙，俗謂武侯兵書。」所謂「寶劍」，則是一岩柱
直插激流中的岩石，乍視之，倒像是一柄浮雕巨劍。

以上二詩，雖名題「新灘」，實則一「峽」一「灘」，各異
其趣。新灘是兩岸山壁崩塌的岩石形成，兵書寶劍峽則是天然
造作；不過兵書峽相傳爲古代的一種岩棺葬，正如神農架峭崖
上的懸棺葬一樣。據《水經注》所記，東漢和帝永元十三年
（西元101），及東晉孝武帝太元三年（西元378），新灘兩岸先
後發生崩灘。以致江流紆曲湍急，激浪似雪，蘇軾即有〈新灘〉
詩曰：「扁舟轉山曲，未至已先驚。白浪橫江起，槎牙似雪
城。」由於「下灘東來如建瓴」，故舟人向有「船從天上落，
驚定賀重生」之諺。

自新灘下行，約十公里處，有崆嶺灘，亦名崆嶺峽。諺有

「青灘、泄灘，不算灘，崆岭才是鬼門關」。崆岭峽是三峽中最可怖的洪水險灘。水深流急，礁岩密布，它由四組礁石所組成。大者如一巨鯨，縱臥江中，將江流分爲南北兩漕。南漕亂石嵯峨，水流絞亂；北漕曲折狹隘，礁石交錯，波旋浪轉。其他三組則呈「品」字形排列在南北兩漕的出口處。因其不常露出水面，故亦稱「暗棋礁」。

　　船過崆岭，如入刀山鼎沸之域，尤於洪水季節，礁石盡沒水底，濁浪翻轉，水柱凌空，望之觸目驚心，故歷來船行過此，必先空船而後渡，因此崆岭亦作「空舲」。王士禎既身臨其境，亦作〈空舲峽〉五絕一詩云：

> 月吐空舲峽，流光楚塞旁。
> 漁燈搖宿鷺，蓬背受新霜。
> 青草煙波闊，黃牛朝暮長。
> 曾爲雲夢客，回首憶高唐。

　　竟是一幅風平浪靜的悠閒模樣。合理的解釋，現在已屆枯水期了。末二句表示作者是從巫峽來，這裡的江面夜景，就像高唐一般。

　　沿江東下，經腰叉河，過鹿角灘，便進入黃牛峽。黃牛峽矗立南岸，三峰突起，狀如屏風。西峰灰白色石壁上，有一幅天然壯士牽牛圖。《水經注》：「南岸重嶺疊起，最外高崖間，有石色如人負刀牽牛，人黑牛黃，成就分明。」陸游《入蜀記》亦曰：「山上有若牛狀，其色赤黃，前一人如著帽立者。」這即是聞名的黃牛岩。岩下九龍山麓，有黃牛廟，原名黃牛祠。傳爲春秋時代楚人爲紀念神牛助禹開峽有功而建。三

國時諸葛亮入蜀，見廟殘破荒廢，親爲主持重建，並撰《黃牛廟記》曰：「古傳所載黃牛助禹開江治水，九載功成，信不誣也。」宋歐陽修任夷陵（湖北宜昌）令時，以「神牛」事爲妄傳，遂改名曰「黃陵廟」。王士禎過此，作有〈黃陵廟二首〉。茲錄其第二首云：

> 秭歸來百里，突兀見黃牛。
> 下水縴朝暮，行人已白頭。
> 山川變路險，疏鑿禹功留。
> 尚憶平成日，茫茫辨九州。

此詩重點還是在稱揚禹治水之功，而對「神牛」之助並未涉及。三四兩句點明了這一段江流的紆曲迴環。

黃牛岩高逾千尺，極遠處均可望見，因此船行其下，旋來轉去，幾日間似仍在黃牛崖前。故古謠有曰：「朝發黃牛，暮宿黃牛，三朝三暮，黃牛如故。」李白「上三峽詩」亦曰：「三朝上黃牛，三暮行太遲。三朝又三暮，不覺鬢成絲。」唐人張蠙〈過黃牛峽〉詩亦云：「黃牛來勢瀉巴川，疊日孤舟逐峽前。」這些正是「下水縴朝暮，行人已白頭」的本意。

蛤蟆石，亦稱蛤蟆碚，在長江南岸扇子山麓的扇子峽邊，從江中望去，呈一橢圓形的巨石，似一隻張口鼓舌而瞪著大眼的蛤蟆。此處亦灘險水急，舟人過此，視爲畏途。因此郭相業在〈蛤蟆碚〉寫道：「白狗峽，黃牛灘，千古人嗟蜀道難，江邊蹲踞蛤蟆石，逆水行舟難更難，估客聞之心膽寒。」

王士禎行船過此，曾泊舟上岸，作有〈登蝦蟆碚〉七古一首，惟其詩旨在描寫「蛤蟆泉」。注引《蜀道驛程記》曰：

「蝦蟆碚泉，從巖腹洞中流注蝦蟆口鼻間，成水簾，下入於江，濺珠噴玉，望之極可愛。蝦蟆形尤肖似，放翁謂其頭、鼻、吻、頷，絕類；而背脊皰處尤逼真。從蝦蟆背至洞中，水自洞出聲，如風雨中有巨石。泉匯其下為池，清泠沁骨。循左碚而下，衣屨盡濕。大索舟中瓶盎，止得三、四，盡汲貯之。此水水品，列在第四。」由於蛤蟆泉水清、味甘，是烹茗、釀酒的良泉，故其詩有曰：

> 頗聞中有第四泉，康王谷水堪隨肩。
> 峽窮碚轉詫奇事，忽見飛瀑流琤瀯。

此言蛤蟆泉的聞名及其源源不絕之景。唐代「茶仙」陸羽，相傳曾來此品嘗蛤蟆泉，其於《茶經》中云：「峽州扇子山有石突然，泄水獨清泠，狀如龜形，俗云蛤蟆口水第四。」張祐《水記》：「廬山康王谷水簾第一。」陸廷燦輯《茶經·五元煮》部分有〈陸羽論水〉，其中舉列烹茶名水凡二十處，謂廬山康王谷水簾水第一；無錫惠王寺石泉水第二；蘄州蘭陵石下水第三；峽州扇子山下蛤蟆口水第四；蘇州虎丘石泉第五。……但「康王谷水堪隨肩」，卻又將「第四泉」高出第一水，意謂兩泉至少是不分高下的。

作者在《蜀道驛程記》中曾言：「大索舟中瓶盎，止得三、四，盡汲貯之。」但在汲貯蛤蟆泉時，適值風雨交加，而他還是這麼一副模樣：

> 大索瓶盎貯飛雪，旋去屐齒窮危巓。
> 橫斜拾級一徑上，皺皰槎牙澀苔蘚。

　　脫去木屐[9]，橫橫斜斜的攀徑而登上岩頂；幸虧岩上凹凸
不平及有止滑的青苔，才沒有被滑倒。

　　歷來詩人對蛤蟆泉不論煮茶或釀酒，品味皆讚不絕口。王
象之《輿地紀勝》引黃庭堅詩曰：「松滋縣西竹林寺，苦竹林
中甘井泉。巴人讒說蝦蟆碚，試裡春芽來就煎。」[10]歐陽修詩
有「蛤蟆噴水帘，甘液勝飲酎」；蘇軾更認為：「豈惟煮茗
好，釀酒更無敵。」因此王士禎調和了黃庭堅的詩句說：「春
芽開裡勞烹煎」；甚至對蛤蟆泉的依戀，還「下巖轉柁未忍去」
云。

　　在出西陵峽的最後一景是「三遊洞」。三遊洞在宜昌縣西
北約十公里的長江北岸西陵峽口。據《白氏長慶集》載，憲宗
元和十四年（西元819），白居易與其弟行簡於夷陵與元稹不期
而遇，遂相約遊此洞，並各賦詩二十韻，書於洞壁，白居易並
作序曰：「以吾三人始遊，故目為三遊洞。」宋仁宗嘉祐元年
（西元1056），蘇洵父子三人赴京（開封）應試，途經夷陵，也
同遊此洞，故有「前三遊」、「後三遊」之說。陸游《入蜀
記》，謂歐陽修、蘇軾、蘇轍，也都作有三遊洞詩，並分題一
首於洞壁。

　　王士禎這次經此，欲遊洞而不果，作有〈欲訪三遊洞不果〉
一詩云：

　　　　舟下十二碚，西陵遙在目。
　　　　江雲峽口多，碚轉猶千曲。
　　　　悵望三遊洞，靈異非一族。
　　　　石鐘臥蒼蘚，唐碣迷深竹。

緬懷長慶人，一往迭不復。
　　斜日下牢谿，依依爲誰綠。

　　「欲訪三遊洞不果」的主要理由，詩中已經說明是「江雲
峽口多，碚轉猶千曲」。所以只好「悵望三遊洞」了。

　　陸游《入蜀記》：「荊門十二碚，皆高崖絕壁，峽中之險
可知。」碚，亦作「培」、「背」，蘇軾《東坡集・續集》詩題
作「培」；歐陽修《文忠集》於詩題下注云：「古今人寫作背
字，音佩。」十二碚，高崖絕壁，百轉千曲，而又雲迷峽口，
既不得入訪三遊洞，除了「悵望」之外，只有緬懷初遊此洞並
題詩於壁的「長慶人」[11]了。欲瞭解三遊洞的實景，李白《三
遊洞序》曰：

　　……初見石，如疊，如削，其怪者如引臂，如垂幢。次見
　　泉，如瀉，如灑。其怪者如懸練，如不絕線，迭相與維舟
　　岩下，率僕夫芟蕪刈翳，梯危縋滑，休而復上者凡四焉。
　　仰睇俯察，絕無人跡；且水石相薄，磷磷鑿鑿，跳珠濺
　　玉，驚動耳目，自朱訖戌，愛不能去。……又以吾三人始
　　遊，故目爲三遊洞。……

　　三遊洞因緊臨宜昌，遊人易至而成爲後世遊覽勝景之一
《宜昌府志》即記有一首三遊洞的《龍洞歌》：「夷陵多名
山，夷山多名洞。三遊最著名，喧傳自唐宋。」這說明了三遊
洞的歷史及其在西陵峽名勝中的地位。

　　從《帶經堂集・蜀道集》中觀察，王士禎出峽後，首作
〈抵夷陵州二首〉。其地在宜昌之東，爲春秋楚先王墓地所在。

頃襄王二十一年（西元前278），秦將白起敗楚軍，燒夷陵，即此。然後依詩題由「枝江」、「荊州」、「江陵」、「襄陽」、「隆中」、「樊城」，而至河南省「新野」、「南陽」、「襄城」、「渡汝水」北歸。

綜觀王士禎的三峽行詩，有述史、詠物、寄懷、抒情、摹景；而述史、詠物中有寄懷，寄懷中有述史、有詠物，而又情中有景，景中有情，交互併用，錯相揮灑，既富感情，更富熱情。如《登高唐觀》，由「高唐觀」、「舊臺」的史蹟，聯想到並寄懷於「瑤姬」，又由於瑤姬而聯想到楚王的寵「細腰」，又把細腰比作「宮畔柳」，致使「楚人哀」，因此史物情景俱至。又如《抵歸州》，「歸州郭」與「蜀客舟」，喻以「亂石」與「危檣」，是述史，也是詠物，而「屈宋」以「江山悲」之，「孫劉」以「戰伐憶」之，既在摹景，又在寄懷古人。而「西道」與「魚復」，「東門」與「夏丘」，是景觀亦是史蹟，而其中貫以「連」與「望」，注入人為情愫，是為有情；但是紛眼「興亡」，「袞袞大江流」，正如蘇軾〈念奴嬌〉的「大江東去，浪淘盡、千古風流人物」。則是述史、寄懷，而又情景交融。

王士禎行旅在外，擅於觀察，勤於寫作，甚至為了觀山覽水，「布帆安穩西風裡，一路看山到岳陽」（〈送胡崈孩赴長江〉）、「布帆十尺如飛鳥，臥看金陵兩岸山」（〈大風渡江〉）。「一路看」而又「臥看」，可見他是隨時隨地目不轉睛的在看，所以袁枚說他：「觀其到一要必有詩。」由於他的四千首遺詩中，少有無山水景觀的，可以說他也是一位山水詩人。又由於他主張神韻，雖然清人朱庭珍《筱園詩話》評他：「能正而不能奇，能因而不能創，能清麗而不能精深，能高華而不能渾

厚。無縱橫飛盪、沈鬱頓挫之偉觀，使人目動心折。自成一家則可。……」「能正」、「能因」、「能清麗」、「能高華」，而「自成一家」，自是抱持相當肯定；而王士禎詩主平淡清遠蘊藉[12]，可能就是他所謂「神韻說」的一意了。

——原文發表《桓臺國際王漁洋討論會論文集》，民國83年8月。

···附註···

1 鄭日奎，江西貴溪人。字次公，號靜庵。順治己亥（西元1659）進士。官禮部主事。著有《靜庵集》。見《國朝詩人徵略初編》卷六。

2 作有〈武侯祠別鄭次公永部〉五律一首，句有「與君俱絕域，此別更魂銷」。

3 作有〈眉州謁三蘇公祠〉七言長句，自注：「祠即故宅，今爲眉山書院」。詩有：「此祠巋然誰所作，維公大節驚頑愚。……眉州玻瓈天馬駒，酹公三醱公歸乎」等句。

4 其間瞿塘峽到巫峽及巫峽至西陵峽，分別有大寧河谷及香溪寬谷，共長七十八公里，包括在三峽的一百九十二公里里程之內；專指三峽里程實際是一百一十四公里。

5 《歙縣志》，宋高僧，歙人。少時於盛夏夜，臥草莽中，施身蚊蚋歷二十年。住休寧普滿寺，自號覺菴。圓寂後燒之頂骨不壞，人譽爲「雪山風」。著有《池陽百問》。

6 唐肅宗至德元年（西元757）二月，永王李璘（玄宗第十六子），與肅宗爭位，由江夏（今湖北武昌）起兵，以北上平亂爲名，「總江淮銳兵，長驅河洛」。李白於潯陽（今江西九江）應召入幕；及李璘事敗被殺，李白下潯陽獄。後由宣慰大使崔渙、御史中丞宋若思等人，營救出獄。及肅宗入京，李白又被重新定罪，流放夜郎（今貴州桐梓一帶），乾元二年（西元759）春夏間，溯峽行至夔州，遇赦東還。杜甫

時在成都，不知李白被赦，憂思成夢，故有「夢李白」二首。

7 唐憲宗元和十四年（西元819），白居易由江州（今江西九江縣）司馬
赴忠州（今四川忠縣）任刺史職。於巫山神女廟壁見有題詩七絕一
首：「忠州刺史今才子，行至巫峽必有詩。爲極高唐神女道，速排雲
雨候清祠」。原爲秭歸文士繁知一爲能得見大詩人白居易一面，乃題此
詩以爲媒介，後果得見。

8 屈原初放於楚懷王二十四年（西元前305），地點在今安徽省石棣縣陵
陽鎮。再放於頃襄王十三年（西元前286），漂泊江南。放逐後第九年
（西元前278），秦將白起拔郢，遂投汨羅以死，年六十二。

9 原文「屐齒」，木屐的齒。木屐底有二齒，以行泥地。《晉書‧謝安傳》
有「不覺屐齒之折」，以示謝安遇事之從容坦然。屐可爲鞋的泛稱。

10 黃庭堅作此詩的誘因，據王象之《輿地紀勝》：「竹泉在荊州松滋縣
南，宋至和（西元1054～1055）初，苦竹寺僧汲井得筆，後黃庭堅謫
黔過之，曰：『此吾蛤蟆培所墜。』因知此泉相通」。意即蛤蟆培失筆
而於苦林寺井所獲，則苦林寺井水即爲蛤蟆泉所流注。

11 「長慶人」以白居易、元稹皆有《長慶集》，而又著成於唐穆宗長慶改
元之初。二人詩格相類，故又世稱「長慶體」。

12 清何世璂《然燈紀聞》曰：「爲詩先從風致入手，久之要追平淡。」
而王士禎《池北偶談》引孔文谷曰：「詩以達性，然需清遠爲尙。」
又《詩問答》曰：「唐詩主情，故多蘊藉。」可歸納爲王士禎的詩風
主張。

曉公與羅香林先生

——兼為《羅香林先生年譜》補遺

　　中國文化大學創辦人張曉峰先生其昀，與香港大學永久教授羅乙堂先生香林，於民國三十八年秋在廣州初識，直至六十七年四月乙堂先生辭世，交遊近三十年。六十九年八月，余為編撰《羅香林先生年譜》，兼程赴香港大學馮平山圖書館謁訪年譜資料，於甫成立的「乙堂文庫」得讀《乙堂函札》九十四鉅冊（每冊裱裝函件百束），皆屬論述學術性資料。分為〈集諭上〉、〈集諭中〉、〈集諭下〉三部（當時尚有一堆置於地上，尚在繼續檢勘裱裝）。從中得見曉公致先生函札十數件，因其謹記日月，未有繫年，因擇其事蹟年代可考者，編入年譜，餘皆未採。近得文化大學董事會祕書張行蘭先生，出示當年乙堂先生奉曉公書十六件，始悉當年曉公任中央黨部祕書長暨教育部長期間所收乙堂先生函件，竟移存於此，因此對於當年在港拜讀《乙堂函札》中的曉公函件，未能全部採錄或保留，十分遺憾。乙堂先生作書，信末亦僅綴月日，未有繫年。而今既見二公往年來往部分手跡而喜出望外，亦因信中年代闕如，增加鋪敘上的困難，於今只好再將兩相敘事的印證勘合而求其實了。

　　曉公為一代地學家兼教育家，乙堂先生則為港九學術文化界譽為「史學宗師」的史學名家。二公名山事業，已昭然史

冊，本文僅敘其交遊概況。

一

　　曉公於民國三十八年夏，南下廣州，盤桓期間，曾與鄭彥棻、錢穆先生等商談未來，據錢穆先生後來追憶：「民國三十八年，余避赤禍來廣州。一日，忽於街頭遇見曉峰。曉峰立街頭告余，此來不復返，擬夏後赴香港辦學校」云。[1] 據資料顯示，曉公等人欲赴香港創辦亞洲文化學院。時乙堂先生任教席於廣州中山大學歷史系，與曉公可能曾有一面之緣，故後來交遊便利。七月間，乙堂先生舉家遷往香港，曉公嗣蒙總裁 蔣公召喚赴臺。

　　現在有一封好像是乙堂先生自香港寄奉在臺灣的曉公一封信，看來又不太像，茲錄函文如下：

　　曉峰部長先生勛鑒：自去夏於廣州得聆鴻教，景慕之懷，與日俱積，事變日亟，箋敬多疏，歉愧無似，弟於去歲廣州淪陷前數日倉皇來港，初住沙田，繼遷粉嶺，雖生活艱苦，而此志不衰。除已發現關於宋代阿拉伯人來華之家譜資料撰作《蒲壽庚考證》一書（約十萬言），以補正桑原騭藏之不足與闕誤外，復為撰作《香港人士與中國新文化運動之關係》一書。前者經於去臘脫稿，後者亦大體就緒。前見先生於前月發表關於〈中國新文化運動〉之卓見，而歸結為三民主義學術思想之發揚，閎識高懷，曷勝景佩！弟曩歲在渝，以最高領袖曾將關於 國父在香港西醫書院（大學性質）時代之資料賜交研究，因發現 國父

早在光緒十三年至二十年（西元1887～1897）期間，即悉力倡導科學研究與民主政治，……不揣淺陋，曾撰述《國父之大學時代》一書，於民國三十四年初出版，曾蒙最高領袖傳示嘉獎。……惟以當時適值勝利復員，諸事紛沓，未及設法推廣。茲謹奉呈一冊，倘謂可備採擇，以爲發揚三民主義學術文化以轉移人心萬一之助，則請賜予再版，並乞酌量發給若干稿費，俾維持此間清苦自持之生活，則不勝感激之至矣。大部編譯與出版之計劃，得便亦乞示知。弟在此僅爲文化學院授課數小時，故以悉力從事寫作也。

謹此

奉懇並叩

勛安

弟羅香林拜上　五月五日

這封信稱謂「曉峰部長」，在行文中提到廣州事，又謂「去夏」、「去歲」，兩者就有時間差異。以曉公於民國四十三年五月二十七日，出任教育部長，民國三十八年七月間，二公在廣州相會，同年十月十三日，廣州淪陷，則此信應是寫在民國三十九年。雖然去夏、去歲的「去」字，勉強可以解釋爲「過去」；但先生以《蒲壽庚考證》，於民國四十四年，由臺北中華出版事業委員會出版；而《國父之大學時代》，則已於四十三年由臺北商務印書館出版。二書之出版皆借曉公之力；曉公既在四十三年五月底出任部長，而此信末署的「五月五日」，最早不能早於四十四年。如此，則二書此時或已出版，或將出版，時間已不能配合，因此信中託付曉公設法出版事，

自難理解。

再者，乙堂先生到港後的當年九月，受聘文化專科學校（廣州文化大學分設）兼課，次年一月，又在廣大書院（廣州大學改設）兼課，收入菲薄，六口之家，生活艱苦；四十年九月，受聘香港大學兼任講師，次年改聘專任，且夫人朱倓女士，亦已在粉嶺一所津貼小學覓得正式教職，生活已趨穩定，自非甫到港時的艱困生活可比。因此希望藉稿費以維持清苦自持的生活，恐怕指的仍是三十九年。也因此，這封信應是寫在民國三十九年的五月五日，雖然其中的「部長」及「大部」二詞，至今仍然無法解釋，只好姑列於此待考。[2]

另外一封奉曉公書，末署「七月二十八日」，依信的內容推斷，也是寫在民國三十九年。這封信是在「前奉（曉公）五月十日手教」之後的回信；如果前封「五月五日」的奉曉公書，確定是在民國三十九年，則這封曉公「五月十日手教」，不是在接到乙堂先生「五月五日」奉書後的直接回函，而是中間另有往來書札。信中說：

> 連日閱報，恭悉 總裁毅然決然改革本黨，先生綜參大計，密運閎謨，行見組織革新，黨紀整肅，力量更生，再造中國。……

以三十九年夏間，中央即有造黨之議。七月二十六日，中央改造委員會發表改造委員會名單十六人，曉公晉名第二（首名陳誠）；八月五日中央改造委員會通過總裁交議任曉公為中央改造委員會秘書長。乙堂先生此信稱曉公為「曉峰先生」。

乙堂先生自廣州遷港後，先居沙田某地，後賃居新界粉嶺

聯和道十號（後來奉曉公書多在信末附綴此名）。[3]因生活艱苦，又提到「自去歲廣州淪陷前數日來港後，無日不思赴臺工作，以無適當機會，兼家人較多，恐到臺無預定工作，難維持生活，是以暫居香港新界，除教課外，輒以寫稿自給。……頃為此間崇正總會編著《三十週年紀念特刊》，內容仍以有關客家問題之論文為重。至十月初，即可藏事，屆時頗擬設法來臺，先生處如有適於弟棉薄能力之工作，或各學校如有文史教席，則乞附賜推介，俾資效命，無任感禱。……」曉公對此一問題有無見答，並無資料可徵，而以後先生也未來臺任職，確實原因不明。意以中原板蕩，忠藎之士流離，先生時值壯年，又以著述等身，[14]中樞欲留海隅，為僑界之中流砥柱乎？

三十九年十月十一日曉公出任中央改造委員會秘書長甫二月，即函先生將其所著《國父與歐美之友好》書稿寄往臺北；次年十一月，由中央文物供應社出版。是書共列國父十二位歐美友人，最友好者為美國的威廉博士（Dr. Willom）。乙堂先生說：「人之相知，貴相知心。 國父是威廉博士最偉大的知己。他受了 國父的感動，才認識了三民主義的高明和適應，認識了中國革命的本質和意義，他才毅然的參加了中國革命建國的一部分工作，而成為 國父的一位永友。」[15]又引曉公的話說：「美國的繁榮繫於中國的安定，而中國的安定又繫於孫總理的遺教發揚光大。」[16]

自曉公膺任中央秘書長，乙堂先生致奉書札即一律改稱職銜為「曉峰秘書長鈞鑒」或「曉峰祕書長勛鑒」、「曉峰祕書長先生勛鑒」等；自稱則為「弟羅香林敬上」。曉公稱謂一律為：「香林吾兄大鑒」，自稱則是「弟張其昀敬啟」。

從乙堂先生致奉曉公書札中，見得雙方文字交遊密切，但

俱未見民國四十年的往來信件。四十一年三月五日，先生覆函
曉公云：「迭奉手教」。「迭奉」二字表示了曉公問候頻繁。
這封信中，感謝曉公贈其所著《黨史概要》五冊，及收到《學
術季刊》社稿費二百四十元。《學術季刊》爲《改造半月刊》
的前身，爲「改造」期間的中央第一種刊物，乙堂先生在《學
術季刊》發表的論題不詳。至於《黨史概要》一書，表示「早
擬撰一短文，略述拜讀後敬慕與感動等意見，以課務拘牽，迄
未脫稿，至爲歉仄！」遂將全書精神簡括爲以下四項加以說
明。略以：（一）關於黨的本身方面；（二）關於民族國家方
面；（三）關於學術文化方面；（四）關於社會經濟方面。

　　信中表示，乙堂先生對《黨史概要》所擬作的評介短文，
即欲以前述四點發揮；但全書既以黨史爲骨幹，則牽涉到整個
現代中國的發展，因此建議曉公書名或可改爲《國民黨與現代
中國之發展》，而於封面內頁，加注一句「一名《黨史概要》
或《近六十年中國革命史》」。

　　信中也提到民國三十一年先生任職重慶黨中央的學術片
斷。「弟昔年於中央祕書處學術會議，演講中國歷史，曾講完
〈中華民族的成長〉、〈歷代治亂的因果〉、〈中國文化的演進〉
及〈歷代人才的消長〉等專題……近在港大，教授歷史，亦以
此類專題爲中心。茲錄取講稿八篇，約十二萬字，合爲一書，
命名《中國歷史綱要》。其中〈歷代治亂的因果〉一篇，頗受
先生〈中國與中道〉（見《論衡》）之影響」云。據信末所述，
《中國歷史綱要》書稿，將掛號寄呈曉公教正：「如以爲不無
可供國人參考之處，則乞交中華文化出版事業委員會，以二十
四開本款式，賜予印行。」按：該書稿後承曉公建議改名爲
《中國民族史》，於民國四十三年五月由中華文化出版事業委員

會出版。有《序》云：

> ……近十年來，筆者常於各地講授與中國歷史有關的專題，如〈中華民族的長成〉、〈歷代治亂的因果〉、〈歷代人才的消長〉與〈重要武器的發明〉等等。……茲以友人不斷約撰專書，爰就這等講稿，提出八篇，命名曰《中國民族史》。……

在此書出版之前，曾獲曉公來信，又覆函曰：

> 曉峰祕書長勛鑒：頃奉本月八日手教，曾指示拙作書稿命名問題，感佩無似。鄙意如改用《中國民族史》一名，則於書首〈自序〉須改易數字，茲將改易文句另紙奉上，乞先生逕為裁定。……前承賜贈尊作《黨史概要》前五冊，拜讀之餘，益深景仰。茲試作簡短書評一篇，乞賜教正並賜筆削為禱。……
>
> 弟羅香林敬上　三月十四日

　　按：前次乙堂先生覆函曉公，釐訂於民國四十一年三月五日，此次「頃奉本月八日手教」，即是「三月八日」又收到曉公的回信；如果這「三月八日」安排在四十一年，則臺港兩地郵件在三天內即可來回，極不合理；如延伸至四十二年，則曉公收到十二萬字的書稿後，自可有餘閒披閱。但在四十二年間，二公曾有書信往還，皆未提到《中國歷史綱要》或《中國民族史》書稿以及乙堂先生為曉公《黨史綱要》寫書評的事，於情理亦似未能盡合。又以此二函皆敘同一事實，姑謹列此待

考。

在這封信中，乙堂先生表示對《黨史概要》之作，深為景慕。尤其對第四冊第四章〈新學風的倡導〉最後一段提到禮樂問題，倍感其重要性及推崇之情。繼云：

> 猶憶三十二年春季，弟以　總裁召見曾建議徵召薄通古今之士撰作《中華民國通禮》，俟呈復核定後即頒行全國，總裁韙之，因請戴（季陶）院長於是各於北溫泉召集禮制討論會。弟代表黨部出席，當時由大會先決定原則，由出席代表（約兩人）依吉、凶、軍、賓、嘉等五禮，分別撰擬條文。弟與列席秘書段君天炯總為起草（印有北溫泉禮錄），後請戴院長呈復審核，微聞以所議喪期未善（當時大會採用汪東之議，仍用三年之喪），致留中不發，亦足見　總裁對禮樂制度之重視。如將當日　總裁致戴院長之手令及電令，撮要敘述，亦可明示總裁對於禮樂之意見也。

按：先生將當時所撰〈中華民國禮制總綱〉一篇[7]寄奉曉公指教。另有函末附加一句：「承示　國父與日本之友好一書當為撰擬」語，知此前曉公曾函請先生撰稿事，惟原函札未見。又在先生署名及記時三月十四日之後，「附上」四項：㈠書評稿一篇（按即《黨史概要》書評）；㈡〈自序〉更正文字一段（按即《中國民族史》序文）；㈢《學術季刊》稿費收據一紙（括注「此乞轉文季刊編輯部」）；㈣另寄呈《乙堂文存》一冊。

在曉公與乙堂先生函件中，唯一有紀年的，就是這封署有

「民國四十一年六月三日」的乙堂先生奉曉公書。

這封信中是說在香港閱報「敬悉中央經決定於本年雙十節召開本黨第七次全國代表大會，此誠本黨改造後最重要集會」云。這次黨代表大會屆期於陽明山召開。信中並根據自己過去在重慶中央秘書處的工作經驗表示：「竊謂當以屬於發展黨的組織與工作爲最急要。……」並云：「前承指示，撰作《國父學說與歐美思想之關係》一書刻已積極蒐集資料。……知注，謹先奉聞。……」按：「前承……」一事確期不詳，然以先生自民國四十年十一月，由臺北中央文物供應社出版《國父與歐美之友好》一書後，《香港時報》即有書評推崇。曉公爲求有關 國父思想行誼的一貫性，在繼請撰《國父與日本之友好》而又繼撰此書，爲時當不甚遠。約可在四十一年上半年間的曉公函中所指示者。

約在這年秋後，先生收到曉公致函及隨函寄贈所著《中興大業的中心理論》一書，遂於十一月二十三日覆函答云：「尊著《中興大業的中心理論》，舉革命、建設、國防三端，爲三民主義的基本觀念，實爲最確切而精卓之闡釋。……」並奉上所撰〈中國歷代人才的登進與消長〉一文，希能再予《學術季刊》上發表。[8] 曉公接信後即於題上墨批：「稿費港幣兩百元。」這對於維持當時艱苦的生活上，不無少補。

二

民國四十三年五月二十七日，曉公膺任教育部長。此後先生奉書，即以部長職銜稱之。某年七月十八日覆函，謂：「曉公部長鈞鑒：前奉大教，敬諗政機餘裕，曾履 萬福爲慰！

……」觀其用詞，應是曉公出任部長不久兩人的贈答之作。信中提到先生「近來頗注意於早期提倡洋務之容閎等影響於中美文化之交流與科學之研究者（以中國爲立場）關係頗鉅。曾於港大、新亞等校多次演講此類學術問題，頗能感動聽衆」云。先生即將其演講的一部分，撰成〈容閎與中國新文化運用之啓發〉，發表於四十五年二月《新亞學報》第一卷二期，依時間推算，這封信應該是寫在四十四年。先生遂將這篇論文隨函寄奉曉公一份賜正。並云：「前據郭廷以兄云，貴部所主編之《教育與文化》曾發表自美國昔年容閎所建留學生事務所舊檔內所鈔之一百二十名早期留學生中文名單一份，至爲敬佩；惟《教育與文化》方面，未藏有全份者，無從查出研討，至以爲憾！得便乞將該期《教育與文化》飭屬賜寄一冊，無任感禱」云云。

曉公接信後，遂於同年七月二十七日覆函云：

香林吾兄大鑒：拜讀大作，至深欽佩。茲隨函寄上《教育與文化周刊》第六卷第十期一冊，敬希　惠收爲荷。專此順頌

撰綏

弟張其昀敬啓　七月十七日

按：《教育與文化周刊》刊行於民國四十四年三月三日，自第十二頁至第十七頁，有題〈中國早期留美學生史略〉，正是乙堂先生所欲見而曉公所寄贈者。此二函之往返，時間最爲密合。

乙堂先生於收到《教育與文化周刊》後，習慣上應予覆

函，惜往來書札皆未見。但先生在一封致奉曉公而未署「十月五日」的信中，曾云「九月三十日鈞示《中國歷代邊政史》，容俟有空閒時，當試爲之。……」則知此前，先生必曾奉覆曉公書，曉公才提到欲請先生撰作《中國歷代邊政史》的問題；又因「本年十一月十二日，爲 國父百年誕辰紀念」，先生已收到由曉公主持編纂的中華文化出版事業委員會邀稿，擬編紀念論文集等，則知這是民國四十四年，時先生所撰〈國父革命主張對於何啓與鄭觀應等之影響〉論文，隨函寄奉曉公，並發表於《國父九十誕辰紀念論文集》。民國四十五年三月二十二日，先生奉書曉公，謂所著《百越源流與文化》，「蒙賜出版，感幸無似」；又「去年十二月，經由臺北商務印書館代爲印出拙作《唐代文化史》一冊，其中〈貞觀政要述證〉及〈唐代天可汗制度考〉等兩篇，並足爲今日時勢之參考」云。曾請商務印書館代爲奉呈曉公一冊，函詢「未審曾上達鈞座否？」

在這封信中，先生特別提到其外舅（岳父）朱邏先生希祖，「遺著約兩百餘萬字，頃經爲之整理，而〈史館論議〉及〈明清史實考證〉」兩篇文稿，「前者約七八萬字，於昔年建議設立國史館及國史體例等多所論述與精湛意見，後者爲關於明清史各重要文題之考證論文，頗有爲前人所謂發明者」，擬請曉公審酌，是否可設法由中華叢書委員會出版，以公於世云。按：此二篇文稿，是否及時發表不詳。然於民國六十八年四月三十日，由臺北九思出版公司，印行《朱希祖先生文集》六鉅冊，總頁四三六九。封面由俞大維先生題署。

同年九月，先生赴歐洲出席第九屆巴黎國際少壯漢學會議，宣讀論文〈中國社會的演進與中國歷史分期的關係〉。[9]

會議結束後，於九月二十四日返港，二十九日奉函曉公，

說明出席這次學術會議的經過。這封信是用打字排印，長約一千六百字。首先表示在啓程赴歐洲前的八月初，曾在臺參與重要座談，「幸承明訓，感佩無似！」知先生出席這次國際會議，代表香港，也代表中華民國。大會揭幕，由巴黎大學中國學院院長戴密微（M. P. Demfeville）任名譽會長，其教授巴拉斯（E. Balazs），任大會主席。在出席約一百四十餘人中，中共代表名單雖僅列翦伯贊、夏鼐等五人，實際連帶入場者達二十人之多，復以東德、蘇聯與荷蘭等代表多與彼等相通，以致造成了先生與彼等論文內容的意識之辯。而大會主席巴拉斯氏，又賦性圓滑，喜與翦氏等人，相爲委蛇，甚至於會議第三日拜會巴黎市長時，左袒的荷蘭代表何四維氏（A. F. P. Hulsewe）爲首名，翦伯贊居次名。其時中法因已斷交，故巴拉斯亦不承認先生與賀光中一再聲稱的代表自由中國，而是歸屬於代表香港與馬來西亞（賀光中爲馬來西亞大學中國學者，擁護國府），甚至香港另一代表饒宗頤及賀光中教授的論文，也都無法列入宣讀云。

曉公接信後，遂復函先生，略以：

香林吾兄大鑒：

……吾兄此次參加第九屆漢學會議，發表宏論，使匪代表之奸策，無法得逞，至佩賢勞。……下次會議我方應如何準備，並祈惠于於卓見。……敬頌時祺

弟張其昀敬啓　十月

民國四十六年八月十八日，乙堂先生再度赴歐，出席在西德慕尼黑所召開之第二十四屆國際東方學者會議，及馬堡第十

屆國際少壯漢學家會議。[10]

　　此次會議，我國教育部遴派姚從吾、張致遠、方杰人（豪）三位先生代表出席。在本年二月二十三日，乙堂先生復函曉公於同月十六日的來信云：「茲將東方學者會議邀請書，複抄一份（原件用德英法三國文字；茲僅抄英文），請賜查核！」信中並表示，香港大學方面，除先生代表出席，另有三人：馬來西亞大學約仍將由賀光中代表出席。又云：「德人研究漢學者，近頗致力於明代歷史。前歲美人賀凱，在臺灣演講，並謂其本人專研究東林黨史。蓋皆以爲：中國學者於明代較少注意，故不能不代爲研討云。」按：先生外舅朱希祖教授，爲國人研究南明史之大家，遺著有《南明史研究》一稿，約二十萬字；先生夫人朱倓女士，亦著有《明季社黨史》稿，凡十餘萬言，皆因中原多故，未及刊行；而「前一稿，合編入於中華叢書；後一稿，則與現代國民基本知識叢書，性質相合」。書稿隨函寄呈曉公，乞爲裁示是否可設法印行云。曉公接函，於同年三月十五日回信云：「前奉大示，承詢《南明史研究》及《明季社黨史》二稿出版一節，因叢書第五輯書稿已滿，擬第六輯開始再行奉洽出版等云。」

　　七月二十五日，再奉書曉公，謂本年八月底至九月上旬，在西德舉行的二次國際漢學會議，香港大學已派定先生與劉若愚、饒宗頤及該校圖書館長英籍施高德夫人等出席；新亞書院方面，則派定牟潤孫先生前往：「特惜馬來亞大學之賀光中兄，迄未決定前往，聞彼將改赴日本蒐集資料，則會議討論時，或將少一忠藎而有力之鬥士焉」。

　　信中曾提到去年第九屆國際少壯漢學家會議後，先生曾向教育部報告〈第九屆國際少壯漢學會議及歐美漢學研究之趨勢〉

一文,曉公指示當由《學術季刊》發表。「其後弟再加思考,
頗覺該文後段各點,或不宜公開披露;而前二段,又有報導上
之時間關係。故復稍加刪削,交由香港筆會所主編之《文學世
界》春季號印行,茲奉上抽印本一冊。……其前存《學術季刊》
社之全稿,如尚未付印,則乞轉囑該社勿再付排」云。該文余
未得見,揣其意,原稿或與本文前述其與某些意識形態有關
乎?

曉公曾語先生,教育部將以英文編印《中國文化季刊》及
《孔學論集》;先生希望如已成編,則請早能寄達數冊,俾便
帶往歐洲傳觀或作學術交換云。

這次在西德的兩次學術會議,先生在漢學會議,宣讀論文
〈中國新文化運動與香港之關係〉英文稿一篇,返港後於九月
二十七日致奉曉公書中附呈。至於「此次會議經過情形,想杰
人兄等早為陸續報告矣」;而十二月二十一日,先生自港來臺
後,當另與曉公晤敘。[11]

三

在所見乙堂先生致奉曉公的十餘封書札中,僅有一封提稱
語稱「曉峰主任」,想是在民國四十八年四月一日曉公出任國
防研究院主任後的函件。這封信開首即說:「迭奉大教」,顯
示目前所見曉公復件資料雖然不多,實際上應該不少。先生信
中提到「倫女士欲來港任教事,經託人至新亞書院詢問(此校
負責人為嶺南大學畢業者,學生甚多,進行較易),待有確
訊,當另奉復」云。倫女士學名慧珠,為史學家張蔭麟先生遺
孀。三十八年秋,廣州危急,女士攜母及幼兒匡女華,避難香

港。曾任教於知行中學，信中謂曉公薦介女士至香港任教，其時倫女士可能仍在香港，是否擬請乙堂先生設法為其另覓學校，因未見二公再提及此事，以後發展情形，故無從得知。信中也提到「前所述〈漢學研究在香港〉一稿經已抄好，茲掛號寄上，請刪正（僅就民國元年至三十年一段立論，其餘則限以時間，未能悉述）」云。按：先生是文發表時或改名為〈香港之漢學研究〉，民國五十一年九月，臺北國防研究院出版，收入《世界各國漢學研究論文集》。

乙堂先生為人質樸，處事嚴謹，溫而厲。時臺北有文星書店者，以盜印圖籍，先生不以為然。遂於信中表示：「香港大學出版部所印各書，在臺灣向僅由臺灣出版中心經理代售，乃今春忽有文星書局將港大所印理雅各譯《中國經典》（港大出版部主任為法人魏智先生），未得港大同意，全部翻印（照相版、正文及內封面一切照舊），不特侵犯港大版權，且亦損出版中心之代售權益，而影響（該翻印書局所得無幾，而國家損失甚大）於國民外交之進行者，為害更大。不知有關當局曾注意及之否？」後來該書店關門停業，未悉可與此事有關否？

曉公初創中國文化學院，原名「遠東大學」，據傳原無歷史系，先生建議曉公：「前見報載遠東大學設立各系，無歷史部分，竊謂歷史為民族國家之精神所寄，仍以增設為便。」按：中國文化學院於民國五十一年先設立研究所，次年大學部十五系招生，史學系列名第三。

這封信末署七月二十三日。如果推論不誤，此信為寫在民國五十一年。以下所記，部分出自函札資料，餘或出自乙堂先生《筆記》，或徵諸事實。

民國五十一年七月，曉公敦聘先生為中國文化學院研究所

通訊指導教授。[12]

民國五十三年六月，港大中文系主任英籍林仰山教授榮休，先生受聘爲系主任，兼任東方文化研究院院長。次年二月，受聘港大中文系講座教授。[13]五十六年二月十七日，曉公以先生將屆榮休，擬聘爲中國文化學院研究所專任教授，[14]先生未能受聘。後據先生面告筆者，香港浸會學院已擬預聘爲該校文學院院長，官立文商專科學校（夜校），欲聘爲該校校長，而珠海大學則預聘至該校籌設中國文史研究所，以先生志在學術，故已意屬珠海。五十六年三月六日，曉公聘爲中國文化學院名譽教授，同年六月，中華學術院頒授哲士榮銜。[15]

八月，先生奉函曉公，推薦前港大中文系主任英籍林仰山教授爲中華學術院名譽文學博士，曉公復函云：

敬表同意，月內當可提請本院院務會議審議。[16]

五十七年八月二十六日，先生受邀出席臺北陽明山華岡中華學術院所召開之第一屆國際學術華學會議，宣讀論文（元明二代中國與忽必謨斯之交通）。[17]次年七月二十一日，先生偕夫人由港來臺，轉赴美國鹽湖城出席世界載籍會議，於拜訪教育部孫宕越部長討論有關珠海中國文史研究招生事宜後，於二十四日往陽明山中國文化學院拜訪曉公。翌日下午五時，在華岡接受曉公晚宴，作陪有韓國秋、陳漢光、趙鐵寒、陳槃、楊女士（筆按或爲楊惠敏），及該學院宋晞院長等人。宴後，曉公引導參觀學院校區，先生記曰：「大成館甚美壯，景致特優……」[18]

五十八年七月二十四日，先生奉書曉公，謂本年八月將赴

美國鹽湖城出席世界載籍會議[19]函云：

> 曉峰主任鈞鑒：四月前，迭承惠教，感幸無似。美國猶他
> 州鹽湖，將於本年八月四日至十日召集各地歷史學家、文
> 獻學家、圖書館學家、譜系學家，及有關技術人事，舉行
> 世界載籍會議（World Conference on Records）。其中關於中
> 國族譜問題，堅邀弟出席參加，與加州大學社會研究所艾
> 伯華教授（Prof. Walfram Eberhand）共同討論，且須提出
> 論文兩篇（一為〈中國族譜之流傳與保存〉，二為〈中國
> 族譜所見中國歷史之發展〉，艾氏則提〈中國族譜與中國
> 社會〉一篇），固辭不獲，現已決定於本月二十一日動
> 程，先來臺北，蒐集有關資料，至三十一日再赴三藩市，
> 轉往鹽湖。到臺北時，謹當趨謁請益。族譜記錄，多與人
> 文地理有關，不知貴處曾收藏此類資料否？柳翼謀先生，
> 早曾提倡族譜研究，不知其遺著已全部刊出否？明人言譜
> 學者盛稱四名槎湖張氏族譜（期譜修於東沙尚書於族內人
> 事善惡俱書區別森然，與前此名譜言善不言惡者有殊，所
> 謂「四明張譜」「標異槎湖」也），不知鈞座曾攜出此譜
> 否？（全祖望有槎湖張氏譜跋，想尊家必多藏此譜者）。
> 便乞指示，無任感禱，專此奉陳，並叩
> 鈞安
>
> 　　　　　　　　　　　　　弟羅香林敬上　　五十八年七月

　　民國六十二年十月二日，先生自港抵臺，出席在臺北召開
之全世界客屬同鄉大會，並作專題演講：〈客家源流及其社會
背景與影響〉。八日，在臺北　國父紀念館「全球基督教大會」

證道，演講〈基督教與香港文化的關係〉[20]十月十日，參加總統府前國慶大典。在臺逗留十數日間，應與曉公晤敍話舊，惟實際內容不詳。

民國六十四年六月，先生接獲中國文化學院史學研究所宋晞所長撰贈《清末華工對南非屈士蘭瓦爾金礦開採的貢獻》一書，在覆函中深表謝意；並謂將赴臺北轉往美國出席華人歷史學會所舉辦之學術會議云。宋氏覆函云：「……祇悉大駕將於七月一日抵達臺北，作短暫停留。……曉峰老師極表歡迎先生上山一敍……」[21]先生抵臺後，往陽明山中國文化學院拜訪曉公。曉公以午宴款待。

民國六十六年七月五日，先生自港抵臺，轉赴美國訪問，未悉是否曾與曉公晤面。九月，長子文，應曉公之聘，暫辭美國佛羅里達大學教職，任中國文化學院訪問教授一年，講授中國思想史、歐美之漢學等課程。

綜觀曉公與乙堂先生之交遊，允爲以文會友，言以興邦。蓋以曉公擔任中央秘書長期間，二公爲文著述，要以黨政文化是論；不論曉公的《黨史概要》、《中興大業的中心理論》，及《中國新文化運動》等，或乙堂先生的《國父與歐美之友好》、《中國歷代人才之登進與消長》與《中國民族史》等，皆在配合時需，以應這個非常時代。

教育是百年大計，文化是民族命脈的延續，曉公自任教育部長，二公書信論述；又轉向教育與文化的推進。就以民國四十六年間曉公的幾次演講而言，講題就有〈兩位中國大科學家〉、〈中國文化與現代日本〉、〈國歌與國旗〉、〈中英兩國的民族性〉、〈全國美術人才的大結合〉、〈東吳精神〉、〈禮學與中國文化〉等十餘篇。而乙堂先生就以民國四十三年至四

十七年間，在臺北發表的論著而言，舉其犖犖大者，就有如
〈唐詩與中日文化交流之關係〉收入《中日文化論集》（中華文
化出版事業委員會出版）、《唐代文化史》（臺北商務）、《百
越源流與文化》（中華叢書委員會出版）、〈從《論語》探討孔
子所說的道〉，收入《孔子學說論文集》（中華文化出版事業委
員會出版）。可見二公的理想一致，目標不約而同，又皆以教
育而終其志，因此其不僅專為地學與史學大家，而是成功的大
教育家了。

——原文發表於《張其昀先生百年誕辰論文集》，民國八十九
　　年十月。

⋯附註⋯

[1] 語見〈紀念張曉峰吾友〉，收錄於《張其昀先生紀念文集》（臺北：中
　國文化大學張其昀先生文集編纂委員會，1986年8月28日），頁7。

[2] 按：民國八十九年二月二十四日承文大董事會張行蘭先生查告，曉公
　於三十九年三月任中國國民黨總裁辦公室第六組主任及中央宣傳部部
　長，則乙堂先生信中稱「曉峰部長」，可能指此。如此，則這封信是寫
　在民國三十九年應為無疑了。

[3] 按：粉嶺為一山區小鎮，南距九龍城約一小時車程，北距邊界羅湖約
　四十里。民國六十九年春月，余遊其地，見外牆剝落，內無居人。

[4] 按：羅香林先生，廣東興寧縣人。出生於民國前七年（西元1905），時
　適四十六歲。又先生自民國十三年就讀上海承天英文學校時，即發表
　〈讀書不忘救國論〉文於商務印書館《學生雜誌》，以後不斷寫作，至
　今民國三十九年，已出版專著四十種，發表期刊論文八十餘篇。

[5] 羅香林撰：《國父與歐美之友好》，頁148。

[6] 引見張其昀撰：〈威廉博士於中國〉，收錄於《東西文化》（臺北：正

中書局，1951年4月）。

7 收入羅香林著：《乙堂文存》（香港：中國學社，1965年3月）

8 按：該文於民國四十一年十二月，刊於臺北《學術季刊》第1卷第2期。

9 羅敬之著：《羅香林先生年譜》（臺北：國立編譯館，1995年11月），頁84。

10 同注七，頁86。

11 按：乙堂先生此次來臺，將與錢穆、董作賓、李濟、張乃維、沈剛伯、董同龢、孔德成、凌純聲、侯健、全漢聲、陶振譽等人，發起成立中國東亞學術研究計劃委員會並出席第一次會議，見《羅香林先生年譜》，頁87。

12 《羅香林先生年譜》，頁101，引《乙堂函札》冊二，原札現藏香港大學馮平山圖書館「乙堂文庫」

13 《羅香林先生年譜》，頁107、110。

14 《羅香林先生年譜》，頁122，引《乙堂函札》冊三。

15 《羅香林先生年譜》，頁122～123。

16 《羅香林先生年譜》，頁123，引《乙堂函札》冊二。

17 《羅香林先生年譜》，頁128。

18 羅香林先生撰《旅遊日記》，《羅香林先生年譜》，頁132引。

19 《華夏導報》，（民國五十八年七月二十四日），第一九七期，第四版。

20 見《羅香林先生紀念文集》，頁129。

21 《羅香林先生年譜》，頁158，引《乙堂函札》冊六三。

壯遊中的巨獻

——從《大地勝遊記》讀起

提　要

本文旨在略述我對羅香林先生六種著作的讀後感，並藉機將其作品推介於讀者。香林先生爲香港大學永久教授，是我國獲得是項榮譽之第一人，歿後港九學術文化界譽爲史學宗師，著述頗豐。

我這篇論文題目是根據先生所著《大地勝遊記》有感而發。這部「遊記」大作，引發出很多諸如民族學、語言學、宗教學、史地學、甚至社風民俗等門類，洋洋大觀，包羅萬殊，這對於從事旅遊或學術研究者，無異提供了一些良好的立言方法。

關鍵詞：妙峰山、碧霞元君、百越、蒲壽庚、翠亨村、摩崖佛像、大地勝遊

一、前　言

歷來摹山寫水，記述風物，土俗或物產等，常可稱爲「遊記」。略如柳子厚的〈永州八記〉，徐宏祖的《徐霞客遊記》

（原文二百四十萬字），或劉鶚的《老殘遊記》等，不論長篇短製，或有多少的文學語言，皆屬遊而記之，直覺上則是文學的遊記。

史學宗師興寧羅乙堂先生香林，雅愛旅遊，也著述繁富。曾說：「遊者友也，寓友於造化者也。遊乎高山，即與高山爲師友也；遊乎流水，即與流水爲良朋也。既必道其言行，矧與造化者爲師爲友，而能不記其勝概乎。」又說：「春秋暇逸，未嘗不登山涉水，訪古問奇。」[1]蓋自民國十五年六月，先生肄業上海吳淞政治學院時，即曾陪侍其父幼山公首「遊滬上園林，旋赴杭州，艤舟西子湖畔，登南北峰，索錢王射潮故處；又隻身西湖長江，遊息匡盧……。」[2]同年秋，轉讀清華大學歷史系，第一個暑假，即與其閩粵數友，自天津乘輪起航，歷遊南北諸大港埠。及秋開學返校，又與其同學鄒君等人，「出居庸關，觀古長城；聖年春，乃與顧頡剛先生等，遊平西天寧寺與白雲觀等。越明年，復與顧先生等，遊妙峰山，觀香客朝頂……。」[3]

乙堂先生的「遊記」式論述或於旅遊中有感而發的相關著作，大致是在遊過「妙峰山」後所發表的〈妙峰山與碧霞元君〉[4]長文之後。民國二十一年春，先生受燕京大學研究院之託，與美國人史蒂文生教授至粵考察人種，即著手於旅遊中觀風問俗，考察史蹟，著爲冊籍。及至歿年，出版中英文專著四十餘種，發表文史學術論文約三百篇，其中在「遊」與「訪」而後撰成單篇論文的不計，而目前所見有關專著至少有五種之多，這些書包括了民族與語言學，社會風情及宗教與古蹟類等，進入其中，不僅是在暢遊大地，也是在發掘及認識與理解大地；所謂巖壑煙霞之登臨傲嘯，則僅其餘事了。

二、民族與語言類

(一)《百越源流與文化》[5]

　　本書主在探討百越民族的源流及其文化變遷,作者於民國二十一年赴粵調查民系,主要考察對象是「客籍」與「廣府本地籍」的百餘名軍人,將其體格、額部、面部、手部、皮膚、毛髮、眼部、耳部、牙齒、顎之角度、領之突起等,運用各種角度測試,發現就「廣府本地籍」軍人中,其籍隸合浦、靈山等縣者,其眼、鼻表象,均與徭人相仿;而籍在廣州附近的本地籍兵士,則每有與水上蜑人相似的特徵,[6]這些考察,或者提供了本書撰作的一點線索。

　　民國二十七年四月,因日機連續轟炸廣州,先生以市立圖書館長之責,於是年八月,舶運圖書如桂,一路所查訪聞見,作有〈潯江遊記〉、〈潯陽見聞錄〉、〈柳州紀行〉及〈川滇道上瑣記〉[7]等文,對於西南諸民族的種性,風俗語言等,多所考述,尤其對廣西桂平的徭、僮諸族,謂「徭人為南蠻遺裔、語言習俗,自成系統;社會組織,不與漢同」;而「僮人今雖同化於漢族,然昔時隸土司為狼兵。其後蘇、閩、粵,皆有狼兵足跡」。「漢人多自廣東、湖南各省移殖」;「又自廣東移入之本地籍人,大率多稱自南雄珠璣巷遷出……」。[8]作者在〈韶始雄遊訪記〉第三小題的〈南雄珠璣巷〉一文,就曾提到曲江縣治附近,就有「韶城土話,湘贛官話,水上蜑話,廣州白話,和純粹客語五種」。[9]而民國二十二年廣西九十五縣市方志所載各地方言,除了未見「蜑語」,其他大致都包括了。略如:

桂平：有白話、僮話、福建話、客話四種。以操白者占最多數。

　　蒼梧：城市言語複雜，各鄉村多操白話及客家話。

　　柳州：有官話、僮話、客話、粵語，及湖南話各種[10]。

　　因知「自南宋間移居珠磯巷各漢人，嘗群徙廣州屬地」，後漸西徙徭區，「習染徭風，或兼善徭語，或互通婚媾，徭人血統寖起變化，徭民頗雜漢人血素……」。[11]

　　《百越源流與文化》，是以作者在南方考察民族及與〈潯陽聞見錄〉等之所得爲引線，而擴大及深入探討古越族種源分布區域，與蜑、黎、南詔、僰夷等種族之來源等，自然精卓。其書〈越族源出於夏民族考〉、〈古代越族方言考〉、〈海南島黎人源出越族考〉、〈南詔種族考〉、〈僰夷種族考〉等數章，皆作於民國二十八、九年的中山大學文學院，時中大已從廣州遷於雲南澂江，先生自渝返校，任史學系教授。以上這些作品大致是在遷流途中所作。

㈡《蒲壽庚研究》[12]

　　本書之作，是先有美國人羅志意（W. W. Rockhill）在所撰〈十四世紀中國與東方群島及印度洋沿岸之關係及貿易〉（Notes on the Relations and the Trand of China With the Eastern Archipelago and the Coust of the Indian during the 14 the Century）一文中，提到關於宋末提舉泉州市舶使蒲壽庚的事蹟；而日本人縢田豐八，撰〈王爾氏（H. Yule）注馬可孛羅遊記補正二則〉一文，也提到蒲壽庚先世爲阿拉伯人；日人桑原騭藏所著《提舉市舶西域人蒲壽庚之事蹟》一書，最負盛名。然桑原氏之作，惜爲多採間接資料，這對於治史首重譜諜（家譜或族譜）

資料的乙堂先生而言，顯然有些不足，甚至認為具有五項缺失需加釐清及補充。[13]

　　民國二十九年十一月三日，先生行經桂林，與友人陳志良君，同訪桂林西門外回教清眞寺，時任教於該寺之先生門人賈援，彭林冀二君，亦回教徒，承囑函請其在福建之友人張玉光、金德寶二訇訂，鈔寄於蒲振宗家新發現的《德化蒲壽庚家譜》，以備研究。[14]後來獲得鈔本，及其始祖總表，與友房崇訓，睦房崇誥，嫺房崇圭，仁房崇謀等六表，於是創作本書的基本資料齊備。[15]

　　本書選題，共分十類。如〈蒲壽庚先代之籍貫與行實〉、〈蒲壽庚之行實〉、〈蒲壽庚兄弟之行實〉、〈蒲壽庚子孫及其移居各地〉、〈蒲壽庚與提舉泉州市舶司之關係〉、〈蒲壽庚家族與回教之關係〉、〈蒲壽庚家族之文學淵源〉等。以西域阿拉伯回教中人，自唐宋以來，多以行商自海上東來廣州，因受華夏文化陶冶，又多歸化，並散居江南各地。作者於得獲《德化蒲壽庚家譜》之後，又陸續蒐獲《南海甘蕉蒲氏家譜》及崖縣《三亞港通村蒲氏簡譜》，因又分述〈廣州蒲氏源流考〉及〈海南島蒲氏回教徒考〉，作為本書的第八、九二章，至於第十章的〈聊齋志異作者蒲松齡之家世〉一文，作者昔曾往訪日本慶應義塾大學，於該校中國文學研究室，得睹蒲松齡撰《淄川蒲氏族譜》，「由該譜所載其上代曾改姓楊氏一點，正與蒲壽庚曾孫蒲太初曾改姓楊氏者相合觀之，益知其上代為確曾受明太祖所抑制之回教中人也」。[16]

　　前中央研究院院士陳槃先生，對於《蒲壽庚研究》一書，十分推崇，曾有評曰：

著者根據對日抗戰時期福建德化新發現之《蒲壽庚家譜》，及著者在廣州所獲之《南海甘蕉蒲氏家譜》與崖縣《三亞港通村蒲氏簡譜》，歸納其他有關資料，闡明此蒲氏由西域入華，及其傳演系統，與蒲壽庚本人及家族之活動及其與宋元明歷史發展之關係等。視日人桑原騭藏所著《蒲壽庚事蹟考》，為發現更多……。[17]

敬按：本書對蒲壽庚來華第一世祖蒲孟宗以迄壽庚（第七代）曾孫蒲太初、本初的十世間，考述其詳，為我國史學界考察早期來華仕宦的阿拉伯回教系統中人第一本著籍。惟在該書第十章《聊齋志異作者蒲松齡之家世》文，謂蒲松齡先世為出自《蒲壽庚家譜》所載蒲太初一支的北遷，有所株連；另外，元末般陽路（淄川舊名）總管蒲居仁，疑是壽庚之兄壽晟長子師孔的別名，般陽路總管的蒲居仁就是蒲師孔（因師孔字里甫，又字居仁，孔子曾言「里仁為美」之言）。再者，泉州與淄川蒲氏，明初均有孤兒避居外家楊氏而改姓楊，事後又復姓為蒲的事實，因推淄川蒲氏為出自西域回教中人的蒲壽庚系統。

早年筆者研究淄川蒲氏家世時，曾列自蒲太初以下至第八世系統表，時至明末，未發現其名字與蒲松齡明初第一世祖蒲璋下傳十一代名諱相合者。泉州孤兒蒲本初，改姓復姓之後，於洪武三十年（西元1397），授翰林院庶吉士，旋授編修，致仕後，隱居晉江古榕鄉，以自耕為樂，與淄川孤兒的蒲璋並無關係，因此蒲松齡先世出自蒲壽庚系統說，至今存疑。

近讀蒲松齡第十一世孫蒲喜璋先生於《蒲松齡研究》季刊發表〈也談蒲松齡遠祖的民族成分〉，及〈蒲松齡遠祖是蒙古

族補正〉二文，認爲在〈蒲璋小傳〉中所謂「相傳蒲姓爲元世勛，寧順間有夷祖之禍」諸考證，差可近實。蓋成吉思汗同母弟拙赤哈撒兒長子野苦，以父蔭分封到「益都、濟南二府戶撥賜」，當時轄屬濟南府的淄州（今淄川），元末任由可能是野苦子侄輩的蒲魯渾，蒲居仁爲總管，其後因朝廷的皇位之爭，導致了蒲姓夷祖之禍。所以至明初蒲璋時成爲易姓復姓的孤兒。其說參據了《元史》及《淄川縣志》等資料，其可信度似較「蒲壽庚系統」者爲高。

(三)《國父之家世與學養》[18]

　　本書之作，是作者於赴南方調查民系之前，即已得讀《孫總理年譜長編初稿》，頗感於　國父及黨人之革命經過；但對於　國父上世源流，則明示尙需愼爲董理。後又披讀葉溯中先生於《越風》雜誌發表〈中山先生之先世〉一文，及商務印書館所出胡去非先生《總理事略》一書，前者對　國父世系，實多有未能明晰之處，後者則對其家世源流，尤爲矛盾牴牾，因此一直需再縝密考覈爲念。

　　民國二十二年秋，作者於粵考察民族之便，又兼程赴中山縣翠亨村，調查　國父家世。據其赴程及其訪查經過云：

　　由廣州乘輪舟至澳門，轉乘汽車赴翠亨。在距　總理故居小洋房約二十步之中山縣農事試驗場，住宿三日。每日除訪問翠亨鄉居民，及附近各村居民並蒐訪文獻外，即至　國父故居，謁　國父胞姊妙西，及中山縣人士所稱老姑太者，請講述　國父家世源流，家庭狀況，幼年生活，親戚景況等。……並鈔錄故居所藏孫氏列祖生歿紀念簿，與陸

氏（按陸皓東胞弟）家譜所載中山縣陸氏源流，獲資料頗富，並於當地寫成訪問記一厚冊……。[19]

以上述訪得的資料，恐被日寇侵毀，特移庋於番禺龍歸墟，不幸當廣州緊急，車輛缺乏，無法救運，仍與其他庋藏俱沒，遂又重起爐灶，走訪粵東各孫氏族人，或得口述，或鈔其家藏，資料又漸集中。作者特別提到其友人紫金縣長李蔚春氏，及紫金忠壩溫濟琴先生；前者借得忠壩 國父上世孫氏族譜舊鈔本，後者則為述忠壩地理情況與相關史蹟，這已是民國三十年八月間事。其後又數次往返翠亨，復再佐以其他相關資料，終於完成此著。

作者根據紫金忠壩〈孫氏族譜序〉及今江西寧都孫氏第八條與第十一條族譜，及興寧官田《孫氏族譜》，考出 國父上世出於唐末之孫俐公。俐公籍河南陳留，以黃巢之亂引兵遊於閩粵江右間，以功封東平侯，移居江西寧都。越五傳有承事公者，復遷福建長汀河田，至明永樂（西元1403～1424）間，有友松公者，再遷廣東紫金，是為 國父上世入粵始祖；又十二傳，有連昌公者，以其族人參與反清義軍，兵敗流散，於康熙中（約西元1691左右）遷居增城，旋再遷中山縣涌口門村，又二傳至殿朝公，遷居翠亨，是為 國父高祖。自入粵始祖友松公至 國父，已十八代，凡歷二百五、六十年。

敬按：本書錯綜互證，允為賅備。先總統蔣中正題「載德奕世」四字，孫科、鄒魯、吳鐵城、陳立夫諸人，分別題序；哲嗣孫科先生有云：「……自 國父上世入粵始祖以還，誠賅矣備矣；然自晚唐以至趙宋，其各代名諱事蹟，與自贛遷閩經過，則第條列大體，未遑詳述。斯固資料不備，有以致之，而

閩贛仍需調查,以別爲一書,亦至明焉……羅君之史學才識,而黽勉不輟,吾知其必繼此更有述作……。」

此書於民國三十二年八月十一日定稿,繼又撰《國父之大學時代》,於翌年十二月十五日完成初稿,四十三年六月五日「增記」定稿,因將二書合編爲《國父之家世與學養》。

三、宗教與古蹟類

(一)《民俗學論叢》

本書計收錄九篇論文及「附錄」一篇共十篇,實際有關宗教信仰的只有二篇,[20]而涉及旅遊並發爲述作的,只有〈妙峰山與碧霞元君〉一文。

作者所遊的妙峰山,是在今河北省宛平縣西偏北百餘里,山高約三千尺以上,其上有古廟數十所,最頂者曰「靈感宮」(即碧霞元君祠),每年農曆四月,進香者甚衆,廟宇錯落,古柏交蔭,景色奇秀。民國十七年春,作者隨顧頡剛先生等,「遊平西天寧寺與白雲觀等,越明年,復與顧先生等,遊妙峰山,觀香客朝頂……」。[21]日期是民國十八年五月十七日。

作者這次朝山,「最大的目的,就是觀風問俗」。[22]於是撰就這篇〈妙峰山與碧霞元君〉長文,約三萬四千言,於當年十月十四日定稿,就〈碧霞元君的略歷〉、〈碧霞元君的職能〉、〈民衆信仰碧霞元君的原因〉、〈泰山的碧霞元君〉、〈妙峰山的碧霞元君〉、〈碧霞元君與古代中國的女神〉等六節論述,茲簡括爲以下三節述之:

1.北方的一位超強女子

碧霞元君是北方民間所普遍信仰的一位女神,其權力之

大，遠超過管理群鬼的東嶽大帝；然其來源背景，傳說不一，總之其與「泰山」有關。作者認為探究神蹟，「不在於探明碧霞元君來歷的本身，而在於考究一般人對於她的歷程的見解」；因此於列舉出諸如「東嶽大帝的女兒說」、「黃帝遣七女迓西崑眞人說」、「華山玉女說」、「民間凡女得仙說」之後，同意後者「能表現平民的意識，即其內容亦較合於中國社會的背景。大抵元君之所以能為元君，必曾經過下列的幾個階梯」：

(1)民間的聰明女子。

(2)能利用其聰明或技巧，從事其所謂排除民間疾苦的工作（三姑六婆的工作，也是如此）。

(3)因緣時會，生前受人歡迎，尤其是婦女。

(4)其本身曾與泰山族發生關係。

(5)最初由婦女信奉，後來漸及於男子，終則受君主的封號。

作者又認為「中國人崇拜的神，大致可分為六類」；而「第五類為屬於市井巫道的神，凡一切道士巫士或與巫道類似的人，死後受人崇拜者，均屬此類。如花公、花母、天后聖母、婆婆神、王三奶奶……等均是」。碧霞元君的來歷既如上述，則其傳說產生的年代，容希白先生以《宋史》「人為之瑞」一語，認為宋眞宗時善逢迎的「五鬼」之一的王欽若輩「先意承旨」之為。乙堂先生則認為在王欽若輩偽造神異之前，「泰山一地已有玉女脩眞的傳說，或者，且已有人設像奉祀」；並據《山東通志》所載：「命欽若致祭，建昭眞觀」諸語，可知當時已以玉女為脩眞之一，而且是道士之一。以宋代眞、徽二宗，尤其虔信道教，雖然碧霞元君為神，不為士大夫所重，然

因其隸屬道教，其聖蹟也就不脛而走，且漸次擴大開來。[23]

2.死後爲道教女神

　　研究神能，困難而且重要的問題，是其神蹟不能以事實檢驗，而是「民衆憑著自己的冥想解釋出來而信以爲然的抽象說法」，且「他們的職能，往往可隨奉祀人的意識而改變」。碧霞元君既是一位脩眞的女道士，生前已能爲人救苦救難，變神之後，自然有過之而無不及。作者認爲碧霞元君最初只是被認爲能管理婦女問題，後來信衆漸多，聲名遠播，其職能也就由香客意識的轉變，而日漸擴大，甚至人間一切禍福均可掌握支配，作者從妙峰山各香會所的表文末段，可以看出善男信女的祈求語言，即是個人的「增福延壽」到全家的「歲歲人口平安」；又由家國的「風調雨順，五穀豐登」，到「國泰民安，天下太平」。因此這位女神，已經不只是一位「替人救苦救難」、「管理婦女問題」的神了。

　　碧霞元君何以能受到民衆如此崇高的信仰。作者認爲「宗教的信仰，乃是人類在某一時期內生活上所必須而且自自然然會成爲一種共習慣的」。蓋人類生活在宇宙之間，「無時不在驚怪、恐怖、奮鬥之中；惟其常常驚怪而且須準備奮鬥求生的方法，所以不能不用腦力；惟其必須用腦，所以一切冥想和思慮，便都會像噴泉一般湧將出來。人類所以會有宗教，著眼處在此」。

　　作者曾假設一個在荒郊旅行者遇到狂風暴雨、天昏地暗及四顧途窮時，「有人忽然馳至，指示一個出路，或者拿盞明燈、扮個救生之神，領他到一所破屋去，此時這個旅客一定會感激萬分，……而日夜憧憬膜拜不止了；雖然那個破屋仍不安全……」這個「破屋」，就是所謂的人生如旅客，當亂離初

定，文化較低，尤易陷入「雜神迷信」的境地；「無他，只是把雜神看爲狂風暴雨後荒郊裡的一個破屋是已」。

因此作者認爲碧霞元君雖是一位特受民眾崇奉的女神，但「事實上不能保佑人，不能左右人間的禍福」；而其所以顯赫，重要的是民眾「迷信神道」。此外，尚有以下五點：

(1)人們崇德報功：

女神生前必定苦節高行，或爲人們排解危難，死後人們不能忘懷，甚至設壇膜拜奉祀。

(2)人主的封賜：

漢唐以前，女神無人奉祀；而宋代諸帝，大多崇道，一般佞臣，爲投君主所好，遂捏造諸多祥瑞事蹟，人君不察，信以爲眞，益崇神道。凡屬於道教的神，均得封賜。人們爲求免災求福，也就不能不奉神道了。

作者曾以康熙爲例。如滿清初入中國，深懼漢人不服，康熙謀一「借神安民」政策，遂於六年（西元1667）七月，勒建寺廟，計直隸各省，共造寺廟七萬九千六百二十二所，僧尼道姑共一十四萬一百九十三名。

(3)人們生活艱苦：

中國北方諸省區，自宋元明清以來，向爲鐮戰地區，因此田園荒蕪，民不聊生，復以其他天災人禍的歉收，就更難估算，因此女神的聖籤，「每號都有關於田疇禾稼的解釋」，可見一斑。

(4)行善的風氣：

自佛教輪迴思想東來，中國人尤其是婦女及農民，每將人生劃分爲前世、今世、來世三個階段；今世既爲前世的果，來世的因，則今世如果行善積德，一旦轉世，即可無憂無慮了。

這種觀念雖然與碧霞元君無關，然行善積德亦向來爲各宗教所禮讚。因此大凡朝登妙峰山者，都能體認到山上各香會除了會員的進香外，香客每到一茶棚朝拜元君娘：即可得奉以茶、粥，甚至點心食用，甚至爲香客補綴鞋襪。彼等的行善事、修來世、無形中也給香客心中產生了一種感恩報德之念。

(5)靈籤的吸引：

靈籤本爲廟祝所造，然能代表碧霞元君的意志而吸引香客，就牽涉到心理問題。作者認爲，靈籤雖爲廟祝所造，「然能著眼於民眾的自信力，或加之鼓勵，或爲之沮喪，所以對於香客的關係，也就妙不可言」。由於「碧霞元君自宋明以來，靈應之聲，日益昭著（當然是架空的）」，當然「是因香客日多的緣故。因爲迷信她的人，日益加多，所以她的靈籤，也就由廢紙而一變爲判斷人們一切吉凶禍福的金科玉律……」[24]

3.籍隸泰山一帶或泰岱修鍊有成

泰山是碧霞元君的「故鄉」，據引《山東通志·玉女祠》云：

> 祠在泰山頂玉女池。舊有玉女石像，池泉壅久濁。宋眞宗東封，泉忽湍湧，王欽若請浚之。像頗摧折，詔易以玉，磐石爲龕，奉置舊所，令欽若致祭，建昭眞觀。明成化間，賜額碧霞靈應宮……。

作者撰此文時，尚未來登泰山；然既已朝登妙峰山，則對泰山的碧霞元君故鄉，不能不自謙所謂「聊備一格」的與妙峰山碧霞元君祠（靈感宮）略作比較。以下是作者參考歷來有關泰山碧霞元君的文獻作一引述，大致都是記述殿宇規模及設施

景況。筆者在此則從簡其意。

碧霞元君，亦可簡稱爲「玉女」或「元君」，其宮殿曰「碧霞元君宮」、「碧霞宮」、「元君祠」、「元君殿」、「昭眞祠」或「昭眞觀」。從宮名觀之，碧霞元君確屬道教女神。然這位女神，似在唐代就已有傳說流行。劉禹錫〈送東嶽張鍊師〉詩，就有「久聞元君住翠薇」之句，所以未能傳播廣遠，作者推測當時可能還沒有受到君主賜封之故。

泰山的碧霞宮，在南天門左上五里許，宮闕壯麗，廣可畝許，香火日夜不息，廡設碑亭鐘鼓樓、歌舞樓等畢具，亦皆富麗。自天門至宮闕，沿途不少「爲市而廬」的，香客輻輳，市況熱鬧。然每年香會日期，惜未見載，妙峰山香會時間則固定在每年農曆的四月初一至十五，爲期半月。

相較之下，妙峰山的「靈感宮」，佔地不廣，「殿宇也極粗俗」，正殿供奉碧霞元君，另祀有明目元君、廣嗣元君、慈幼元君和保產元君等四尊女神，各司其職，香火皆不如碧霞元君之盛，作者詳細介紹了宮內殿外盛況；而對泰山與妙峰山的香火稅收受及其用途，也都闡述詳明。

本文在結束前，作者又將碧霞元君與中國古代女神，作了一番探討。首先，作者按功勞大小舉出古代女神是「后土」、「啓母」、「媧皇」、「少姨」、「湘妃」和「嫦娥」。這些女神除「嫦娥」外，各地都有宮廟奉祀。人們所以崇祀的原因，大致是由崇拜自然界勢力而想像其人格而信以爲神；或因敬畏貴族女子，至其死後仍然愛慕或恐懼而不止，因此想像其靈異；另外，其生前既處特殊階級，也有相當功勞，碧霞元君則是後起女神，類似所謂「三姑六婆」的階層，入山修煉並得道後，尤能左右民間禍福，死後又歷受人君賜封，所以奉爲神祇。[25]

綜觀〈妙峰山與碧霞元君〉一文，作者是用考證、分析、記述兼之推理方式，完成此作。由於碧霞元君受皇帝賜封及受人們崇祀情形，時代距今尚不甚遠，似應確有其人；其又發跡泰山，香火尤其盛於冀魯一帶，生前應為魯人。

民間故事或傳說，晚近研究者多歸為「民間文學」，固然中國文學多來自地方及民間，但這種不見於文學史的故事或傳說，若能考其源流，徵其史實，察其原委，儘管仍或怪誕而無稽，不足徵信，然因已有其脈絡可尋，多少也具其歷史意義，碧霞元君目前尚不能確定是否真有其人，但因作者抽絲剝繭式的尋繹，文獻俱在，似乎不信其有也不容易。

㈡《唐代桂林之摩崖佛像》[26]

本書創作緣起，於「引論」中曾有述曰：

民國二十一年春，嘗以調查人種之便，至粵北曲江南華寺，考察六祖慧能遺蹟，盤桓久之……二十五年秋，以掌籍廣州，見各家藝術史專書，及史蹟調查報告，其中於日人常盤大定之《支那佛教史蹟》，於中國西北部與中部及沿海各地之佛教史蹟，多所攝影，而廣西獨付闕如……翌年八月，（日軍）大舉內侵，中國群起抗戰，形勢蒼黃，未及即為出發。越年十月，以運度館書，溯牂牁而上，頗欲順為考察史蹟，而瘧疾竊發，終未如願。自是廣州陷沒，余展轉桂、黔、蜀、滇，再返中山大學任教。時學校邊設雲南澂江，山城講授，交通維艱，遂無暇為史蹟考察矣。……會友人陳君志良，自滬港移席桂林，於二十八年冬，赴桂林麗澤門外，探訪古蹟，於西山佛像巖，發現摩

崖佛像數十龕……越年八月，學校奉令再遷粵北，余率一部分學生，以遷校之便，爲滇、黔、湘、桂文化考察團，沿途分組考察。至九月下旬，返抵桂林，稍訪問文化機關，即與友人黃君文博，至西山訪古。……

乙堂先生此次於桂林訪古，發現摩崖佛像甚多，也甚珍貴。計數如下：

1.羅漢應眞像

此像於隱山朝陽洞右華蓋庵得見，爲清乾隆五十八年（西元1793）所精摹刻石的晚唐貫休所繪，共十六尊像，謂風格奇異。

2.阿閦佛造像

此像於民國二十八年十月三日，作者與中山大學畢業生余兆鎏君，同至桂林西山蒐訪。作者記曰：

余遠望觀音山丰山石嚴，隱約有巨形佛像，因鼓勇登山，攀穿叢莽，果見嚴下，鑿阿閦佛造像（Akshobya），首面身軀皆甚完好，坐高營造尺四尺數寸，面目彷含無限善意。而作風與大同雲岡、洛陽龍門之造像不同，而反與印度菩提伽野（Buddhi-Gaya）大覺塔古遺大佛像，及爪哇佛樓（Borobubur）大佛像，大致相近，與中國西北各地及中原之造像，適成另一系統。佛像座崖左方，刻造像題記，署「大唐調露元年十二月八日，隨太師太保申明公孫昭州司馬李寔，造像一鋪」。

以調露元年，爲唐高宗第十一次改元，適爲西元六七九

年，至作者於民國二十九年（西元1940）發現為時已一千二百六十一年，於是可見中國西南邊陲佛教深入以及後人維護的情況。

由於「羅漢應真像」的發現，作者喜出望外，「自是每獨往西山，摩索造像，復於阿閦佛造像右崖，發現巨形佛像數尊，作風皆同……」。作者說，當時他每日以攀山越嶺為事，除了以避敵機空襲警報，主要是以寄思古幽情。其後與友人吳求勝教授約遊市區，又發現一群佛像。

3.伏波山還珠洞佛像

（伏波山）孤峰矗立於灕江左岸，碧巖臨波，幽宵獨絕。洞東口分上下二層，巖壁盛鑿佛像，大小羅列，不可勝計。下層左壁有巨形造像四尊，雖健美不如西山觀音峰造像，而作風略同。上層左壁有巨形造像十餘尊，中一尊，踞江上懸崖，絕健舉。對崖有浮雕巨形菩薩像。壁刻造像題記，署「桂管監軍使賜緋魚袋宋伯康，大中六年九月二十六日鐫」。蓋晚唐宣宗時物。

唐宣宗大中六年，為西元八五二年。在此前七年的武宗會昌五年（八四五），大貶佛法，史稱「會昌法難」。及宣宗立，「復揚佛法，未經摧禁，故較西山造像完好」。

4.疊彩山佛像

在疊彩山南麓，有山崖造像數尊，其地「風洞口」及左右附近，亦多佛教造像，「作風與西山及伏波山諸造像相同」。作者於書後「圖片」十四，附有疊彩山摩崖佛像數幀，莊嚴之態仍清晰可見。

5.寺廟與聖像

作者於同年十月下旬，又考訪桂林市東南角文昌門外的開
元寺，與市東郊七星巖前月牙山的棲霞寺及龍隱寺等。「開元
寺始建於隋，為桂林現存佛寺之肇基最古者，舊有唐顯慶五年
（按西元660）褚遂良書《金剛經碑》，及五代馬楚時書《金剛
經碑》，前者早已無存，後者今毀臥於地……臥碑後，有舍利
塔，形制甚古，塔前有明建文二年（按西元1440）刻觀音大士
畫像及釋迦、文殊、普賢三聖畫像碑，神采尚佳……」。而龍
隱寺內，「有宋刻日月光菩薩畫像及智者大師等畫像，前者像
與題記迄今尚存，後者像已早滅，止存題記……」。作者綜括
前述諸摩崖佛像的觀察，認為桂林西山的造像最勝，依次為伏
波山還珠洞及疊彩山造像。

佛教之傳入桂林，當為時甚早。作者據漢末牟融所撰《理
惑論》與當時交通情況推論：「必在漢末與三國之際，已自印
度經越南傳入」。又據《漢書·地理志·粵地條》、《後漢書·
西域傳·天竺條》及《後漢書·西域傳·大秦條》等比對考
證，認為是說應無可疑。[27]

本書第二章〈桂林石刻晚唐貫休繪十六羅漢像述證〉，文
分三節，要在敘述貫休事蹟及其繪像的次序、型態及其演變過
程。第三章〈桂林訪古記〉，則自民國二十九年九月二十六日
至十一月十七日，逐日採訪古蹟，稽考史實，為前人所不及。
誠如作者在「結語」時說：

> 在桂林所訪得的古蹟，其為前賢或時彥所未提及，或偶一
> 提及，而未將其照相或榻本公之於世者。……摩崖佛像方
> 面，皆親經目睹，於唐史考證，不無裨益……。[28]

前中央研究院院士陳槃先生曾評此書曰：

> ……其中所論，皆爲昔年日人常盤大定撰作《支那佛像古蹟》一書前，所經考察而未及獲見者，今則日人論述中國南方佛教與藝術者，皆推重此書而引用之……。[29]

敬按：作者於桂林造訪摩崖佛像，攀山越嶺，近眺遠望，不以爲苦，反以爲樂，並以其職志所在，爲前人所未有。尤其日人常盤大定所專著的《支那佛像古蹟》一書，多未發現先生之所獲見者，彌足珍貴。而於觀音山腰所發現唐高宗調露元年所題記的「阿閦佛造像」，所以尙「首面身軀皆甚完好」，蓋即人跡罕至，其地未爲塵間所染之故。

四、紀遊專題

作者所著《大地勝遊記》一書，凡分十五章五十七節，以「新作未竟，舊稿多佚」，故僅「錄自民國二十一年至四十五年，其原稿尙存者」。[30]書名雖曰「遊記」，實則遊而「訪古」，遊而「考古」，遊而甚至寫史；先生雖然擅遊，然爲考訪古蹟，又不能不「遊」了。本書首頁，有「編者識」的幾句話，不妨先在此一覽：

> 本書風格，與一般遊記微有不同，係以文物史蹟的調查考證爲主要對象，巖壑煙霞之登臨嘯傲，猶其餘事。讀者除可以用作臥遊外，還可以獲得許多有關文獻的資料，以及

從事考證工作的基本體認。在本書十五篇平實樸茂的記述中，溯典章制度之源流，探先民進化之軌跡，提供了不少專門而正確的論斷；史地而外，有屬於民族學的，有屬於語言學的，有屬於宗教學的……。雖然多是當年舊作，但它爲我們保留著大地的原來面目，而今日已不可復識的；雖然有些我們足跡曾經，或近在咫尺，但它爲我們特備慧眼，發掘出一般人熟視而無睹的事物——本書的難能可貴處在此……。

爲了概括全貌，在此先將十五篇目列下：

㈠〈國父廣州革命史蹟巡視記〉，凡分三節。
㈡〈廣州名蹟記〉，凡分六節。
㈢〈曲江曹溪訪古記〉，凡分三節。
㈣〈韶始雄遊訪記〉，凡分三節。
㈤〈粵中行腳別記〉，凡分三節。
㈥〈潯江遊記〉，凡分三節。
㈦〈潯江聞見錄〉，凡分四節。
㈧〈柳州紀行〉，凡分二節。
㈨〈衡陽紀行〉，凡分二節。
㈩〈川滇道上瑣記〉，凡分五節。
⑾〈金陵六朝陵墓巡視記〉，凡分二節。
⑿〈金陵牛首山訪古記〉，凡分三節。
⒀〈泰山與曲阜孔廟等紀遊〉，凡分六節。
⒁〈國父在港史蹟訪問記〉，凡分三節。
⒂〈九龍新界等地遊訪記〉，凡分九節。

本書既多爲考訪之作，則本文在此僅爲一些考察方法及一

些語言的運用，略作闡述：

1.考察與敘錄的態度

　　讀過先生的書，就會體認到他的著作態度，凡事包舉大端，也必記以委屈細事，旁蒐博采，絲縷必辨，纖芥丘山，盡括而無遺。在本書的《大地勝遊記》中，因係壯遊而訪古，多屬一些瑣記，凡人所未聞者，瑣事亦成奇聞大事；為人所熟知者，大事亦習以為常，不足以為奇為大。因此，本文在此謹以作者嚴謹細密的敘事態度及方法，提出一些證驗。

　　⑴曹溪南華寺景況：

　　曹溪在今廣東省曲江縣東南五十里，南華寺在此，相傳曹操嫡孫叔良捨宅為寺，六祖慧能在此大興佛法，為中國南方禪宗之祖。吾人原以為南華香火鼎盛，其實不然。

　　作者於民國二十一年五月二十九日，自曲江風渡北路出發謁訪南華寺，邊走邊記，他說：「南華古蹟繁多，其興替與中國文化之轉變，不無影響，為南服遊觀勝地。顧以道途艱阻，來往匪易。而時方多艱，盜聚如毛，伺人抄掠，行者戒途。故自民國十年以來，南華道上，遊人常鮮……」，又說：「山川寂寥，禪風莫繼……」由於路上不靖，故自曲江出發前，先「至抗日路教導總部，邀同羅排長、盧班長，率士兵十餘人」隨護。在粵漢鐵路的韶州站，登車南行：「車票二角，兵士減半」。

　　及至南華寺，則詳細記載南華的地理方位，周遭環境，以及寺內的各項設施。「出蘇程菴，稍右，為六祖殿；中為寶座，有門而常關……小沙彌開門引觀，則六祖肉身宛然在目……觀肉身時，諸僧令脫皮鞋，及皮製相盒。謂六祖最懼皮，不願見……」。寺況淒清，遊者歛戢。作者記曰：「全寺今僅

僧徒五人，寺產亦變賣將盡……。」並將五個和尚略作介紹，
其中了緣、定慧，皆出家未久，對寺史尚無所知。了緣早年在
廣西從軍，曾參加甲午戰役，民國以後曾任排連長營副文書等
職，今身無長物，悄然出家，於此「寄食而已」。定慧曾「隨
巡撫唐景崧守臺北，旋唐被擁為總統，事敗，急內渡，隨兵眾
盡逃。今則二人皆六十餘矣」。作者聞其「歷年戰爭慘事，天
寶亂離之感，誠不忍聞！」又記云：

> 曹溪自平藩敗滅以來，寺宇日荒，僧徒悉無賴俗子寄食
> 外，他無所知……。

寺內原藏唐宋寫經，於民國八年又悉被滇軍將領李根源部
掠去：「前賢碑刻，亦被李磨落，而易刻己文，寺內設施，遠
非昔比！……」彼等「恐遭物議，乃將《曹溪通志》所載憨山
文字，盡為手卷，交留寺中。今此類手卷，亦已為俗僧散賣盡
矣！」

至於曹叔良事，作者亦據曾做過韶州知府的馬元所修《曹
溪通志》所言，提出反駁。該志卷一〈建制規模〉有云：

> 山初未有名，因魏武玄孫曹叔良避居此地，以姓名村。而
> 水自東繞山而西，經村下故稱曹溪。
> 至唐龍朔元年，師自黃梅得法，南歸曹溪……於是居民曹
> 叔良等，率眾，遂於寶林故址，建營梵宇，延祖居之。

馬元所修《曹溪通志》中，尚有一說，在此不贅。即以上
述二說，乙堂先生批為「揆之情理，實有未合」。其一，「叔

良為魏武玄孫，其年代當在東晉或南北朝時」；其二，「曹叔良至唐龍朔元年，仍健在人間，何其年壽之長歟？」[31]按：玄孫、為人祖第四代孫，以二十五年為一紀，百年左右，曹叔良當在東晉（西元317～420）初；而龍朔元年，為唐高宗三置年號，乃西元六六一年；即以曹叔良尚存活於東晉末年計，相距亦二百餘年，不可能於曹溪迎迓六祖慧能（西元638～713）之事。

若謂先生此次遊南華，尚有一點樂趣，即是當日下午三時，請小沙彌為一行來人治餐。用餐時記曰：「雖糙澀無似，而雨聲淅瀝，與士兵舉箸聲應和，亦足樂也」。[32]

(2)資料調查與採錄：

調查採錄，是作者自赴南方考察民族以及後來的旅遊所記，資料極為繁夥，不便縷述，在此僅將〈金陵六朝陵墓巡視記〉及〈金陵牛首山訪古記〉二篇，檢要於後。

民國二十四年，作者時任教於南京中央大學，當年一月十八日，曾隨南京古蹟調查會，赴金陵青龍山淳化鎮、上方鎮等地，調查六朝陵墓，「獲見一陵二墓」，墓一為「明副都尉御史朱公墓表，景泰六年（按西元1455）立；墓二則僅見「臥碑」，正統四年（按西元1439）立；墓三為「蕭正立墓」。[33]在石馬衝地方，發現陳武帝萬安陵遺址，[34]謂「隴畝中，餘左右二石獸，望之翼然。……其獸形制頗佳，古樸簡勁，花紋已浸泐。從其形制觀察，似為麒麟，雙耳微張，眼突鼻小，脖頸長，胸滿面突，尾粗而垂，首高抑背，成六十度角，作昂首欲起狀。兩膀有翅，其粗偉。足二對，左二前伸，右二支後，如步行狀。惜半沒土中，其座更不可見……」以上寫的是「左獸」，右獸則以公尺作了更仔細測量：

自頭頂至地面，高二尺二寸。

頭部周圓，寬二尺二寸一分。

自前胸至尾閭，長二尺五寸。

自上唇至下唇，口巨二寸三分。

前胸寬一尺一寸。

　　在上方鎖侯村，作者除了記述一些野景，再就是「于隴間，見石闕一，石獸二……自其體制觀之，似爲陳、梁以前物，然尙須蒐尋文獻證據……」。隨將其闕、獸尺度及其距離、方向等，以尺、寸、分、度等一一記下。如記「方向」云：

石闕銘額正面南偏西二十五度；

由二石獸作一直線，自中點作垂直線，其方位向南偏西三十度。

　　以下又記蕭正立墓及「不知名墓」的石闕、石獸、距離等二十二筆，六十四條，不憚其煩。同年五月十九日，作者又隨朱希祖先生訪查六朝陵墓，發現宋武帝初寧陵，陳文帝南寧陵，[35]及梁代蕭宏、蕭秀、蕭恢、蕭憺、蕭暎、蕭景等二陵六墓，另有二座「不知名墓」。其中「蕭宏墓闕之宏偉，蕭憺墓碑文之典麗，蕭秀墓石獸與碑闕之完整，皆足爲南京市六朝古墓之代表」。作者除將上述諸墓主的碑、闕、獸身及間距等，一一尺寸外，另將陵墓、碑闕、獸類等物的殘破情形及地理形勢一一勘察，復以前人著述略如宋·周敦頤《六朝事蹟編

類》、嘉慶《江寧府志》、《南史》、唐·許嵩《建康實錄》、同
治《上江兩縣志》、張璜《梁代陵墓考》、《梁書》、王厚之
《復齋碑錄》、李吉甫《元和郡縣圖志》及樂史《太平寰宇記》
等書，與所考察的資料詳加考覈比對，除古今地名或有變更，
則諸墓主當年所葬地望，略無差異。

　　至於「牛首山」訪古，則於同年五月五日，亦與朱希祖先
生同行。意在訪查陳宣帝顯寧陵，惜陵久廢，未獲遺蹟，「然
得見牛首勝刹，及鄭和墓址」，牛首山亦稱牛頭山，「想像當
年牛頭宗法融禪師研經立教盛況，及鄭氏萬里梯航，宣撫海外
事，未嘗不悠然神往，幽然而思也」。[36]牛首山附近古刹勝蹟，
詳記其所建年代，位居地勢，題辭署額年月，甚至連「飛簷寖
崩」、「磚亦寖腐」，亦不漏列。鄭和墓址在附近獅子山麓，據
引同治《上江兩縣志·山考·牛首山條》謂「太監鄭和墓，永
樂中，令下西洋，宣德初，覆命，卒於古里，賜葬山麓」。
按：明成祖永樂凡二十四年（西元1403～1424），宣德凡十年
（西元1426～1435），則鄭和下西洋前後約十七、八年左右。

　　作者回程路經獅子山麓，又發現諸多不知名墓，以墓道或
砌以黃色琉璃瓦，推定必爲明清古墓。[37]

五、史蹟探訪與文學的語言

　　從上述《大地勝遊記》諸多題項看來，作者多用「巡
視」、「遊訪」、「遊記」、「紀行」、「訪古」、「紀遊」等詞
類名稱；如果只遊而不「訪」，或訪而不「古」，則無所謂「史
蹟」問題。因此這本書既是借遊訪古，則其以歷史學家的使
命，去完成這些史蹟考察；又運用這些文學家的語言，去表達

這些史蹟。

　　在此，僅舉一簡單用詞例。如民國二十一年春作者在南方調查人種時，有云：

　　……旋獨赴曲江，遊南華寺。更溯湞水，至始興、南雄，出珠璣巷，登大庾嶺，訪張文獻公種梅故道。比返穗，復東遊惠之豐湖……。[38]

　　這些「游」、「溯」、「至」、「出」、「登」、「訪」、「復東遊」等詞語，不難想起司馬遷在《史記‧太史公自序》中所言：「二十而南遊江惟，上會稽，探禹穴，闚九嶷，浮於沅湘，北涉汶泗……厄困鄱薛、彭城，過梁楚以歸」。江淮是形象，也是意象的概括，史公從長安出發到江淮，所以叫「南遊」（實則江淮在長安東南方）；會稽山在今紹興東南七十里，為古越王生聚教訓處，因為是山，所以叫「上」；相傳山上有洞穴，為夏禹崩處；夏禹至漢武時已二千餘年，時空既已久遠，莫知究竟，所以叫「探」；一下子又到了零陵、蒼梧間的九嶷山，相傳為舜帝南巡崩處，又傳其陵寢在九嶷之麓，史公不詳其所在，故叫「窺」；沅湘皆為水名，故曰「浮」；汶、泗二水，在山東南部，史公欲到曲阜及至臨淄，來回或需渡此二水，故叫「涉」；其後的「厄困」與「過」，都是形象的動詞，各得其妙。這與《大地勝遊記‧自序》裡的言「游」、「溯」、「至」、「出」、「登」、「訪」、「復」、等用詞，可說是出於一個典模。作者有詞類似單字發興的詞類很多。略如《唐代桂林之摩崖佛像‧引論》中有言：「……至西山訪古。登危峰，行峭壁，捫落石，履荊榛……。」這「登」、「行」、

「捫」、「履」，各有造境。

至於文字語言的典雅清麗，指不勝屈，茲舉數文於後，以括其餘。

首先在〈國父廣州革命史蹟巡視記〉中所寫廣州越秀山的景色時說：

> ……越秀山又稱觀音山，自昔為廣州勝蹟所聚，莅粵人士，無不登覽。每當春樹揚花，紅棉怒放，焰焰炎炎，光映山谷；而俯視城內，則百市千廛，熙攘無極；其或秋高氣肅，則海潮奔來，江湖蒼白，望之不盡，頓涉遐想……。[39]

又在〈潯江遊記〉中描述蒼梧地區的形勝云：

> 梧州治地，踞西江要衝，今為蒼梧縣治，萬山圍繞，形勢宏壯。背枕北山，頗渾樸有緻，今闢為公園，可登臨遊息，為各都市所不及。其西岸為淮江會西江處，江水清漪，與西江合流，而清濁攸分，近朱不赤，處污不染，可喜焉……聞此外名勝，有冰井、蘇山、冰泉山館、及繫龍洲等……。

又記廣西大學理工學院的環境云：

> （八月）十三日上午，與鍾志鵬兄，同遊西大理工學院，並訪王鳳仁兄於教職員宿舍。西大依山為校，象徵學術深邃無涯，又合古人藏焉修焉雅義，雖物質設置，或未見

長，而精神甚佳，於中國各大學中，要別具風格也……。[40]

在潯陽，先生患胃疾，診治稍癒，「為增加體力起見，乃於每日黎明，往公園疏散」，遂記〈潯陽勝蹟〉云：

> ……園位西門城下，古榕蔽天，綠柳垂堤。而荷塘半頃，時發幽香，田田如蓋。游魚潛躍。中一小亭，曲徑朱欄，額曰冰心。小坐其間，神為之爽。西望西山，近在咫尺，白雲在腰，飄忽無際，深綠染煙，朦朧自掩，窺之不盡，頗涉遐思。而北望十八山，若隱若現，附近為金田村，遙想洪楊當年，集徒拜會，叱吒風雲……。
>
> 紅日漸高，市聲漸雜，步出公園，徐行街市，既以觀風，亦以自遣，胃疾自是霍然矣。

又記「桂平」形勝云：

> 桂平昔為布山縣治，清為潯州府治，北枕黔江，東南與潯江相匯，形勢頗佳。城作扁長方形，南北短隘，東西狹長，徑可三里，作一長街。東門荒蕪不堪，居民陋隘。稍西為下北街，出城為下北門。直下為南街，出城為南門，與長街適成十字。又西為關聖街、文昌街、慶祝街。折北為宣化街，舊潯州府署在焉……。
>
> 西山東麓，又上為山坡，夾道蒼松參天，或交枝垂葉，婆娑有緻；或修幹挺立，直上干雲。雖地勢未高，然俯瞰全城。東望二江匯合，蜿蜒如抱，日出江白，照地通明，浩蕩浴天，滌人腸肺，而松風颸颸，益清耳目……。[41]

在〈金陵六朝陵墓巡視記〉中，作者在那天清晨出發後不久，見「時日方升，紅光照河水，璨爛如錦繡，而曉籟未收，嘉氣浴人，遠眺村郊，頓作清越想……」。既見墓群，又另是一番景象：

> ……又行半里，見一山坡，荒墳累累，衰草離離，殘碑三兩，或臥或立……。[42]

作者擅文，大概在他青幼年時期就有寫作基礎，如民國十五年肄業北洋政府所設上海吳淞國立政治學院時，就曾陪侍其父幼山公「遊覽滬上園林，參觀各大工廠」，曾記曰：

> ……旋赴杭州，艤舟西子湖畔，登南北峰，索錢王射潮故處。既窮其勝，又隻身西湖長江，遊息匡廬……。[43]

《大地勝遊記》一書，雖僅列十五篇五十八節次，卻包羅萬有。讀其書，雖似也在壯遊大地，卻分享了他無盡的寶藏；作者的每次遊程，不是走馬觀花，而是一一採集研求，成為他「立言」的部分憑藉，這是現代所謂的「觀光」、「旅遊」者最大不同的地方。

最後所見的片段散文，皆為絕妙小品，再三咀嚼，猶有餘味。

六、結　論

　　大約三十年前，首讀先生《民俗學論叢》首篇的〈妙峰山與碧霞元君〉一文，對於一位甫讀大二的歷史系學生來說，就其文字的樸茂，考證的謹密精詳，遠遠超過一位大學生應有的學術水準，後來又讀其《大地勝遊記》一書。這本書不是「遊哉遊哉」而已，而是「史地而外，有屬於民族學的，有屬於語言學的，有屬於宗教學的……」。其實作者的「觀風問俗」、「探古問奇」，是包羅萬殊的；雖然也有不少的摹山寫水，登臨遠眺，但也都是為「觀風」而寫，為「探古」而眺，是一部歷史性的文學，文學性的歷史。

　　從觀作者的足跡所至，尋繹其點滴所記，理出《百越源流與文化》、《蒲壽庚研究》、《國父家世源流考》及《唐代桂林之摩崖佛像》等巨著，都是從《大地勝遊記》中所衍生孵化，這些名著，第一種列入「中華叢書」，第三種有蔣公題字「載德奕世」，第二及第四種皆由哈佛燕京學社獎助出版，行銷天下，獎譽備至，其對學術文化的貢獻，有目共睹，自成不朽。

　　本文所採取的各項資料，僅為原著的片斷而已，遺珠既多，惟期以待讀者的自行展讀了。

——原文發表於中國文化大學《中文學報》第七期，民國九十一年三月。

···附註···

[1] 羅香林撰：《大地勝遊記‧自序》（香港：亞洲出版社，1959年1月初版），頁55。

[2] 羅敬之撰：《羅香林先生年譜》（臺北：國立編譯館，1995年11月初版），頁15，譜主二十二歲條。

[3] 《大地勝遊記・自序》，頁1。

[4] 此文收入羅香林著《民俗學論叢》（臺北：文星書店，1966年1月初版），頁1～57。

[5] 羅香林著：《百越源流與文化》（臺北：臺灣書店，1955年12月初版）。該書共分九章五十四節，另有「附錄」。

[6] 《民俗學論叢》，「附錄」，頁191～202。

[7] 分見《大地勝遊記》，頁62～112。

[8] 同注七，頁70～71。

[9] 同注七，頁45。

[10] 同注七，頁86～98。

[11] 同注七，頁71～72。

[12] 羅香林著：《蒲壽庚研究》（香港：中國學社，1959年12月初版）。該書共分十章四十四節，另「附錄」二篇。

[13] 參見《蒲壽庚研究・導論》，頁1～3。

[14] 參見《羅香林先生年譜》，頁49，譜主三十六歲條。

[15] 參見《蒲壽庚研究》，頁8。

[16] 參見羅香林著《中國族譜研究》（香港：中國學社，1975年6月初版），「緒論」，頁13～14。

[17] 同注十四，頁九二，譜主五十五歲條。

[18] 羅香林著：《國父之家世與學養》（臺北：臺灣商務印書館，1972年7月初版），該書共分十二章四十五節，另有「附圖」八幀。按：該書原為《國父家世源流考》及《國父之大學時代》二書合為此編。

[19] 見《國父之家世與學養》，「引論」，頁49。

[20] 見《民俗學論叢》，〈民間的幾種信仰〉，頁67～75。

21 同注三。

22 《民俗學論叢》，（妙峰山與碧霞元君，引論），頁2～3。

23 以上大意，詳見《民俗學論叢》，頁5～14。

24 詳見《民俗學論叢》，頁15～28。

25 同注二十四，頁29～57。

26 羅香林著：《唐代桂林之摩崖佛像》（香港：中國學社，1958年9月初
版）。該書共分三章十節，另附「插圖」三十幀。

27 同注二十六，頁3～10。

28 同注二十六，詳見頁83～158。

29 同注十四，頁88，譜主五十四歲條。

30 同注三，頁3。

31 同注七，頁28～42。

32 同注七，頁38。

33 按：蕭正立，梁武帝蕭衍弟蕭宏之子，《南史》五十一有傳。

34 按：陳武帝霸先，稱帝於西元556年，崩於566年。

35 按：宋武帝劉裕，在位三年（西元420～422）；陳文帝在位七年（西
元560～566）。

36 按：法融禪師，俗姓韋氏，今江蘇常熟縣人。年十九出家茅山（今江
蘇句容縣東），後入金陵牛頭山北巖石室，有百鳥銜花之異。貞觀（西
元627～649）中，四祖道信入山訪之，示以心法。顯慶間（西元656
～660）卒，壽六十四，爲牛頭宗第一祖（詳見《高僧傳》二九、及
《續高僧傳》二十）。

37 同注七，頁113～140。

38 同注七。

39 同注七，頁3。

40 同注七，頁64～65。

41 同注七，分見頁67～68。

42 同注七，頁114。

43 同注二。

紀念 類 篇

思我父母

每讀《詩經》〈陟岵〉、〈蓼莪〉諸章，總覺天下父母之愛，不分古今；而孝子遠離，憂思父母，亦天下無別也。

我的父親，諱世玉公（玉有時寫作「譽」），世居牟平縣王家莊，生年原不甚悉，不過從他七十四歲去世的民國六十五年丙辰（西元1976）計之，當生於民國紀元前九年癸卯（清光緒二十九年，西元1903）。後據家書相告，父親生辰為該年七月初五丑時，活到現在，應該是八十三歲高齡了。

母親為我同村都氏女，名本英；在家時，父親及鄰人長輩，常聽喚她「線子」，可能是乳名了。

我的父母，我常認為是天下最好的父母，是最不能讓我忘懷的父母。

所以自我離家以來，不論身在何處，他們的形影總會不自覺的浮現在我的腦中，尤其在身邊稍微能靜下來時；有很多次，我在夢中見到父母，可是他們不願言語，形容黯然；於是我又極度失望而悲傷的離開他們。

在家時，雖然我沒去注意父母親的生年，但卻從沒有忘記他們的年齡。我的算法也很簡單，那就是在離家前就已經記住他們各自高出自己的年齡，以後我每增加一歲，父母自然也就各增壽考一年了。孔子說：「父母之年，不可不知也；一則以喜，一則以懼。」可是在我說來，卻一直是處之於「懼」中。因為自從離開他們，就失去了他們的訊息；不但沒有稍答養育

之恩，也不知何時才能稍盡這為人子之義；同時他們還在人世間嗎？同時——他們是如何的在那苦難的深淵中活著？這一切，如何教我不「懼」呢？

大約在我十歲左右，父親就提過幾次他九歲喪母，十二歲失父。從此他與一姊一妹，相依為命。及大姑嫁人作童養媳，小姑又多病，父親不但尚不能照顧自己，還要照料小姑。父親說：「當時祖產只有這間草房。」「怎會沒有田地呢？」在我小小心靈中，雖有疑，但沒有問，也不大敢問。當時還在世的我的一位二爺和四爺，據說未曾看到他們這對親姪子女與他們還有甚麼關係。所以父親和小姑就經常相伴到野外去採摘一種名叫「螞蚱菜」的野菜。這種野菜我在家時也吃過；但那只是母親偶爾點綴一點涼拌而已；如果作料齊全，尚可吞下。而父親和小姑卻拿回家來洗淨煮上一大鍋，累日當飯吃；曬乾了的，儲之以冬。因此小姑的兩腿經常浮腫，腹脹如鼓。父親的情況跟她也差不多。

父親在十四歲那年，曾在同村本族增告老太爺家中，幫了一段時間的田工，這在我的家鄉說是「扛活」。這段時間據說有活做，沒有工資，吃飯可以吃飽但不敢飽食；因為總要留帶一點給小姑。大概在我小姑做了外村家的養女後，父親去了東北。

父親幾歲時去的東北，原不清楚；假定在十五、六歲時離鄉北去，他二十六歲時我已經出生了。那麼他在東北一帶營生，大約也有十數年之久。後來有一次也不知父親和母親在說些甚麼，母親忽然半微笑的告訴我說：「那年夏天，一天西頭的王家場上正在演戲，他穿了一身半新不舊的洋服，戴著一頂草編禮帽，手搖著草扇，……在一旁硬往這邊看。……」可見

父母還是自由戀愛呢。

創業維艱這句話，對我父親來說，應該是最好的寫照。父母婚後，我是長子，其後弟妹相繼出世，到我離家時，六口之家，計有薄田二十四畝，兩個各約三十幾坪大的菜圃，和一個約四十坪大的曬穀場。生活上雖然不虞溫飽，但也難有甚麼裕餘。因為長時間以來，橫遭敵僞苛征暴斂，況且還有各路的雜牌軍呢！

父母親都不識字。有時父親會寫出自己的名字問我對不對。有一次，他竟然寫出一個「困」字；原來在我家庭院有一棵古齡棗樹。父親說：「院中有木為困」，準備把它砍去，後來這棵棗樹依然活著。因為每逢中秋前後，紫色果實纍纍滿枝，父親總是採集成筐，然後擔挑跋涉至四十里外的象島走售，為家庭進了一些賬目。副產品再有可賣的，是每當秋後大白菜及蘿蔔收成後，又是擔挑兩筐跋涉到外地去了。

母親一直料理家務，除非在自家廚房推磨或到碾房碾穀，農忙時到場上摘摘花生，剪剪豆莢，及進圃選些菜蔬外，幾乎足不出戶。自從我家被清算後，騾子被牽走，我就和母親一起推磨碾穀，儘量減少她的辛勞。新春正月，每當各村光景進村表演，雖鑼鼓喧天，鞭炮聲此起彼落，對她也沒有甚麼誘惑。有一年，還是兩位族嬸去拉她，不得已才打扮出門觀賞了一場元宵「提燈晚會」。

母親生性節儉，又存心寬厚，家人每逢麵食，母親總是一人獨食黑麵做的。小麥磨成的白麵留給我們。她也常常在我們飽餐後才動筷。

一般的說，做父親的總是比較嚴格，所以我在幼年時也遭過父親不少的打；他常說：「打是親。」但母親卻不主張打，

有時氣急了也會罵幾句；再不得已，會在你的大腿上擰一下。所以父親每次動手打個三兩下，母親總是趕過來擋著；連聲說：「好啦！好啦！要不然，就打我好了。」

天下父母沒有不希望其子女能光宗耀祖而又個個比他們強的；所以在我和弟妹們相繼懂事以後，父母就唸咕著為我們計畫這個，打算那個。父親曾不止一次的對我說：「唸完了書，再幫我兩年活計，然後到大連去學生意，二十二歲回來結婚。」又說：「如果能帶點錢回來，我就把門前這個菜園蓋起瓦房；這房就是你們的了。」等我小學畢業後，因為無力升學；一般農家也沒有再讓子弟升學的念頭，同時全縣也只有一所初中，沒有甚麼中學好升。所以我又在小學六年級待了三年。這三年期間，是農忙下田，農閒上學。十三歲那年，父親主持了我訂婚禮，確實準備在我二十二歲那年完婚，可是至今未見到她們家任何一人，後來聽說我遠走南方，準岳父竟嘆曰：「等……。」

我的延長小學剛剛結束。這年初秋，傳來抗戰勝利的消息。我清楚的記得，那天天氣晴和。但稍感悶熱；我家和族人都在毗連的穀場上輾豆子。當喜訊傳來，叔伯輩高興的寒暄幾聲，接著好像就沒有發生甚麼事似的。父親也是抱著謹慎的喜悅。大概是在勝利前一年，村中開始有「八路」經過。他們的嘴巴很甜——老大爺長、老大娘短的，軍人很規矩，甚至連一針一線都不騷擾百姓；可是百姓卻無法接受軍隊這樣的文明。因為「好人不當兵」的觀念，在人們心裡，已經根深柢固，所以一旦遇到穿軍裝的君子，也會認為他們在弄虛作假。

就在勝利這年（西元1945）的農曆九月，我父親遭到「公審」。那天「公審」大會在我羅氏宗祠，也是村中初級小學的

院中舉行。那天傍晚當我在家聽到樹上廣播要到宗祠集合時，便和大弟一起前去。到場者大概二十幾人，但個個窮兇惡極、狂呼亂喊，把父親圍在中間，我心裡很焦急，心想「怎麼會這樣？怎麼會!?」同時怎麼也不會輪到我家或我父親身上。因為這次「公審」是在黃昏過後舉行，所以我和大弟有機會摸進一間漆黑的教室一角隱藏。我們幾乎屏息了呼吸，憑窗外望；聽不清楚他們在數落些甚麼罪狀，但總共有十幾二十幾條之多。於是父親被打倒在地，接著槍托、棍棒、拳腳、痰污齊上，父親在地上翻滾嚎啕。……第二天，我家騾、豬各一隻被牽走，留下薄田七畝。翌年丙戌春，我家再遭「複查」，「複查」表示我父尚有餘罪。三十六年丁亥新正，我將離家遠別，臨行前夕，父母飲泣終夜；要以外地無親，四顧茫茫，不知何所歸止？翌年五月，與父親最後一次相見於離家四十里外的一條公路上。近在咫尺，睽違經年，相見歡歔不已。臨別，父親從手推車上取出他往年祭祖時所穿著的一件藍綢馬褂給我，並說：「就這點值錢的東西。」又告誡我說：「咱家外邊無親，不論落腳何方，一切要靠自己。……但——縱然餓死，不能去偷；一輩子不能結婚，也不要去嫖。……」目送父親背影遠去，豈料從此一別，竟成永訣。

　　民國三十九年庚寅，他們以「團結中農」為名表示誤鬥吾家，而向我父「致歉」，死灰而成槁木，喜哉！異哉！記得《毛語錄》裡有言：「可鬥，亦可不鬥，不鬥；可殺，亦可不殺，不殺。」我父既遭「誤鬥」罪責誰屬？民國六十五年丙辰二月，父親肺疾轉劇，纏綿月餘，痛於該年清明節辭世。他於彌留之際，且對諸弟妹呻吟：「你們我都見到，只不知汝哥人在何方？是否尚在？想啊！想啊！」，後來從家書得知，父親

衰病，起因於五十七年戊申的「文革」高張之際，因為受我這
個「海外關係」之累，於嚴冬臘月，赤身修築龍泉水庫，眠無
被褥，且關閉燈火鞭打；又因啃食冰凍乾糧，牙齒寒顫作響，
謂中藏「發報機」云，老牙因多被敲落。且今祖居壁間，穴洞
錯落，原來也是他們當年挖掘「發報機」留下的遺跡。

　　民國七十七年戊辰七月，我以出席香港先業師羅香林教授
逝世十週年學術研討會之便，首作故鄉冒險探親之旅，這時睽
違父母已經四十二年了。父親既已辭世有年，母親也已八十高
齡。以故里的田間野地，已無先塋祖墓，逝者皆以火化後盒埋
自耕地一公尺下之深處。文革期間，我家無土可葬，父親骨灰
幸由弟仲攜至戶籍地大連，暫厝於西山之麓，其地卑溼陰冷，
周圍又繞葬不知誰氏之墓十數，真的是黃土一坏，狀如拳頭，
遂奠告父曰：

> 遊子歸來兮，天人茫茫！
> 我父安息兮，諸冤已償！
> 時光倒流兮，再回故鄉！
> 春耕夏耘兮，人倆相傍！

注：辛未夏，父墓已遷至山之上坡，背倚青山，面臨深谿，近眺遠
　　望，松楊滿眼，誠是一片佳境美地。庚辰年六月，又返鄉探親，
　　於旋里後三日（農曆六月二十二日，陽曆七月廿四日）上午十一
　　時許，母親溘然長逝，享壽九十二歲。嗚呼！兩岸開放十六年
　　來，遊子尚能略盡人子之義，堪稱幸乎！我父則泉下已久，未得
　　點滴菽水之奉，悲哉，痛哉！
　　——作於民國七十八年己巳正月，九十二年十二月癸未修訂。

懷念林播堯先生

　　林先生諱鈞義，字播堯，號義軍。生於民國前八年甲辰，歿於民國四十五年丙申，享年五十三歲。

　　先生世居牟平縣四區王家莊村，代以耕讀傳家。其先府君福基公，為村中宿儒，通經史，善掌故，排難解紛，閭里稱之。先生承其家學，以授徒為志。先是，民國十九年庚午，入牟平鄉師肄業，卒業後，先後執教於邑中龍泉湯、碙上、王家莊及煙臺養正等初高級小學，與當時馳名鄉邑間之叢培英（碙上人）、高允之（頭甲人），並稱為「杏林三夫子」，鄉人莫不津津樂道焉。

　　余與先生同村，家居僅一街之隔。余家屋後，即為先生偌大之園圃，圃後隔一橫向大街，即為先生之宅第；第分座前後三進，家居其後（北進），中者設客廳及供奉神主之所，前進一間作傭人房，一間儲放農具，另一大間闢作碾房；凡村婦孺子牽驢引騾碾穀其間，聽任出入，咸稱德焉。屋前臨街一角，鋪設大型矩石若干，或站或坐，供鄉人農閒飯後聚談之所。

　　本村設有初級小學，余之啟蒙，即承教於先生。其後四年，先生或去或歸，其去所亦莫詳焉。然印象最深者，是先生面輒春風，從無怒容。講課時，邊講邊覷學生面，怯者亦莫敢仰視。每令徒生背誦朗讀或默寫，優者面予獎勉，愚者則以鼓嘴作氣怒狀，或以教鞭高舉而輕落。以示懲儆。實嚴而不苛，威而寓慈者也。春秋季多間，習慣以黑色或淡褐瓜皮帽，著銀

青色長袍大褂，雙手交投袖間，或抱胸前，或挽腰間後，氣概風流儒雅。

某年初夏間，余約十二、三光景，一日路過「屋角聚談」處，忽蒙叱名叫喚。原來先生右大腳趾紅腫生瘡，令余尿其上，以消毒云。雖一再羞怯，但云「無妨」。時福基公及家父世玉公與數鄉人前輩皆在場，或慫恿，或噴笑，一時反欲尿而無點滴，卒忸怩而悻悻然去。

抗戰勝利，民心歡騰，然知者亦莫不潛存一份隱憂。自是，似即罕見先生形影，翌年丙戌春後，聞說其已離家遠行；稍後其獨子治予師兄聞亦遠赴萊陽投奔趙保原麾下云。

三十六年丁亥正月，以余家不幸，迭遭劫算，亦潛走他鄉，嗣於邑城東之某村莊以扛活苟命。時僱主為該村村長王廣銘氏，頗厚德義，蔭護良多，因思先生殆已亡命青島，即以青島為假設，而以平時欲奉先生復無法投遞之書信為人查覺，遂遭拘繫。同年十月，煙臺光復，趁隙遁脫。未幾，於煙臺某街得見同村我的小學老師王敬琛先生，他下腳踏車與正挑著茱擔的我同行，不久，進入牟平縣署一辦公室中。先生見我並拊我肩膀曰：「我這麼多學生只你一人逃出，我很高興！你個性一向很強，王家莊也難得你這個小子……。」隨即引領至南大道一家商店。其語店主曰：「某某，無論如何您要幫忙，我就逃出這麼一個學生！暫時收留他，一切食宿費用，由我付賬。……我就給他找事。……。」不及一個月，我加入牟平縣黨政工作隊。先生之提攜也。

翌年戊子，雙十節方過，煙臺國軍轉進。余於人潮洶湧中擠上安達輪。及抵青島，與邑人姜格莊賀仁山兄等蝸樓南匯泉海濱浴場更衣木房中。一日仁山兄詢余願否加入自煙來青學生

南遷,遂於十月二十七日晨至日本大廟前集合。頓見先生亦陪
治予師兄方至。相見之頃,歡戚交集。先生誨之曰:「政府走
到那裡,你們就跟到那裡,一定要追隨到底……不要想家
……。」然先生表示將去天津。一時雖感驚愕,未敢啓問;以
政府時尚擁有半壁江山也故。

　三十八年己丑七月,南遷學生於澎湖集體投筆從戎,余與
治予兄亦在列中。數十年來,雖各奔東西,然每思及先生風範
及臨別訓言,益增怛惻及懷念!不意今夏得獲家書,痛先生已
早於民國四十五年丙申,即於大沽口投水自盡,嗚呼!悲夫!
桀紂暴秦,豈有安身立命之民?當年倘能奉勸先生亦能堅持南
渡,如今縱不奉侍杖履,殆亦必不至含恨九原矣。

　先生尚育有一女小名曰薰子,于歸福山縣高瞳鄉某氏,聞
有男外孫一,女外孫二云。
——原文發表於《東年簡訊》三期,民國七十七年一月。

敬悼羅師乙堂先生

四月二十一日晨，此一不幸消息終於傳來，在此以前，以先生滯病既久，醫經中西，未得治本，致病情時喜時憂，內心未免疑恐，復以羅文師兄此次離港未幾，竟又匆忙旋回，事非殊因，曷克及此？是也益增先生或有「不測」之徵。因此，晨報此則特套墨線之先生惡訊，不由不信。惟所不能遽信者，是約兩週前尚得張國綱學長及友人葉夢飛兄來信，謂先生已回家養息，除體態略見「清癯」外，其他一切正常，並囑勿庸繫念等言，詎料言猶在耳，何以其歸去竟也如是之速哉？

因知奔喪必將失時，遂抱摧慟，急奔郵電局，馳電羅文師兄曰：「驚聞師尊大人蒙召，愴慟無似！不及奔喪執綍，謹致哀悼。請代慰師母大人。」

越日，知先生將殯粉嶺，其地雖為靈秀，但引領西望，永不再見先生，頓然雲水淒迷，河山異色，胡止頹然而已！《荒漠甘泉》曾有題曰：「不朽之生命，皆自死亡裡茁生」；《聖經·歌林多後書》第六章九節亦言：「凡是偉人常被打倒，而卻未消滅。」因此，先生似猶生耳！

蓋天下群士，生有輕於鴻毛，死有重於泰山者，此其言何肖河漢之而無極也，如今則確信其然。世者，或家以祿豐，人以爵嬗，澤雖廣被，而不及乎再世；名雖遠播，而僅止於空傳。其生雖榮，沒則已焉。而如先生者，出耕讀之家，自平凡而偉大；生既聞於時，沒必傳於後，雖死猶生，世人能臻此者

幾稀？

　　蓋天下最不能以之歷世傳家者，是爲「富貴」，而奕葉流芳者，則恆爲「書香」。先生之先，或爲「文學顯名」，或爲「史學名世」，[1]歷代而弗替。先生復沐名師宿儒，冶鍊陶鎔，卒能承先啓後，而爲百代師，是誠「士族之特點在門風之優美，不同於凡庶；而優美之門風實基於學業之因襲。」[2]然先生之卓犖超著，亦率出乎自勵，如某次先生嘗語問者曰：「……當時發表文章所以較多，是因在讀大二時，就常往聽研究院梁任公諸先生課；隨作筆記。存疑處，別作記號──此即日後所藉爲研撰之資材。」[3]若非持恆守志，曷克臻此？然此僅爲先生勤勉好學之一端耳。

　　先生器質深厚，著述豐博，語之治史，宜爲「事當衝要，必旰衡而備言；跡在沉冥，不枉道而詳說。」[4]故不論記以包舉大端，或傳以委曲細事，皆能旁徵博引，絲縷必辨，纖芥丘山，皆盡括之而弗遺。又凡敍事必以「明理爲準繩」，以「才、學、識三長爲極則」，[5]是獨享「史學宗師」之譽而無愧。若云先生之文學，要爲「蒼松翠柏，綠水清溪，好鳥枝頭，明月天半」[6]之典雅，以及「豪邁激越，有天風海濤，獨立蒼茫之概」[7]之純實。清音幽韻，泛濫停蓄，皆在其中。故能「扣人心弦」，而「人爲所化」，即因其涵蓋「所秉者厚，所養者深」[8]之特優情性也。

　　先生道業，固因其「積學於書，得道於心」，亦因能「非學無以廣才，非靜無以成學」，[9]而塑成性格恬淡，人格周全之博雅人生，成就其「望之儼然，即之也溫，聽其言也厲」[10]之淳儒風範。亦因如是，故能以其「貫道」之筆，凝爲「載道」之文，立爲「行道」之節，爲邦國海外之忠鯁，赤敵在僑鄉統

戰之剋星。

孔子以「有德者必有言」,[11] 則有言(著述)者亦必應有德。蓋德稱而文不著,固非全德,而文著德不稱,亦爲虛文。因是,四方靡不服深遠,趤爾競途,爭趨問業。是今人,亦古人,古今萃爲一身。

哲人已渺,典型長存,雖云目不見先生,其猶百代而長生。於茲復饗先生以歌曰:

　　群山蒼蒼,江水泱泱,先生之風,山高水長![12]

——原文發表於《羅香林教授紀念集》,民國六十八年八月。

···附註···

1 　見《羅公香林教授行述》;並見行述錄幼山公事蹟。

2 　見陳寅恪先生著《唐代政治史述論稿中篇》。

3 　民國二十二年左右,先生在清華及中山兩大學刊物,發表文章甚多,每期少則一篇,多則四至五篇。此爲一九七八年一月,羅公住浸會醫院時,筆者前往探視,趁機請益之大概。

4 　引劉知幾《史通》評《春秋》語。

5 　《乙堂文存續編》頁212〈隋唐史新編序〉。

6 　並見前書頁114〈黃少強畫集序〉。

7 　前書頁138〈倉海逸詩鈔跋〉。

8 　並見〈黃少強畫集序〉及〈倉海逸詩鈔跋〉。

9 　前引《范文正公文集·與周推官書》,後者諸葛亮語。

10 　參《論語·子張》。

11 　參《論語·憲問》。

12 　《范文正公文集·嚴先生祠堂記》。

史學宗師羅香林先生

　　吾師羅香林先生，不幸於民國六十七年四月二十日上午九時二十五分，以肝疾不治，逝世於香港九龍浸會醫院，享年七十三歲。先生之去世，是中國學術界一大損失。國內二十六個學術文化團體，感於先生生前的事功德業，繼香港各界追悼公祭先生之後，於六月二十日上午十時，假台北一女中青年活動中心舉行追悼紀念大會。香港公祭之日，嚴前總統家淦先生特頒「續學流徽」匾額，以輓時賢。台北追悼會上，蔣總統經國先生也賜香花一籃，以祭先生。行政院孫院長運璿、立法院倪院長文亞、考試院楊院長亮功，分別以「碩學長昭」、「續學垂芳」、及「望重士林」等贊詞以爲輓悼。監察院余院長俊賢更在追悼會中致詞，推崇先生爲「忠」。是吾師身後之哀榮，恰如其生前之美譽。

　　先生一生從未患病，詎知自今春元月起，一傳違和，竟至永別？思之豈僅哀慟！謹就平昔所知於先生者，略抒爲文，藉資懷念。

一、耕讀傳家　史學名世

　　先生諱香林，字元一，號乙堂；別署香靈、一之、漢夫。廣東省興寧縣人。清光緒三十二年（西元1906）十月十九日生。據先生自言，其先世原居江西，宋季有諱君姿者，窮經稽

古，以學正宦遊循州（今廣東惠陽縣東北），嗣以元兵南下，歸途受阻，遂家興寧。自是以耕讀爲業，多以文學顯名；至先生，已歷二十一世矣。

父諱師楊，字幼山，嘗以詩文及史學，教授嶺表。著有《亞洲史》、《國史概》、及詩文集等書，並輯有《希山叢書》學者尊稱希山先生。光緒八年及二十年，中法、中日之役，清廷相繼敗衄，國勢岌危。幼山公以革命救國宏論灌注群士，以致兩粵革命志士多出其門下。歷任興寧中學及龍州師範學校校長、興寧縣長、廣東省議會議員等職。[1]

母鄧氏，爲同邑鄧公銘勛之次女，隆禮多識，爲鄉里所重；生五子，先生最幼。自小學以至中學，皆由母氏誘掖，試輒前茅。每星期日返家，太夫人必與之傾談家常，實寓閒談於教育中也。其門風庭教之美醇如是，雖不能謂學術中心移入家族，然其一生學業成就，其由家庭之深遠影響，殆爲可知。

民國十三年，先生年十八，負笈上海，習數理化學；但以性喜史學，乃於十五年秋重新考取北平國立清華大學史學系，從王國維、梁啓超、朱希祖、陳寅恪、顧頡剛諸名宿遊。[2]先生既出「名門」，復承「名師」，其學業奠基之宏，亦可知矣。

十九年夏畢業，即升入清華大學研究院，專治唐史及百粵源流問題。另且兼讀燕京大學研究院，獲榮譽獎學金。正擬撰作碩士論文，忽得家書，幼山公病危，倉皇返粵。及抵家門，幼山公辭世已多日。先生以慈父在世之日，未克盡人子之孝，遂請假休學，以盡心喪。自是學業研究生涯，亦告結束。燕京大學研究院旋以先生家居廣東，復以其器識卓越，遂聘爲就近考察粵東人種，凡歷八月，收穫至豐。

先生自負笈上海，即開始寫作，直到民國五十七年在香港

大學退休，四十四年間，計出版書籍四十二種，撰述長短論文
一百三十九篇。先生之著述，主要爲史學鉅籍，其中不少曾獲
崇高榮譽及獎助出版者。如《 國父家世源流考》及《中國族
譜研究》二書，即曾榮獲中山學術獎，後者更獲得哈佛燕京學
社獎助出版。此外獲哈佛燕京學社獎助者，如：《唐代桂林之
摩崖佛像》、《一八四二年以前之香港及其對外交通》、《蒲壽
庚研究》、《唐代廣州光孝寺與中印交通之關係》、《香港與中
西文化之交流》、《西婆羅洲羅芳伯等所建共和國考》、《客家
史料匯編》等書。《香港與中西文化之交流》一書，更由日本
東京東亞文化研究中心出版爲英譯本，另有《客家研究導論》
一書，譯有日本文。由是可知先生在中外史學界之崇高聲譽與
地位。上述諸書，目前有些已難購得。先生固爲名門之後，名
師之徒，然天下出之名門名師者多矣，何以先生獨享「史學宗
師」[3]之譽？顯然其勤敏治學，功不可忽。

　　先生〈三十五歲自述〉文中有云：「先王父諱榮輝，自少
豪俠，救人危難，說者謂其後嗣必大也。」以先生著述之繁
博，其所享之盛譽觀之，莫非所謂之「大」者，乃指先生乎？
茲將先生有關史學名著，繫年列舉如後：

《客家研究導論》　民國二十二年廣州希山書藏出版；三
十一年日人元剛氏譯爲日文，在台北出版。

《本國史》（上中下三冊）　民國二十六年南京正中書局出
版。

方志目錄　民國二十七年廣州市立圖書館出版。

《國父家世源流考》　民國三十一年重慶商務印書館出
版。

《中夏系統中之百越》　民國三十二年重慶獨立出版社出

版。

《唐代文化史研究》 民國三十三年重慶商務印書館出版；五十六年臺北商務印書館再版。

《歷史之認識》 民國三十三年重慶獨立出版社出版；四十四年增訂後，香港亞洲出版社再版。

《中國民族史》 民國四十三年中華文化出版事業委員會出版。

《蒲壽庚傳》 民國四十四年中華文化出版事業委員會出版。

《唐代文化史》 （同上）

《百越源流與文化》 （同上）

《中國通史》（上下二冊） 民國四十六年臺北正中書局十五版（民國四十三年初版）。此書係據前列之《本國史》所改編。

《唐代桂林之摩崖佛像》 民國四十七年香港中國學社出版。

《一八四二年以前之香港及其對外交通》 民國四十八年香港中國學社出版；五十二年日人譯有英文版。

《蒲壽庚研究》 民國四十八年香港中國學社出版。本書據《蒲壽庚傳》增訂而成。

《唐代廣州光孝寺與中印交通之關係》 民國四十九年香港中國學社出版。

《香港與中西文化之交流》 民國五十年香港中國學社出版；五十二年日本東京東亞文化研究中心譯有英文版。

《西婆羅洲羅芳伯等所建共和國考》 民國五十年香港中國學社出版。

《客家史料匯編》（第一冊）　　民國五十四年香港中國學社
出版。

　　《中國族譜研究》　　民國六十年香港中國學社出版。

　　上述二十種著述，以《中國族譜研究》一書，費時最久。
據先生稱其自大學畢業，即著手蒐集中國族譜及譜乘資料。至
該書出版，前後計四十一年。[4]上述諸史學鉅著，不論國內海
外，其傳之久遠，必無疑焉。

二、著述謹嚴　史文並稱

　　十餘年前，筆者因讀先生之書而仰慕先生其人，繼以書信
請益，問則必誨，益增瞻慕之情。然當時所讀先生之書，亦僅
有以下數本：《中國民族史》、《唐代文化史》、《民俗學論
叢》；稍後又發現《蒲壽庚傳》及若干長短篇論文。以後才知
道，先生的著述多在海外刊行；而其著述之豐富，比起筆者所
已經閱讀到的更多數倍。

　　就上述諸書及單篇論文看來，先生的著述態度有一共同特
點，即不論大小問題的研究，都能博採周諮，絲縷必辨，合乎
科學的求證方法；同時，對一種問題，能不斷作長期探證解結
的努力，具有鍥而不捨的精神。

　　如《民俗學論叢》所錄〈妙峰山與碧霞元君〉一文，原來
是先生在清華讀大三時，暢遊妙峰山的感想。先生卻堅持要找
出碧霞元君的來歷和職權，以及各地所建祠廟香火盛衰等細
節，因此旁徵博引，參綜錯比，甚至遍訪民間，遠登泰山。費
時半年，方完成此三萬餘言，極有學術價值的歷史性文獻。

　　先生治學態度謹嚴，於此已見端倪。其治史，曾言：

> 治史，以考信爲根基；述史，以精實爲首要；論史，以明
> 理爲準繩。考信必由於力學，精實全基於高才，而眞理之
> 闡發，則更非閎識沉思不能至焉。[5]

蓋史學家的任務，在記錄事實，專事宇宙及人生廣大變化的考
察與敘述。其所爲，必須得對本身的職分負責，不得一語虛
設。因此，也就不能不注意考徵、精實與明理的工夫。又因歷
史內容包羅極廣，治史者也就不能不具備力學、高才、閎識與
沉思的修養及能力。所以先生著述每能精微淵深，即因其已具
上述條件所致。

　　上述治史條件雖爲史家所必備，然觀先生之書而推其意，
似特別重視「考徵」。因考徵的目的，在取得事物的「確鑿而
有據」，更能接近「眞理」。所以翻開先生的任何一種著作，其
參考書籍總是林林總總。即以其短文〈夏族源流考〉言之，全
文僅二萬七千字，參考書即有十六種；〈中國譜諜學之源流演
變與特徵〉僅一萬五千字，參考用書更達六十種之多。其著述
態度絕不輕探某種片面之說，即遽下定論。必也繁徵博引，反
覆詰難，直至掘得「眞理」而後已。這正如劉知幾《史通》說
的：「事當衝要，必盱衡而備言；跡在沉冥，不枉道而詳
說。」

　　雖然，有時因文獻不足，也有「推論」之辭。如《蒲壽庚
傳》中有「蒲師孔」其人，字里甫，壽庚孫；而山東淄川《聊
齋志異》作者蒲松齡，其先世有「蒲居仁」其人，居仁之前，
世系中絕，無所稽考。先生遂推元末泰定間曾任福建等處都轉
運鹽使的蒲居仁，與淄川蒲居仁爲一人。而福建蒲居仁，亦無
家世可考，遂分析《蒲壽庚之家譜》云：

家譜所載蒲壽宬（壽庚之兄），長子師孔字里甫，……監福建水口鎮。……以其排名師孔，而又以里甫爲字，則居仁或其別名。因孔子常言仁道，又謂「里仁爲美」，而居仁有善鄰意義，故師孔、居仁、里甫，實互相關聯。

上述推論，頗合情理，也頗具意義。似已成定論。復次，蒲壽庚有曾孫名「本初」者，明初鼎革之際，朱明以壽庚早年仕宋降元，頗不爲意，遂令盡殺泉州壽庚族系。本初時尙褓褓，被善士抱逃母氏楊家，倖免於難。此事亦與蒲松齡先世事蹟相牽合。《蒲氏族譜序》云：

按明季移民之說，不載於史，……祖墓在邑西招村之北，內有諭葬二；一諱魯渾，一諱居仁，並爲元總管。……相傳傾覆之餘，止遺藐孤，故吾族之興，自洪武始也。[6]

此處可堪注意者，是「明季移民」、「相傳傾覆之餘」以至末句，確與蒲本初事蹟有蛛絲關係。最可注意者，是本初既被抱逃外婆楊家，即改姓楊，至二十歲中科後，復姓爲蒲。而《淄川蒲松齡族譜》亦載其先代「曾改姓楊氏」。益知淄川蒲氏爲出自蒲壽庚族系。[7]

上述二事，雖屬「推論」，然衡情度理，實與「大旨」無違，可見文獻不足，先生仍能「徵之」，此絕非急功近利者所能爲也。

先生於治史外，兼治文學。茲將其有關文學作品，繫年如後：

《大地勝遊記》　民國四十八年香港亞洲出版社出版。

《乙堂文存》 民國五十四年香港中國出版社出版。

《中國文化論叢》 民國五十六年香港中國學社出版（哈佛獎助）。

《乙堂文存續編》 民國六十六年香港中國學社出版。

此外，尚輯選一部《興寧二十五家詩選》，輯錄宋至民國初年興寧先賢的詩，香港中國學社出版，出版年代不詳。

先生文學作品，目前筆者僅藏《乙堂文存續編》一書，係在港時先生所親贈。計二卷，五十四篇。內容為議、序、跋、記、狀、傳。文字之美，既有「蒼松翠柏，綠水清溪，好鳥枝頭，明月天半」之典雅，亦具「豪邁激越，有天風海濤、獨立蒼茫之概」的純實，[8]清音幽韻，泛濫停蓄，盡在其中，以其富有文學修養與優美性情也。

先生的文學宗旨，在「明理濟世」與「達誠福群」。[9]理明則知濟世之方，誠達則明福群之道。所以「大義所風，潛移默動，能啟迪多士，以憤以發，起而效力。」[10]不僅「可以繼絕學，可以開將來，可以挈其量於天地，可以流其事於萬古」，且能「使理智與仁愛互為發展與融合，有永利而無流弊，於人類之文明福祉必多裨益。」[11]觀先生之意，器宇深純，質地樸厚，實亦「文以載道」之志焉。

三、為學以博　為德以大

諸葛亮云：「非學無以廣才，非靜無以成學。」觀先生之才識卓達，實由於其能「學」；又因其有「靜」，故能成為博學。

先生因「性喜史學」，所以自入清華後，即埋頭苦學，且

儘量多學。民國二十二年左右，在《清華學報》及中山大學《文史學研究月刊》上，先生發表文章最多。每期少則一篇，多則四、五篇。擬題如此之速，撰文如此之多，令人敬佩，也令人迷惑。筆者曾請教先生。答曰：

> 在清華讀大二時，就常往清華研究院聽梁任公諸先生課，隨作筆記；遇有疑問，就別作記號。——這些存疑問題，就是自己後來所作研究撰寫之題材。……

由此可知，先生在青年時期，非常好學；所以能產生「存疑」問題。此亦由其「靜思細慮」而來。所以欲學之有成，必先求之心靜；欲學之能博，亦必基於好學。先生好學，又可自清華研究院兼讀燕京大學研究院一事得之。先生又說：

> 公餘，必即讀書；或值心緒不佳，亦以讀書勝之，故精神常旺。所謂書，除國父遺教外，以史記、漢學、新舊唐書、明史、與西洋歷史哲學為主，晚近刊物，鮮當意者，然於時事或學術有關之報章雜誌，亦必瀏覽。家無長物，有之則群書耳。[12]

以上是先生踏入社會服務後的「公餘」讀書情形。筆者昔在港時，曾參觀過先生在麥當奴道半山的寓所書房，約五六坪大的書房中除靠窗放置一張書桌外，繞壁書架庶幾與天花板齊，滿架圖書。此外，客廳與餐廳亦置有書櫃，諒先生的臥房亦或藏有群書。

由於先生好學而又博學，所以在大學讀書時代，就經常在

報刊上發表研讀成果。經筆者考索所得，至少有下列十五篇：

《甚麼是粵東之風》　民國十六年文藝彙第一期。

《讀某君著民間文藝叢話》　民國十七年九月作。收入民俗學論叢。

《清華週刊的新生命》　民國十七年清華週刊422期。

〈試評王桐齡著中國民族史〉　（同上）446期。

〈清華週刊邊疆問題專號卷頭語〉　（同上）449期。

〈自漢至唐中國南洋事業〉　（同上同期）。

〈清華週刊第三十卷出版的檢討〉　民國十八年清華週刊452及453期。

〈楊朱派的經濟思想〉　（同上同期）。

〈廣東文化概論〉　民國十八年民俗週刊第63期。

〈妙峰山與碧霞元君〉　（同上）69及70期。收入民俗學論叢。

〈蜑家〉　（同上）76期。同期又有「蜑家」一文。

〈關於民俗的平常話〉　民國十八年至十九年作。收入民俗學論叢。

〈民歌與音樂〉　民國十九年三月二十日作。收入民俗學論叢。

〈興寧羅氏族譜校讀後記〉　民國十九年史學雜誌二卷三至四期。

上述十五篇，字數多則數萬，少則數千，內容不只限於文史。據香港治喪會撰〈羅公香林教授行述〉（以下簡稱行述）謂，先生「自一九二四年開始著述」。則知先生在上海之兩年，及在清華及燕京兩所研究院之一年餘，必也發表若干文章，唯此細目尚待考索。

先生之學既博，故其著述除文學、史學外，也包括宗教、民俗、傳記等各方面。茲依序繫年於後：

1.宗教民俗部分：

《粵東之風》　民國十八年上海北新書局出版。

《流行於贛閩粵及馬來亞之眞空教》　民國五十一年香港中國學社出版（哈佛燕京學社獎助，以下簡稱哈佛）。

《民俗學論叢》　民國五十五年臺北文星書店出版。

《唐元兩代之景教》　民國五十五年香港中國學社出版（哈佛）。

2.傳記部分：

《劉永福歷史草》民國二十五年南京正中書局出版；四十六年增訂後，臺北正中書局再版。

《先考幼山府君年譜》　民國二十五年廣州希山書藏出版。

《顏師古年譜》　民國三十年長沙商務印書館出版。

《國父之大學時代》　民國三十四年重慶獨立出版社出版；四十三年增訂後，臺北商務印書館再版。

《國父與歐美之友好》　民國四十年臺北中央文物供應社出版。

《國父的高明光大》　民國五十四年臺北文星書店出版。

《國父在港之歷史遺蹟》　民國六十一年香港珠海書院出版。

《國父之家世與學養》　民國六十一年臺北商務印書館出版。

《傳秉常與現代中國》　民國六十二年香港中國學社出版（哈佛）。

《梁誠的出使美國》　民國六十六年香港中國學社出版。

以上計十四種，若與前述之史學二十種、及文學四種合計之，則爲三十八種。此殊足稱其「著作等身」。但此與〈行述〉所謂之「四十二種」者尙闕四種。闕者目前一時尙難詳知。

孔子以「有德者必有言」，是知先生之所以「能言」（著述），是基於其崇高之道德。蓋有德者無言，固不能稱爲全德，有言無德，則爲虛言，不足爲德。故先生之言是「多聞闕疑，愼言其餘」之言，先生之德是「多見闕殆，愼行其餘」之德。由於其一生皆能愼言、愼行，故其亦「言寡尤」而「行寡悔」，實爲「至德」之人。

先生一向沉默寡言；見其人，每有「不言而化」之感。由於先生具有一副沉默之面孔，也不苟言笑，其誠也「望之儼然」者，而實也「即之也溫，聽其言也厲」者。先生平時雖寡言語，但在授課之際，每每「言而忘我」。所以下課鈴聲雖響，常未聞其已響。殆此無他，良以樹人爲百年事業，而「良心」又爲此業之基也。復以其既積學於書，而又得道於心，則無不冀望能將其所積之學一吐爲盡，所得之道盡傳於心。因爲凡所傳授之人，若能將己之所知，毫不保留而授予生徒，其人德性可知。所以先生授徒，恆以誨人不倦、樂而忘憂！而聽受者，亦恆以如坐春風、如沐夏雨。誠如徐達文先生所說：「羅香林教授之所以值得我們敬仰和懷思，是他的學問和修養，是他的成就和立人，的確做到『進德修業』和『立己誨人』，使他成爲這一代海外文化界一個突出的榜樣。」[13]

偉人之偉大，多寓於平凡。先生也從平凡中顯示出他的偉大來。自兩年前，羅師母在家中客廳因接電話滑倒，罹患半身不遂以來，先生即不分晝夜，服侍料理。如侍藥、餵飯、穿

衣，甚至進出衛生間，先生亦必親自扶持。這期間，先生在外既要處理珠海研究所所務，及一所基督教會會務，還要教學、研究、寫作，每天平均睡眠二小時，從未聞其嘆苦，也從未見其愁容，其所以能此，即是「以孟子所謂集義與直養無害之誼出之。自惟原無不慊於心，故氣常不餒。」[12]

若干年來，筆者因困於赴港手續，先生則屢函慰勉，並命題囑之先撰論文。於蒐集資料期間，復屢蒙惠寄參考用書，且指示何處可能覓得某種資料。既已動筆，又承重點提示，及屢獲賜先生所撰其他論文之抽印本。此對寫作方法及要領，得到不少啓示及悟解。每撰畢一章，亦必寄呈審閱，幸也及至終篇。雖逾二十餘萬言，未見先生著一「非」字，反不鮮見「至佩」之語，此蓋寓見責於鼓勵中也。念昔與先生通信以來，筆者每函必以「師生」對之，而先生則恆以「兄弟」稱之；論學養，先生為一代宗師；論年齡，為父執。先生竟不計此。學人襟懷，於此可見。每逢聖誕節，總先收到先生賀卡，某年之十二月四日，竟見賀卡已飛臨，直令筆者手足無措。先生為人，常不知自己已處偉大之中。最令筆者所深動者，是初與先生通信之數年間，並未謀面，竟厚蒙如手足般之關愛，其生也何幸，得遇先生！

先生沒世之日，港九自由社團及個人，無不震悼逾恆。國內及海外各地而知先生其人者，亦同聲哀悼！出殯之日，香港大雨，二千餘人冒雨執紼。天人同悲，先生適享其哀榮。

香港方劍雲先生說：「筆者與羅先生相交二十多年，深知羅先生對國家的忠誠，對事業的盡責，對朋友的寬厚，對學生的愛護，其本人又是虔誠教徒，除讀書外，沒有半點嗜好。若把品德、學識、情操加在一起……相信羅先生是當代第一

人。」[14] 因而可知，先生於去歲膺為「全港模範老人」之殊
譽，絕非偶然。

四、盡瘁教育　忠愛國家

　　教育為立國大計，五十年來，先生瘁力於此。雖曾短期從
政，仍未脫離教育崗位。近三十年，先生寓居海外，為國育
才，精勤有加。教育部以其成就非凡，功在國家，特於去年九
月頒授「八德獎章」一面，以示感戴與敬意。

　　先生自大學畢業，即有作育英才之志，遂於民國二十一年
九月，首應國立中山大學校長鄒魯海濱先生之聘，任校長室秘
書；是為正式進入教育界服務之始。翌年九月，聘為副教授，
講授方志研究。二十三年秋，復應南京國立中央大學之聘，擔
任史學教授，講授中國民族史、隋唐五代史。次年，為上海國
立暨南大學所延聘，兼授南洋史地及華僑概況。

　　民國二十五年，百粵歸政中央，先生承廣州市長曾養甫之
邀，返穗擔任市立圖書館館長，仍兼中山大學史學課程。此
時，先生正創辦〈書林半月刊〉及〈廣州學報〉，方擬整理館
藏清季著籍及廣東文獻之際，而抗戰軍興。二十七年秋，廣州
緊急疏散，先生奉命以館藏善本與重要圖籍，舶運如桂，以免
兵燹。時中山大學遷往雲南澂江，先生間關黔蜀，於二十八年
二月，返校專任史學教授。

　　夫「學而優則仕」，為我國傳統思想，國難方殷，「政治
由於人才」，[15] 更是國家當前之急。先生由於學優才宏，任事忠
達，遂於三十年冬，應中央政府徵召，任職重慶。時中樞正欲
建立人事制度，先生建言當以唐代「守」、「政」、「才」、

「年」爲考課之法。簡言之：守即是行爲與操守，政是任事的成效，才是眞實的學問，年是出身資格與任事年資。四者互爲條件，相濟以成。用人以此「四格」爲準，考績也以此爲衡，文官之升遷調補，因而得循軌道。此議頗爲中樞所採納。在此期間，先生亦兼授中央政治學校研究部，專講中國民族史。嗣又與傅斯年、李濟、黎東方諸先生，於陪都發起組成「中國歷史學會」。

　　三十四年抗戰勝利，受命出任廣東省政府委員，並兼任廣東省立文理學院院長。翌年三月，獲政府頒授勝利勳章，以酬庸他在抗戰期間對國家的卓越貢獻。三十六年辭去省府委員及兼任各職，重返中山大學任教，講授隋唐五代史、史學方法。旋應聘兼任廣州國民大學特約教授、文化大學研究所史學部主任。

　　大地烽火，迅速燃及江南。三十八年七月，情勢危急，遂舉家避寓香港。三十年來，分別任教於文化專科學校（廣州文化大學分設）、廣大書院（廣州大學改設）、新亞書院、官立文商專校、香港大學、珠海書院中國文史研究所。其間任教學校時間最長者，爲香港大學。計自民國四十一年起，至五十七年九月宣布退休爲止，前後十七年，爲國人在港大任教時間最長之一人。先由講師級起，升至講座教授，另兼中文系主任、及東方文化學院院長等要職。學校當局，以先生任職該校最久，獻替最多，遂於先生退休之日，贈以「終身榮譽教授」，這也是國人獲此殊譽的第一人。而在此之前一年，臺北華岡中華學術院，以先生在海外宣揚中華文化，不遺餘力，復以其文章道德，蜚譽國際，特贈以「名譽哲士」榮銜，以示崇揚。

　　先生退而未休。離開港大，旋應珠海書院江茂森校長之

聘，創辦並出長該校中國文史研究所。十年於茲，夙夜勞瘁，不僅擴大而使文史分爲兩所招生，且於數年前，成立文史兩所博士班，是香港地區私人興學最高研究學府。先生平時除忙於所務外，另授中國學術資料之新發現、中國族譜研究、香港歷史研究等課程，爲國育才。

五十年來，先生不論任教或從政，一本愛國至誠，處處顯示在盡自己最大的努力。其爲政經驗，已如上述，其教育觀點，尤其是高等教育，認爲「不僅在於高級知識與技術之傳授，而並在於國家高級人員品德與風度之養成；不僅在於學術之發明創進，而並在於民族國家和平統一與富強康樂偉大精神之充養。」[16]同時，「政治由於人才，人才由於學術；學術明，然後人才政治，有濟於天下。」[15]昔孔子授徒三千，期期以爲政治之用，而達成其天下爲公之世界大同理想。觀先生之言，誠亦「盱衡時艱，誰不憂懷」，而期由高明學術所孕育出來之政治高才，蔚爲國用。這也可見先生的教育理想所在了。

先生愛國而忠於國，故凡與此背馳者，「是可忍，孰不可忍？」則毅然表明立場。先生主長廣東文理學院期間，左派學生趁機滋事，造謠惑眾，處處打擊政府，先生既屢誡不得，斷然悉數革除。[17]避居香港以來，統戰分子時蠱僑心，先生毅然中流砥柱作反共的先鋒。尤自十餘年前錢穆先生回國定居，港九學術文化團體，即由先生出爲領導，經常公開發表反共演說；廣大愛國僑胞，屢獲精神鼓舞。但在社會環境複雜之香港，某些人爲求適應生存，不免明哲保身；「坦然站在反共立場，吾行吾素，一仍舊貫，不作半點遷就的，羅先生應是第一人。」[18]先生「處在這個變亂年代，不爲勢移，不爲利誘，始終忠於他認同的中華民國，獻身於他熱愛的中華文化，爲時窮

之節士，疾風之勁草，眞不愧爲現今世代知識分子之典範。」[19]六月二十日臺北追悼會上，監察院余俊賢院長致詞，所以一再推崇先生爲「忠」。

先生於民國二十四年在南京與前清華大學先生業師朱希祖教授女公子朱倓女士（現爲國民大會代表）結婚。育有三子一女，皆爲香港大學畢業。如今又各有成就。長子羅文，美國哈佛大學博士，現任佛羅列達州立大學副教授，去歲任中國文化學院訪問教授一年；精研宋史。次子羅武，美國病理學院院士，現任芝加哥仁愛醫院病理醫師。三子羅康，現任香港李求恩紀念中學副校長。幼女羅瑜，美國聖三一神學院及印第安那大學碩士，現任職香港中國神學研究院。女婿吳兆寬，印第安那大學博士，現任香港大學講師。一門書香，無負先生。另有男孫五、女孫一。

昔幼山公以革命諸說灌注群士，卒襄　國父革命成功，而見中華民國之創立。先生繼以先業，參贊中興，追隨先總統蔣公之領導八年抗戰，而見國土重光。曷以此次以三十年之奮鬥，復國在邇，竟不及重返神州！於戲！悲夫！

——原文發表於《書和人》第三四五期，民國六十七年八月。

···附註···

[1] 《乙堂文存續編·三十五歲自述：家世》，頁75。

[2] 同註一。另見《乙堂文存續編·學歷》，頁77。

[3] 見香港治喪會撰先生行述。

[4] 《乙堂叢著八種·自序》。

[5] 《隋唐史新編·序》。

[6] 劉階平先生著：《聊齋全集選注》下冊：文集選注。

7 見：《中國族譜研究》頁13：〈中國族譜研究之史學意義〉，附註十。

8 《乙堂文存續編‧黃少強畫集》，頁114，及〈倉海逸詩鈔跋〉，頁139。

9 《乙堂文存續編：小匡盧詩文鈔序》，頁77。

10 同前書：〈亞洲史跋〉，頁127。

11 分見前書《隨園文集序》，及〈中西文化之交流與香港學術研究之發展議〉。

12 同前書：〈自訟〉，頁82。

13 見香港今日評論悼文。

14 民國六十七年四月二十一日香港時報悼文。

15 《乙堂文存續編‧建立大學區制與發展高等教育略議》。引陳蘭甫先生言。

16 《乙堂文存續編‧建立大學區制與發展高等教育略議》，頁3。

17 臺北追悼會上，逢甲學院廖英鳴院長報告先生行誼證詞。

18 本年四月二十一日香港時報載方劍雲先生撰悼文。

19 本年五月四日珠海學生報載余偉雄博士悼文。

懷念洪順隆教授

　　時光快速，不知不覺間洪教授順隆兄辭世將屆週年了。初見洪教授，大約是在民國五十三年秋季以後。那時陽明山華岡的中國文化學院校園，大學部第二屆、碩士班研究生第三屆，在註冊報到以後，校園人口忽然多了起來。因校園不大，而當時教室也僅限於大成館與大仁館（只建到二層）之間，所以在人群熙來攘往中，曾看到過一個較為矮胖而總是戴著一頂白色鴨舌帽或白色小禮帽的年屆而立的人，和另外一位年齡相若而我以後才熟悉的邱鎮京教授，雙進雙出，走在一起。民國五十六年我大學畢業後，留校服務；而洪先生也在這年研究所畢業留校任教。

　　畢業後頭幾年，我在行政單位服務，先後在校本部及城區部（時在師大附中上課）擔任註冊組主任，六十年調任華岡中學校長。直至六十四年八月，才卸下行政，在系專任授課。因此這幾年偶爾在華岡校園走動，也沒看到那位「戴白帽」的人。也就是在六十四年九月，學校開學，才又見到了洪先生。原來他在五十七年赴日留學，迄今方歸；這就無怪乎這些年來他遠在東瀛而我隱秘行政單位所以難得一見的原因了。

　　那幾年中文系的課程總是緊張，受聘專任而開課鐘點不夠，就要改成兼任；否則就要自己設法找課，系上並不負責妥善安排。洪先生留日甫歸，除在中文系開設一門專書《左傳》外，餘課皆為共同科國文，其中一班是五年制專科的國文課。

某日共同科曹助教找我和洪先生商量，是否可以互換一班；我說：「怎麼妥當就怎麼安排罷。」後來課程並沒調換。但在這次的面對中，洪先生還是那幅模樣，戴的那頂「鴨舌白帽」早可洗刷一次了，但他似乎並不在乎。

洪先生幼失怙恃，仰表舅父撫養長大，從小學以至大學，生活經歷艱苦，但好學不倦；復以稟性穎異，多能自裁中國文學的研究方向。故自師大國文系畢業後，中學執教鞭數年，然教不足而後知困，再考入中國文化大學中國文學研究所深造，以《謝宣城集校注》獲碩士學位。又不足，再赴東京大學攻苦七年，對於日籍漢學家的學術指向及思想型態，研得綦深，也融成了他對中國文學的深厚涵養。因此當返校任教，先以《左傳》、《國語》的編年與國別史料，盱衡先秦文學；又自荒亂的魏晉以後，而研磨三百餘年的六朝文學，前者關涉到子、史與楚騷，後者則包羅了詩、賦、小說與散文等，洋洋灑灑，允為奇觀。洪先生一肩任之。所以其裁成的研究生眾多，欲從其遊者尤多。

余與洪先生共事多年，二人始終是「淡如水」的君子之交，而牽涉到一點學術問題的辯解時，他聲大，我聲小；我聲大，他大笑。他的哈哈大笑，常會被對方覺得我的理屈，他佔上風。有一次——大約二十年了。在校車開往校園的仰德大道上，忘記了當時我們在車上談論一個甚麼問題，由於他聲調高亢宏亮，坐在後座的森林系主任就大聲嚷著：「要吵架，你們下車再吵！」還有一次在教授休息室討論一個甚麼小問題，他也聲如洪鐘，突被系上女助教闖見；幾天後柯老師就笑問我：「聽說您們吵架？」

洪先生稟性耿介，不拘小節；又對學術執著，堅持己見。

民國八十年他送我一篇剛發表的〈曹植與洛神賦〉一文，讀後直覺論文主旨歸於「愛情」的不可；也以〈洛神賦·序〉的「黃初三年」而堅持爲「黃初三年」的不妥。雖與之論辯，終不接受。八十一年六月，承邀出席東北長春師範學院舉辦第二屆《文選學》國際學術研討會，余提讀論文〈洛神賦的創作及其寄托〉，旨在辨正〈洛神賦〉是作於「黃初四年」及洛神爲曹植的所自托，並非戀愛。論集刊行後影印一份送請順隆兄指教；一怒之下，他又撰〈論洛神賦中洛神形象的象徵指向〉一文，發表於《林尹教授逝世十週年學術論文集》。於是我又撰〈再論洛神賦〉，發表於文大《中文學報》。他告訴我他還要再寫，意思是非把我打倒不可。〈再論洛神賦〉後來獲得國科會甲種獎助。洪兄的堅持與執著，是他對學術的信仰，也是他最爲可敬可愛的地方。

民國八十六年八月，余承乏系所行政，首爲博士生遴聘校外口試委員爲苦，他一一提名各項學術專長凡十餘人，要我參考，其實這幾位的學術專長，早聞其名，只是沒有深交甚至沒有交情；另以博、碩研究生每年提出論文口試者，平均約十數人。洪兄以學術淵廣嚴正，常請其出任召集委員；雖不爲辭，但有一次他說：「累啊！苦啊！」半年後，他竟與世長辭！這個「累啊苦啊」常在我心徘徊！

洪順隆教授手不釋卷，研究不輟，著述甚豐。譯注的不計，凡問世專著二十五種，發表論文一百三十餘篇，榮獲國科會甲種獎助九次，四次獲准國科會研究計畫的申請。惜以〈六朝述德、勸勵、獻疇、公宴、百一、遊宴、行施、軍戎、郊廟、樂府、輓歌諸體的文類研究〉的二年研究計畫，僅爲完成一半，餘業誰由繼之？惜哉！憾哉！

——原文發表於《論學談‧言見摰情》紀念文集，民國九十一
年一月。

洪順隆教授逝世後於公祭之日，余代系所同仁爲撰祭文，
曰
「私立中國文化大學中文系祭洪公順隆教授文」
維
中華民國九十年二月九日，中國文化大學中文系主任兼研
究所長羅敬之偕全體同仁，謹以香花素酒之儀，致祭於
洪公順隆先生之靈前，並奠以文曰：
嗟我洪公，命世儒生，幼而穎異，名謨鄉井。
晉學師大，負笈陽明，再造東國，文學融成。
德高品潔，節堅骨鯁，雍容豁達，道統是從。
披卷在手，分秒必爭，著述盈樑，遠近蜚聲。
縱遊三代，停睇周乘，左氏楚騷，研深功宏。
復探六朝，鐸振黌宮，弦歌遠播，弟子嚮風。
正擬新畫，亦期協同，天胡不弔，倏爾潛蹤。
歌傳薤露，失我良朋，蒼天不語，潸然淚膺。
酒奠椒漿，奚止哀痛，惟祈昭格，鑒我微衷。
尚饗！

雜文 類 篇

慈湖謁陵記

　　四月二十六日早晨，天色微陰。步出家門，心情隨著腳步加重，於是內心警告自己說：「今天不能再哭了！哭，不更是一種懦弱的表現嗎？」

　　到達　國父紀念館前的廣場，已是七時三十分；廣場上已經來了一些準備前往慈湖謁靈的人。他們的臉色，看來與服色同樣嚴肅，很難發現像過去那樣友善的面孔。

　　我們這批人大都是在北區文教界服務的。自從四月五日深夜　蔣公遽逝後，震悼與悲痛，一直衝激著世人的心靈！自從那天起，大家的心情，一直隨著　蔣公的靈位移動，那是自士林官邸、榮民總醫院、到國父紀念館；然後，則是蕭蒾靈秀的慈湖——這個一夕間成為中外人士所慕往朝拜的聖地。

　　八時正，車隊開始出發。繞出市區後，馳入三重市，然後輾上寬敞坦直的南北高速公路。

　　說實在的，人很少不喜歡旅行的。我最喜歡旅行，也最喜歡從車窗外望沿途的風光，尤其是第一次走這高速公路！但是我在想，今天到達　蔣公靈前，一定要稟告他，我已經長大，我一定要堅強！同時，我也想代表大家共同的願望，那就是：我們一定要在毛某死前，讓他親眼看到我們正義之師，躍馬神州！讓他瘋狂而後死！過去老人家在時，自己總覺長不大，現在老人家遠去了，忽然猛醒過來，覺得渾身都是力量。說眞的，我們應該好好振作一番了。我覺得，我們在心理上也許還

不夠健康，譬如我們退出聯合國時，一般人內心未免驚慌失措，不知如何是好！既聞　蔣公振臂一呼：「莊敬自強，處變不驚！」這才給我們壯了膽，一切又恢復正常。

　　最近中南半島失敗，或許有人擔心到毛共是否會侵犯臺灣的問題，其實，　蔣公早就說過，我們反攻的良機之一，就是毛共膽敢侵臺之時。　蔣公在世時，不可諱言，我們多少都養成一種因循、依賴的心理。以為天塌下來，可由他老人家一手替我們撐著，他老人家可替我們擔當一切。但現在，這些想法恐怕要立時糾正。我們必須藉著這個最不幸的時刻，猛轉頭來，加倍惕厲奮發，使自己壯大。

　　一生中最遺憾的事，是在　蔣公生前，一直未有福氣親瞻其慈顏，而這個殷切的願望，是從懂事時開始，至今也將四十年了，過去在大陸家鄉，百姓們一再忍受著淪陷的苦難，但卻把「蔣委員長」的英名和德威，比著心目中的陽光，至今，這陽光仍在我的內心普照，並且還要把　蔣公的精神化作生命，永遠活在我們的心頭。

　　車過大漢溪，轉了幾個彎，再向前走不遠，就是慈湖。抵達慈湖時，正是九時二十分。

　　慈湖，四面環山，中間一片碧水，山水相映，呈現著動人的青春綠意。湖堤與山坪間，也盛開著一簇簇紅色杜鵑花，紅綠相間，輝映成趣，象徵著生命的璀燦！山鳥跳躍，啾啁於花枝間，又顯示出這生命的活潑！其實慈湖的整個景色，就像是一個嶄新的生命，這生命又重啓了人類的希望。我心底又不禁泛起一陣陣的喜悅，因為　蔣公不必再為世事操勞，他老人家可以在這寧靜的聖地安息了。

　　謁靈的人一批批的回來，又一批批的前進。從慈湖車站到

行館約二百餘碼之遠。出入路徑，就是在湖南邊的一道長堤上。

行館大門外面，有一花圃，植有牡丹、杜鵑、龍柏一類花木。圍繞花圃的是一條迴車道，一塊停車坪。迴車道的下車處，就是行館的大門。

這是一幢純粹中國古式的民間建築，灰瓦磚牆，坐西北而朝東南，看來典雅素樸。大門漆黑色，對開的門頁上端，各鑲一座獅頭銅環。進門後，首先映入眼簾的，是　蔣公親書的「慈湖」木匾一方，懸於前廊的正中。匾額作褐底黑字，渾厚天成，上款題為「中華民國五十六年十月三十一日」字樣，想是　蔣公八秩晉一華誕在行館避壽時所作成。

在此前望，是個正方形的庭院，院中四周；各置花木數株。院的外沿，是木雕而漆著白色的欄杆。再向外是各隔著一條走廊的東西廂房。隔著庭院的對面，就是正廳，也就是　蔣公靈厝所在。

我們沿右邊迴廊進入正廳。頓時心頭如鉛，淚如泉湧，一代巨人，竟然從此不起，大地無聲！雖然他又在億萬人中重生！在大理石棺廓後方的壁上，懸有　蔣公遺像，靈前置放著蔣夫人所送的花圈，黃菊花瓣還正煥然如生。靈櫬的兩邊，各置四張棗紅色的沙發椅，香色俱古。我們在靈前敬致三鞠躬禮後，黯然退出，終於忍不住潸然淚下。

慈湖，這個慈祥而和平的勝境，對於一生功在國家的　蔣公來說，其寢地似感侷促；相信指日奉安神州後，必可再效古人的「孔里」。

——原文發表於《創新周刊》一五四期，民國六十四年六月。

〈蘭亭集序〉的品味

　　東晉穆帝永和九年（西元353），三月上巳，琅琊王羲之與太原孫綽、王蘊、廣漢王彬之、陳郡謝安、高平郗曇等名士及僧支遁，並其子凝之、徽之等四十一人，修袚禊之會於蘭亭（今浙江紹興縣西二十七里處之蘭渚），崇山峻嶺，茂林修竹，清流激湍，映帶左右；復以天朗氣清，惠風和暢；誠所謂「雖無絲竹管絃之盛，一觴一詠，亦足以暢敘幽情」也。

　　如此佳境，焉止蘭渚？昔金谷園客，不亦時聚吟唱，賦詩不成，且罰酒三斗？意謂萬不可愧對良辰美景也。摩詰幽居輞口，時與裴迪浮舟碧波，集詩而曰「輞川」，殆亦山水之勝概而譽有詩中有畫畫中有詩也。李太白、孔巢父諸人擇棲徂徠山麓，結社竹溪，詩酒留連，世稱「竹溪六逸」，亦殆遇水澄山幽之奇勝也。桃花園景，雖狹處一隅，而太白之群季，雖非康樂，亦皆惠連，不有佳詠，非但不能以伸雅懷，且無以對瓊筵之坐花，羽觴之醉月也。可見良辰美景或好山勝水，輒為騷人墨客所獨鍾，以其能靜觀萬物，而佳興自與，亦獨受天地靈秀之所青睞，故常能同為不朽。

　　然〈蘭亭集序〉於「游目聘懷，足以極視聽之娛」之頃，頓然轉折而對人生之感慨，蓋亦莊子所謂「號物之數謂之萬，人處一焉」，其人渺也如此。右軍固寓道家思想，然對萬物既有榮枯，人亦有死生，萬物則榮枯有時，終而復始，天地常新；人則或欣於其所遇，或悲於其所失，不及天地之悠悠，

「修短隨化，終期於盡」！是以優遊天地，效法自然，爲人生
所貴；而死生雖大，若青山與生死同在，則死又何足惜哉？

今去羲之等人蘭亭雅聚已逾一千六百餘年矣，其云：「後
之視今，亦猶今之視昔，悲夫！」然吾人之視昔，其人似猶流
連於蘭渚的流觴曲水間，則又何悲之有？

——原文發表於《中國文學》第二十六期，民國八十年。

古書選讀舉要

——答文大中文系一年級同學之問

中國古籍，浩如江海；而讀中文系的，又幾乎凡書皆可讀，無書不可讀。由於範圍太廣，所以往往不知去選讀那些古書才好。

清末曾文正公為文淵閣校理時，曾覩《四庫全書》，其感嘆藏書之富，「雖有生之資，累世不能竟其業」。於是他選擇了古今聖哲三十二人，並令其子紀澤繪其圖像，藏之家塾，以俟其後人有心於此者，取足其中，則不必廣心博騖了。這三十二位哲人的姓氏及其著述，詳列於其所撰〈聖哲畫像記〉文中。曾公選擇的旨趣所在，吾人未必與之盡同；然其既已包括了古今菁華，則完全棄嘉餚而弗食，則恐終身不知其旨味了。

新會梁任公於昔講學清華之際，曾撰《國學研讀法三種》一書，雖其冊葉不映，亦包羅眾有，別其大要，則歸為五類。即：修養應用及思想史關係書類、政治史及其他文獻學書類、韻文書類、小學及文法書類、隨意涉獵書類。以上各種書目可謂洋洋大觀，尚非上述三十二哲者所能盡括；然任公以青年學生在校功課既繁，也都修有專門科目，所以不能人人按表列而讀，因此他又另列一份「最低限度之必讀書目」。這些書目，有的在三十二哲中已有，有的沒有。總言之，如：《四書》、《易經》、《書經》、《詩經》、《禮記》、《左傳》、《老子》、

《莊子》、《荀子》、《韓非子》、《戰國策》、《史記》、《兩漢書》、《三國志》、《資治通鑑》（或《通鑑紀事本末》）、《宋、元、明史紀事本末》、《楚辭》、《文選》、《李太白集》、《杜工部集》、《韓昌黎集》、《柳河東集》、《白香山集》及其他詞曲集等。這差不多可包括現在文史兩個系的科目，還有部分的哲學、法學等。任公以為「以上各書，無論學礦、學工程……皆須一讀，若並此未讀，真不能認為中國學人矣」。若照他的說法，讀中文系的就更不能不讀。

錢先生賓四多年前曾對香港慕德中學師生演講「讀書與做人」。於「讀書」部分，他也提出五類以勉勵後進。首曰「修養類」。書目包括《論孟》、《老莊》、《朱子近思錄》、《王陽明傳習錄》，還有一冊佛教禪宗之《六祖壇經》。

提到《論孟》，一般人總認為是「老生常談」，無何新鮮感；其實若能讀好《論孟》，其他古書就不難讀，前面曾文正公及梁任公都曾提到《論孟》，可見《論孟》確實重要，《論孟》二書，不但可修養身心，而且文學價值極高；如《論語》往往在幾個字中，即將一個人的聲音、笑貌、言談刻劃出來，這當然跟它能適當的運用其語助詞也有關係。《孟子》善養「氣」，文無氣不壯，所以多讀《孟子》也可提高寫作能力。

錢先生特別提到一部佛書——《六祖壇經》。這部書是自佛祖達摩以迄慧能的六世，密傳釋迦佛在靈山會上付與大迦葉的《正眼法藏》（《正眼法藏》，是禪宗用以稱其教外別傳的心印），六祖門人又詳述之而為《壇經》。故事生動，哲理深邃，其與《中庸》、《孟莊》等書，亦多有會通處。全書約萬餘言，有無錫丁福保氏註本，允為精審。

至於其他各類書目，不便詳列。大別之則為欣賞類、博聞

類、新知與消遣類。欣賞類重在文學作品，而要在讀詩。博聞類則舉凡史傳、遊記、科學、哲學等名著，皆可以就所好加以選讀。新知類則偏重於現代出版之期刊雜誌或報章。消遣類就廣義而言，上述諸書皆包羅其中；狹義者則如小說、劇本、傳奇故事等都是。

　　以上所列各目，要為學問諸大老有得之見。然讀書尚重在嗜好趨向，當視性之所近，予以愼擇，固不必拘於某範圍也。再者，讀書還可分為「精讀」與「略讀」。譬如上述修養類及博聞類之部分科目，不妨精讀；精讀就是慢呑細嚼，務求融會貫通，心領神會。略讀則是領會其意即可；若能一目十行，未嘗不可。至於梁任公所列「最低限度之必讀書目」，似都可列為精讀。

——原文發表於《中國文學》第廿三期，民國七十七年五月。

牟平方言二題

　　山東省牟平縣位居膠東半島中部。本文初撰於十八年前亦即睽違牟平故鄉三十二年後。時研究所李梅人伯鳴師，令諸生各就籍隸所屬，撰就各家鄉方言爲文呈閱，並藉互相觀摩。以去鄉既久，個人鄉音土調雖未殊改，然俗諺俚語多不能憶。遂與邑西鄙譚家泊湯承業博士各搜枯腸，互爲揣摩，得句二百三十，邇來檢尋《牟平縣志·方言》及羅福騰博士《牟平方言志》所述，亦多有收穫。茲選出近來尋查所得略述如下。

一、詞　義

　　與共同語比較，牟平方言某些詞語的含義與北京話差別較大。有些詞，北京話指的是一種事物，牟平話指的是兩種事物。例如：

　　婆　北京話指丈夫的母親，牟平話兼指奶奶。

　　外甥　北京話指的是姊妹的孩子，牟平話兼指外孫、外孫女。

　　聽　北京話指用耳朵器官接受聲音，牟平話兼指用鼻子接受氣味。

　　趕　北京話指駕馭動物等，牟平話兼指推（自行車、小推車等）。

　　鱉　北京話指甲魚，牟平話兼指烏龜。

　　蛾兒　北京話指蛾子，牟平話兼指蝴蝶。

　　有的時候，北京話與牟平話儘管詞形相同，但所指的事物、現象並不完全一致。例如：

　　羅鍋兒　牟平話指駝背。人的脊柱向後拱起，多由佝僂病、脊椎的關節炎、年老脊椎變形等疾病引起；他是個～。牟平話的「羅鍋兒」相當於北京話的「駝背」；牟平話「連連肩兒」，相當於北京話的「羅鍋兒」。

　　嘴巴子　牟平話指嘴巴，嘴部附近的部位，包括腮、下巴（例略）。北京話的「嘴巴」只包括嘴部附近，不包括腮。牟平話指稱的部位（面積）比北京話大。

　　扒灰　揭對方的短：兩個一打仗就～。～就怕老鄉親。北京話「扒灰」指公公與兒媳有私情。牟平話無此義。與北京話「扒灰」說法相當的是「老騾子上炕」。

　　嫁　北京話指女子結婚，包括初婚和再婚；牟平話專用於女子再婚，不用於初婚（除在熟語中）。

　　還有的時候，牟平話有些名詞、動詞、形容詞的引申意義和用法比較特殊。其基本義跟北京話相同，但引申義出入較大。例如：

　　狼　北京話指一種野獸，牟平話引申女性貪婪、自私。

　　驢　北京話指一種家畜，牟平話引申指兒童善哭鬧。

　　黃縣　原為山東的一個縣名，後來引申指虛情假意。

　　蹲　牟平話引申指老人不與已婚兒女在一起居住，自己獨立生活。

　　碎　北京話指完整的東西破成零塊碎片，牟平話兼指身體、衣服、水餃等破損。

　　粗　牟平話引申指過日子大手大腳。

細　牟平話引申指過日子儉省。

　　據筆者觀察，牟平方言儘管屬於北方官話，但與共同語在詞語含義方面的差別有許多，有的相當細微，需仔細分辨。

二、代詞系統

　　牟平話的代詞，數量有限，使用頻率頗高。

1.人稱代詞

　　單數　複數

　　第一人稱：我　俺　咱　俺　俺這些　咱　咱這些

　　第二人稱：你　奈（na）　奈　奈這些　奈乜些

　　第三人稱：他　他這些　你乜些

　　其中的特點如：人稱的複數一律加「這些」表示，不加「們」來標記，此大異於北京話。第二人稱單數的「奈」也較為特殊，外地人常常不知所指。

2.指示代詞

　　一般是二分法，即近指用「這」，遠指用「乜」（nie）或「那」。排列如下：

　　　這個　　　乜個、那個

　　　這裡　　　乜裡、那裡

　　　這些　　　乜些、那些

　　　這樣　　　乜樣、那樣

　　　這邊　　　乜邊、那邊

　　　這麼　　　乜麼、那麼

　　　這場　　　乜場、那場

這陣　　乜陣、那陣

3.疑問代詞

牟平方言最常用的疑問代詞與共同語也有差別。常見的有：

誰　麼（什麼）　麼個　麼樣兒（怎麼樣）　哪裡

哪個　哪些　怎個（怎麼）　幾個　何如（怎麼樣）

爲麼（爲什麼）

牟平方言與共同語的差別還有許多，表現在語音、詞彙、語法等各個方面。有能力的話，眞當潛心研究。所幸羅福騰博士已有《牟平方言志》、《牟平方言詞典》問世，對母語的搜集整理用心甚勤。如果有機會由此一縣之研究延及周圍縣市，則必將有更大的收穫。

——原文發表於香港《珠海學報》14期，附有羅馬拼音；補充後，又於《首屆官話方言國際學術討論會》宣讀，一九九七年七月，青島。本文爲山東大學中文系羅福騰教授據以簡括後新稿。

···附註···

1 《牟平縣志·方言》，1936年。

2 羅福騰：《牟平方言志》，語文出版社，1992年。

粉嶺居

一、長青之地

粉嶺是香港九龍新界地區的一座小鎮，四山環繞，川溪南流，樓宇平屋錯列，菜畦桃花田[1]棋布郊野，整個畫面看來，是寧謐、安詳、平和。

民國六十七年九月，再度赴港進修，羅文師兄事前特爲函邀住在先師乙堂先生（按羅文師兄先府君）的鄉間書屋，於是便來到這座民風淳樸的小鎮。

從九龍城搭火車或乘雙層巴士來此，均需一小時左右；由此再搭火車北上，只經上水一站，即是中英邊界的羅湖，而公共巴士則以上水爲終點。所以這裡是處在鐵幕邊緣，也可說是自由與奴役的分水嶺。

到達香港那天，先師的兩位姪孫繁星、繁亮兄弟，特至機場迎接，他們在路上告訴我：「粉嶺不比港九城區，絕無盜竊恐嚇之類，晚上開門睡覺都沒關係。」這倒使我放心不少。因爲昔日客居的美孚新村二十層高樓，每逢出入電梯，總是心驚肉跳，這倒並不是怕有什麼錢財可搶，而是沒有錢也同樣具有危險；雖然那段時間並未遇到什麼太保阿飛，以後思之總是心有餘悸。

星、亮兄弟分別於六年前及三年前自大陸故鄉來到香港，

那是一幕幕生死與血淚交織的故事。他們曾分別由政府接運來臺參觀過祖國建設。星君在臺時，曾與之聚敘；亮君抵港後，則一直住在先師設在麥當奴道的寓所，照顧師母起居。去春曾在那裡見過多次。現在兄弟二人，白天工作（星君任一家小學文員），晚上分別就讀於一所夜間大學及一家英文補習學校。弟弟於今年四月杪赴美就業於波斯頓。

第二天一大早，即被窗外滿樹的鶯兒喚醒；而遠雞近犬及粗獷的牛聲，也同時陣陣襲來，內心不禁大悅。這種山林河澤以及農舍田園之聲，比起長年在臺北所聽到的人聲車聲，確是耳目一新，心塵盡除。

書屋是一幢中國式的磚瓦建築，座落在小鎮東郊一片五千呎（約一百四十坪）的庭園中。灰泥粉牆、朱泥磨地，闢兩房一廳，餐廚浴衛另設於屋外一端，廊道高軒宏敞。庭園為一矩形，雜植修竹、梧桐、芭樂菓，及一些不知名樹，青蔥掩映，蹁躚有致，晨昏最為山鶯所樂於聚歌之地，地上則雜草勃然，剪之而綠意更深，為蜂蝶憩息遊逐的溫床。園的四周，圍以花空鐵網，間豎水泥椿柱，牽牛、藤蘿攀爬其上，形成一堵紅綠相間的花牆。據星、亮兄弟說，這片土地，原為羅師母一友人所有，嗣因其需錢眉急，欲以每呎港幣三角讓售師母；師母向來不貪便宜，尤其不以人急自利，而加倍以每呎港幣六角購得，如今每呎已值港幣四十元云云。證諸「吃虧就是便宜」的真理。

自乙堂師辭世，部分藏書捐贈香港大學成立「乙堂文庫」，部分則移存於此。由於藏書豐富，目前內外兩廳及一間偏房，書冊堆積如山，羅文師兄為求珍藏名書，已選良梓佳材，鳩工鋪安天花板，面積與屋基齊，裝箱存藏其上，設有固

定木梯，可資上下，中廳及外廳，則以書櫃陳列若干遺著，以供取閱。每睹故物，禁不愴懷；星亮兄弟又說，這座小屋，原計畫於乙堂師告老退休之後，隱居讀書之所，詎知於一九六八年自港大榮休後，旋應聘創辦珠海大學中國文史研究所，始終未曾進住。如今得蒙遺澤，起臥其間，思之何幸，又能不黯然。

在庭園的東側約五百碼處，一列小山逶邐遠去，其中一處小坡，是基督教崇謙堂的墓園，先師即安息於此。九月二日，亦即我來港的第二天，是星期六，正巧亮君不需上班，於是陪同前往謁墓。乙堂先生生前是一位虔誠的基督教徒。此次來港前，特在國內選購上等的香紙。準備祭謁時焚化，沒想到格於教規，臨時取消這項習俗，而以鮮花一束，聊表以對先生無盡的哀思與敬意。

在前往墓園的中途，正好經過先師生前做禮拜的崇謙堂。亮君說，自民國三十八年七月先生舉家避居來港，即先賃居粉嶺，而這座教堂就是先師與師母三十年來每週必為禮拜聞道的地方。當時師母以北平師大畢業的高材生執教於附近的粉嶺小學，中間雖經友人多次高聘，不為所動，直至退休為止。先師在港則先後任教於文化專科學校（廣州文化大學分設）、廣大書院（廣州大學改設）、新亞書院，官立文商專校、香港大學、及珠海文史研究所。其後雖徙居港島，二老亦必長途跋涉，不辭風雨，這種始終如一的慕道精神，知者無不敬佩。

我們在崇謙堂逗留片刻，發現堂內不少墨寶尚是出自先師手蹟，堂外大門橫額「崇謙堂」三字也是。當一部「崇謙堂幼稚園」校車開回來時，車上那排校名的楷書也是出自先師筆下。亮君告訴我，很多海外僑胞回港都請先生題字。潘維和院

長於六十六年秋自海外考察歸來，即說在美國華埠曾見過多次
先生的題匾。

崇謙堂墓園自山腳而上，而左右，成一百碼左右的正方
形，塚墓數百，皆修築完好，中間有路上通。及至頂端，亮君
引帶右行，因塚墓緊密，有時循墓緣而行，有時掠頂而過，心
殊不忍，香港地皮的寶貴也由此可見，忽聞「就在這裡」。細
目之下，方見黃土一坏，緊接鄰墓，凹凸起伏，幾與地平，頓
生感慨，何以一代「史學宗師」身後竟然這般？不禁低徊久
之。事後方知以新土基礎鬆軟，暫時不便修築佳城。今年四
月，再度往謁，已見碑誌成立，墓廊穆穆，青山何幸，竟此長
伴英靈。

乙堂先生逝世於民國六十七年四月二十日。於其去世前的
三月五日，曾趨麥當奴道其半山上的寓所探視。時先生已進出
醫院凡幾，醫生告訴他不食甜、鹹食物，按時服藥，病情當益
好轉，他患的是肺積水病，因此腿部消腫即是痊癒徵象。三月
八日再偕其鄉誼好友范先生及一位退休的許校長，詣門謁視，
並表達個人的「辭行」之意。當時雖略清瘦，神情不異往常，
心竊竊喜。及別，強為送至門楣，目光凝聚，似有「何日再來」
意。誰料此別竟成永訣！每為引領西望，雲水淒迷，曷勝歔
欷！

從飛機上下望香港島群，總是朵朵童山，小樹可數，而粉
嶺四周幾座較大的山陵，也是只見片片綠茵，樹木寥寥；惟獨
墓園附近的小山，則蒼松翠竹，繁茂青碧，四季如新。因心銘
之曰「長青之地」。

二、中秋二遊

香港地處狹隘，可遊之勝處不多；但入夜佇立於尖沙咀或佐敦道碼頭，近眺香港夜景，或登上太武山頭，俯瞰港九全景，則繽紛的燦爛燈火，一片通明耀眼的不夜景象，確能令人沉醉；遇有薄霧縹緲，或雨絲輕浮，那銀山燈海，朦朧迷離，更富詩意，令人幾疑是處在夢境及神話中。

三十年來，大概最能撩人腦際而動人遐思的，還是聳動中外的一些香港「新」地名；這些地方如調景嶺，流浮山、大鵬灣、打鼓嶺、與梧桐山。

這年的九月十七日，是中秋節。午餐過後，亮君告訴我他明天有一天的假期，如果我有意到什麼地方去走走，他願意作嚮導。於是我就選擇了上面那幾個深藏心窩已久的地方。為了明天趕路方便，晚間於接受老同學國儀兄嫂的「團圓宴」之後，就近住在星君新蒲崗富山村的富禮樓。當晚亮君也趕了來。星君則在粉嶺庭園與其志同道合的逃港青年舉行「月光晚會」。

第二天一早，我們趕到距富山村不遠的「彩虹」巴士站，一會兒亮君的女友陳小姐也趕來了。接著我們就登上開往調景嶺的巴士。

從彩虹到調景嶺，約需半小時，一路山道，蜿蜒起伏，有時車子顛頓得厲害，年輕乘客不禁驚叫；但右邊的山光水色，白樓帆影，忍不住讓新來的旅客多看幾眼，就是車子進入一片荒山之後，也是極目四望，似冀希要在這陌生的地方發現一點什麼。

在想像中的調景嶺，似是一片灰黯簡陋的木屋群，一座十足的貧民區；但下車後，居高臨下一望，眼神頓時大亮，如臨世外桃源。原來隱於這座山窩的小城，竟是白屋一片，高低相映，是那麼安靜和美，嶺前即是海灣，三山一水，白綠映襯，風貌幽絕，令人神往極了。

　　沿山坡石階而下，約至中途，一位滿面風霜的老者緩步迎面而上，一看知是當年避秦來此的中原人士。老人名曰張華汾（譯音），山西人，已經七十高齡了。他說嶺上現居民多為新遷入者，而三十年前避難來此的，老的死了，有辦法的也先後移居他地，現在剩下來的年輕一代，多說粵語或客家語，也大多不珍惜他們上代當年顛沛流離的故事。最後老先生聽說我是來自臺瀛，臉上頓然一陣春風，他興奮的問道：「你看政府準備甚麼時候回去？」我告訴他我們隨時準備回去；「當我們一旦回去的那天，一定比我們當年出來的步子要快！」老先生顯然不覺滿足。及別，老者還熱情的用手指著一個方向說：「山東同鄉會就在那邊，就在那邊……。」，我點頭應是。心裡一直在想著陶淵明那篇〈桃花源記〉的故事。

　　續沿階下，忽一轉頭，左前方的半空，一面隨風飄展的青天白日滿地紅國旗映入眼簾；在香港看到國旗，不應該很意外，但也滿心歡喜，總覺安全有了保障。細視之，旗下建築物書有「香港調景嶺中學」字樣。嶺中規模不大，但比港九城區一般中等學校而言，此所兩排三層樓的建築，尚屬一流的規模。由於正值暑假，鐵柵的大門深閉；自柵門空中內望，校園內花木扶疏，整齊淨潔。門前橫著一條十數碼寬的水泥通道，外緣即是大海。倚欄下望，水泥壁峭立，水色深碧，看來整個地基，似是一座碼頭，當年何以於此尖狹之地填海建校，一直

納悶於心。後來與佛教能仁書院中文系主任李伯鳴教授談及此事，方知此處原來確爲一座碼頭。這座原爲美國海軍油庫碼頭自二次大戰期間被日機破壞後，未再修復，遂即爲後來調景嶺中學的建築用地。

以天氣燠熱，亮君拍了幾張照後，隨即別去。轉出巷角，亦即嶺中右側，路兩旁設有「香港調景嶺難民委員會駐營服務處」、「香港調景嶺圖書館閱覽室」、「基督教醫療中心」、及「調景嶺郵政局」等機構，儼若一小型文化區。續前行，街巷狹窄，青石板鋪路，兩旁均爲店肆。但衛生環境極差，找了半天，才在一家較爲清潔的飲食店小憩；冷飲似比城區價格爲高。如城中一瓶維他奶索價五角或六角，此地則爲八角，女店主爲安徽人，約五十許。就其外型看來，當年應爲傾城佳人，如今則滿臉悒鬱，不問也該知道一些原因吧。

在這小店前面不遠，就是調景嶺通往筲箕灣的木造碼頭，每半小時有一班小汽船開出，半小時的水程，船費每人五角，倒也便宜，在候船時，忽見南山半坡有慕德小學及鳴遠中學，又從旁邊一位賣冷飲的少婦得知，此地還有慕德中學、聖約翰及信義小學；共有小學四間，中學三間。由於此地學校都具有獨立的規模，因此在教育環境上要比港九城區多半設在大樓底層或中層而並無操場等活動場所的情形好得多。

大致說來，調景嶺社區成一英文的 U 字形，南、北、西三面丘陵，東面海灣，由於灣中漂著無數小舢，因知此地部分居民尚從事著漁業生活。

十一時三十分，搭船離此；過一山岬，直撲筲箕灣而去。

午餐過後，一行搭巴士趕抵虎豹公園。此園爲香港星島報業系統主持人胡仙女士之父文虎先生及其叔文豹先生出貲興

　　建，故取名「虎豹」。該園建立於一半山坡上，空間不夠寬
闊，但以其私人興資，規模也算可以。園中塔、亭、樓、閣都
具，風格高雅，以其色調多取青綠，略有單調之感。在塔亭樓
閣間，依山勢多疊有人工岩，岩上間有點綴禽類雕品，雖嫌樸
拙，不失匠心，曲欄迴徑，亦依山勢關鑿，縱橫交錯，襯以扶
疏的花木，韻致別具。東端於一片自然的岩棚之下，布列眾多
動物泥塑，雖各配以顏色，然品質粗劣，且其各種塑品尚多配
以衣著，不倫不類，殊減遊興。以意推之，似取古代某些神話
故事而寓於教育意義者。園中日本遊客不少，成群結隊，洋腔
呢喃，天氣雖然燬人，其猶西裝革履，攜袍挾褂，以一幅「經
濟王國」的寵兒傲態睥睨群物，給園中平添一幅不太調和的奇
景。

　　虎豹公園雖不易令人產生甚麼心曠神怡，但比起銅鑼灣皇
后大道邊偌大而空洞的維多利亞公園，則多少尚令人覺得不虛
此行。

──原文發表於《創新周刊》三一一期，民國六十九年一月。

北地行紀

戊辰歲，六月既望，余出席香港「羅香林教授逝世十週年國際學術研討會」幕閉，與族譜學者唐羽先生，近代史學者張力教授，聯袂赴探神州。嗚呼！「四十年來家國，三千里地山河！」睽違既久，驟而親之，既悲且喜，喜而猶悲，信可謂感慨萬端，有所謂不能一語盡者。

既抵穗，二氏易車轉赴長沙，探訪史蹟；余則於翌晨八時三十分搭機北飛，欲探故鄉。航行二時又半，空中重複播音：「大連大霧，本機將降落青島機場，待時續飛。……」余故里臨膠東半島東端，此行欲赴旅大再偕諸昆季返海南故居省親。詎航機十一時許抵青，百四十餘位客旅竟囚困於航站大廳終日。門窗四閉，燠熱難熬，枵腹而至向暮，始終無以告此究何以故者，咸謂「即使霧都重慶，亦未聞其終日瀰漫！」廳中差可詢者，惟綠衣武警而已。雖紛詰之亦無果。於是，群情譁譟，青壯欲動；甚者，已與諸武警展開穢語舌戰，羽聲忼慨，氣壯山河！群綠衣武警亦已調姿待變。余懼火炎崑岡而或星火之燎原，於探悉青島既無民航機構，試為電謀其市政府署如何？有女曰：「已下班，可稍待。……」旋有一段姓先生者詢以故。告以原委，並曰：「貴府當盡東主之誼；倘不及時抒困，恐有不測之憂；幸蒙設想，貴府亦可免譏四方也。何如？千請速決，事不宜遲。」移時，數輛客車駛至，群呼登之。夜深沈，燈迷離，近九時，抵「勞山賓館」。

一、悵望勞山，虛無縹緲

　　賓館既曰「勞山」，諒必距勞山不遠，其或即在山中，禁不竊喜。憶余幼時，亦輒隨鄉人西南而望五百里外之勞山，野馬塵埃，或浮雲悠悠而已。緣以青埠為當年政府在膠東之惟一重鎮，陷落之民，遙望之，如大旱之望雨，亦因是，為「望西南」（意謂「望中央」）而遭掃地出門者，曷可勝計！茲既身臨其境，莫非亦檀越之結願乎？

　　勞一作嶗，或作牢，據冊籍記載，山在即墨縣東南六十里，於青島則為東北向，亦約六十里。二山相連，東濱大海，周圍八十里，高約二十五里。上有精神洞、碧落巖、青峰嶺、王喬觀、玉女盆、明霞洞諸勝，古有「泰山雖言高，不如東海勞」之諺，因譽為齊魯第一名山。

　　清初淄川蒲松齡氏，於其《聊齋志異》短篇集中，記有「勞山道士」、「成仙」及「香玉」三篇，故事背景皆在勞山。〈勞山道士〉是敘淄邑王生慕道而負笈勞山，然不堪苦樵，祗學得一「穿牆」術而歸。然旋里再試之，則頭破血流，臃腫如巨卵。喻人好高騖遠則難成器之意。〈成仙〉篇是寫文登周生與成生，少共筆硯，訂有杵臼之交，後周生以被誣繫獄，成生乃行赴都，伏訴於出獵御駕之前，周冤遂得雪。亦因此，成生參透世態炎涼，乃潛走勞山，修道於上清宮；後周生遭家變，成生招隱，遂與俱隱。從此閒雲野鶴，不聞世事云。〈香玉〉篇則為一愛情故事之妙品。緣以膠州黃生，寄讀於勞山下清宮，幸遇花妖「香玉」與「絳雪」。後黃生與牡丹花妖的香玉結為夫妻，而耐多花妖之絳雪則為二人之膩友。牡丹後被即墨

藍氏移植其家,香玉亦渺芳蹤;然感黃生之苦思至情,花萎神歸,與生纏綿如舊。以香玉今為魂影,既囑生依方灌注其根穴處,次年竟又花開如盤,香玉自蕊中飄然下,則復生也。後生死,寄魂於花側,而相廝守,願天長而地久。故事曲折離奇,想像富麗,為豔情類所難得。

勞山因下濱於海,時有呈現遠山村樹空際之倒影,此所謂「海市」也。康熙十一年壬子(西元1672)夏,蒲松齡與邑人唐夢賚、張紱等親臨勞山。某日雨後新霽,滄州島出現海市,彼等各以不同文字記下此一奇觀。蒲氏則賦「嶗山觀海市作歌」七古一首。歌中除寫山光水色、孤城譙樓、車馬絡繹、人群熙攘,亦藉此以嘲諷人世。如歌中之「三臺」、「七貴」,即諷曹氏當年於臨漳縣西所建之銅雀、金虎、冰井三臺也,如今奸雄安在?而漢世西京之七族,倘非姻黨相殘,也決不盡敗;然漢季已亡二千年矣,彼猶知之乎?故「人世眼底盡空花」,其藉海市幻景以諷以誡,誠亦別具深意之作。

翌晨平明即起,出而四望,所在地勢墳衍平曠,佇立處如在球端,青苗果樹,蔽野盈疇,惟不見山。再極目之,忽見東北數十里外,數峰並列,高皆丈餘,色呈微藍,莫非其即勞山乎?客有三五,與余並觀,或曰:「是」,或曰:「非」,余意恍惚,莫定一是。頃有一鄉女過而笑問:「彼看甚?」曰:「望勞山!」「呵呵!這……那……客待天上看罷!」

二、俯瞰仙島,寂寞孤高

東望鄉井半千里,同和勞山一見難。

小牖再窮千里目,朵雲偏掩半邊天。

當日近晌，原機北向續飛。閒雲悠悠，大地忽隱若現。頃
刻，窗外一片蔚藍，自南而北，朵朵孤島在焉，莫非其即長山
八島歟？夙傳蓬萊、方丈、瀛洲三仙島，謂在渤海之東，果
此，則又何者為是？八島轄屬蓬萊縣。自蓬萊以東，向稱黃
海；而自此迤邐西向以至冀魯之交，古皆屬齊。則冀東沿岸蜿
蜒而至遼東半島，古皆屬燕。秦漢之際，齊燕多方士迂怪之
論，尤以齊東海濱，自古即流傳一種迷信之方仙道，其所崇信
之陰陽八神，後為戰國齊人騶衍攝取陰陽二元之神理，創為陰
陽五行之說，其徒又著「終始五德之運」，於是大惑天下，致
使神威如秦皇、漢武者，亦不能免被所惑，焉不異哉？《史
記·封禪書》即嘗記其事云：

> 自威（齊威王，西元前378～333）、宣（齊宣王，西元前
> 332～324）、燕昭（王）（西元前311～279）使人入海，求
> 蓬萊、方丈、瀛洲。此三神山者，其傳在渤海中，去人不
> 遠，患且至，則船風引而去。蓋嘗有至者，諸仙人及不死
> 之藥皆在焉。其物禽獸皆白，而黃金銀為宮闕。未至，望
> 之如雲；及到，三神山反居水下。臨之，風輒引去，終莫
> 能至云。世主莫不甘心焉。及秦始皇并天下，至海上，則
> 方士言之莫可勝數。始皇自以為至海上而恐不及矣，使人
> 乃齋童男女入海求之。……後五年，始皇冀遇海中三神山
> 之奇藥。不得，還至沙丘崩。

仙島神出鬼沒，固方士之弄玄虛也。及至漢武，有李少君
者進以「卻老」之方，並以琅琊（今諸城縣）賣藥郎安期生之

惑，天子動心，遂「遣方士入海求蓬萊安期生之屬。……莫能
得；而海上燕齊怪迂之方士多相效，更言神事矣。」所謂蓬萊
三仙島之出，殆由於是矣。

惜唐明皇不察，以其享自開元（西元713～741）而後三十
餘年之太平，誤以即可享天下於千秋，遂於深居遊宴而思傾國
之餘，終遭馬嵬亭以長恨，徒予白樂天歌以「忽聞海上有仙
山，……蓬萊宮中日月長。……」以其「山在虛無縹緲」，固
有別於燕齊方士之論，然亦由於其渲染揚厲，本就浪漫神秘之
仙島，其色彩則益加浪漫神秘矣。

不覺八島將盡，鄰座幼萍女士，大埔人也，世居廣州。自
云其為前粵省主席羅公慈威卓英將軍之侄孫女，三十如許，秀
外慧中，惜其先父早年亦為省政執事而罹文革之難。方讀中學
株連而輟，遂承其家學，詩畫不讓專攻。此行為赴大連探夫及
避暑云。聞余自台瀛來，又為宗親，一程談敍亦不甚陌生。見
余臨窗而時覷窗外，或亦有感於古傳之迂誕哀豔，遂欲口占一
絕，囑余評之；余謂不敢，但願聽之。遂吟曰：

地角天涯少洞天，
瀛洲方丈譽塵寰。
蓬萊金闕戲天寶，
何處芳魂望長安？

「好好！不能再好！」內邊座竇老忽拊掌微哂曰：「女士
音聲曼妙，意緒風流，使人忘倦。小弟每過此，總覺有鯁在
喉，然亦不知為甚。……茲承啓沃，茅塞頓開，試效大雅，亦
度老調一曲如何？」聽者齊聲叫「好」亦禁不噴笑起來。竇氏

籍海城,年近花甲,自謂已逾百齡,鶴髮銀髯童顏,儒士風采。早年嘗任印尼某僑中校長,榮休後先寓香江刻居佛山,謂此行將赴遼陽爲某玄孫喜添婚禮云。片時,其扶正前椅背掛板,將寫文一葉與幼萍女士,似尚未讀竟,又被前座攫去。及傳讀至余,已見縐摺,邊有殘缺。原是調寄「千秋歲」,註有「戊辰夏日,過渤海仙島」云,其下又綴「未是稿」三字。余極目讀之,詞曰:

> 天荒地老,歲月知多少,韓終王喬都寂沓,還勒鸞御鳳,到處求仙草。甘露也,留人間幾多酸笑。　閒看白雲遠,也把么絃操。拈貝葉,聽泉濤,百年猶一瞬,千歲幾分秒,夕照裡,占南面底事煩惱。

——原文發表於《華風文學》第二十七期,民國八十二年五月。

弔海疆沙場文

> 海浪滔滔去復返，魂兮茫昧不知家。
> 風雲離燕來天外，拱手凝眸祭白沙。

　　海濤呼嘯，沙阜綿遠。斯地也，乃東牟北疆而渤澥之南隅也。地僻人煙，叢草浮生，時飄枯蓬，寂寞蕭索，向為沙鷗翔集而漁子游走之鄉，凤傳每遇晦冥天陰，輒聞異聲長嘶，說為歷來海難者也。晚近數十年來，謂有新聲相代，輕唱聚吟，若梵音唄唱，惟低亢無節，錯落有間，亦在陰晦。斯亦奇矣！其說果如是乎？

　　蓋民國戊子孟夏，時東北盡陷，中原騰沸。偏鄉野阪，更多無告之民；海角山徑，盡些亡門之人。彼之望西南也，猶大旱之望雨！若干年來，凝凝無異盼。戊子前歲秋暮，王師遂揮旗東進，鐵馬秋風，止戈不渡散關，槁木死灰，民氣難蘇。四月既望，南風薰兮，林蔭新碧；寒月瀉水，潮汛其宜。一支綏靖突擊軍，兼夜東航，發自芝罘，錨於金山港外，原謀深入敵後，執行一既定任務。既登陸，首遇海防敵軍，拂曉攻擊，一戰逾晌。領軍賀氏，手健步捷，既誅敵哨於悄然，復摸寨入營，左執電棒，右持短鎗，點額擊腮，一一擊酣夢者於不防；偶或掙扎抖動，復補一丸，奄奄一息而後已。比鄰營舍，亦鎗聲格格，掃穴犁庭，未一遭脫。嗚呼！悲哉！古者弋不射宿，彼也何辜？罹禍其慘！戰地果無皂白乎？蓋「師直為壯，曲為

老」，咎在汝爲其敵也；且「兼弱攻昧，武之善經也」。孰能誤
此天機？

　　嘗聞周公之東征也，猶大義滅親於管蔡；晉文承恩於楚
王，竟大破之於城濮；齊桓爲登南面，亦戮其兄於乾時；周襄
救禍蕭牆，借兵而逐其弟於齊原。皆骨肉恩仇，誰曰無理？其
後無論秦漢，或者魏晉，或爲以逞私欲，或爲以篤信仰，攻城
掠地，手足相殘，枉死者又焉勝指屈？是以彼儕之雖於夢蝶
也，何德於人而期赦放？徒以劍戟懸兮如敗枝，血飛濺兮猶空
流！惻然而己！

　　昔晉文公死，將殯，柩有牛聲，果爾，則「輕嗃聚吟」，
莫非彼之餘息乎？斯役也，殲敵一連，俘七人，書生面，年皆
二十如許。其有曰：「吾皆兩粵新兵，編屬東江縱隊也，防此
尚不及月，每日聞潮，聲如泣訴。……誰不想家，但誰又敢想
……」嗚呼！悲夫！迢遙萬里，誰爲北征？竟冤死逆曲！老母
倚閭，妻兒望穿，尚茫茫然莫知其行方，生已堪悲，而況死
耶？且尚不知其已死耶！誰無父母？畏其不壽；誰無兄弟，畏
其雁折；誰無妻兒？畏其雲水無溫。竟止役夫獨夫一人！

　　余庚午旋里・復聞其事；且昔學侶有嘗任校長者，謂曩歲
次忌日，必率師生往祭「百戰英雄墓」，並謂墓在岸南黑松林
云。以松林遼闊，逡尋未得，佇立寒沙，茫然四顧，漁子無
蹤，飛鳥遠避，惟海濤依舊呼嘯，沙阜依然綿遠。將行，奠以
歌曰：

　　人生七十古來稀，毛帝周丞亦作泥。
　　沸鼎浮沈孰可忍？幸君先已入幽居。
　　魂兮安矣莫嗟嘆，古往不猶多枉機？

親故既爲枯望眼，君名怎不入仙籍？

——原文發表於《華風文學》第二十五期，民國八十年六月。

金山港

屈指離鄉四十餘年，對家鄉的一草一木都思念不已，尤其常常想到金山港。

金山港的「港」字鄉人發音為「槳」。顧名思義，金山港與山有關。原來港的東岸靠港（亦音槳）北崖（孫家疃、王家疃、鄒家疃、郝家疃總稱港北崖），港北崖鄒家疃的北部，有一座小山，海拔約三百米，周圍約三、四華里，狀似「金」字，名曰金山；金山港取名由此而來。

港的西岸，是林北、北山兩個漁村。東距港岸，滿潮時約五六里闊；退潮時，僅靠西岸留下一條約百碼的水道而已。林北、北山兩村南下數里即是鄉人趕集的上莊。煙威公路自上莊迤邐而東，經過金山港南端，每迎漲潮，港水沿公路橋下遡廣河出海口滾滾南流。所以我村——王家莊西北郊一帶土壤多鹹性，五穀欠收，多為草田，村人叫它「西北海」，稍偏東向，則名「北海」。不過港水流經橋南不遠，水勢已是強弩之末，欲振乏力了。

二十世紀三十年代之前，金山港是膠東聚銷鮊魚的主要港口之一。西岸建碼頭，風帆、小汽艇均可攏岸。每年「穀雨」前後，百魚靠岸，桃花開時，正是鮊魚旺季。鄉人稱鮊魚是「莊稼魚」，價廉味美，既屬一年一度的嘗鮮美味，又是女兒去娘家孝敬父母的饋贈佳品。那一年吃不到鮊魚，總覺得是一憾事。西至崆峒島，東連文登、榮城，捕撈鮊魚的大風網船，不

下數百隻，滿載漁歌，來金山港靠岸，集散鮐魚。販買鮐魚的，更是爭先恐後，不絕於路。車拉的，牲口馱的，人挑的，一溜港岸，熙熙攘攘，比趕大集還熱鬧。

我村北距煙威公路約五華里，自煙威公路北望金山港與大海界限處，亦約五六里遠。十餘歲後，曾多次在大退潮後與鄰居結伴前來港灘摸魚拾蛤，每次都有豐收。

在還沒有親自去港灣撿拾之前，印象最深的是每年常吃大螃蟹以及吃不完的蟹醬。每屆夏秋之間，父親就和一些鄰居們牽著騾子、趕著驢子，一馱簍一馱簍的把螃蟹馱回來，又煮又磨，蟹醬調理停當裝缸後，就是這一年的餐餚佐料，風味之美，不盡回味。秋涼稍後，海蜇又從驢子騾背上回來了，只要願意去馱，家家戶戶都可以吃「海蜇麵」。

現在偶爾在市場上所見售賣醃匾了的海蜇頭，據說是海蜇身上的寶貝，價錢最貴。可是那時候凡從金山港馱回來的海蜇，頭都被削下丟掉，誰都懶得去看那個笨頭笨腦的怪樣。蜇身洗淨後，用刀切成細條，然後佐以麻油、醋、香菜、炒芝麻等調味，接著就可以呼嚕呼嚕的喝將起來。它跟吃大鹵麵所不同的是，如夏天吃冰粉，沁涼清純。據說海蜇麵有相當的幫助消化及調養胃腸的功能。

當麵吃不完的海蜇，就一缸缸的用白礬把它醃起來，不數日，只見一張張稍泛褐黃色的蜇皮——那又是農家一年中用以涼拌佐餐的佳餚。

螃蟹與海蜇，雖然不是產自金山港，但它確是被大洋的潮流送到金山港來。退潮它們留下，漲潮它們又來，所以在入秋以後，這兩種海產可以說是取之不盡，用之不竭。

捕捉螃蟹需要張網。每當潮落，大人們三五人臨時搭擋，

在水深及肩的水道中緩緩拉著網，偶爾在拉上一堆堆螃蟹中也會順便帶上幾隻活蹦亂跳的龍蝦，它們張牙舞爪，還耍一耍「龍」的神氣。海蜇則是飄在水上，或是伏在灘上，任人撿選而已。

有好幾次我是帶著鋤頭到金山港去鋤蛤。在淺水中，在濕灘上，只要耐心的鋤著，大大小小的花蛤就會叮叮噹噹的響了起來。大者如拳頭（比較少見），中者如雞蛋（最多），少者如指頂。如指頂的誰都沒有興趣，撿起來又順手把它丟進水裡去，讓它們再成長。

還有——一種俗稱叫「蟶」的蚌類，狀如一只煙卷，色呈青灰，亦隱匿濕灘，會「吊」的人，只需一根一端有鉤的半尺長鐵絲，找對地方，就一根根的給吊了出來。口味與蛤無異。還有一群群的小蟛蜞，俗名叫「沙其馬」，如傾巢而出的蟻群，縱橫絡繹，狀極活潑愉快。好心人會把它看成一時的開心果，貪心的人則會趕盡殺絕，囊括而去。

這種「沙其馬」回家洗淨後，用麵粉和水攪拌，然後投入油鍋中煎炸，吃來香酥可口，百吃不厭。

另外還有一種俗叫「雀雀」的小殼屬，體長半寸許，粗細各一端，殼有螺紋，色澤青灰，煮熟後咬去尾尖，自首端吸之，其肉立出，風味亦佳，但說不出是一種什麼風味。

金山港是怎樣「開了港」，由桑田變滄海的呢？

傳說宋元時，現金山港範圍內，村落棋布，人煙輳集，大大小小有二十多個村莊和幾千戶人家，他們在此半農半漁，繁衍生息。大村有黃龍套，七十多戶，小村如車家疃，三十多戶。雲溪村以西的十幾個村落，隸屬於當時的登友社（雲溪村後劃歸金山社），金山寨以東隸屬於金山社。明洪武元年（西

元1368），接連下了五十六天雨，引起山洪暴發，洪水至佛臺山、龍磨港一帶，與廣河、漢河匯合，奔騰而下，直撲黃海灣。更糟的是黃海發生特大海嘯，海水、洪水相匯，鋪天蓋地，浸淹著、吞噬著登友社所屬的十三個村莊。據說，淫雨前，有的人預感不妙，拖兒帶女，投親奔友，倖免於難。未及遷出的男女老幼及其在此定居的房產田地，全被洪水吞沒。唯有港崖四村和雲溪，因地勢較高，未罹此難。

史貴存眞，口碑不等於信史。地方掌故、地理變遷，必須有文物可考、文獻可查。即如金山港開港的原因，既如上述，爲什麼在《寧海州志》（明‧嘉靖年間焦希程撰）、《牟平縣志》（1936年版，于清泮等撰）均無記載？如認此說無稽，爲什麼附近各村父老衆口一詞，所述開港原因，並無二致，且有文物遺跡：

其一，港崖鄒家疃村北一里之大金山，頂端岩石北壁，有一高一米左右寬半米左右的石刻，四周鑲有寬十公分的圖案花紋，石刻洪武元年字樣清晰可辨，餘字漫滅。據老人傳說，係金山水患之志。

其二，據說郝家疃西北鹽戶修池整灘時，曾發現水淹村落遺跡。另，金山港西北海域（龍王廟以北二至三公里處），落潮，二、三米深水下，沿船舷可見水下有石條鑲邊之房基。

洪武初年，金山港一帶（東部的雙島港也不例外），山洪海嘯，水淹了很多村落，確屬事實，惜無詳文記載。只留下了一些神奇的傳說：一說在洪水之前，淹區好多村子的人，都看到一個賣棗賣梨兼賣筷子的人，沿街叫賣「筷、棗、梨！」意即提示人們，盡快離開這裡地方，免遭滅頂之災。另說金山港、雙島港都是一神仙和一條巨龍，化爲一個農人和一條黑

牛，這天，農人趕著黑牛，從南到北用犁耙「豁」出來的！明洪武開國迄今，不過六百餘年，水災海嘯也不是一地一隅之奇，金山港的滄桑變化，詳情定有知者。筆者無嘩眾取寵之意，有實事求是之心，因作口碑筆錄，旨在就教於賢達。

金山港不但海產豐富，當時還負荷小量客運（靠大風帆與小火輪）和海運口外糧木任務，小火輪每天跑一趟煙臺。港岸設旅舍、飯館、雜貨鋪，船員食宿，也很方便。

金山港雖非遍地黃金，但確有源源不絕的財富，以它一隅之陋，而卻無量供養，試問五湖四海還有那些地方像它這樣的富裕和慷慨？

民國三十七年（西元1948）的雙十節剛過，自煙臺搭輪東渡，約莫到了金山港北方，於甲板上的人山中極目南望，所看到的只是海天一線，隱約也有絲縷的白沙起伏。

——原文發表於《東年簡訊》第二期，民國七十六年元月。

關仔嶺記

　　甲辰秋七月，朝發華岡，夕至嘉義府城。此行乃與夫上庠青年暑期工程隊也。次日抵義竹，遂畚土修路，越六旬乃返。

　　歸期適值仲秋，以四顧茫然，無以家回；復新涼初透，良以賞景出遊，宜其時矣。乃約成大張君韶德，同登關仔。車臨白河，蒼嶺屏立，綿延向遠；少頃，則豁然天開，車行陡巖峭壁間。兩側奇花異卉，嘉樹美箭，微風輕拂，柔姿纖影，婀娜多態，益奇而勝矣。漸登，路曲徑迴，崖壁益峻，止聞湍音，不見素練，蓋幽泉隱於奧草，清波翻瀾於澗底也。歷一時許，車止關仔嶺上。

　　鎮市高踞嶺椒，屋舍櫛比，商肆布列，約數十家，蓋凡客旅所需，無不都俱。俯視則澗谷深幽，遠眺則翠巒綿亙，浮雲悠悠，山鳥格磔，得此佳日，登臨遊矚，樂也何如！昔聖「登泰山而小天下」，此疑人間仙境盡萃於斯而無天下也，不覺怡然久之。

　　偕客稍事飲啜，即登「羅漢坡」。

　　羅漢坡距鎮市不及一箭之遙，乃遊嶺必經之梯徑。階凡百數級，皆以青石砌，自下上望，盡處直指半天。兩側龍柏矗立，皆高丈餘，升登其中，宛行山陰道上。竊思天工固然可奪，而此更逾天工多矣。及步中途，客就台階坐，余亦斂足，皆喘息如牛牛。嗟夫！還顧初登處，長坡竟然陡立，吾人且趨前傾，行將倒轉矣，洵覺毛骨悚然，不敢稍留。

　　既登，適有一亭。矚目遙望，萬象森列，風雲開闔，群鷟疾飛。客曰：「山中必有神，不然何如是之威耶？」信然！不則古帝何以必爲封泰岱而禪梁父；設若僅爲草木土石，則又何所祀焉。

　　循徑而行，未幾又聞市聲，趨之得一池焉。乍見紫光一縷，閃耀池壁，細察之，火燄挾水，出自岩隙，湯湯乎不一或息，莫非潛蛟之吹髯鼓舌乎？此即奇景「水火同源」是也。水火本不相容，而此竟融爲一體，相偕吞吐，繼以晝夜，亦得物理之一至奇也。池呈圓形，二方碼餘，水色晶瑩澄澈，底爍金花，躍動翻滾，疑爲萬條金鱗；水面蒸氣微騰，絲絲昇化，恍若遠際之野馬塵埃，圍觀者摩肩接踵，無不嘆爲觀止。是池周匝，岡巒起伏，茂林修竹，一片蔥蘢。稍近亦商肆十數家，偶傳絲竹，聲聲入耳；販夫走賣，曼步輕歌，亦繞峰迴谷。豈料此遠野荒陬，竟爲桃源仙境者哉！客買寶杖一，余亦置一虎劍聊資紀念。

　　復西行，曲徑盤旋如螺帽。繞過一岡，條然別有洞天，峻山絕壑，長林古柏，目不暇給，誠詩中畫而畫中詩也。客負杖而行，余亦以劍爲杖。徑北向走，乃履巉巖，披蒙茸，如入絕境；驟間劃然長嘯，草木震動，山鳴谷應，仰視白鶴已遠，而抵一寺前矣。

　　寺曰「蓮雲寺」。古色古香，尚具規模。入內，則善男信女，遊客旅人，熙熙絡繹。異哉！吾人來此，一路孤寂，而此衆旅人則何自而來耶？及詣「慈航殿」，其爲寺之正殿。佛光菩影，妖群鬼隊，各具殊態；復以膜拜者衆，香煙繚繞，而梵音唄唱，縈棟繞樑，頓覺凡心盡除而去紅塵遠矣。與客合奉香火錢三十圓，亦效頂禮膜拜，客三揖而跪三稽首之後，竟不能

起，及強立復不能移步，及移步，竟趨籤筒抽籤以斷命運。余觀其氣色，無異徵，遂問：「君信佛幾許年耶」？曰：「猶未也。」「然則何如是之敬虔？」曰：「頓感人生空虛耳。」

不覺時已中午，遊客紛入廳堂用膳，偕客亦隨入就座；十餘圓桌，並無虛席。及餐，素食多味，色香俱佳，雖魚與熊掌弗如，覬覦三十金殊以為少。飽餐畢，辭僧出，聯袂薄遊園林。

蓮雲寺地幅廣闊，縱淺橫深，背負蒼峻，面臨蜿蜒之青脈，可望極遠。慈航殿兩側，堂廡禪房比連，樸靜雅潔，右側前方，置一園林，呈矩形，約數畝。園內多松柏，間植野樹雜花；時花正開，團團簇簇，紅白都豔，清風吹之，更飄異香。復繞寺一周，朱牆碧瓦，參差密合，而簷牙仰啄，鵬翅角鬥，青龍臥高脊，彩鳳走廂壁，極盡雕琢刻鏤之能事，美矣哉古剎！

相偕再登蓮閣，欲覽瓊宇全貌，無奈暮鼓驟鳴，梵唄旋唱，聲聲幽沉舒揚；何事幽沉，令人戚戚；又何事舒揚，令人物我兩忘！

夫淵無龍則水不媚，山無神而山不名；關仔嶺之所以名，莫非譽於蓮雲佛寺乎？

夜幕漸合，野火已明，別矣哉神宮！

——原文發表於《華風文學》第二十一期 民國七十六年六月。

鹿港懷古序

　　有人類就有文化；文化充實了歷史，歷史反映出文化。

　　古城鹿港，居臺西海濱，昔以水陸輻輳，商貿雲集，復以閩粵衣冠舊族相攜來歸，人文薈萃，物華蒸騰；蔚為空前的「鹿港文化」。惜以時徙代遷，斯土舊日盛貌，湮為史蹟，因而有識之士，莫不以稽古考徵為事，期期以報桑梓，用追先賢。

　　施君雲軒，世居斯鄉，素愛故土。時雖值在學之齡，為追本溯源，慎終追遠，進而發揚民族文化，年來撰集「鹿港懷古」若干文，既經刊布，傳誦士林。

　　本年藉暑期回鄉度假之便，親訪古蹟，更撰「懷古」的另三章。曰：臨濮流芳、遙祭盛典、寺廟巡禮，凡四萬言。探幽發微，深稽詳考，踰於前作，為治民族文學的罕覯矣。行將付刊，欣綴數語以推介於讀者。

　　——原文發表於《鹿江雅集》，民國七十一年十月。

《聊齋俚曲》 新論序

　　《聊齋俚曲》是蒲松齡繼《聊齋志異》後的另一名著，撰就於作者的中晚年時期。張元撰〈柳泉蒲松齡墓表〉，碑陰刻有「通俗俚曲十四種」，其中〈琴瑟樂〉、〈窮漢詞〉、〈醜俊巴〉、〈快曲〉等四種，早期研究者如路大荒、胡適先生等，於題下均括注曰「未見」；如今〈琴瑟樂〉一曲，已由日本漢學家藤田祐賢教授自慶應大學影印而出示於淄川蒲松齡紀念館，公布於世。其他三種俚曲，也於文革期間陸續出土，因此目前這部《聊齋俚曲》的曲種，已全部到齊。

　　蒲松齡是一位苦口婆心的多產作家。他寫《聊齋志異》，是亦勸亦懲；寫社會科學叢書、甚至諸多歌賦時文等，也多能見名而知其意。略如《省身語錄》、《懷刑錄》、《曆字文》、《日用俗字》、《農桑經》、《婚嫁全書》、《小學節要》、《藥祟書》、《家政內編》、《家政外編》等，無不男女兼顧，老幼皆親。於是他寫《聊齋俚曲》，其中除了八篇單獨命題，而〈慈悲曲〉、〈姑婦曲〉、〈富貴神仙後變磨難曲〉（今人研究分為兩曲）、〈寒森曲〉、〈翻魘殃〉、〈禳妒咒〉等，分別敷演自《聊齋志異》的〈張誠〉、〈珊瑚〉、〈張鴻漸〉、〈商三官〉、〈仇大娘〉、〈江城〉故事，目的在擴大渲染而「大醒市媼之夢」。蒲箬撰〈柳泉公行述〉就說：「如《志異》八卷，漁蒐聞見，抒寫襟懷，積數年而成，總以為學士大夫之針砭，而猶恨不如晨鐘暮鼓，可參破村庸之迷，而大醒市媼之夢也。

又演爲通俗俚曲，使市衢里巷之中，見者歌，而聞者亦泣，其救世婆心，直將使男之雅者、俗者，女之悍者、妒者，盡舉而匋於一編之中。嗚呼！意之良苦矣！」誠然！

　　蔡君造珉，隨余讀書多年，聰敏好學，樂觀進取，既見《聊齋俚曲》作者的救世婆心，卻鮮見後世的體其用心，於是旁蒐博采，深微體察，撰就《聊齋俚曲新論》一書，爲目前國內外研究《聊齋俚曲》最具系統而完善的一部新著，也揭示了聊齋文學的另一光輝成就。余既得先讀爲快，遂略綴數語，是爲序。

——本文爲序《聊齋俚曲新論》，梓行於民國九十二年七月。

欣見豐收

　　第一次看到施雲軒君寫的一篇關於故鄉——「鹿港懷古」的文章，是在他讀文化大學韓文系大一那年的第二學期。為了想看看同學們的寫作興趣，及其擅長在那一方面，那次作文採自由命題，於是看到了施君那篇洋洋數千言而詞意俱好的文作。一般作文寫上幾千字，尤其在引據、用典之後，詳明出處，而在文末又加附註，這在大一來說是不多見的。另一方面，是施君那篇作文在發掘故土文物，追懷族人史蹟，用心極其可貴。

　　我國自古至今，對於鄉土觀念，及宗教情感向極重視。所以在古代自氏族聚居而宗法制度建立以後，由於血緣的結合，而建立起家族及倫理的系統和秩序，納入社會道德的規範。一些以道德為治的政治家，也就利用這種源於天性的鄉土之親與宗族之愛的情感，作為團結民族及建立天下和平秩序的基礎。所以愛鄉尊祖，就是一種愛國情操的表現。

　　中國人根深柢固的思土懷祖觀念，從歷史上觀之，不論窮達人物，皆似發諸一衷。如屈平雖遭遠放，輾轉盤桓，總不出楚湘；庾子山通顯北朝，以不能南歸而賦「哀江南」。最讓人不可思議的一個例子，是漢初的布衣既貴為天子，且自云為「遊子」而「哀故鄉」，又說「萬歲後吾魂魄猶樂思沛」。另如陶淵明，則以「羈鳥戀故林，池魚思故淵」，來說明自己依戀故土族人的心情。這都是中國人思土及親最具體的一種代表

性。

施君寫的第二篇懷古文章，是發表在華夏導報上，這時他已轉讀中文系二年級。這篇文章是探索「南管雅樂」的源流，及作者對南管的展望，闡幽發微，極具文獻價值，頗獲師生嘉評。上面這兩篇文章，筆法都很老到，結構也很完整，考證也很詳實仔細，如不小心可能還不知道才是一位方讀大一、二的同學寫的。

嗣應導報編輯之約，於是利用今年暑期返鄉渡假之便，藉機參與地方盛典及考訪古城寺廟，復引經據史，而撰就「懷古」的另外三個專題，曰：「臨濮流芳」、「遙祭盛典」，及「寺廟巡禮」，約四萬言。這一系列，其對宗族及先賢古蹟，與各寺廟的歷史淵源等，條分縷析，以見古城文化源於大陸國土的明證，而爲青年僑輩追本溯源的參酌，其用意極爲美好。

讀畢施君諸文，則知雲軒意在非僅作文，而是基於慕往鄉土及宗族的情感，以追懷民族文化的血淵；又以其愛鄉愛國及尊宗敬祖之心，而盡力做到一子孫所應盡的愼終追遠的責任。更深覺其能在僅僅一年時間內，就有這麼多良好的課外成績表現，相信未來必更可觀。有云「深耕必有豐收」，施君適乎其是。

——原文發表於《鹿江雅集》，民國七十一年十月。

三國赤壁

　　一九九三年秋，隨旅行團往遊巴蜀。既抵漢陽，某晨自晴川碼頭登輪沿江上溯，野水茫茫，江面遼闊，此時正值《莊子‧秋水》所謂：「秋水時至，百川灌河」的時候。

　　巴，爲周時國名，在今四川東部一帶。然宋玉有「下里巴人」之歌，唐人顧況〈竹枝詞〉有「巴人夜唱竹枝後」之句，則「巴」境似已延伸到荊州甚至洞庭湖一帶。「三國赤壁」居江漢平原，不屬巴境，然爲長江上溯入巴必經之地；既身臨其境，就不能略過這個名古戰場——赤壁。

　　自漢陽啓輪西行，約八小時光景，就可看到大江南岸的赤壁；如果不是船正播音提醒，怎麼也看不出這裡就是所謂「火燒戰船，石壁皆赤」的三國赤壁。

　　「赤壁」一名，在中國版圖上有五，於今可考者四，但都集中在湖北境內。其一是在漢陽縣沌江口的臨漳山，位邑西六十里，層山臨江，盤基數十里，今亦名城頭山，山南有峰曰烏林，俗謂之「赤壁」。其二是在武昌縣東南九十里，又名赤磯，亦名赤圻，俗以爲周瑜破曹操處在此，實誤。

　　宋神宗元豐三年（1080）二月，蘇軾謫居黃州（今湖北黃岡縣），在黃州第三年，曾遊黃岡赤壁，並作〈赤壁賦〉曰：「壬戌之秋，七月既望，蘇子與客泛舟於赤壁之下。……」當年十月，又作〈後赤壁賦〉：「於是攜酒與魚，復遊於赤壁之下。江流有聲，斷壁千尺。……」據《水經注‧江水》及《讀

史方輿紀要》等書，黃岡赤壁土石皆帶赤色，下有赤壁磯，也名赤壁山，似確有「火燒戰船，石壁皆赤」之慨。故蘇軾於元豐七年（西元1084）四月調離黃州之前，曾作詞〈念奴嬌〉曰：「大江東去，浪淘盡，千古風流人物。故壘西邊，人道是、三國周郎赤壁。……」他認爲這黃岡赤壁就是當年周瑜破曹操處，所以稱「周郎赤壁」。不過句有「人道是……」似乎也不敢確認這裡就是「三國赤壁」。

三國赤壁，今轄屬湖北蒲圻縣，位長江南岸，北岸爲烏林，在嘉魚縣西。漢建安十三年（西元208），赤壁之戰，烏林亦捲入戰地。當曹操追劉備至巴陵，遂臨赤壁，爲周瑜所破；時周瑜年二十四，曹氏〈短歌行〉中所謂「青青子衿，憂憂我心」，就包括了像周瑜這樣的年輕人物。周瑜於「雄姿英發，羽扇綸巾，談笑處檣艣灰飛煙滅」之餘，曹氏取華容（石首）道歸，結束了這場歷史名戰。

今三國赤壁明顯的標誌，是一列小山自江濱逶迤而南，而延續小山伸入江中的是一段數十公尺長的岬角。東西兩麓都是綠野平疇，一望無垠。西麓還有幾十戶人家，簇列錯落，塵世不擾，看來也像是化外之境。江濱山頭豎有白石，上鑴朱色「赤壁」二字，傳爲周公瑾親筆云。

——本文作於民國八十二年秋，首次發表。

淄博巡禮

　　古齊國在中國一向有著輝煌耀眼的歷史地位。自齊太公佐周克殷，武王封建功臣而齊為首，自始即為諸侯大國。以春秋時代王綱不張，霸主迭興，首創霸業者為齊桓公，荀卿稱其「立信而霸」、「威動天下」（《荀子·王霸篇》）。司馬遷亦謂：「以太公之聖，建國本；桓公之盛，修善政；以為諸侯會盟，稱伯，不亦宜乎？洋洋哉，固大國之風也！」（《史記·齊世家贊》）這樣一個「冠帶衣履天下」（《史記·貨殖列傳》）而管仲治齊，又士居四民之一、閒於文學，故自古以來，即為士人所嚮往。

　　一九九四年八月二十四日，應桓台縣文化局之邀，出席為紀念王漁洋誕辰三百六十周年所召開的「國際王漁洋學術研討會」，得有機會一覽古齊的中樞地帶及其文物風貌。

　　桓臺原名新城，舊載王漁洋即新城人。以境內有桓公臺，故近年易名為桓臺。

馬踏湖與五賢祠

　　桓臺縣北境有馬踏湖。在國際王漁洋學術研討會的第二天，大會安排與會人士北遊馬踏湖。湖名的由來相傳於齊桓公時，曾在此地會盟諸侯，眾馬踐踏，平地成湖。又傳齊景公有馬千匹，群馬馳騁，踐踏為湖。較正確的說法，是魯中北地

區，原為黃海島嶼，以泰沂山脈北緣山洪沖積及黃河下游淤積的原因，漸與內地相連，因銜接地帶低窪，因而形成湖泊。

馬踏湖北臨博興縣，西北與高青縣隔河為鄰。全湖東西長十二公里，南北寬八公里。水道環迴，水色晶瑩，寬處約三四丈，窄處僅丈餘。兩岸夾以雜樹，茅屋瓦舍，隱於其間，好鳥不時啁啾其中。扁舟每葉可搭五六人，皆以小木凳為坐，婦女撐竿搖櫓，咿啞有聲。小舟結隊蜿蜒而行，恍如水上游龍。船行每到盡處，疑無前路，左右顧盼，又通渠連波。大詩人蘇軾昔曾遊覽至此，賦有：「貪看翠蓋擁紅妝，不覺湖邊一夜霜。卷卻天機雲錦緞，縱教匹練寫秋光」七絕，元人于欽也有「霜風收綠錦，萬頃水雲秋」的詩句，後人因採「錦秋」二字名湖，所以馬踏湖又叫錦秋湖。

當天上午約十時開始遊湖。行至中途，有地名叫青丘的，為戰國齊高士顏斶的故居。據《戰國策·齊策》，顏隱居不仕，曾說齊宣王禮賢下士，宣王悅服，請受為弟子，許以富貴，謝，願「晚食以當肉，安步以當車，無罪以當貴，清靜貞正以自虞」。遂辭歸。現在該處建有「五賢祠」，除祀顏斶外，另有魯仲連、轅固、諸葛亮、蘇軾等人。皆泥塑彩像，巍然坐姿，栩栩如生。

青丘舊址，相傳形似龜蓋，能隨水沉浮，多夏季節，水位下降，青丘隆起高大；夏秋之際，水位上升，青丘坐浮水面，始終不能淹沒。以其地常為里人納涼勝地，晉武帝太康元年（西元280），時人就丘構室，名曰清涼寺，祀魯、顏二人。清嘉慶二十二年（西元1817），改修增祀轅固，稱「三賢祠」。同治十三年（西元1874），維修後又增祀諸葛亮、蘇軾二人，稱「五賢祠」迄今。但文革十年，祠遭破壞，現今規模，乃文革

後重建而成，重建工程於一九八六年五月竣工。

　　祠的規模不大。自正殿謁五賢像出，回看殿柱聯語及匾額，殿門上黑底鎏金正楷「五賢祠」三字，殿柱聯語是：

　　不帝秦，不王前，不忘漢室，各有大名垂宇宙；
　　斥腐儒，斥曲學，斥退公孫，長留正氣在人間。

　　方形的院中，花木扶疏，井然雅潔。東西兩邊有廂房，惜門扉未啓。步出北向的大門，門樓高懸「五福祥雲」的橫額，刻雕精細。門前有五階條石引步，再前植樹一排。蔭下近眺，左右耳房牆端尚建有二層四角小亭，二亭臺階高峙，磚石主體，上築木質樓閣一層，頂覆以琉璃瓦，高檐仰角，富麗輕巧。登亭近眺遠望，魯陂魚蕩，水色天光盡收眼底。

　　國人訪賢求賢，見賢思齊，向為傳統美德。五賢中除魯仲連、顏斶、轅固皆齊人，諸葛亮籍琅琊（今臨沂市），春秋屬魯，只因不知何時曾臨此地，列入齊垣五賢之一。蘇軾籍四川眉山，宋神宗元豐八年（西元1085）六至十月間任登州（今蓬萊縣）太守，以登州屬齊，但也不詳他何時光臨馬踏湖，亦列五賢之中。齊人的熱情好客，於此可見一斑。

　　登船後，又蜿蜒遊湖約一時許，於一湖村通衢大道登岸，結束了馬踏湖之旅。返途中，又參觀了王漁洋紀念館，午後續覽齊國故城遺址博物館陳列館。

故城遺址博物館與殉馬坑

　　從桓臺城出發東行約五十餘里，抵達齊國古城遺址博物館

陳列館。館在今臨淄區的齊都鎮。

　　一進入遺址博物館廣場，只見高低城牆巍然聳立。這座城堡式建築，是採用了齊國故城大小兩城的平面模式，高城部分，高十五公尺，代表小城；低城部分，高十一公尺，代表大城。城堡外觀，砌以青色條狀磁磚、通城無窗，只在西南（正門）和東北向設有兩個拱形圓門。在正門頂端，鑲有金文「齊瓊元府」四個墨底金色大字，而於城牆頂端，又懸空聳起「齊國秘史宮」五個紅色大字。縱眼看來，古樸典雅，嵯峨壯觀。

　　這座建築面積達二千六百餘平方米的博物陳列館，由文物陳列室，地下文物庫房，吊頂及登高遠望臺四個部分組成。

　　以齊國自姜太公於西元前十一世紀的西周時受封建國，歷經春秋桓公的稱霸，田氏的代齊，戰國威王的稱雄，至西元前222年被秦所滅為止，經歷了七百多年歷史，自然蘊有豐富的文物史迹。但是在文物陳列方面除首列的序館展列城池、墓葬等圖表外，已提前到原始社會，次及西周、春秋、戰國及秦漢，共分六個展覽單位。

　　文物陳列設在二樓。從一樓正門進入，迎面呈現的是一幅象徵齊國歷史的巨型銅版壁畫，意味著參訪者將逐步走入齊國的歷史之中。在各類展列館中，各有其特別引人注目的文物特色，如原始社會館中的大型陶瓷，是典型的龍山文化時期的代表，也證明了當時大家族制的存在。西周時期也是青銅文物發展的鼎盛時期，因此大型銅盂和人形足敦，以及造型別致的雙龍把手銅盤，都是這個時期的代表作。春秋戰國時期的桓子孟姜壺、精美的玉佩，水晶串飾及以金銀錯鑲的銅犧尊等，都極富藝術價值。

　　春秋戰國時期，是齊國在政治、經濟、軍事、文化等方面

高度發展的時期，商業繁榮，人口大增，至宣王時（西元前342～324），都城臨淄達七萬戶，爲海岱間一大都會。蘇秦就曾說過：「臨淄之途，車轂擊，人肩摩，連袵成帷，揮汗成雨，家敦而富，志高而揚。」（《戰國策‧齊策》）因此在這時期留下的文物也最豐富。重要的如編鐘、石磬、彩陶壺及鼎等。兵器方面如高子戈、陳氏戈、龍紋戈、鐘氏戈及車戈，青銅短劍與箭鏃等，都極引人注目。而秦漢時期的傑出文物，如矩型銅鐘、金尊銅戈、銀盤、銀豆、鎏金薰爐、貼金銀鐵甲、微型鎏金編鐘，丙午帶鉤等，皆爲瑰寶。

從陳列館出，登上城樓眺望，歷史遺跡又一一可辨。北有故城城垣、宮殿建築的遺址桓公臺、晏嬰墓。南面的綠野平疇中有突起的二公冢及四王冢。二公冢說是齊桓公與齊景公，冢在高約五百米的鼎足山上。四王冢又稱四豪冢，係田齊威、宣、湣、襄四代君王之墓，位於齊國古城東南，牛山東側，依山勢東西並列，各高約三十米左右，中間又各有百米以上的等距。四峰周圓勻稱，青蔥靜穆，望之儼然。

離開故城遺址博物館，遊覽專車又直奔殉馬坑而去。

殉馬坑在齊國故城東北角，今河崖頭村一帶，附近原爲春秋時期齊國公族的一大墓地。在已發現的大、中型二十餘座墓中，在五號墓周圍發現了一個規模宏大的殉馬坑。

五號墓是一呈「甲」字形的大墓。墓的外槨東西北三面，呈有「冂」形的殉馬坑，東西兩坑各長七十米，北坑長七十五米，各寬五米，三坑相連，全長二百一十五米。今天參觀的這個殉馬坑，是第三次即一九八二年所發掘的西坑南端三十六點五米的坑道，殉馬106匹（此前已分別發掘出228匹），據說依此排列密度推算，全部殉馬當在600匹以上。

殉馬都是六七歲口的青壯馬，應是處死後按照一定葬式排列而成。殉馬在坑道中分成兩行，皆昂首向外側臥，四足曲，狀作奔跑，呈臨戰姿態，井然有序，十分壯觀，也令人惻然。

據說該墓主為齊景公（如此，則鼎足山上之「二公冢」之一，則非齊景公）。景公名杵臼，為姜齊第二十五代國君，於周靈王二十五年即位，在位五十八年（西元前547～490）。他在位的後期，「好治宮室，聚狗馬，奢侈，厚賦重刑。」（《史記‧齊世家》）晏嬰曾以此諫之。《論語‧季氏》曰：「齊景公有馬千駟。」可見他的好馬而又以馬為殉，是可以確定的。

王士禛紀念館

當天中午於馬踏湖返程，與會人士特別去參觀了王士禛紀念館。紀念館在桓臺縣新城鎮「忠勤祠」內。

忠勤祠建於明萬曆十六年（西元1588），是為紀念王士禛高祖王重光而建的，距今已四百餘年。王重光，字廷宣，嘉靖辛丑（西元1541）進士，以戶部員外郎榷稅九江，分巡大同（今山西大同市），守上谷（今河北易縣），後調貴州參藩平蠻督木，屢著勳績，因觸嵐煙瘴氣疾卒，贈賜太僕少卿。為崇祀鄉賢，貴州、桓臺均建祠以祀之，分別以「忠勤可憫」、「忠勤報國」額其門。忠勤祠又稱為王家祠堂或王家家廟。

忠勤祠為三進院落，在建築軸線上有大門、儀門、大廳、後廳、東西廂房等組成。均為青磚青瓦，靜謐肅穆。院內碑碣林立，蒼松挺拔，古意盎然，自明末清初以還，即為騷人墨客吟聚之地。原規模在「文革」時期也遭到破壞，現在的外貌，是於1984～1986年間所修葺，且在祠東側增建了接待室。大門

上端「王士禎紀念館」匾額，爲臧克家所題。

祠內各廳、廂分別列爲紀念館陳列室，正廳與東廂陳列碑碣一百三十餘件，王重光及其子王之坦及當年隨入雲貴而溺斃赤水的張、王二帥的絲繡彩繪像，分別列於正廳中、右側及左右側犄角，四像或巍然端坐，或端莊肅立，神采奕奕。廳內環西、北、東牆三面，鑲有八十五方碣石，皆係王氏後人集歷代名家書法刻石成文。最早的集字是三國時代的鍾繇，依次是王羲之、王獻之、歐陽詢、褚遂良、顏眞卿等，明人董其昌、祝允明、邢侗、申時行、程可中及王象晉等人的手跡石刻，也在其中。這些石刻多爲記載王氏家族的興起、功德、傳記及名人頌詞等。明吏部尚書兼文淵閣大學士申時行所撰的《書少司徒王公墓表》，稱碣石刻文爲「集文勁遒貌美，宛然孤峰拔起」；「搜古書法，⋯⋯使人悅耳醉心，把玩不能去手，觀者可以興焉」云。

從拱門進入東院，曲水迴廊，爲一現代化建設。水塘之北有一二層樓建築，王士禎各種著述手跡及珍貴文物，陳列於此。二樓頂端中央檐下，題「池北堂」匾額一方，傳第二層樓即爲王士禎當年的藏書及著述之所。

在池北堂陳列的文物中，不少是自一九八六年開館以來接受各界捐贈及徵集到的私人珍藏。其中除王士禎遺著如《帶經堂詩話》、《香祖筆記》、《池北偶談》等各種版本數十種外，另如他的詩稿影印，昆侖山房詩稿注評影印，康熙帝所贈「唐詩湘竹金扇」、「信古齋」、匾額、封王士禎及其夫人的「聖旨」、董其昌爲之寫序的「王氏家譜」等，都彌足珍貴。另如楚南嗜古堂陳朝瑞爲他所刻的一顆粉紅色壽山石玉印，王士禎誡子王啓訪如何爲官的石刻拓片印本的《手鏡》也都是難得一

見的珍品。

王士禎是清初顯貴名臣，公務之餘，致力述作，成就卓著，其詩、詞、散文凡數十種五百餘卷，詩歌四千餘首，兼主一代詩壇。其詩旖旎風華，高雅修潔，與朱彝尊並稱朱王。詩風主以神韻，自然高妙，海內翕然從之。這次「國際王漁洋學術研討會」與會的中、日、英、韓等各國學者八十餘人，所提宣的論文以王士禎的詩為多。筆者以康熙十一年（西元1672）八月，王士禎以戶部右侍郎任上偕工部鄭日奎典四川鄉試後，自重慶東泛長江三峽，寫了不少關於三峽風光及感懷詩，因即以此為題而作「王士禎三峽行詩詠」。

蒲松齡紀念館

八月二十六日上午，承山東大學中文系袁世碩教授安排，邀請筆者與日本伊滕漱平教授由與會的蒲松齡紀念館副館長盛偉先生陪同，謁訪了《聊齋志異》作者蒲松齡紀念館。

蒲松齡是清初淄川縣人。淄川北距桓臺六十餘里，現轄屬於淄博市，稱為淄川區。蒲松齡故里，在淄川城東七里許的蒲家莊。一行抵達時，已是上午十時二十分。

蒲松齡紀念館就設在蒲松齡故居。一進大門，右側立一白色半身塑像，安放於一尊黑色石壇上，總高度約七尺許。石壇上端自左而右鐫有蒲松齡中英文姓名，在英文名字之下刻有「1640～1715」蒲松齡生卒年時間。再下刻有「淄博炭化矽製品廠倪守文先生敬獻」字。側後植以茂竹，竹色青青，綠白掩映成姿，令人流連久之。

左轉進入庭院，是一呈南北長東西窄的矩形院落，南北各

有一棟正屋遙對，西側是一系列的廂房，分別陳列後人所作詩畫，《聊齋志異》各種版本及蒲氏其他作品展示，與歷來學者研究聊齋作品的著作等。最引人注目的，是中廂房門側所懸的「聊齋」木牌，據說這裡就是蒲松齡當年著書立說的書房。進入「聊齋」，迎壁而懸蒲松齡坐姿畫像長軸。這張畫像，就是康熙五十二年（西元1713）蒲松齡七十四歲時，由他的四子蒲筠請來江南畫師朱湘鱗所繪的彩色肖像。在像的上端，有蒲松齡自題「像贊」及「又志」各一則。像贊是：「爾貌則寢，爾軀則修，行年七十有四，此兩萬五千餘日，所成何事，而忽已白頭？奕世對爾孫子、亦孔之羞。康熙癸巳自題」。又志曰：「癸巳九月，筠屬江南朱湘鱗為余此像。作世俗裝，實非本意，恐為百世後所怪笑也。松齡又志」。立軸上端，又懸木質綠字「聊齋」橫額一幅，兩邊懸有黑底木刻鎏金對聯：「寫鬼寫狐高人一等、刺貪刺虐入骨三分」，係郭沫若手筆。齋中除陳列幾張舊有桌椅，別無長物，顯示蒲松齡當年「蕭齋瑟瑟，案冷疑冰」的窘狀。

這間「聊齋」，就是當年蒲松齡與兄弟分居後所分得的「居惟農場老屋三間」的所在處。抗戰時期，「聊齋」曾被日軍放火焚毀，現在規模，是後來在原址重新修復的。

北面正房原有老屋三間，蒲松齡即誕生於此。《降辰哭母詩》說：「誕汝在北房」，正是。現在三間老屋已經打通，亦展覽若干書畫。在蒲松齡時代，只此老屋三間。現在幾間東西廂房及南屋都為其後人所加蓋。

禮瞻既畢，又步行約二里許至村東蒲松齡墓園謁視。一進墓園，首先映入眼簾的，是一座小型的四角亭建築，瓦色深灰，角檐微翹，以小口徑青色磚橫砌牆面，土黃色的波紋方石

奠以五層基座，古樸典雅。亭前立一黑色大理石碑，中書「蒲松齡柳泉先生之墓」。碑左側記其生卒年代，右側志以立碑時間，刻「沈雁冰敬書」字樣。碑前置一石製供桌及高柱式香爐。看得出來，這碑亭都是晚近所修復：「文革」期間，蒲松齡墓遭到發墓曝骨的難堪。

亭後即為蒲松齡的墓冢，高約丈餘，周三十步，冢上雜木野草叢生，墓週則古木蒼然。四周再圍以磚牆，隙地尚稱廣闊。

回程經過「柳泉」。柳泉碑前有一方口水井，水常滿溢，故舊時蒲家莊稱為「滿井村」；以滿井附近柳樹成蔭，井水溢流成溪，故滿井亦稱柳泉，蒲松齡自號柳泉及柳泉居士緣於此。今在滿井四周砌以高出地面約二十釐米的擋水牆，水與牆齊平，遠望近觀，恰如一方明鏡。

在柳泉下方的山窈處，新建一現代化的「蒲松齡遊樂園」亦名「聊齋大世界」。其中以聊齋故事設有各種亭館，電動化地展示鬼狐仙怪、人物等的動態形貌。惜以時間不足，未能入內遊觀，但高聳入雲的雙層藍琉璃瓦頂望景塔，在青蔥的林木簇擁下，似永遠給了人們一個喜悅的期待。

——原文發表於廣州《炎黃世界》第二期，民國八十四年。

《牟平方言詞典》

　　前些年，讀過羅福騰教授著《牟平方言志》，對於牟平地區的語音、詞彙、語法、方言土字與本字及語料記音等，廣蒐博採，一一辯證，資料十分詳備；而每字每句又標以國際音標，俾得音韻之準確而共識於中外，其用功之勤及用力之深，有目共覩。誠如作者在〈後記〉中所說：「屈指算來，我從八十年代初開始觀察、研究牟平方言，到現在已有十多個年頭兒了。雖說曾受過語言學方面的專門訓練，平日也積累了不算少的方言資料，寫作中又投入了一定的勞動，但要發排此書時，我卻感到種種不安。……」也從而可見作者述作態度的審慎及嚴謹。最近，又獲讀其新著《牟平方言詞典》；對於這一部鉅著，於披讀之餘，終於不能不一吐爲快。

　　《牟平方言詞典》，顧名思義可知；但資料的豐贍，語源、音韻、及語言特點等的發穴探隱，又非詳讀其書者所能知。全書在〈總目〉的〈引論〉之後，凡分八類。曰〈牟平〉、〈牟平方言的內部差異〉、〈牟平方言的聲韻調〉、〈牟平方言單字音表〉、〈牟平方言的特點〉、〈詞典凡例〉、〈詞典中例句常用字注釋〉、〈牟平方言音節表〉等。而〈詞典正文〉，則佔幅最多，凡三百五十餘頁。末附〈牟平方言義類索引〉及〈牟平方言條目首字筆劃索引〉。字凝語聚，爲檢閱或研究牟平地區方言的一部好書。

　　牟平縣位居膠東半島東北端，今轄屬煙臺市，析爲行政

區。全區總面積爲一千七百三十七平方公里，總人口爲五十七萬八千四百餘人。自漢初置縣，屬東萊郡，其後歷經易名，至唐初麟德二年（西元665），始定名牟平。其後又屢變改，以迄民國二年（西元1913），又復稱牟平縣。境內語言，本屬漢語官話大區膠遼官話的登連片，但內部仍有語音差異。本書在這方面作了「地域差異」與「年齡差異」的分別檢尋，又將實地訪查及分析所得，發現全縣以縣城爲中心的廣大地區的鄉鎮方言，一致性較強；而四周鄉近縣市的鄉鎮方言與縣城等中心地帶則略有差異。並一一舉例說明了這些差異的音組。由於時代快速變遷，普通官話普遍流行，於是又將現在三十歲以下及中老年人的語音差異，不憚其煩的作了舉例與分析。

任何一種語言，都有其聲韻調。牟平方言包括零聲母在內，作者舉例了二十二個聲母，三十九個基本韻母；另在四個單字輕聲調之外，又舉出二十種排列的兩字組連續變調，在這方言研究上是一大突破。又列出共有六表的「單字音表」，分別就字的四聲按韻母順序排列，表中空格則表示牟平方言並無此音，令讀者一目瞭然。而在「方言特點」方面，則舉出各種詞類語音的作用及意義，並在若干語音中與北京話相比較，以見其音節之異同。在〈總目〉的六七八三項，大致在爲〈詞典正文〉作準備，此處不再贅言。

〈詞典正文〉主要在以諧音字排列組合，分類索句。如支、芝、枝、滋、資、蟳、子；只、姊、指、籽、脂、紙、紫、自等；依次而下，共收二千三百二十一字。每字（詞）均以方言成句，注以國際音標，然後析出各類句型。如「蹤兒」TCIORV，蹤跡，行動所留下的痕跡；腳蹤兒，手蹤兒，車蹤兒。「熊」CIODY，訓斥；眞能熊學生，把他熊哭了，叫隊長

好一個熊等。凡屬天文、地理、時令時間、農業、植物、動物、房舍、器具用品、稱謂、親屬、身體、疾病醫療、衣服穿戴、飲食、紅白大事，日常生活、訟事、交際、商業交通、文化教育、文物活動、動作、位置、代詞、形容詞、副詞介詞、量詞、附加成分等、其他。包羅萬有。將牟平地區各種方言盡括其中，允稱自古以來爲集牟平方言之大成，貢獻至鉅。

語云「石韞玉而山輝，水懷珠而川媚」。牟平民風淳樸，生業多農；以今教育普及，文明日進，舊時語言習尙，如不及時採錄整理，殆將與時俱湮。幸羅福騰教授注意及此，於編《牟平方言志》之後，繼以《牟平方言詞典》的彙編，此無異爲境內珍藏了無價珠玉。余與羅教授同宗同里，年屬族弟；以余離鄉既久，鄉諺俚語多不能憶；茲雖讀其大作，亦多不能即解。詩云：「切磋琢磨」，尙期假以時日。

——發表於《首屆官話方言國際學術討論會論文集》，民國八十六年。

白血公主馬蘇里

在馬來西亞西北部面積約四百八十八平方公里的蘭卡威島中部，如今仍然孤處於一片平原上的馬來亞傳統建築的一棟高腳木屋中，相傳爲百餘年前白血公主馬蘇里的誕生地。公主之父並非甚麼酋長或君王，而是傳說其於夢中得神人指示，謂島上某山巖穴洞中藏有採之不盡的燕窩；在另一次夢中神示某山區蘊有豐富的大理石礦藏。既經開發，成爲島上首富，其愛女馬蘇里因被譽稱爲「公主」。

公主既長，有蘇丹王前來求親，依回教規定，信徒男士一人可娶四妻；惟嫡妻若不同意丈夫續娶，丈夫仍得以嫡妻爲意。蘇丹王既不得其嫡妻同意迎娶馬蘇里，馬氏遂轉嫁於蘇丹王子。

殺身之禍

公主于歸後，其夫婿以常年行商於馬來各島間，聚少離多，復以公主善歌，因之常爲獨唱山歌以思夫。據島上習俗，土著引吭高歌需男女對唱，以深情韻，適有蘭卡威瓜石鎮一青年至蘇丹，聞公主歌聲幽怨美妙而和之，公主感其情意，遂贈戒指一枚以爲酬，不意竟肇下殺身之禍。

依回教律法，一男固可娶四妻，然其妻絕對無權移情別戀；又因「戒指」爲男女定情信物，依律必須以死抵罪。雖公

主一再以此爲自己的清白辯護，亦無補於事，遂於西元一八一九年受斬於故居，芳齡二十三。

馬蘇里於臨刑前，曾有言曰：「我之冤既已無法洗脫，受斬時若流白血，可證我之冤情；且島上將有七年大旱。……」傳爲死後其言均一一證實。

今馬蘇里故居遺有木柱茅屋兩間，正屋南北向、無隔間，地板以木板組成，距地面高約五尺，空間二十坪許。屋後數武處，一列小山東西逶迤，高丈餘、長里許。正屋左側，有泥地土牆廂房一間，西向，約七八坪，似爲當年存放農具或牧養牲畜之所。古宅均室內一空，久已無人煙，在廂房門端左側，一褐色瓷甕尙在，釉花猶清晰如新，上覆以石板，以置雜石一疊，雜草油油然於積塵中滋生，惟不知甕中爲何物。

整座宅院無圍籬，一目即通荒郊遠野。庭院三十坪以來，成一不規則的圓形，院西側有波羅蜜及橡樹數株，波羅蜜正結實纍纍，似大個頭木瓜的結綴高枝，青澀尙不可採。院南端有一古井，深丈餘，水色青黯；井畔下望，只見幽影，難辨面目。此井傳爲公主死後其夫君歸來爲其汲水洗尸並以白布纏體處。

往觀憑弔

一九六一年，馬國前總理東姑拉曼於公主故居東側爲修墓園一座，成東西矩形，佔地半畝餘，四周圍以水泥白色欄杆。墓位約居園之中央而偏南側，墓中遺體說爲頭南腳北而側身面西，以朝麥加。墓西側枕墳而立大理石墓誌一方，上半鑴以英文，下端爲馬來文。英文大意爲：「馬蘇里因叛國罪遭人嫉妒

而受害。西元一八一九年被處死刑時，曾對這個島嶼（蘭卡威）誓下一道咒語：『死後此島將有七世不得安寧與繁榮』！提舉她叛國的是一個蘭卡威土著女」。

墓園門樓爲一雕鏤之白色拱門，門柱尤典雅有致，巧奪天工。蔓花纏繞其上，與園中時花正開，朵朵點點，各色都俱。門樓左側道左，設一小型展覽屋，以木條舊膠板組成，近似茅屋采椽，儉素可人。屋前展列幾許土著手工藝品，於玄關木壁間，懸有公主兩幅無框油畫像，皆著藍綠色長衣。一作側身坐地似祈禱狀，一作立像；立像背倚一株橡樹，一持刀武士於其背後作猛刺狀。白刃自公主胸前出，白血沾衣，狀頗從容安祥。據云公主後裔於今仍居蘇丹，已傳至第七世云。

民國壬申（西元1992）春，隨旅遊團偕室人往遊馬來，既臨斯島，復路經馬蘇里故居，遂駐車往觀憑弔。既聞華裔爲言其事，復覩其遺物，益信其事之不虛；雖其間或有之不能無疑，以余非爲考徵，不作妄論。又以其事之紆譎豔奇，部分情節又略似我國元人關漢卿之「竇娥冤」，遂感而記之。

——原文發表於《中國文學》第三十期，民國八十四年四月。

軒亭詞稿

踏莎行　丙寅孟春清境農場即景

霧上桃源，芳侵玉界，登臨幾似憑東岱。遠山近水漾詩情，飛紅萬點花如海。　鶯燕迴翔，牛羊染黛，歌吟上下成春籟。紫宸幽渺碧雲移，田夫擊壤歌天外。

清平樂

丙寅青年節，攜眷赴馬偕分院探視李賢學教授車禍致傷，歸途步經關渡大橋，舉目四望，風景不殊，因成此調。

綠波蕩漾，疊嶂遙相對。陡起長虹橫蒼翠，車水馬龍重軌。　銀帶緩落雲山，岵浦白舍微嵐。中渡漁歌鷗唱，尾閭一線天藍。

蘇幕遮　丙寅暮春作於華岡

群山縈，曲水轉，河海唧波，飛觀連汀岸。千仞瑤岡聳玉殿，閣複廊迴，瓊戶千千面。　霧霧遊，霓色染，琴詠鶯啼，幾度疑廣寒。濟濟青衿合筆硯，吞吐中西，黌宮深深院。

更漏子　丁卯別王永緯君四十年作

初相逢，在秋晚，煙埠城南前線。冰在鬢，雪盈冠，春風總醉顏。　地胄折，雲色變，南渡獨失群雁。看遠際，念荒寒，年年寄悄然。

長相思

戊辰歲，鄉關行次，驚聞王永緯君遽歸道山。王君與余同邑，東牟人也。民國三十六年丁亥秋，余初役煙臺前線，隸屬時任隊長之王君麾下。數月相處，知其為人親善，面輒春風。嗣軍事逆轉，君深陷未脫。四十二年癸巳間被察覺，慘罹批鬥，於縲絏勞改之夕，猶堅不吐實與余之相知，節義洵可風也。既聞溘逝，因作小詞悼之。

風蕭蕭，雨蕭蕭，紅葉黃花片片凋，雲愁霧暗飄。　夢遙遙，路遙遙，鳳輦鸞鑣上九霄，星娥共寂寥。

憶江南

己巳正月，友人范玉範教授賢伉儷光臨寒舍，稍事寒暄，夫人鍾女士倩詞二闋；余以非擅此藝，不敢應命。嗣經堅邀，並謂昔年僑居加爾各答所見恆河云云，囑以本調擬之，因率爾命筆，工拙非所計也。

恆河岸，景色賽江南；聖水湯湯無晝夜，清心容易淨身難；迷字一遙傳。

浣溪沙　逢大愉園漫步代鍾女士作

嘉樹綠雲迤邐開，曲橋泮水舊亭臺，繁花簇簇煦風來。車馬塵聲塵世頌，青衿吟詠在蓬萊，雙雙麗影俱無猜。

御街行　庚午秋日長城眺矚

巨龍橫臥凌霄漢，八達嶺，嘉峪關，低昂萬里障胡蕃，羯鼓不聞齊燕。人寰瞠目，太虛迷眼，眞始皇奇算。　大澤九百忽生變，六合應，風雲捲，土崩瓦解笑談間，怎料禍驚睫瞼。杞梁無語，孟姜長怨，更宇間調訕。

踏莎行　遊灘江

海陽相離，迢遙波遠，風姿嫵媚撩人眼。姒妃揮袂舞瀟湘，獨教塵世歌桂管。　綠水青岑，你旋我轉，水疑羅帶山如簪。山浮綠水水浮山，江船容與迷津岸。

念奴嬌　壬申秋過長江哀屈子

大江浩浩，更雲迷水迴，濁浪排空。一葉扁舟憑左右，又渺茫浮洞庭。容與沅湘，裴回辰澂，俯仰弔孤影。黯然雪涕，顧龍門遙無踪。　野水曲岸年年，熒光自照。肝膽皆冰鏡。猶

是燕烏翔殿宇,鸞鳳總難相應。東背夏浦,西思鄢郢,過眼何
淒冷。夏爲黍畝,汨羅千古悲哽。

千秋歲　過渤海俯瞰仙島

天荒地老,歲月知多少。韓終王喬都沈渺,還驂鸞御鳳,
到處求靈草。甘露也,留人間幾多喧笑。　倚竹舒長嘯,也把
么絃操。拈貝葉,聽泉濤,百年猶一瞬,千歲幾分秒,殘照
裡,占南面底事煩惱。

浣溪沙　辛巳孟春過爪哇北海

丸嶼浮沉連蔚藍。縱看一點側成絃。青蔥叢莽欲參天。
漁艇迷津留或往。鷗鶖上下自悠然。纖纖孤月隱雲邊。

踏莎行　南洋椰子島

朱瓦毗連,水搖波湃,殘陽恰似紅鋪蓋。雙人一座敞篷
車,蜿蜒三里隨風邁。　亂世桃源,治平化外,黝童咿啞歡相
待。老人頤養透天樓,怡然自得渾無睬。
——分別發表於《文史哲通訊》暨《中華詩學雜誌》。

軒亭雜吟

賀湯承業教授榮獲國家著作獎　民國七十二年癸亥秋於臺北

自古東牟多庶民，舊遊更是少聞人。
卅年海嶠傳承業，管城際會總冠群。

七十四年乙丑五月二十八日，午後二時，下課後於大成館三樓走廊窗內觀雨。時雙眸酸澀，頭暈腹脹，頓覺失趣，即興作之：

瀟瀟梅雨滴窗前，霧色漫漫掠樹顛。
借問人生幾何似？絪緼繞野盡虛玄。

歸家後，又口占一律：

雨聲紛紛集樓臺，氛霧溶溶伴流雲。
遠山近水都如夢，孤館離亭盡作塵。
引思遙渺化境外，莫非亦作雨鈴吟。
如言人間有生趣，何以世代無古人。

同年（七十四年）六月一日，買花歸家，見籠中相思鳥飛

去；時因竹籠墜地，疑為風兒吹落。恍惚之餘，遂占一絕：

相思樹上相思啼，日夕歌兮莫我棄。
無情風兒竟倒吹，脫鉤籠兒盡傾地。
探問群花花無語，隱指羽卿已遠逸。
極目相思速歸來，不然過雲有誰惜！

仙丹花頌：

仙丹！仙丹！
妳是花仙！
春風一吹，朱蕊點點，
搖曳蓮蓬，花容醉眼，
謝了又開，半無幽怨。
※　　　　　※
仙丹！仙丹！
妳是花寶！
朔風一到，偲然在抱，
朱項不伸，花容不笑，
紅櫻滿枝，怡然孤傲！

學年將終，口占一絕，贈會計系諸生。　乙丑六月

一年時光總容易，乍似相聚又別離。
前行路上尚崎嶇，勿任棄絕如敝履。

新學年伊始，與諸生新會，口號一絕。　乙丑九月

煥然面孔一一新，天南地北日日親。
若云人際有疏離，何不誠以待卿君。

清境農場即景　七十五年丙寅春作於臺北

青峰綠壑溢花香，玉杏瓊桃滿霧莊。
終歲耕息擊壤樂，遙聞牧唱亦徜徉。

春海堂觀李大木教授畫展有感　七十六年丁卯秋

香江有樹聳雲霄，東嶠夭桃香暗飄。
誰道年高難記憶？丹青林裡一孤峭。

　　註：李大木教授與余同邑，時執教於文大美術系，曾贈古
木一幅於香港張國儀學兄，國儀懸於客廳高壁，余於民國六十
年代間，登門作客，屢為嘆絕。此次承程法望學長邀賞於其設
於重慶南路「春海堂」書畫展覽館，懸有李大木教授所繪「夭
桃」一幅，題詞中句有所謂「年老記憶退」云。

　　〈北地行紀〉綴句二首　七十七年戊辰秋作

一

東望鄉關半千里，同和勞山一見難。

小牖再窮千里目，朵雲偏掩半邊天。

註：兩岸開放探親，余於戊辰夏六月，自香港出席羅香林
教授逝世十周年學術研討會閉幕，自廣州飛抵青島後，留宿勞
山賓館，極欲一睹勞山風貌，不意離山尚遠。翌日續飛大連，
在機上憑窗外望，極目一瞥故鄉天影，時雖晴空萬里，不意總
被雲朵遮窗，時已揮別四十年之故鄉約在東方五百里處。

二

地角天涯少洞天，瀛洲方丈譽塵寰。
蓬萊金闕戲天寶，何處芳魂望長安。

註：自大連回程時，在空中俯瞰長山八島，有感於秦皇及
明皇、貴妃事。

〈弔海疆沙場文〉綴句　八十年辛未夏作於臺北

一

海浪滔滔去復返，魂兮茫昧無以家。
風雲離燕來天外，拱手凝眸祭白沙。

註：民國三十六年丁亥春暮，一小隊返鄉遊勇，自煙臺東
下於金山港東岸登陸，潛入東江縱隊海岸防衛營區一兵舍。時
縱隊軍士正酣睡中。遊勇指揮賀氏，於無抵抗中、一一彈丸點

額、一時哀號頓起，聞之心絞。七十七年戊辰夏，余返鄉省親，特往海岸一弔。

二

人生七十古來稀，毛帝周丞亦歸西。
沸鼎浮沉孰可忍，幸君先已入幽居。
魂兮安矣莫嗟嘆，古往不猶多枉機？
親故既爲枯望眼，君名自亦入仙籍。

遊松花湖　八十一年壬申夏於松花湖船上

松花玉波移客船，山嬌水媚天外天。
借問玉都差可擬？白雲深處指明潭。

　　註：是年六月初，應長春師範學院文選學研究所之邀，赴長春於南湖召開之國際文選學學術會議。月之五日，承辦單位邀請與會學人往遊吉林松花湖。遊畢於艇泊岸時，見艙中長案紙筆已具。題字者已五、六人，趙所長福海遂呼余曰：「輪到您了。」臨時上場，這還是第一次經驗。

答李大木教授繪贈牽牛花長幅　八十二年癸酉於臺北

朱藍一簇牽牛花，不倚藩籬客漫誇。
誰道巧工只畫樹，千嬌百媚第一家。

遊大明湖　八十三年甲戌於濟南

久聞大明湖，老來見廬山。田田浮綠水，荷香溢周邊。
柳蔭藏釣舟，隄旁聳亭庵。磴道空外轉，樓臺鏡中懸。
魚鷹剪水飛，白魚頻身飜。稷下名士多，題壁皆俊彥。
明湖亦西子，濃淡總可憐。一遊不忘情，夢中尚周旋。

　　註：民國八十三年秋中，出席桓台（舊名新城）文化局舉
辦之王漁洋360周年學術研討會，會後續承山東大學中文系袁
世碩教授約遊濟南，當日即遊大明湖，將下船之前，一如松花
湖故事。遂躡日人伊滕漱平教授題「似曾遊過大明湖」而書
「初遊大明湖，終身一裴回」語。事後覺意猶未盡，乃復題此。

為聊齋補壁　八十六年丁丑清明前五日作於臺北

紛紛狐鬼四方來，諷世譏時震九垓。
借問古今誰可擬？千秋猶恐費疑猜。

　　註：此前二、三年間，淄川蒲松齡紀念館編審楊海儒先
生，來函索字，以余經年不墨，未便即答。久之復又賜函，謂
除題贈其本人，亦為紀念館書畫展覽室書贈一幅云。又久之，
不得已，乃題此。

　　《蒲松齡紀念》月刊印行總三十期綴句　八十七年戊寅於
台北

山精水魅紛紛在，鬼隊狐群與我偕。
誰道累篇荒誕語？佳人才子滿聊齋。

為鄭愁予畫像
——在沒有謀面前的早期印象

　　民國八十九年六月二日下午二時，文大中文系文藝學社邀約從美國返臺的名詩人鄭愁予蒞臨華岡校園演講；既畢，文學院孫同勛院長致謝詞，余陪末座於其左側，亦以系所主任身分聊表謝意之餘，臨時又為他畫了一幀素描。最後我問他像不像，他說「像」！您看他「像不像」。

　　一個總是愁眉苦臉的三十餘人，
　　總是半彎著腰，
　　半低著頭，
　　目不斜視，
　　卻炯炯有光！
　　沒有目標，
　　也無所謂方向
　　不猶豫——
　　也不徬徨！
　　只是煞有介事的，
　　向前走著，走著！

附錄　本編未曾刊行之篇名及年代

〈王忠林教授〉　《華岡十年紀念集》　民國六十一年

〈談詩經國風的修辭〉　《華學月刊》　民國六十八年

〈馬氏文通之文法論及其虛字窺略〉　《華學月刊》　民國六十九年

〈遊香港歎割讓〉㈠　《創新周刊》　民國六十九年

〈遊香港歎割讓〉㈡　《創新周刊》　民國六十九年

〈台灣──中華民族的希望〉　《國魂月刊》　民國七十二年

〈牟淄地區方言舉隅〉　《珠海學報》　民國七十四年

〈讀范文正公集抒感〉　《華風文學》　民國七十七年

國家圖書館出版品預行編目資料

軒亭文存／羅敬之著. -- 初版 -- 臺北市：
　　萬卷樓，2004[民 93]
　　　面；　　公分
　　　ISBN 957－739－499－X (平裝)

848.6　　　　　　　　　　　93016504

軒亭文存

著　　　者：羅敬之

發　行　人：許素真

出　版　者：萬卷樓圖書股份有限公司

　　　　　　臺北市羅斯福路二段 41 號 6 樓之 3

　　　　　　電話(02)23216565・23952992

　　　　　　傳真(02)23944113

　　　　　　劃撥帳號 15624015

出版登記證：新聞局局版臺業字第 5655 號

網　　　址：http://www.wanjuan.com.tw

E－mail　：wanjuan@tpts5.seed.net.tw

承印廠商：晟齊實業有限公司

定　　　價：420 元

出版日期：2005 年 3 月初版

ISBN 957－739－499－X